Kurt Christmann

momentgenau

PS: Haben Sie schon gebeichtet, Herr Pfarrer?

BoD-Verlag 2020

Die Wege des Herrn sind unergründlich

Paulus an die Römer

Bibliografische Information der Deutschen Nationalbibliothek:
Die Deutsche Nationalbibliothek verzeichnet diese Publikation in der Deutschen Nationalbibliografie; detaillierte bibliografische Daten sind im Internet über dnb.dnb.de abrufbar.

© 2020 Christmann, Kurt
Layout: Ulrike Pelikan

Herstellung und Verlag: BoD - Books on Demand, Norderstedt

ISBN 978-3-7519-3393-3

Prolog

„Es muss sich was ändern!"
Ludwig Wertheimer hatte in einem halben Lebensjahrhundert
schon Erlebnisse und Erfahrungen gesammelt, die ebenso gut die
doppelte Zeitspanne hätten ausfüllen könnten. Immer angetrie-
ben von der anerzogenen inneren Einstellung, sein Bestes geben
zu müssen. Er kam 1911 im mittelhessischen Dauborn zur Welt
und hatte später fast den ganzen Krieg an der Ostfront mitma-
chen müssen. Nicht aus Überzeugung, nein, es war eher Pflichtge-
fühl und Gehorsam gegenüber seinem Dienstherrn. Ludwig
Wertheimer war nämlich im Auftrag der katholischen Kirche als
„Kriegspfarrer auf Kriegsdauer" zum Dienst in der Wehrmacht
verpflichtet worden. Nach den schier endlos-entsetzlichen Wirren
landete er nach der Kapitulation in Bayern, wo er schließlich 1954
in Rossmarktl im Chiemgau eine kleine Gemeinde und somit eine
neue Heimat fand. Die Jahre des Wiederaufbaus waren für alle
„Änderung in Reinkultur". Beileibe nicht nur, weil damals gerade
überall die Häuser an Abwasserkanäle angeschlossen und die
ersten Motorräder gegen VW-Käfer getauscht wurden.

Ganz anders die katholische Welt des Pfarrers. Hier hatte sich
gefühlt seit Jahrhunderten nichts getan, und es sah auch nicht so
aus, dass Reformen oder gar eine Reformwelle bevorstand. Diejenigen, die das Sagen hatten, dachten allem Anschein nach gar
nicht daran, Fenster und Türen zu öffnen, damit frische Luft her-
einströmen konnte. Im Gegenteil. Man war in den kirchlichen

Führungsetagen stolz darauf und genauestens bedacht, alles Althergebrachte wie einbetoniert zu erhalten und vor allem jede der „allzu bewährten" Formalitäten und hohlen Regeln unverrückbar zu zelebrieren - als ob das das Wichtigste wäre, um einen Glauben zu verkünden. Und die Jugend, der sich der Gottesmann so stark verbunden fühlte, war drauf und dran, aufzubegehren.

„Unter den Talaren, der Muff aus tausend Jahren"
war eine der neuen Parolen. Obwohl doch die Eltern nichts anderes im Sinn hatten, als dass es ihren Kindern besser gehen sollte als ihnen, der geschundenen Generation. Es muss sich was ändern, sonst kommt der Tag, an dem wir mit unserer Jugend die Zukunft verlieren, sagte sich Pfarrer Ludwig immer öfter. Wenn schon nicht im Großen, dann wenigstens hier bei mir im kleinen Rossmarktl. Er hatte auch schon ein Motto: Zukunft braucht Herkunft, alles fließt.

Ludwig besann sich auf sich selbst, nämlich immer das Beste zu versuchen. Vor allem in seiner Rolle als Seelsorger, Menschenversteher und Helfer aus Leidenschaft. Und warum sollte das nicht auch hier in der kleinen bayerischen Welt möglich sein?
„Vater unser",
hatten sie im Jugendclub gefragt,
„wie könnte das eigentlich im Jahr 2000 klingen?"
Und er hatte sich mit einigen an die Arbeit gemacht. Ein kühnes Experiment in eine Zeit, in der wahrscheinlich alles möglich sein wird, dachten sie sich...

Auch für den Pfarrer selbst stand plötzlich mehr auf dem Spiel als gedacht. Denn er hatte in seinem Heimatdorf als Jungendlicher auch gelernt, dass das Leben nicht nur aus Pflichten bestand, sondern auch aus der Kür. Das Leben bedeutete dort schon immer auch Lebens-*Lust*. Da sollte sich Jeder genug um sich selbst kümmern, um nicht auf der Strecke zu bleiben. Und Ludwig

Wertheimer wollte ganz sicher nicht auf der Strecke bleiben. In der steten Hoffnung, dass die „Strecke" nicht in ein unwegsames Labyrinth führen und schließlich in einem Beichtstuhl-Desaster enden würde. Aber manchmal war die Praxis eine andere, als es alle Theorie vermuten ließ...

Pfarrer Ludwig stand auf und öffnete das mittlere Schrankfach. Er goss sich einen wohlmeinenden Schluck von seinem leckeren *Asbach uralt* in einen großen Schwenker. Dieser Rüdesheimer Weinbrand gehörte für ihn zusammen mit seinem *Fegefeuer*, letzteres erinnerte ihn jedes Mal an den unverwechselbaren *Dauborner Korn* aus der fernen Heimat, in die obere Liga seiner überaus geliebten geistigen Getränke. Das waren *seine* Momente, und sie waren nicht selten. Ludwig ging zum Fenster. Er ließ die guten Tropfen langsam im handwarmen Glas kreisen, genoss das sich ausbreitende Aroma und nahm einen neugierigen ersten Schluck. Der Abgang war genussvoll-vertraut wie immer.

Unbestimmt schaute er zwischen den Gardinen hindurch in den Pfarrgarten. Die Frühjahrssonne ließ die vielen Grüntöne paradiesisch erscheinen, ein Hochamt der Natur. Das hatten auch zwei Amseln und der kleine Stammgast, ein rotbraunes Eichhörnchen, zu schätzen gelernt. Seine Gedanken gerieten zu einem großen imaginären Strauß. Es war ein opulenter Strauß bestehend aus wunderbaren Blumen, keine Farbe schien zu fehlen. Allerdings waren einige davon bereits verwelkt – merkwürdig. Noch merkwürdiger fand Ludwig, dass es sogar überdimensionale Stacheln an zwei Blumenstängeln gab, die sich gefährlich seinen Fingern entgegen streckten. Was hatte das zu bedeuten?

Man muss sein Leben vorwärts leben, aber den Erinnerungen einen friedlichen Platz geben, dachte Ludwig und leerte sein Glas mit einem Zug. Dann ging er zu seiner Marie-Luise, die er in der Küche hantieren hörte.

I

Vater unser im Himmel,
geheiligt werde dein Name.
Dein Reich komme.
Dein Wille geschehe,
wie im Himmel, so auf Erden.

Vater unser im Himmel,
Du hast uns nach Deinem Willen geschaffen,
Du bist der Herr über uns
und das Universum.
Dein Wille geschieht,
mit oder ohne unseren Verstand.

Es war keine übliche Beerdigung, zu der sich die Angehörigen der Verstorbenen auf dem idyllischen Friedhof der kleinen Gemeinde Rossmarktl im Dreieck zwischen Inn und Salzach im tiefsten Oberbayern versammelt hatten. Normalerweise erfasste ein derartiger Anlass den ganzen Ort, löste Mitgefühl, Trauer, zuweilen Bestürzung aus. Und die Kondolenzen am offenen Grab schienen nicht enden zu wollen, bevor man sich endlich im Wirtshaus *Zum Hirschen* entspannen konnte. Bei der nunmehr Verschiedenen, es war die 68-jährige Bäuerin Theresa vom Holzner-Hof, war es anders. Es lag eine gewisse Teilnahmslosigkeit über dem Ort. Jeder ging seinem Tagwerk nach, und das war am 30. Mai anno 1962 nun mal die Heumahd. Der Geruch des duftenden Heus konkurrierte ländlich-unnachahmlich mit der Schwere vereinzelter Misthaufen, die zu dieser Jahreszeit tägliche Rekordstände erreichten. Die Sonne sorgte für einen tadellosen Frühsommertag – auch das kein gutes Omen für eine Beerdigung, besonders für die Hauptperson im Sarg. Kein Zweifel, die Trauer galt nur unwesentlich der Verblichenen. Umso größer war die Anteilnahme mit den Hinterbliebenen. Der Bauer Antonius Holzner und seine beiden Söhne Gerhard und Florian waren allesamt rechtschaffene und stattliche Männer. Alle drei mit Bart, der Vater freilich trug mit Stolz einen ausladenden Schnauzbart, der die freundlichen Augen zu unterstreichen schien. Sie wirkten äußerlich erstarrt und gedankenverloren. Ihre zwiespältigen Gefühle in dieser Stunde konnten diejenigen, die die Familie näher kannten, geradezu mit Händen greifen. Und das waren nun mal alle Rossmarktler. Niemand konnte einen Zweifel daran haben, dass diese drei aus demselben Holz geschnitzt waren und sich auch prima verstanden, ja stolz aufeinander waren. Der Pfarrer hatte in seiner Ansprache viel von Sündenvergebung und der Gnade des Herrn im Himmel und auf Erden gesprochen. Die Trauergemeinde hörte es mit unbewegten Blicken und machte sich ihre eigenen Gedanken. Und sie war erfüllt von zunehmender Ungemach angesichts der makellosen Sonne.

Toni Holzner dachte drei Tage zurück. Es war kein guter Tag gewesen. Seine Frau Theresa war wieder schlecht gelaunt gewesen, besonders schlecht sogar. Sie hatte an allem etwas auszusetzen, selbst die acht Milchkühe blieben heute hinter ihrer Erwartung zurück. Ganz zu schweigen von ihrem Toni. Der im Ort allseits beliebte Bauer hatte sich nämlich beharrlich geweigert, ihren unablässigen Nörgeleien und Forderungen, er solle sich endlich ändern, nachzukommen. Unter „ändern" verstand die Angetraute nämlich, dass sich ihr Mann seines eigenen Willens komplett entledigte.

„Bevor es soweit kommt, jag´ ich Dich vom Hof!",
schimpfte dann der zornesrote Toni. Es war bis auf die Straße zu hören.
„Ja, ja, das könnte Dir so passen!"

war die übliche, geifernde Antwort bei dieser ehelichen Routine geworden. Es schien immer mehr, als könnte nur ein gehöriges familiäres Gewitter die Hausmacht der Bäuerin ein-für-allemal..., na ja.

Der Blitz schlug ein, als Toni seinen Hut für´s Wirtshaus aufsetzte. Theresa geriet dermaßen in Rage – sie kam gerade die Treppe herunter – , dass sie einen Zinnkrug aus dem Wandregal neben dem obersten Treppenabsatz herausriss. Diesen schleuderte sie wutentbrannt samt Klappdeckel quer durch die Stube in Toni´s Richtung.

„Du bleibst hier! Immer diese Sauferei! Das mache ich nicht mehr mit!"

Die gute Nachricht für den zu Tode erschrockenen Toni war, dass ihn der Krug klar verfehlte und polternd unter dem Dielenschrank verschwand. Die schlechte Nachricht für die entsetzt schreiende Theresa war, dass sie das Gleichgewicht verlor und kopfüber auf mehreren Treppenstufen aufschlug. Unten angekommen, war sie tot, wie der eilig aus dem Nachbarort herbeigerufene Dr. Berlinger bestätigte. Genickbruch. Toni setzte seinen Hut wieder ab. Seine Söhne standen fassungslos da und wussten nicht mit der entsetzlichen Situation umzugehen. Nachdem der Doktor gegangen war, setzten sie sich schweigend an den großen Tisch und tranken Schnaps. Wie oft hatten die drei, jeder auf seine Weise, schon gedacht, wie es wohl weitergehen sollte. Jetzt wussten sie es, und es tat weh, dass ihnen kein Familienglück beschieden war mit ihrer Mutter. Der Rest bis zur Beerdigung waren alles Formsachen. Die Nachbarn bemerkten, dass der Toni alle Fenster drei Tage und Nächte offen hielt. Es schien, als sollte Theresas Seele ungehindert ausziehen und gleichzeitig ein frisches Klima einziehen können.

Am nächsten Tag war die Stimmung im *Hirschen* prima. Gustl Fichtner dirigierte hier höchstpersönlich und unumschränkt das örtliche Spinnennetz. Der Wirt strahlte normalerweise nur aus zwei Gründen: Entweder, es gab wichtige Neuigkeiten, wozu selbstverständlich ganz besonders alle Arten von Gerüchten zählten. Oder es wurde überreichlich geordert. Heute war beides der Fall. Antonius Holzner war aus gegebenem Anlass natürlich nicht zugegen, was an und für sich schade war. Schließlich war er schon immer Einer von ihnen. Alle nannten ihn seit seiner Kindheit den Holzner-Toni. Sein Hof stammte von seinen Eltern, er war außer beim Militär nie weg gewesen. Besonders stolz war er auf seine beiden Buben, die in ihm nicht nur ihren Vater, sondern ihr Vorbild sahen. Inzwischen waren sie schon 21 und 23 Jahre alt. Mit Lederhosen, Jankerl und Hut sahen sie erwartungsvoll ihrem selbständigen Leben entgegen. Sie waren so beliebt im Dorf wie ihr Vater. Im Unterschied zu ihm aber vor allem bei den feschen Dirndln.

Nach einigen Maß Bier wandte man sich am Stammtisch vermehrt dem Schnaps zu. Und dem wahren Charakter der gestern Verstorbenen. Ihre zunehmend harmonieferne Art war nämlich ein offenes Geheimnis.
„Sie woar eine gar grantige, fettliche Bissgurken!" Und:
„Nur rumg'schrien hots oallwei, geizig no dazua!"
„Endlich a Ruah is im Holzner-Hof!"
„Der saubere Toni, boald is er wieder der Oide, unser Spezi hoalt",
war da zu hören. Und so war am Ende die ganze Beerdigung eine reine Formsache: Hinablassen, Segen, nichts von Auferstehung, Amen.

Pfarrer Ludwig atmete auf, als er die Tür des Pfarrhauses hinter sich verschloss. Er war schon fast acht Jahre Seelsorger in Rossmarktl und fühlte sich hier von Anfang an wohl. Ludwig war Jahrgang 1911, von stattlicher Statur, etwa 1,80 m groß mit langsam ergrauenden, ehemals dunkelbraunen Haaren. Seine graublauen Augen strahlten mit den sie umgebenden kleinen Lachfalten Freundlichkeit und Vertrauen aus, unterstützt von einem gepflegten Schnauzbart, vor allem aber von seiner sonoren Stimme und einem kräftigen Händedruck. Besonders seine Stimmgewalt verlieh seinen Predigten eine unnachahmliche Präsenz im Kirchenschiff. Kein Zweifel, er besaß eine natürliche Autorität. Ludwig war sich seiner Wirkung auf Andere durchaus bewusst, weshalb er stets auf sein Äußeres angemessenen Wert legte und mit einer gewissen Eitelkeit, die er bei sich beobachtete, kein Problem hatte. Im Personalausweis war als besonderes Merkmal „Narbe an der rechten Stirnseite" vermerkt. Diese hatte er sich 1944 zugezogen, als sich ein Landser unglücklich neben ihm bücken wollte und dabei den Schaft seines umgehängten Sturmgewehrs heftig gegen die Schläfe des Kriegspfarrers schlug. Mittlerweile bescheinigte die Narbe ihrem Herrn ein gewisses Draufgängertum, das sich in ländlichen Kreisen durchaus respektfördernd auswirkte.

Bis Ende letzten Jahres lebte *seine* Haushälterin Marie-Luise bei ihm, dem Gemeindepfarrer. Dass sie als Mittvierzigerin inzwischen das kanonische Alter erreicht hatte, sah man ihr mitnichten an, ihr Pfarrer schon gar nicht. Sie war eine unverwüstlichfreundliche, schlanke Frau mit einer glatten, dunkelblonden Frisur, etwa einen Kopf kleiner als ihr Chef. An ihrem Oberkiefer konnte man zwischen ihren Schneidezähnen eine kleine Zahnlücke erkennen, die ihr eine mädchenhafte, warmherzige Ausstrahlung verlieh, derer sich Marie-Luise allerdings nicht bewusst war. Sie schien immer ein Lächeln auf den Lippen zu haben. Man spürte, dass sie die Menschen liebte. Niemand sollte allerdings an ihrer Entschlossenheit zweifeln, die unvermittelt aufkam, wenn es galt, Streit („Zirkus", wie sie es nannte) zu schlichten.

Die beiden waren ein eingespieltes Team. Die Gemeinde beobachtete zwar eine „gewisse Harmonie", stellte aber vorsichtshalber keine Fragen. Man war gut katholisch. Marie-Luise hatte nach jeder Beerdigung einen gemütlichen Kaffeetisch mit etwas Gebäck und sogar einem Himbeergeist aus der Jahrgangsflasche gedeckt. Danach gönnte sich der Gemeindepfarrer eine Brasil-

Zigarre der Marke *Handelsgold,* deren Rauch er sich genüsslich um die Nase streichen ließ, während sein Blick auf eine kunstvoll geschnitzte Tafel fiel, die neben dem Kachelofen an der Wand hing. Darauf war „Gott ist Liebe" zu lesen. Das waren für einen katholischen Pfarrer durchaus himmlische Momente. Besonders, wenn die gutherzige Marie-Luise sich ebenfalls des Obstlers erfreute, einmal sogar dreimal hintereinander. Das war am 13. August im Vorjahr, als die „sog." DDR begann, die Berliner Mauer zu bauen. Ab diesem Tag konnte sie sich nämlich nicht mehr mit ihrem geliebten Bruder aus Ost-Berlin treffen. Für Marie-Luise war das ein schwerer familiärer Schicksalsschlag gewesen.

An solche himmlischen Obstler-Momente war jetzt nicht mehr zu denken. Sein Dekan Laurentius hatte ihm zum 1. April die schon 62 Jahre alte Sophia zugeteilt. Diese hatte ihr Leben im treuen, aber strengen Dienst der Geistlichkeit versehen. Pflichterfüllung, Verzicht und Enthaltsamkeit, das waren ihre Ideale. Nachdem der Dekan bei der letzten Visitation der Gemeinde St. Martin in Rossmarktl die zugewandte Fürsorglichkeit von Marie-Luise genossen hatte und sich von ihr (leider!) sogar zum Abendessen einschließlich des edlen Messweins überreden ließ, erinnerte sich der Kirchenfürst an eine spezielle Führungsmethode namens „labora rotatio". Diese Methode galt im Vatikan schon seit alters her als eine Art Geheimwaffe des Papstes und seiner Helfer und hatte im wahrsten Wortsinn schon zu *un*-geahnten Ergebnissen geführt. Kurzum: der Dekan verfügte zwei Wochen später ohne jede Begründung den Stellentausch von Marie-Luise und seiner Sophia. Letztere war ihm einfach zu alt und zu katholisch. Dabei galt Laurentius selbst unter den Pfarrern als knochentrockener Theologe von sturer, ideologischer Beharrlichkeit, verkündungsfern sozusagen. Ludwig wusste jetzt genau, warum er ihn nie so recht leiden konnte. Eigentlich hatte der Dekan ihm gar nicht so viel zu sagen. Wenn nicht der Passauer Bischof Landersdorfer diesem aus gesundheitlichen Gründen wichtige Leitungsbefugnisse auf Zeit übertragen und den Dekan damit zu seinem regionalen

Stellvertreter gemacht hätte. Das war nichts weniger als ein Jammer. Der Bischof war seit 1936 im Amt. Er galt als souveräner Vertreter des Vatikans, ausgestattet mit großer Lebenserfahrung und einer gehörigen Portion Mutterwitz, kein Vergleich mit dem Dekan. Da hieß es für Ludwig und seine Pfarrersbrüder, Demut an den Tag zu legen. Dass die Altöttinger Muttergottes, der man jedes Jahr um die 30 Heilungen zusprach, sich ausgerechnet ihres hiesigen Dekans annahm oder genauer gesagt, sich diesen einmal gehörig vornahm – wer wollte damit rechnen.

Seit Sophias Einzug gab es für den Pfarrer Ludwig nachmittags eine kleine Brotzeit mit Schwarzbrot und Bergkäse, Wasser, und nur auf ausdrücklichen Wunsch einen Kaffee. Der Himbeergeist war plötzlich im Apothekerschrank verschlossen. Und die Weinflaschen, das war ihm erst kürzlich aufgefallen, waren jetzt durchnummeriert. Zu seinem Entsetzen hatte er kurz nach Ostern sogar seine fünf Pornohefte vermisst. In der morgendlichen Eile hatte er sie wohl auf dem Nachttisch liegen lassen, was sich als fatales Versäumnis erwies. Dank Sophia verschwanden diese im Altpapier und tauchten Tage später auf verschlungenen Wegen wieder im kirchlichen Jugendclub auf. Obwohl sie inzwischen recht abgegriffen aussahen, waren die Hefte insgesamt doch noch brauchbar. Seither erfreuten sich die Abendtreffs im Club St. Martin aufgeregter Beliebtheit bei der heranwachsenden katholischen Jugend. Dass es bedingt durch derlei Anregungen in dem Raum mit den beiden Tischkickern schon zweimal zu Pfänderspielen gekommen war, ist zum Glück für Kirche und Betroffene nicht nach draußen gedrungen.

Leider geriet Pfarrer Ludwig mit dem unheilvollen Abgang von Marie-Luise in ein weiteres, gehöriges Dilemma. Seine weltliche Leidenschaft galt nämlich neben Marie-Luise, Alkohol und Zigarren besonders dem Glücksspiel, seit er als Jugendlicher über erstes bescheidenes Geld verfügte. Vor Jahren hatte er sich in München ein Roulette gekauft und er besaß selbstverständlich auch ein Set Präzisionswürfel. Im Laufe der Zeit konnte er Marie-Luise davon überzeugen, dass auch gute Katholiken Spaß am Spiel haben durften. Dass es irgendwann auch um Geld ging, erhöhte nur den Spaßfaktor.

Schließlich hatte auch das Lotto seine Aufmerksamkeit erregt. Schon länger hatte Ludwig in der Montagsausgabe des *Alt-Neuöttinger Anzeigers* die wöchentlich gezogenen Lottozahlen verfolgt. Mit unwiderstehlicher Spannung verglich er die Gewinnzahlen mit seiner privaten Tippreihe. Als er zweimal hintereinander vier Richtige hatte, stand sein Entschluss fest: Er würde tippen! Und noch etwas stand fest: Er war „nicht ganz" frei von Spielsucht. Das ging freilich niemand in Rossmarktl etwas an – um Gottes Willen. Sollte er tatsächlich gewinnen, würde er damit Gutes tun. Bedürfnisse gab es genug in der Gemeinde. Aber soweit war es noch lange nicht, denn er konnte ja nicht selbst wöchentlich zur Kramerin in die Schulgasse gehen und Lottoscheine ausfüllen. Das musste Marie-Luise machen. Er dachte daran, dass sie mindestens einmal im Monat nach Altötting zu ihrer Mutter fuhr, die dort bei ihrem Bruder wohnte. Da ließ sich alles diskret regeln. Er legte sich auf folgende Zahlenreihe fest, die im Unterschied zu seinen bisherigen privaten Zahlen unverändert getippt werden sollten:

7 – 8 – 16 – 17 – 25 – 27 / Zusatz-Zahl 36

Rien ne va plus! Ludwig verspürte eine seltsame Erregung. Er war jetzt Teil einer für die Öffentlichkeit unsichtbaren Welt, die eigentlich einem katholischen Pfarrer verschlossen war, hin- und hergerissen zwischen Pflicht und Gewinnrisiko. Ja, es war gewiss ein Risiko für Hochwürden, am Ende auch noch eine nennenswerte Summe zu gewinnen. Das waren noch Zeiten!

Sophia jedenfalls, so hatte Ludwig inzwischen vorsichtig in Erfahrung gebracht, dachte noch nicht an Rente. Vielmehr dachte sie daran, im Pfarrhaus und in der Kirche „endlich", wie sie meinte, für Ordnung und Sauberkeit zu sorgen. Besonders an Letzteres legte sie zweifellos erhöhte Maßstäbe an. Ludwig quittierte die neue Entwicklung mit der Bemerkung, dass Staub auch nur und nichts anderes als Materie sei, nur halt manchmal leider an der falschen Stelle - was bei Sophia lediglich verständnisloses Schulterzucken hervorrief.

Die *St. Martinskirche,* jedenfalls das Kirchenschiff, stammte aus dem Jahr 1721 und entsprach weitgehend dem gotischen Stil. Auf jeder Seite gab es zwei überdimensional hohe Spitzbogenfenster, die außen von Sandsteinriemchen umrahmt waren. Eines der Fenster, es befand sich auf der Ostseite gegenüber der Kanzel, stach besonders hervor. Es zeigte ein Kreuz, zusammengesetzt aus gelben, weißen und roten Glas-Segmenten. Umgeben war das Kreuz aus einer Vielzahl von weißen, hell- und dunkelblauen sowie türkisen Mosaiken verschiedener Größe. Im Licht der Morgensonne eine wahre Farbenpracht. „Ich bin das Licht der Welt", stand auf einer Tontafel darunter. Vom Pfarrer hatte Sophia erfahren, dass das Fenster vor einigen Jahren aufgrund eines Vermächtnisses ermöglicht wurde. Die kleine Gemeinde hätte sich so ein Kunstwerk sonst bestimmt nicht leisten können. Nein, ein Ort der Düsternis war dieses bescheidene Gotteshaus nicht.

Über dem Kirchenschiff sah man ein mächtiges Netzgewölbe, dessen Ränder in einem rost-roten Ton angestrichen waren, das hob den der Gotik nachempfundenen Stil nochmals angenehm hervor. Im Kirchenschiff gab es die üblichen unbequemen Holzbänke mit den Fußbänkchen zum Niederknien davor. Wenigstens waren diese mit einem roten Teppichvlies gepolstert. Es gab Platz für etwa 240 Personen. Vorne dominierte der Hochaltar das Gotteshaus, drei Treppenstufen erhöht. Darüber gab es nur noch das große vergoldete Kreuz. Der Altartisch war stets mit einer rundum bestickten, ansonsten blütenweißen Decke bedeckt. In der Mitte des Altars, etwas erhöht, befand sich der Tabernakel, bereit für die Aufnahme der geweihten Hostien. Rechts und links davon brannten während der Messen zwei große, weiße Kerzen. Davor befanden sich das aufgeschlagene, ledergebundene Messbuch auf einem kleinen Buchständer sowie die Kanontafeln für die Zelebration der Messe. Während der Zeit zwischen dem Karfreitags-Abendmahl und der Osternacht war der Altar freilich absolut entblößt als Zeichen der Trauer. In der Spitze des Hochaltars konnte man das kunstvoll geschnitzte Relief mit der Figur des *Heiligen St. Martin* hoch zu Ross bewundern, der seine Gans auf dem Arm hielt. Auch die Stirnseiten der vorderen Bankreihen waren mit Schnitzereien verziert, auf denen man die Martinsgans in unterschiedlicher Darstellung sehen konnte. Aufgrund seines Lebenslaufs ist der Heilige St. Martin Schutzheiliger der Reisenden, der Armen sowie der Reiter, aber auch der Flüchtlinge, Gefangenen, Abstinenzler und der Soldaten. Das fand Ludwig auch für sich selbst durchaus passend, selbstverständlich abgesehen von den Abstinenzlern.

Bei dem Altar stand die große, kunstvoll verzierte Osterkerze mit den Weihrauchkörnern und Nägeln auf dem Osterleuchter – Sinnbild für die menschliche Natur Christi, aber auch für seinen verklärten Leib nach der Auferstehung, während die Flamme, die nur an Ostern brannte, das Zeichen seiner göttlichen Natur darstellte. Mit etwas Abstand, rechts vor dem Altar, befand sich die Kanzel, die von einem flachen, geschnitzten Holzdach quasi wolkenartig „geschützt" wurde. Die Kanzel war ebenfalls kunstvoll mit Motiven aus dem Leben Christi geschnitzt und ruhte auf einem mit Sandstein verkleideten Sockel. Auf der linken Seite in einer Nische unweit des Altars konnte man das Reliquienhäuschen sehen, das durch eine Glasscheibe verschlossen war. Dort wurde ein kleines Mantelstück, welches der Überlieferung nach vom Heiligen St. Martin persönlich getragen wurde, aufbewahrt. Vor der Kanzel rundeten das Taufbecken - ebenfalls filigran aus Sandstein geschlagen, eine über einen Meter hohe dunkelblaue Blumenvase aus massivem Glas sowie der ebenfalls geschnitzte stationäre Opferstock die Innenausstattung ab. Letzterer war in Anbetracht der bäuerlich-ländlichen Verhältnisse bemerkenswert geräumig und innen mit Schaumgummi ausgepolstert, um die stets willkommenen Spenden möglichst geräuschlos zu empfangen. Dem gleichen Zweck dienten zwei weinrote Klingelbeutel, die auf einem Hocker einsatzbereit lagen. Mussten nicht schon immer die Schafe ihren Hirten ernähren? Von der gebotenen Dankbarkeit zeugte immerhin die neben dem Opferstock aufgestellte Kerze mit dem Bild der Muttergottes und den großen Lettern *DANKE*.

Gegenüber des Altars blinkten die Orgelpfeifen mattsilber von der Empore herab und ließen ahnen, wem im Zweifel die akustische Oberhand im Hause des Herrn zustand. Das einzig Bequeme, abgesehen von dem bereits erwähnten Opferstock, war das weiche, lederbezogene Sofa in der Sakristei, welches den gemeinen Gläubigen freilich verborgen blieb.

Das ganze Gotteshaus schien in Sophias Augen erfüllt von Staub und Spinnweben, weshalb es nicht allein nach Weihrauch roch. An vielen Stellen muteten die Bänke und die Ablagen für die Gebetsbücher regelrecht klebrig an – vermutlich (und hoffentlich nur) vom vielen Angstschweiß der Gläubigen. Ganz zu schweigen vom Glockenturm; dieser war bisher scheinbar jeder Grundreinigung entgangen. Sophia fühlte sich gebraucht. Sie wollte endlich wieder mal auf etwas stolz sein können. Vielleicht, dachte sie sich, würde es sogar der Pfarrer Ludwig irgendwann bemerken und sie entsprechend loben, womöglich sogar in seiner Predigt vor der ganzen Gemeinde! Weiterer Motivation bedurfte es nicht. Niemals jedoch würde sie auch nur einen dieser Gedanken preisgeben.

Damit hatte sich das pfarrhäusliche Aufgabenspektrum unvermittelt rasant weiterentwickelt. Zum Leidwesen von Hochwürden. Dieser empfand durch Sophias Aktivitäten jeden Tag erneut eine stumme Kritik an seiner Person, wie er in der Vergangenheit solche Zustände hat dulden können. Und nicht zuletzt war es eine konkludent-unverhohlene Kritik an seiner Marie-Luise. Auch den Besuchern fiel die gespannte Unruhe auf, wenn sie zu Anlässen aller Art vorsprachen. Die gastfreundliche, gediegene Atmosphäre war mit Marie-Luise verschwunden. Es galt jetzt für jedermann, keine Zeit zu verschwenden. Auch nicht die des Pfarrers. Sophia nahm Fahrt auf – im Namen der Dreifaltigkeit.

Nach einigen Wochen entsprach das Innere des Gotteshauses im Wesentlichen Sophias Vorstellungen. Ihr Rücken dagegen gar nicht, dachte sie morgens beim Aufstehen. Trotzdem rückte sie in der Folgezeit unbeirrt mit ihrem Putzgeschirr bis in den Glockenturm vor. Dieser galt von alters her als das Wahrzeichen von Rossmarktl. Die Gemeinde hatte unter dem Vorgänger Ludwigs, einem strengen Hohepriester alten Schlages, kräftig und vor allem ausdauernd – „Vergelt's Gott!" - spenden müssen, um die überfällige Renovierung zu stemmen. Der viereckige Turm hatte einen Sockel aus grauem Sandstein. Auch die schwere Eichentür sowie die Fenster und Luken unterhalb der Turmspitze waren mit schmalen Sandstein-Riemchen umrandet. Das galt jedoch nicht für die vier Uhren, die in identischer Form und Größe in alle Himmelsrichtungen wiesen. Unter der Zwiebelspitze konnte man eine graue Umrandung erkennen, die dem stattlichen Mauerwerk einen gebührenden Abschluss gab. Selbstverständlich ragte oberhalb der Zwiebel, die kunstvoll verkupfert war, ein golden gestrichenes, über drei Meter hohes Metallkreuz gen Himmel.

Sophia fiel es schwer, den Wassereimer immer höher hinauf und das Schmutzwasser anschließend immer tiefer hinab zu schleppen. Der dicke Staub auf Geländern und Stufen machte hartnäckig Gewohnheitsrecht geltend, vom Taubendreck ganz zu schweigen. Sie musste die Holzkonstruktion nicht nur abkehren, sondern auch gründlich abbürsten, bevor überhaupt an feuchtes Abwischen zu denken war. Es war eine staubige Angelegenheit.

Abends berichtete sie Pfarrer Ludwig, der ihr meist teilnahmslos zuhörte, über ihre Fortschritte. Dass sie nicht gelobt wurde, fiel ihr nicht weiter auf, sie war schon lange nicht mehr gelobt worden. Hauptsache, es hörte jemand zu. Später schlief sie nach kurzem Abendgebet völlig erschöpft ein. Dann ging Ludwig leise an den Apothekerschrank und zweifelte an seinem Schicksal und dem Dekan.

Die drei Kirchenglocken hingen über der 98. Stufe im Turmgebälk. Bis vor etwa 12 Jahren musste der schon in die Jahre gekommene Messner Sebastian (Bastl) Brachmayer zu allen Messen und Beerdigungen oder, was Gott sei Dank bisher nicht vorkam, im Katastrophenfall, die Glocken von Hand läuten. Dazu musste er jeweils zehn Minuten lang rhythmisch und mit ernster Miene an dem dicken, neben der Kanzel herabhängenden Seil ziehen. Inzwischen erledigte das ein Elektromotor per Knopfdruck. Allerdings bestand Ludwig darauf, dass der Messner zumindest die Segensglocke wie in alten Zeiten weiterhin von Hand in Schwung brachte, und zwar „momentgenau", wie er es nannte. Tradition musste sein!

Für Sophia war es jedes Mal erhebend, direkt neben den Glocken zu stehen und ihre Inschriften zu lesen. „Lobet den Herrn", stand da auf der großen Glocke, darunter, kleiner: *1935*. Vom Pfarrer wusste sie, dass die Kirche im Jahr 1721 gebaut wurde und das alte Geläut, freilich nicht so prachtvoll wie das jetzige, 1917 für Kanonenkugeln eingeschmolzen werden musste. Die beiden kleineren Glocken kamen im April 1945 durch eine amerikanische Panzergranate zum Absturz und zerborsten mit großem Getöse. Es hatte sich nämlich eine Handvoll Landser im festen Glauben an unbedingten Gehorsam und Endsieg im Turm verschanzt. Sie hatten dort ihr vorzeitiges Ende gefunden. Grauenvoll, sie waren doch noch so jung gewesen! Sie hätten lieber an die katholische Kirche glauben sollen, dachte Sophia.

Seit 1958 war das Geläut wieder komplett. Manchmal kam sie im Eifer des Putzens versehentlich mit dem Besenstiel an eine der Glocken, die das prompt mit einem hellen „Bim" quittierte. Sophia erschrak jedes Mal gehörig und hoffte, dass niemand den ungeplanten Ton hörte, besonders, wenn es sich bei der getroffenen Glocke um die Totenglocke handelte. Sie hatte nämlich beobachtet, dass immer, wenn die Totenglocke geläutet wurde, die Holler-Dagmar aus der Borngasse mit dem Fahrrad zur Kirche eilte, um die Neuigkeit auf dem offiziellen Aushang genauestens in Erfahrung zu bringen und danach für deren sofortige Verbreitung sorgte. Nicht auszudenken, wenn es gar keinen Aushang gab. Als es einmal trotz aller Vorsicht erneut passierte, versprach Sophia sogleich, die Sache zu beichten – Hauptsache, der bronzene Glockenguss erhielt frisch gewienert seine alte Ausstrahlung zurück.

Genauso beeindruckend wie die Glocken selbst fand Sophia die schweren Balken und Verstrebungen im Turm. Es war bereits Anfang September und an manchen Tagen immer noch so heiß wie im Hochsommer. Der Turm glich dann nachmittags einem Backofen. Sophia hatte daher ihre Arbeit auf den frühen Morgen gleich nach dem Frühstück verlegt. Dem Pfarrer war´s egal, sein Einfluss auf ihren Tatendrang war ohnehin gering. Ordnung und Sauberkeit sind dem Herrn wohlgefällig, dachte er, da konnte auch ein katholischer Pfarrer wenig einwenden.

Sophia hatte sich angewöhnt, oben angekommen, nicht nur erst mal auszuschnaufen, sondern auch die Aussicht auf sich wirken zu lassen. Genau genommen war es anfangs ein distanziertes Beobachten. Der Ort war wie immer ziemlich ruhig. Man hörte Traktormotoren, zwei Hunde bellten aufgeregt, manchmal drang Kinderlachen oder –geschrei nach oben. Draußen waren die meisten Felder abgeerntet, einige sogar schon umgepflügt. Der blass wirkende Wald dürstete nach Wasser. Immer wieder schauten Tauben oder Spatzen neugierig vorbei, freilich auch in Sophias

Abwesenheit, was die frischen Hinterlassenschaften der Tiere deutlich dokumentierten.

Mit der Zeit genoss Sophia diese friedlichen Momente, und eines Tages bemerkte sie sogar eine lange nicht mehr gespürte Vorfreude auf diese täglichen Eindrücke. Das konnte nur daran liegen, dass sie im Turm nicht nur der Höhe wegen ihrem Herrn näher war, sondern auch seinen Blick von oben auf die Welt teilen konnte. Überhaupt „von oben". Je kleiner die Menschen in ihrer Welt ausschauten, umso friedlicher (und ordentlicher!) erschienen sie. Alles Böse schien einfach unten zu bleiben, schlechte Gedanken konnte man schon gar nicht erkennen. Am liebsten wäre sie für immer hier oben geblieben. Wie damals als Zwölfjährige in Alzgern bei Neuötting. Dort war Sophia als dritte Tochter des dortigen Bäckers zuhause gewesen. Nachmittags, wenn sie nicht die Backstube aufräumen und putzen musste, war sie mit ihrer Clique (damals nannte man das „Kameraden") unterwegs. Zwei von ihnen waren Messdiener in der Pfarrkirche Maria Himmelfahrt.

Eines Tages stiegen sie heimlich in den Kirchturm, der Kirchendiener hielt wie immer um diese Zeit Mittagsschlaf. Aufregend war das, natürlich streng verboten. Überdies war der Kirchendiener Stammkunde in der elterlichen Bäckerei, die nebenbei als Marktplatz für allerlei Informationen, Gerüchte und Meinungen fungierte. Nachdem es mit der Turmbesteigung einmal einwandfrei geklappt hatte, gelangen ihnen noch etliche Wiederholungen. Unvergessen der Tag, als sie in einem Ritz im Glockengebälk einen Briefumschlag entdeckten. Es war ein Abschiedsbrief. Ein gewisser Franz Fürleitner hat sich von seiner Verlobten im Oktober 1914 mit vielen Liebesschwüren in den Krieg verabschiedet. Der Brief sollte als gutes Omen hier bis zum vermeintlich baldigen und vor allem glorreichen Kriegsende bleiben. Dann wollte man Hochzeit feiern. Der Gefreite Franz kam aber nicht mehr zurück, und Traudl, seine Verlobte, hatte den Umschlag wohl vergessen.

Oder sie hätte den Schmerz, diesen nach alldem wieder in Händen zu halten, nicht ertragen. Die Wege des Herrn …

Gedankenverloren saß Sophia zwischen den Glocken und starrte ins Nichts. In ein paar Tagen würde sie hier oben fertig sein. Aber heute hatte sie komischerweise keine Lust zu arbeiten. Die Muße in den milden Sonnenstrahlen, die den Weg durch Luken und Ritzen fanden, war unwiderstehlich, sogar für Sophia. Was mochte das alte Gemäuer schon alles erlebt haben? Der unbändige Stolz der Maurer und Zimmerleute beim Richtfest, die Ängste der Dachdecker-Gesellen im Wind, womöglich leidenschaftliche Stunden eines früheren Pfarrers (Sophia wagte gar nicht, sich das vorzustellen. Aber als Novizin im Kloster *Der Englischen Fräulein* in Altötting hatte man davon getuschelt – freilich nicht ohne ernste Warnungen!); oder es waren eingeschlafene Glöckner, die verbissen kämpfenden und sterbenden Soldaten, Gewitterstürme, Hitze und klirrende Kälte, lange Hochzeits- und Trauerzüge vor der Tür…

„Und stolze Bürgermeister",
sagte am Abend der staunende Pfarrer Ludwig, als Sophia zum ersten mal bei Tisch etwas von ihrer Gedankenwelt preisgab. Dann fuhr er fort:
„Es ist nämlich bei uns eine alte Tradition, dass jeder neugewählte Bürgermeister um Mitternacht die Siegesfanfare aus der obersten Luke heraus bläst und danach eine Flasche selbstgebrannten Schnaps als Opfergabe für den heiligen St. Florian zum Schutz vor Feuersbrunst ausschüttet. Dabei ist es immer wieder vorgekommen, dass sich Jugendliche genau unterhalb der Luke im Gebüsch versteckt haben und mit offenen Münden nach oben schauten, sobald die ersten Tropfen im Blattwerk aufschlugen. Nicht alle, die zum ersten Mal dabei waren, haben es danach ohne fremde Hilfe wieder aus dem Gebüsch geschafft".
Ludwig schien ausgesprochen belustigt, als er von diesem merkwürdigen Brauch berichtete. Dass man geflissentlich von der Be-

seitigung des schützenden Gebüschs abgesehen hatte, gehörte in Rossmarktl zur örtlichen Tradition.

Von solchen Sitten hatte Sophia noch nichts gehört. Man hatte ihr im Kloster viel von Pflichten und Entsagung gepredigt. Das Leben im Allgemeinen drang kaum durch die schweren Tore, lautes Lachen schon gar nicht.

In der folgenden Nacht schlief sie schlecht. Sophia begann sich zu fragen, warum sie anscheinend so wenig vom Leben wusste. Seit einiger Zeit war ihr ein älteres Ehepaar aufgefallen. Immer oberbayerisch-schmuck herausgeputzt, saßen sie fast jeden Sonntag in der dritten Reihe rechts in der Messe. Pfarrer Ludwig schien die beiden zu mögen und hielt beim Ausgang jedes Mal einen kurzen, freundlichen Plausch mit ihnen. Sie hatte erfahren, dass es der Altbauer vom Huber-Hof im Wiesenfeld mit seiner Frau Ida war. Vor Jahren war Anton Huber lange Zeit ein allseits geschätzter Bürgermeister der Gemeinde gewesen. Auch sein Vater Karl, ein Landmann von bestem Schrot und Korn, war schon Bürgermeister - in den Anfangsjahren des Dritten Reiches. Weil er sich aber standhaft weigerte, in die Partei einzutreten, wurde er 1938 kurzerhand aus dem Amt gejagt. Der Huber-Hof war ein geradezu malerisches Gehöft, westwärts als Wetterschutz halb umrahmt von einer Reihe aus Tannen und Birken. Auf dem First prangte ein kunstvoll geschnitzter Glockenturm, wie man sie hauptsächlich im Allgäu bewundern kann. Rechts neben dem Wohnhaus war ein schilfbewachsener Ententeich angelegt, daneben eine kleine Kapelle mit Kruzifix. Vor zwei Jahren feierten die Hubers ihre Goldene Hochzeit mit einem großen Fest. Ludwig zelebrierte wunschgemäß eine eigene Messe in Erinnerung an die guten und schweren Zeiten für das Jubelpaar. Die beiden waren es auch, die sie bei ihren Beobachtungen vom Turm jeden Morgen und bei jedem Wetter erkannte, wenn sie mit ihrem lebhaften, aber gehorsamen Münsterländer zu einem Rundgang aufbrachen. Dabei hatte die Huberin stets ihren Arm bei ihrem Mann eingehängt – es erweckte den Eindruck von Unzertrennlichkeit, ja Glückseligkeit.

„Glückseligkeit?",
murmelte Sophia nachdenklich vor sich hin,
„gibt es das wirklich in dieser Welt, ...nicht nur im Himmel?"
Man hatte ihr von klein auf eine bestimmte Art von Freudlosigkeit vorgelebt. Ihre Eltern hatten gerade einen schweren Krieg überstanden. Sie hatte noch sechs Geschwister, vier Schwestern und zwei Brüder. Der älteste Sohn sollte die Bäckerei weiterführen, so wollte es der Vater und nicht zuletzt die Tradition. Ordnung und Gehorsam, tagein – tagaus. Ach ja, und Respekt vor den Eltern, dem Lehrer, dem Apotheker, dem Pfarrer und der Obrigkeit im Allgemeinen. Natürlich wurde Sophie, wie sie damals noch hieß, zum Schulunterricht, schreiben, lesen und rechnen lernen, angehalten. Aber nachmittags hatte sie sich von klein auf um ihre häuslichen Pflichten zu kümmern. Aufräumen, spülen, putzen, Feuerholz, nähen und stricken lernen, es nahm kein Ende, bis sie schließlich abends todmüde in´s Bett fiel. Bücher gab es sowieso keine im Haus, höchstens die endlos-halbstarken Sprüche ihrer Brüder forderten sie immer wieder heraus, stumpften aber gleichzeitig auch ab. Nur sonntags beruhigte sich die familiäre Betriebsamkeit. Nach der Kirche und dem Mittagessen mit Fleisch und Nachtisch kam es bei schlechtem Wetter vor, dass Mensch ärgere Dich nicht! gespielt wurde. Obgleich sie oft gewann, hatte sie nie das Gefühl, dass man ihr die Freude wirklich gönnte. Kein Wunder, dass die kleine Sophie immer etwas in sich gekehrt wirkte. Schließlich wurde sie nach der Volksschule mit 14 Jahren als Novizin dem Kloster Der Englischen Fräulein in der Neuöttinger Straße in Altötting übergeben. Die Mutter hatte pflicht- und traditionsgemäß die Schwiegermutter nach ihrer Erlaubnis gefragt.
„Is scho recht für´s Sopherl",
war die lakonische Antwort. Abgesehen von den pflichtschuldigen Geburtstagswünschen konnte sich die seit 12 Jahren verwitwete Oma ihrerseits schon lange nicht mehr an ein warmherziges

Wort, geschweige denn an eine Zärtlichkeit in ihrem Leben erinnern. Insgeheim erhoffte sich die Alte wohl ein gutes Omen im Himmel. Damit war das seelische und körperliche Schicksal der Tochter entschieden. In wenigen Tagen würde sich nicht nur die Pforte des Klosters für die arme Sophie endgültig schließen. Genau betrachtet durfte sie nur eines aus ihrem bisherigen Leben im Kloster behalten: Es war ihr Name, jedenfalls fast. Fortan, so der klösterliche Beschluss, sollte sie *Sophia* in Erinnerung an eine frühkirchliche Märtyrin heißen, die um 304 n. Chr. der Christenverfolgung zum Opfer fiel.

Gewiss, sie sah mit ihrer schlanken, hochgewachsenen Figur nicht chancenlos auf dem Heiratsmarkt aus. Aber das spielte in den eintönig-mausgrauen, alles verbergenden Kleidern keine Rolle mehr. Anscheinend wusste dort die Mutter Oberin, dass es völlig ausreichte, sich um die eigene Seligkeit durch beten und beichten zu kümmern. Von Glück war generell nicht die Rede, zumindest nicht vom irdischen Glück. Genauso wenig war auch an ein Zurück zu denken. Für die Familie war es stets auch eine existentielle Frage, die Kinder durch Hochzeit oder eben den Einzug in ein Kloster versorgt zu wissen. Dass ein edler Prinz seine Prinzessin ausgerechnet aus Gottes Käfig befreite, war bis dato noch nicht vorgekommen. Eher schon, dass sich ein einsamer, hormonisierter Mönch eingeschlichen und beigelegt hätte. Davon durfte aber weder der Herr noch die Oberin noch sonst wer erfahren. Das galt natürlich auch für den frechen Vers, den ihr ein Mitbruder aus der nachbarlichen Paulusgemeinde bei der Gartenarbeit einmal grinsend zugeraunt hatte:

> Unter Kutten und Talaren,
> kannst Du großes Glück erfahren.
> Denn dem Abt und auch den Mönchen
> gefielen stets schon junge Nönnchen.
> Getreu der Sage alter Zeit:
> *„Der Herr kommt stündlich, sei bereit!"*

Obwohl Sophia mit ihren 14 Jahren mit solchen Sprüchen nichts anfangen wollte – zu sehr war sie von den strengen Ermahnungen der Mutter Oberin beeindruckt -, ganz aus dem Kopf gingen sie ihr aber auch nicht. Immerhin war sie von ihren Brüdern fleißig vorgeprägt worden. Der Mitbruder in Christo zögerte allerdings nicht lange, die unschuldige Novizin als „Kalte Sophie" abzutun. Das alles focht aber die Kleine nicht wirklich an. Wenn ihr nun mal dieser Lebensweg bestimmt war, dann wollte sie ihn auch in aufrichtiger Treue und ohne Anfechtung gehen. Und das machte sie einzig und allein mit ihrem Gott aus.

Pfarrer Ludwig wusste von alldem nichts Genaues, aber er ahnte doch, dass die Sophia ein entsagungsreiches Leben hatte. Bei genauer Betrachtung musste man wohl feststellen, dass sich einige an ihr versündigt hatten – man hatte ihr ganz offen-*sichtlich* die Lebensfreude genommen. Sie hatte müde Augen und zweifellos auch ein paar Falten zu viel im Gesicht. Dass sie keine Begeisterung ausstrahlte, oft gar ausgesprochen freudlos wirkte, tat ihrer Pflichterfüllung keinen Abbruch. Wenigstens daran hatte Ludwig nichts auszusetzen. Hatte er selbst sie eigentlich immer respektvoll und freundlich behandelt, sie gar schon einmal gelobt? Na ja... Vielleicht sollte er sie doch mit etwas mehr Nachsicht behandeln. Wenn sie doch endlich mal reden würde!

Ludwig entschied sich, den Anfang zu machen und begann, über sich zu reden. Es war ein regnerischer Sonntagabend im November, als er sie bat, sich noch ein wenig zu ihm zu setzen. Das gemütliche Holzfeuer brannte im Kachelofen, auf dem Tisch flackerte eine Kerze und spiegelte sich in zwei Weingläsern. Ludwig hatte mit Bedacht einen edlen Roten aus Unterfranken ausgewählt. Sophia konnte ihre Verunsicherung kaum verbergen. Was wollte der Pfarrer von ihr?

„Sophia, Du bist nun schon seit einem dreiviertel Jahr hier bei uns in der Gemeinde, aber mir ist aufgefallen, dass wir noch immer so wenig voneinander wissen. Natürlich habe ich von Anfang an ge-

sehen, wie gottesfürchtig und fleißig du bist. Daran denke ich jedes Mal, wenn ich nur sehe, wie blitzblank unsere Kirche geworden ist, ganz zu schweigen vom Glockenturm. Und wie Du jeden Tag für mich und unsere Gäste sorgst"

„Danke, Herr Pfarrer, das ist doch meine Aufgabe. Aber ich dachte schon, dass Ihnen das gar nicht richtig bewusst ist..."

Sophia schaute verlegen vor sich auf die Tischdecke.

„Aber wo denkst du hin, Sophia? Wie gesagt, ich denke, wir sollten uns einfach etwas besser kennen lernen, findest Du nicht?", sagte Ludwig und stand auf, um Holz nachzulegen. Der Kachelofen verströmte eine behagliche Wärme, es war absolut ruhig im Haus.

„Du wirst es nicht glauben, aber wir hätten uns ohne weiteres bereits während Deiner Zeit in Altötting begegnen können. Denn, immer wenn ich dort bin, gehe ich in die 'Justinuskirche der Englischen Fräulein'. Ich liebe diese Kirche mit ihrem weißen Marmor. Sie ist nicht so riesig und mit so viel fast erdrückender Pracht wie viele Gotteshäuser"

„Oh Gott, das ist ja kaum zu glauben! Und jetzt, hier in Rossmarktl, fällt uns das erst auf. Ja, Sie haben recht, das ist auch für mich eine besondere Kirche gewesen"

Sophia war hin und weg. Ihre Gesichtszüge erhielten von irgendwoher den seltenen Auftrag, Freude auszustrahlen. Ludwig stieß mit ihr an.

„Auf Dein Wohl, Sophia"

Dann begann er zu erzählen, dass er Jahrgang 1911 ist und mithin am 11. Dezember 51 Jahre alt wird. Er stammte aus der alteingesessenen Bauernfamilie Wertheimer in *Dauborn*. Das liegt im beschaulichen Wörsbachtal südlich von Limburg an der Lahn in Hessen, eine Gegend, die man ob ihrer Fruchtbarkeit den „Goldenen Grund" nannte. Seine Eltern waren nicht nur in der Landwirtschaft tätig, sondern sie betrieben auch wie etliche andere Bauern im Ort eine bemerkenswerte Schnapsbrennerei. Dauborn war schon seit 1700 Schwerpunkt für die Kornbrennerei. Der Ursprung des aufblühenden Wirtschaftszweiges ging auf das benachbarte *Zisterzienser-Kloster Gnadenthal* zurück. Der Schnaps - nichts für Empfindliche! - hieß schlicht *Dauborner* und wurde in braunen Tonkrügen verkauft. Allerdings nur der Teil, der nach ausgiebigem Eigenkonsum noch übrig war. Dass manche Menschen aus der näheren und weiteren Umgebung gerne und süffisant auf die roten Nasen und angeblich hohe Erbgut-Überschneidungen hinwiesen, damit hatten die Dauborner gelernt, umzugehen, indem sie einfach weghörten oder darüber lachten, je nach Situation. Im Gegenteil, der verbreitete Spott hatte ihnen nur noch zu mehr unerschütterlichem Selbstbewusstsein verholfen. Sie waren nicht nur tüchtige, sondern auch stolze und zufriedene Menschen. Davon zeugte die Inschrift neben dem Rathauseingang:

Der Herr gab dem Dauborner Bauer den Pflug,
damit dieser Korn hat und Schnaps in sein´m Krug.
Denn von alters her weiß doch ein Jeder, der klug:
„Selbst in härtesten Zeiten bleibst so Du am Zug!"
Weshalb voll Stolz ganz Hessen tut kund:
„Dauborn – die Perle im Goldenen Grund!"

Selbstverständlich hatte auch jemand dazu eine Melodie komponiert, die bei den jährlichen Festen, aber auch bei Familienfeiern zu fortgeschrittener Stunde mit grandioser Lautstärke vorgetragen wurde, vor allem und selbstredend die letzte Liedzeile.

Ludwig Wertheimer wurde von seinen Eltern Heinrich und Henriette gemeinsam mit seinen vier Geschwistern im katholischen Glauben erzogen. Das war in Dauborn eine große Ausnahme, denn hier waren fast alle evangelisch. Bei Wertheimers war das ganz früher ebenso, bis die Urgroßmutter als junges Mädchen entgegen aller Warnungen und Drohungen einen strengen Katholiken aus Limburg heimbrachte, der sie alsbald und vermutlich bei erster Gelegenheit schwängerte. So kam es, dass die eilige Hochzeit in Limburg stattfand und die junge Familie Teil der kleinen katholischen Gemeinde wurde – sehr zum Missfallen der Brauteltern. Aber was wollte man machen, Hauptsache, keine Schande! Jeden zweiten Sonntag fuhr die Familie mit der Pferdekutsche zur Messe in´s nahegelegene Oberbrechen. Nur zu besonderen Anlässen wie Taufen oder zu wichtigen Hausbesuche kam der dortige Pfarrer mit dem Pferd angeritten. Ludwig erinnerte sich daran, dass sich die Evangelischen im Ort mächtig lustig machten über den reitenden Boten Gottes, dessen Satteltaschen auf dem Rückweg stets prall gefüllt aussahen. Und als dieser einmal unterwegs am Waldrand von seinem Pferd abgeworfen wurde, weil sich das Tier vor einem aufspringenden Hasen erschreckt hatte, nahm der abschätzige Spott über die Katholiken im Allgemeinen und den Oberbrechener Pfarrer im Besonderen seinen freien Lauf. Von Mitgefühl über den ausgekugelten Arm des reitenden Glaubensboten war seitens der Protestanten nichts zu hören.

So kam Ludwig früh mit dem kleinen Gemeindeleben in Verbindung. Als Jugendlicher schloss er sich den Pfadfindern und den Messdienern in Oberbrechen an. Der Vater kam aus dem Krieg mit Frankreich nicht zurück, sodass seine Mutter zusammen mit den Großeltern die Landwirtschaft und die Brennerei führen musste, natürlich mit früher Hilfe der Kinder. Auch ein Knecht und eine Magd gehörten zum Haushalt. Ludwig mochte die beiden, sie hatten immer ein freundliches Wort und deckten oft genug seine Streiche. Und sie konnten ihm viel vom ländlichen Leben, von Wind und Wetter und manchen handwerklichen Geschicklichkeiten erzählen. Trotz der täglichen Arbeiten zuhause war Ludwig ein fleißiger Schüler und brachte es zu guten Noten. Er galt schnell bei Geschwistern und Freunden als Streber, oft genug aber auch als Ratgeber und Helfer. Eifriger und gut gelittener Helfer war er auch in der noch jungen Feuerwehr des Ortes.

Einmal nahm ihn seine Mutter mit zu seiner Tante Elli nach Mainz. Sie war dort mit Onkel Wilhelm, einem gutmütigen schnauzbärtigen Volksschullehrer mit Vollglatze, verheiratet. Viel zu selten konnte er bei den Beiden sein, obwohl sie doch seine Lieblingsverwandten waren. Leider hatten sie keine Kinder. Es war der 10. April 1921. An diesem Tag wurde der neue Bischof Ludwig Maria Hugo geweiht. Neun Jahre war der Dauborner Bub damals. Welch eine Pracht, welch eine Festlichkeit, wie viel Weihrauch, was für ein Dom! Kein Zweifel, Gott persönlich musste hier anwesend sein. Der kleine Ludwig war wie vom Blitz getroffen und konnte sich vor Begeisterung, aber auch vor grenzenlosem Respekt, kaum halten. So etwas hatte er sich nicht vorstellen können.

„Willst Du aach emol en Parrer wern?",
fragte die Tante arglos. Danach sah es gar nicht aus, als er sich einige Jahre später regelmäßig mit seiner blonden Schulkameradin Hannelore zu treffen begann. Sie hatte trotz ihrer Jugend schon ansehnliche Argumente auf ihrer Seite. Dazu gehörten auch ihre strahlenden Augen und die beiden langen Zöpfe, von denen einer tatsächlich ein paar Zentimeter länger war als der andere. Den durfte er schon bald ausgiebig anfassen, bevor es nach gefühlter Unendlichkeit zum ersten Kuss kam. Ja, die kecke Hannelore brachte ihn mächtig durcheinander. Sie war dabei, seinen jugendlichen Plänen, die Karriere einer kirchlichen Respektsperson anzustreben, gefährlich zu werden.

Gefahr kam dann von unerwarteter Seite, als sein bester Freund Max sich auch gerne mal verlieben wollte und sich an seine Hanni, wie er sie nannte, immer mehr heranmachte. Schließlich wechselte diese die Seite und beendete damit seine erste Liebe und seine beste Freundschaft gleich mit. Die Würfel der Enttäuschung waren gefallen: Ludwig würde Theologie in Mainz studieren. Danach landete er als junger Vikar in der prächtigen Pfarrkirche *St. Peter und Paul* in Villmar an der Lahn, unweit seines Heimatortes.

Am 8. Juni 1941 wurde Ludwig im Dom zu Limburg von Bischof Antonius Hilfrich feierlich zum Priester geweiht. Zuvor war er gemeinsam mit fünf anderen Brüdern und dem Bischof an der Spitze, würdevoll geleitet von streng drein blickenden Domschweizern in ihren prachtvollen Uniformen, vom nahe gelegenen Bischofssitz durch die Reihen der Gläubigen auf dem Domplatz in das Gotteshaus eingezogen. Es war ein sonniger Tag gewesen, die Stimmung andächtig-festlich. Den Moment, als er in einer Reihe mit den anderen Brüdern lang ausgestreckt als Zeichen für das „Getragen-sein durch Gott" vor dem Bischof lag und dessen Worte aus Lukas 10,16 vernahm:

„Wer Euch hört, hört mich",

... nein, diesen Moment würde er nie mehr vergessen.

Dann musste er in den Krieg nach Russland, als „Kriegspfarrer a.K.", auf Kriegsdauer mithin. Den Krieg konnte er allerdings auch nicht vergessen. Er hatte Menschen und Waffen gesegnet, gebetet und viel getröstet. Nicht jeder Offizier betrachtete sein Wirken mit Wohlgefallen. Je weiter er mit dem Vormarsch nach Osten kam, desto stärker beschlich ihn das Gefühl, dass der Herr Augen und Ohren vor dem menschlichen Wahnsinn verschlossen hatte. Und dass einige von denen, die er zuvor gesegnet hatte, offenbar nicht vor üblen Kriegsverbrechen zurück schreckten. Umso mehr wurde er von seinen Kameraden gebraucht, mit jedem Tag mehr - besonders auf dem Rückmarsch. Manchmal brachen sich derbe Streiche Bahn, um Druck aus dem Kessel zu nehmen, der mit Unrecht und Gewalt übervoll war. Mitunter traf es in Ludwigs Augen sogar die Richtigen. Etwa, wenn rücksichtslose Einpeitscher-Typen arglos-eilig auf einem angesägten Donnerbalken Platz nahmen und im nächsten Moment so hosen- wie hilflos in die Scheiße abrauschten. Oder wenn bestimmte Stahlhelme, Schlafsäcke oder Bettrahmen von innen mit schwarzer Schuhwichse eingestrichen wurden. Was für ein Mut – oder war es Verzweiflung? - , in diesen gefährlichen Zeiten solche Streiche gegen Vorgesetzte in die Tat umzusetzen! Er hatte alles gesehen, alles gehört, alles gefühlt, alles gerochen, alles gedacht, gefürchtet und gehofft. *So viele Tapfere - aber für wen?* Ungezählte Leidende, soviel Angst – *aber wofür?* Namenlose Tote – *aber warum?*

„WARUM???"
Diese Frage führt nicht weiter, leider...

Irgendwo hatte er diese Passage schon einmal gelesen. Immer wieder schrie ihn diese Frage geradezu körperlich an:
„Mein Gott, WARUM?"

Wenn er nur an diese acht Exekutionen zurückdenken musste, zu denen er als Seelsorger(!) gerufen wurde. Was konnte er schon den armen Menschen als Letztes sagen, bevor er ihre eiskalten, zitternden Hände loslassen musste? Bis heute verfolgten ihn diese verdammten, beschissenen Alpträume. Jedes Mal hatte er kotzen müssen, sobald zuerst die Schüsse und dann die Delinquenten gefallen waren. Es hatte ihm so spontan wie brutal fast die Speiseröhre zerrissen. Ein ganzes Wasserglas mit russischem Wodka hatte er jedes Mal danach gebraucht, um Geschmack und Erlebnis zu verdrängen – je zur Hälfte gegurgelt und gesoffen. Er war nicht der Einzige, dem es so miserabel erging. Einmal hatte man noch kurz vor Kriegsende einen 18-jährigen als Deserteur beschuldigt, weil dieser vor lauter Angst und Verzweiflung in die nahe Heimat, die schon von den Amis besetzt war, abhauen wollte. Es hatte alles nichts genutzt, auch Ludwigs energische Fürsprache beim Oberstleutnant wurde kategorisch zurück gewiesen.
„Wir werden dieses Exempel statuieren!",
hatte es bündig heißen. Und dass sich der Kriegspfarrer da heraus zu halten hätte. Es erfüllte Ludwig noch heute mit Bitterkeit, dass diese Leute manchmal nur Tage später die Ersten waren, die ihre Uniform wegwarfen.
„Mit aller Kraft hatte er meine Hand festgehalten. Seine Schreie haben mich geradezu zerrissen. `Feuer frei!´, gellte der komman-

dierende Hauptmann, ich musste ihm unvermittelt auf die Stiefel kotzen.

`So eine Sauerei, nehmen Sie sich doch zusammen, verdammt nochmal, wir sind doch hier nicht bei der Vor-Kommunion!´, herrschte er mich angewidert an.

`Mein Gott, warum hast Du uns verlassen´, dachte ich nur noch, während die Soldaten den grässlichen Schauplatz schweigend verließen, einige leise heulend. Waren das nicht auch die letzten Worte von Jesus vor 2000 Jahren? Eli eli lema sabachthani?"

In solchen Momenten schmerzhafter Erinnerungen war Ludwig bewusst, warum er keine Lust verspürte, über die schicksalhafte Zeit bei der Wehrmacht oder in der anschließenden Kriegsgefangenschaft zu reden. Anders als die meisten Kriegsveteranen, wenn sie nach dem Sonntagskaffee bei Zigaretten und Schnaps unter sich waren. Dann konnte man von echter Kameradschaft, von Vorgesetzten aller Art, von Granatenhagel im Iwan-Land, Partisanen, von Toten und Überlebenden und zu fortgeschrittener Stunde auch von jahrelang durchgemachten Sorgen hören: *„Wie geht es meiner Familie und werde ich überleben? Die Heim*at *wiedersehen?"*

Alle, die Ludwig kannte, waren nur einfache Landser, Panzerfahrer, Reiter oder Flakschützen gewesen, fremdbestimmt in einem riesigen Räderwerk. Es war eine Art kollektive Verarbeitung der ehemals auferlegten patriotischen Pflichten, denen man nicht hatte entrinnen können. Außer, man wäre ein Held gewesen. Aber echtes Heldentum war schon immer selten und die jeweilige persönliche Katastrophe so gut wie sicher. Genauso sicher war es, dass keiner ungeschoren, gleichgültig oder auch nur unschuldig dem Desaster entkommen war. Obendrein hatte fast jede Familie in den beiden Kriegen einen schweren Preis bezahlen müssen, den man auf dem Friedhof auf kleinen bronzenen Tafeln nachlesen konnte, in Rossmarktl genauso wie in Dauborn. Nicht wenige Familien kamen sogar mehrfach vor. Ludwig wollte das Ganze am liebsten vergessen oder doch zumindest verdrängen. Es war *seine* Art, die unselige Vergangenheit zu verarbeiten. Krieg war Krieg und Frieden war Frieden. Es war Zeit für einen Schluss-Strich, schon der Jugend wegen. Wollte das die Öffentlichkeit denn nicht auch, Wiederaufbau und Wohlstand vor Augen? Alle vereinte die Vision, dass es ihre Kinder einmal besser haben sollten, das war das Wichtigste in diesen Zeiten. Und das tat es ja auch endlich wieder – bergauf gehen.

Sophia hörte mit großen Augen zu. Noch nie hatte jemand sich ihr gegenüber so geöffnet, noch nie hatte sie so Unerhörtes erfahren. Zudem von einem Menschen, der doch so über ihr stand, der einfachen Nonne. Sagen konnte sie nichts, sie war völlig verwirrt. Ihr waren die feuchten Augen des Pfarrers nicht entgangen. Im Hintergrund schlug die Turmuhr dezent die volle Stunde, es war zehn. Ludwig stand auf, holte sein Fegefeuer hervor und goss entschlossen zwei Gläser ein. Die Stille im Raum war geradezu erdrückend.
„Auf Gottes Segen",
sagte Ludwig mit belegter Stimme und sogar Sophia kippte angesichts ihrer Ergriffenheit den Schluck beherzt hinunter. Als sich das entsetzlich brennende Gefühl in ihrer Kehle beruhigt hatte und der Hustenreiz gestillt war, begannen sich ihre Augen wieder zu trocknen und stattdessen quasi übergangslos zu leuchten. Das Fegefeuer, das konnte sie deutlich spüren, begann sie an Leib und Seele zu erwärmen. Unvermittelt waren die beiden Gläser wieder voll. Was hatte sie heute Abend nicht alles erlebt? Ihr Pulsschlag war nahezu außer Kontrolle, so aufgeregt war sie.

Ludwig versorgte noch einmal das Feuer. Es war schon sehr lange her, dass er einem Menschen so viel über sich preisgegeben hatte. Dann zündete er sich seine erloschene Zigarre wieder an und fuhr fort.

„Du fragst Dich bestimmt, wie ich als Hesse in Oberbayern gelandet bin"

„Ja, und wieso Sie so gut bayerisch ratschen können"

„Nach der Kapitulation haben mich die Amerikaner nach München gebracht, und entlaust haben sie mich auch, haha. Als Pfarrer hatte ich keine politischen Probleme und konnte bald gehen. Es galt zu überleben. Und das ging am besten auf dem Land. Ich hatte genug Trümmer gesehen und mir waren einfach die vielen Menschen in der Stadt zu viel. So landete ich mit meiner Bibel im Rucksack im Herbst 1945 in Altötting, gerade rechtzeitig, um bei Bauern zu helfen, Kartoffeln, Getreide und Viehfutter zu ernten. Die Bauern waren gottesfürchtig und immer großzügig gegenüber der Kirche. Taufen, Hochzeiten und Sterbefälle gibt es auch in Krisenzeiten; die Beichte spielte dagegen noch keine besondere Rolle.

Seit 1954 bin ich jetzt schon Pfarrer in Rossmarktl. Hier würde ich gerne bis zu meiner Pension bleiben. Land und Leute und vor allem der bayerische Dialekt waren mir sofort sympathisch. Ich bewundere die Bayern, sie sind stolz und unbeugsam – genauso wie die Dauborner, ha-ha-ha.

In Oberbayern klingt das Hessische geradezu lächerlich. Unvorstellbar, hier hessisch oder irgendwie nicht-bayerisch zu predigen! Ich gewann auf Anhieb Freude am hiesigen Dialekt. Auch in der Wehrmacht hatte ich zwei gute bayerische Kameraden, deren Sprachmelodie ich bis heute im Ohr habe. Leider haben wir uns aus dem Blickfeld verloren. Hoffentlich haben sie das Elend gut überstanden. Wie gerne würde ich die beiden mal wiedersehen. Aber ..."

Ludwig atmete tief ein und schaute Sophia an, um die Wirkung seiner Worte zu ergründen. Es war spät geworden, sie beide spürten eine tiefe Müdigkeit. Wahrscheinlich war es eher schlichte Erschöpfung. Sophia durchzuckte ein lange unbekannter Gedanke: Hier hat sich jemand IHR anvertraut, und zwar der Pfarrer, der sonst allen anderen die Beichte abnahm oder den himmlischen Segen überbrachte. Mit dem unglaublichen Gefühl, Respekt und Wertschätzung erfahren zu haben, schlief Sophia an diesem Abend ein. Sie würde nichts mehr gegen Fegefeuer und Co. unternehmen.

Am nächsten Morgen holte Sophia die schönste Rose aus dem Vorgarten und stellte sie in einer Vase auf Ludwigs Schreibtisch. Über Nacht hatte es aufgehört zu regnen. Ein schöner Tag im Spätherbst stand bevor. Sie war jetzt bereit, auch ihren Teil zum gegenseitigen Kennenlernen beizutragen.

II

Unser tägliches Brot gib uns heute.
Und vergib uns unsere Schuld,
wie auch wir vergeben unsern Schuldigern.
Und führe uns nicht in Versuchung,
sondern erlöse uns von dem Bösen.

Wir bitten Dich um Segen und Hilfe
für unsere Familien und Freunde,
für alle Unglücklichen und Leidenden.

Gib uns unser tägliches Brot
und einen gesunden Geist
und einen gesunden Körper,
damit wir Verantwortung übernehmen können
für uns selbst, unsere Nächsten und die Natur.

Vergib uns Fehler und Versäumnisse
und lass´ uns tolerant und hilfsbereit
gegenüber unseren Mitmenschen sein.
Lass´ uns Deine Hand spüren,
damit wir uns geborgen fühlen können.

Die Telefonklingel unterbrach die abendliche Besinnlichkeit. Es war schon nach zehn. Sophia hatte sich schon zurück gezogen, und Ludwig genoss den Klang einer Schallplatte von Edith Piaf.
„Entschuldigen´s die späte Störung, Hochwürden, hier spricht der Moosleitner-Gustl".
„Grüß´ Gott, Gustl, was ist mit der Berta?",

fragte Ludwig sofort. Erst vor drei Tagen hatte er die Moosleitners zu Hause besucht. Daher wusste er, dass es schlecht um die Berta stand. Sie hatte sich mit ihren 88 Jahren einfach nicht von einer schweren Grippe erholt. Jetzt war auch noch eine Lungenentzündung hinzu gekommen.

„Dr. Albrecht sagt, sie sollen kommen und das Gleit-Öl mitbringen. Eilig is´ net, aber pressiern dat´s scho!",
beendete Gustl Moosleitner seinen aufgeregten Anruf.

„Dieser spöttische Atheist von Dr. Albrecht",
murmelte Ludwig vor sich hin. Wahrscheinlich hatte der alte Moosleitner kurzerhand wieder mal seinen Nachbarn, den Viehdoktor, zur ersten und womöglich letzten Hilfe gerufen. Schnell war er ja immer, der Kerl, und hilfsbereit dazu. Vorletztes Jahr war Dr. Albrecht aus der Kirche ausgetreten. Das hatte hier in der Gegend noch keiner gewagt. Die heilige letzte Ölung verunglimpfte er damit, sie hätte den Zweck, mittels Gleit-Öl für einen guten Rutsch nach oben zu sorgen. Wenn sich das bei den Ministranten herumsprechen sollte! Noch weniger gut heißen konnte Ludwig die Bezeichnung „Saubere Leistung", wenn der Ungläubige damit die unbefleckte Empfängnis kommentierte. A Hund is er schoo, dachte Ludwig grimmig.

Als Tierarzt freilich war Dr. Albrecht nichts vorzuhalten. Er genoss allgemeines Vertrauen, wenn es sein musste, 7 Tage die Woche. Sicher gab es Leute im Ort, die noch seinem Vorgänger, er hieß Franz-Xaver Tandler, nachtrauerten. Er war ein Bilderbuch-Bayer von altem Schrot und Korn, den noch niemand ohne seine Lederhose und schon gar nicht ohne seinen grauen Rauschebart gesehen hatte. Das genaue Gegenteil seines jung-modernen Nachfolgers, der manchen einfach zu akademisch daherkam. Allerdings nur solange, bis er nach und nach jedem einmal aus einer medizinischen Notlage herausgeholfen hatte. Da waren die alten Vorurteile zwar nicht vergessen – aber es war dann halt „etwas Anderes". Dr. Albrecht wohnte zusammen mit seiner jungen Frau in einem schmucken Häuschen oberhalb des Ortes „höher als der

Kirchturm", wie er zu sagen pflegte. Zu seinem Haushalt gehörten allerlei Tiere sowie zwei Esel, allerdings keine Kinder. *„Unser'm Rindvieh kann er helfen, nur sich selber nicht",* wurde hinter vorgehaltener Hand getuschelt. Na ja... Mit seinen beiden Eseln unternahm er sommers regelmäßige Kutschfahrten durch die malerische Gegend. Niemand strahlte dann mehr als die Frau Doktor, vor allem, wenn an einem verschwiegenen Platz am Waldrand nicht nur der Picknick-Korb ausgepackt wurde. Oft genug ist er dem Dr. Berlinger, seines Zeichens Allgemeinmediziner, zur Hand gegangen. Not macht halt tolerant. Umgekehrt, dachte Ludwig, hätten sich die Bauern das wahrscheinlich nicht bieten lassen. Selbst Pfarrer Ludwig hatte die medizinische Kompetenz des Tierarztes am eigenen Leib erfahren, als Dr. Berlinger für ein paar Tage verreist war. Der Veterinär hatte ihn nämlich im letzten Jahr am 1. Advent so effizient wie schmerzhaft, aber vor allem diskret, von einem üblen Furunkel erlöst. Die anschließenden Kamille-Sitzbäder und Einreibungen, die ihm seine Marie-Luise schonend bereite, taten Gott sei Dank ihr übriges. Trotz alldem war Dr. Albrecht froh, dass er hauptsächlich bei der Tiermedizin gelandet war. Diese Patienten, so fand er, lamentierten halt nicht so viel herum. Und wenn's gar nicht mehr ging, dann gab es ja immer noch die Notlösung.

Ludwig legte den Hörer auf die Gabel, ergriff seine Tasche – „meinen mobilen Altar" - und eilte zur letzten Ölung.

Am nächsten Tag, es war nach der obligatorischen Mittagspause im Pfarrhaus, hatten sich zwei junge Leute aus dem Dorf zu einem dringenden Termin angemeldet.
„Wir müssen heiraten, es pressiert, Hochwürden!"
In letzter Zeit schien es öfter zu pressieren. Sophia hatte die beiden jungen Leute hereingeführt und ihnen vor seinem Schreibtisch Platz angeboten. Erika und Sepp, beide aus örtlichen Bauernfamilien stammend, konnte man das Liebesglück momentan nicht unbedingt ansehen. Mehr schon die Umstände der Braut.

„Seit wann seid ihr denn ein Paar und was sagen Eure Eltern dazu, dass sie bald Oma und Opa werden?"
Ludwig ahnte schon die häusliche Gewitterstimmung. Er kannte sich in den Familien besser aus als sonst jemand in Rossmarktl. Sepp gab sich einen Ruck.
„Seit dem Feuerwehrfest, Hochwürden. Da ist es gleich passiert im Heuschober vom Mühlenbauer. Und wenn ich die Erika nicht schleunigst heirate, fliege ich raus. Das ist ..."
Weiter kam der Sepp nicht, weil es aus der Erika herausplatzte:
„Und mein Vater sagt, ich wäre jetzt entehrt und das wäre eine Schande für die ganze Familie. Er will mich nicht mehr sehen. Und den Sepp schon grad´ gar nicht. Dabei lieben wir uns doch!"
Dann konnte sie nur noch schluchzen. Ludwig reichte ihr eilig sein Sacktuch, derweil Sepp ihre zitternde Hand hielt. Erika beruhigte sich langsam wieder.
„Als erstes müsst ihr am Samstag zur Beichte kommen, um Eure Eltern kümmere ich mich selbst"
Ludwig erkannte die Notlage der beiden vollkommen. Er hatte jetzt wie so oft zwischen Mitgefühl und der gestrengen katholischen Kirche zu balancieren. Beide nickten erleichtert. Es klang für sie wie der Einstieg in ein neues Leben. Gut, dass Hochwürden so viel vom Leben verstand! Wie gut, dass Erika sich nicht mit einem der schwarzen amerikanischen Soldaten eingelassen hatte, die beim letzten Oktoberfest hier aufgetaucht waren, sinnierte der Pfarrer erleichtert. Was hätte er da noch ausrichten können?

Für Pfarrer Ludwig war das nach Lage der Dinge Routine. Er hätte es nie zugegeben, dass er gerade solche Beichten bevorzugt abnahm. Daher war es nicht verwunderlich, wenn er nicht eher zur Sündenvergebung schritt, bevor der oder die Betroffene nicht alle Einzelheiten der jeweiligen Techtelmechtelei preisgegeben hatte. Schließlich beinhaltete die Beichte ja das vollständige Bekennen im Rahmen einer vertraulichen Ohrenbeichte. Scheiß Zölibat!, dachte dann der einsame Pfarrer und erinnerte sich schmerzlich daran, dass diese Entsagung erst nach Abschluss der

Laterankonzilien im Jahre 1215 durch Papst Innozenz III offiziell eingeführt wurde, womöglich sogar gegen Gottes Willen. Zumindest ist die Bibel diesbezüglich sprachlos. Zwar gab es bereits um 306 nach Chr. bei der Synode von Elvira eine entsprechende Vorläufer-Regelung, aber auch durchaus nennenswerte praktizierte Ausnahmen, besonders in den Reihen des höheren Klerus. „Die Höhe" aber war für Ludwig, dass sich das Kirchenrecht erst im Jahre 1917(!) dazu verstiegen hat, das Zölibat abschließend zu fundamentieren. Die in die Jahre gekommene Sophia, soviel war klar, konnte ihm bestimmt nicht helfen. Er hatte ja seine Marie-Luise. Leider hatte er von ihr schon länger nichts gehört. Er war sich sicher, dass sie ebenfalls unter der Trennung litt. Außerdem dachte er, wie schon so oft, an die Jahre vor seiner Priesterweihe. Als er sich in seine Hanni erst-verliebt hatte und sich seiner aufblühenden Sexualität erfreute. Bis ihm sein damals bester Freund Max die Liebschaft rücksichtslos ausspannte. Damit war damals die Entscheidung zum Priestertum zwar spontan, aber endgültig gefallen. Lange war's her. Was wohl aus den Beiden geworden war? Er hätte ihnen zu gerne die Beichte abgenommen...

Im Falle der beiden werdenden Eltern galt es, den Hausfrieden wieder herzustellen und gleichzeitig mit diskreter pastoraler Unterstützung der örtlichen Moral gerecht zu werden. Und die würde gewiss am Hochzeitstag bei ausreichend Freibier obsiegen; die stolzen Großeltern würden schließlich und endlich im nächsten Mai für eine stattliche Taufe sorgen.
„Ich werde mit Euren Eltern sprechen",
wiederholte Ludwig.
„Euer Kind wird selbstverständlich gut katholisch in Rossmarktl aufwachsen",
legte Ludwig unmissverständlich fest. Erika strich über ihren Bauch, und sogar Sophia schaute den beiden verträumt an der Haustüre nach.

Ludwig hatte schon immer viel für die Jugend übrig. Wahrscheinlich auch deshalb, weil er keine eigenen Kinder hatte. Besonders die Rossmarkt'ler Buam und Dirndl lagen ihm am Herzen. Er kannte sie alle nicht nur von der Taufe; besonders aber, seit sie in der Schule beim Religionsunterricht vor ihm zu sitzen hatten. Es war ihm wichtig, den Jungen hauptsächlich seine unkomplizierte, verständnisvolle Seite zu zeigen, nicht nur die gestrenge Respektsperson. Letzteres musste aber leider manchmal sein, in „schweren Fällen". Zum Beispiel, wenn wieder mal einer mit Stinkbomben im Religionsunterricht gearbeitet hatte. Dann drohte er ernsthaft mit einem verbalen Einlauf, einmal sogar mit einem Hocheinlauf mit Eiswasser. Aber es blieb natürlich bei den Drohungen, denen zum Glück eine gewisse Wirkung nicht abzusprechen war.

Viel lieber lud er aber die Katecheten zu einem Lagerfeuer ein und sang mit ihnen die alten Fahrtenlieder, während jemand auf der Gitarre klampfte. Oder er ließ sich zu ein paar Pässen auf dem Bolzplatz hinreißen. Trotzdem – oder gerade deswegen? – kam es vor, dass er in dieser wohlwollenden Grundeinstellung mit mancherlei Prüfung konfrontiert wurde. Einmal hatten es zwei Strolche tatsächlich auf die Spitze getrieben. Bis heute wusste er nicht, wer das war, weil sie dummerweise unerkannt, dafür aber lauthals lachend, entkommen konnten. Das lag an der dichten Hecke am Friedhofsende, hinter der sich die beiden verschanzt hatten. Just, als Ludwig nichts ahnend zu einem Hausbesuch aufbrach, steckte einer der beiden ein unscheinbares Röhrchen durch die Hecke, während der andere auf den Sekundenbruchteil genau da hinein brunzte, so dass die Pisse so unvermittelt wie zielsicher nicht nur Ludwigs frisch gewichste Schuhe traf, sondern auch seine linke Socke einnässte. Es war einer der seltenen Momente, wo man Hochwürden laut in der Öffentlichkeit fluchen hören konnte.

„Herrgott-Sakra, ihr verflixten Verrecker, g'stinkerte Saubande, greislige Halunken, damische, nichtsnutzige Rotzlöffel! Der Luzifer soll Euch …"

Dank der plötzlich einsetzenden Schnappatmung endeten die Ausfälle unvermittelt. Die Zornesröte in seinem Gesicht und die Pulsfrequenz in seinem Innern ließen auf einen bedenklichen Allgemeinzustand schließen. Er musste allerdings, schoss es ihm durch den Kopf, schnellstens den Schauplatz verlassen, um nicht angesichts des Bächleins auf dem Bürgersteig genau vor seiner Hose auch noch dem öffentlichen Spott anheim zu fallen. Außerdem brauchte er jetzt dringend frische Socken, das konnte er deutlich spüren. Wie gerne, dachte Ludwig bei sich, hätte er als Bub auch einen solchen genialen Einfall gehabt. Ob sie das wohl vorher geprobt hatten?

Mit einer Mischung von Ärger und Bewunderung erinnerte sich Ludwig an jenen Tag in Dauborn, als er zusammen mit vier Kameraden, sie mochten 16, 18 Jahre und für ihr Alter nicht unwesentlich alkoholisiert gewesen sein, eines nachts im August in das örtliche Backhaus eingebrochen waren. Nicht, um den Ofen anzuheizen, sondern um einen großen Leiterwagen, der zuvor sorgfältig in seine Einzelteile demontiert wurde, durch die enge Tür zu bugsieren und diesen im Innenraum wieder halbwegs zusammenzusetzen. Und zu guter Letzt hatten zwei Burschen in einer vollends entglittenen Gewaltaktion den Wagen noch mittels zweier Schubkarren mit Kuhmist beladen. Die missliche Situation, die am nächsten Tag vorgefunden wurde, konnte einzig und allein dadurch beseitigt werden, dass die Abfolge der nächtlichen Vorgehensweise in umgekehrter Reihenfolge rückabgewickelt werden musste. Allerdings nicht von den unbekannten Verursachern. Selten hatten sich Wut, Verzweiflung und grenzenloses Gelächter so ineinander verwoben und für eine bleibende Erinnerung in Dauborn und Umgebung gesorgt, die im Laufe der Jahre immer mehr zu einer Heldentat mutierte. Dass das Backhaus aus olfaktorischen Gründen nicht mehr zum Brotbacken taugte, war nur für einige Tage ein kollateraler Nebeneffekt.

In diesen Zeiten gab es in seinem Heimatort noch ein anderes Gesprächsthema. Eines späten Abends klopfte es am Fenster des Gemeindearbeiters Wilhelm Schwan, der mit seiner Frau im Eufinger Thalweg wohnte. Kaum dass er das Fenster geöffnet und seinen Kopf hinaus in die Dunkelheit streckte, senkte sich unvermittelt ein Pferde-Kummet von oben herab, landete auf dem Hals des armen Wilhelm und umschloss diesen, als wäre es eine Maßanfertigung. Das Kummet hatten zuvor unbekannte Taugenichtse an einer Leine über dem Fenster aufgehängt und im richtigen Moment zügig abgelassen. Da das Fenster eher klein war, das Kummet aber größer, war es nicht möglich, dem Pferdegeschirr ohne fremde Hilfe und gehörigen Nackenschmerzen zu entkommen. Natürlich gab es dringend Verdächtige, die es gewesen sein mussten. Aber alle stritten mit Entschiedenheit ab, zur fraglichen Zeit auch nur in der Nähe des Thalwegs gewesen zu sein. Und auf solche absurden Gedanken, so behaupteten sie, würden sie sowieso nicht kommen. Wilhelm zumindest beendete damals diesen Abend mit stechenden Halsschmerzen und einem Schmalzwickel im Bett.

„Bitterbies",

sagte Henriette Wertheimer, als sie davon hörte,

„des is jo ferschterlich",

während sie ihren Sohn so kritisch wie erkenntnislos musterte.

„Was soll dann aus deere Juchend nochemol werrn?"

„Kaan Respeckt, kaa Zucht unn kaa Ordnung"

„Die Bersch geheern iwwers Knie geleet"

… waren gängige Kommentare der Dauborner Volksseele. Hauptsache, man war selbst nicht zur spöttischen Zielscheibe wie der arme Schwane-Willem geworden. Zum Glück gab's ja noch genug von dem örtlichen Korn. Mein lieber Mann!

Am Abend, als Sophia sich bereits zurückgezogen hatte, inspizierte Ludwig wieder einmal seinen Apothekerschrank. Trotz der abendlichen Aussprache vor ein paar Tagen wollte er doch nicht ohne weiteres seine Karten aufdecken. Als vor ein paar Wochen der Pegel seiner besten Obstlerflasche gar zu offensichtlich abgesunken war, griff er zu einer List. Er füllte den Schnaps in eine kleine Wasserflasche und die Original-Schnapsflasche mit Wasser. Nun konnte er das Wasserfläschchen sogar wieder in seinem Schreibtisch aufbewahren. Sophia hatte anscheinend davon nichts gemerkt. Alkoholmäßig vertraute er ihr noch nicht so recht, obwohl sie allem Anschein nach das Interesse am ewigen Kontrollieren verloren hatte.

Ein leises Gluckern verriet, dass er sich genussvoll ein Gläschen füllte. In aller Ruhe genehmigte er sich in seinem bequemen Lehnsessel einen wohlmeinenden Schluck und dachte an seine Beichten. Nichts konnte ihn mehr fesseln wie die Sünden seiner Schäfchen; nichts konnte ihm die Lebensvielfalt, die Irrungen und Wirrungen in Rossmarktl besser gewissermaßen auf dem Silbertablett servieren. Die Mitteilsamkeit auch der heikelsten Geschichten schien grenzenlos. Hochwürden hörte sich das, was ihn interessierte, aufmerksam an und schwieg. Darauf war Verlass! Auf diese Weise hatte er ein Informationsmonopol wie eine Spinne im Netz. Alle Fäden liefen bei ihm zusammen. Weil Ludwig als wortgewandter Prediger seine Gemeinde durchaus beeindrucken konnte, hatten es die meisten auch entsprechend eilig, ihre Verfehlungen zu melden – freilich ohne erkennbare Anzeichen von Verbesserungen. Es wäre ja auch schade für den überaus interessierten Zuhörer im Beichtstuhl gewesen...

In der hiesigen Gemeinde wurde anscheinend viel gelogen, von klein auf. Es schien diesem Landstrich in den Genen zu liegen. Man log in der Familie, zwischen Nachbarn, im Gemeinderat. Man belog natürlich auch den Gendarmen Alois Mayerhofer, der für drei Gemeinden zuständig war und im Falle von Raub und

Mord auf Unterstützung der Kreis-Gendarmerie in Altötting zurückgreifen konnte. Das war aber seit Kriegsende noch nie vorgekommen.

Beleidigungen spielten praktisch keine Rolle. Das lag wohl daran, dass man in Bauernkreisen recht unempfindlich, ja derb, unterwegs war. Missgunst, Geiz, Gerüchte, üble Nachrede aller Art konnte Ludwig allerdings gar nicht leiden, was man zweifelsfrei seinem Tonfall bei der Verkündung der Buße entnehmen konnte. Manchmal meldeten Jugendliche gewisse Eigentumsdelikte. Zum Beispiel Entnahmen aus der Schatulle der Großmutter zur Aufbesserung des schmalen Taschengelds. Einmal hatte eine arme Sünderin sogar in die Kollekte gegriffen. Es war gar nicht aufgefallen. Als Grund gab sie an, sie brauchte so dringend ein Paar neue Schuhe. Oder ein Schüler hatte den Kugelschreiber des Lehrers geklaut. Ein anderer hatte in einem unbemerkten Moment ein Steinchen in den Luftschlitz der Geige des Musiklehrers praktiziert, woraufhin das Instrument um eine ungewöhnliche akustische Eigenschaft bereichert wurde. Solche Delikte erinnerten ihn an die Armut und die Farblosigkeit der Nachkriegszeit, weshalb er diese mit nachsichtiger Milde behandelte – selbstverständlich abgesehen von strenger Ermahnung.

Alles andere als farblos war das Ergebnis eines familiären Vorfalls am zweiten Osterfeiertag. An sich nichts Außergewöhnliches in einer Zeit, in der die meisten Haushalte aus mindestens drei Generationen bestanden. Konflikte, die regelmäßig lautstark, mit zugeschlagenen Türen oder gar mit Handgreiflichkeiten, die mitunter bis auf die Straße zu hören waren, gehörten durchaus zur örtlichen Wirklichkeit. Jedenfalls hatte sich an jenem zweiten Osterfeiertag die Schwiegertochter von Dagmar Holler kurz vor dem Nachmittagskaffee derart über deren ständige Vorhaltungen bezüglich ihrer Kinderlosigkeit aufgeregt, dass die junge Ehefrau kurzerhand die leckere Schoko-Sahnetorte mit dem Ausruf
„Torte statt Worte!"

in das Gesicht der nunmehr sprachlosen Schwiegermutter beförderte.

„Woas soagst?",
rief der schwerhörige Opa aus dem Lehnstuhl in der Ecke und war
kurz darauf wieder eingenickt. Die Eskalation war nach Ansicht
der jungen Frau unausweichlich geworden, weil ihre Schwiegermutter keinen Zweifel daran aufkommen ließ, dass die Kinderlosigkeit nichts mit ihrem Sohn zu tun haben konnte. Damit kam
das familiäre Osterfest zu einem unerfreulich-abrupten Ende. Den
Aufruf zum österlichen Frieden nach dem Ausgangssegen *Ite mis-
sa est* (Geht, Ihr seid gesegnet) der Ostermesse hatten die beiden Damen untereinander ohnehin schon länger vergessen. In diesem
Fall beließ es Ludwig ausnahmsweise bei einer milden Ermahnung
der Schwiegertochter, freilich nur wegen Missachtung von Le-
bensmitteln. Auf eine Beichte der Hollerin wegen unverschämter
Beleidigung wartete Ludwig indes vergebens. Zu gerne hätte er
diese Tratschtante mal im Namen des Herrn zurechtgewiesen.

Interessant wurde es stets, wenn es um das Liebes- und Eheleben
in seiner Gemeinde ging. Man sollte nicht glauben, was (derzeit)
568 Jugendliche und Erwachsene alles zuwege brachten. Von
seinen Mitbrüdern in den Nachbarorten war Vergleichbares nicht
zu hören gewesen. Reine Liebe und aufrichtige Treue waren für
Viele vor und nach der Hochzeit offenbar eine enorme Herausforderung. Die sogenannten Honoratioren im Dorf waren die
Schlimmsten. Da konnten sie noch so oft in die Messe kommen.
Oder in der Öffentlichkeit scheinheilig daherreden. Er wusste es
besser. Besser gesagt, er wusste es schlechter! Dabei ging es nicht
nur um Seitensprünge bei den unglaublichsten Gelegenheiten,
wozu auch mehrere Notaufenthalte in Schränken und Abseiten
zählten. Bei seinen Hausbesuchen galt dann sein verstohlenes
Interesse besonders derartigen Örtlichkeiten, die geheime Geschichten verbargen. Großes Kino war es für Ludwig, wenn von
Kuckuckskindern die Rede war oder wenn Frauen offenbarten,
wie sie sich vor drängendem Kinderwunsch ihrer Männer in acht

nahmen oder auch das genaue Gegenteil davon. Zurzeit gab es zwei Kuckuckskinder, ein weiteres wurde gerade erwartet, allerdings nicht gerade sehnlichst. Nach den Verlautbarungen im Beichtstuhl ist der wirkliche Vater der Bruder des vermeintlichen Vaters, wodurch Letzterer entgegen eigener Überzeugung in Wirklichkeit Onkelfreuden entgegen sah. Herrschaftszeiten, dachte Ludwig entgeistert, wenigstens bleibt es in der Familie – gebenedeit sei die Jungfrau Maria!

Außerdem gehörten drei uneheliche Kinder zu seiner kleinen Gemeinde. In zwei Fällen haben die Mütter hartnäckig die Identität der Väter verschwiegen und – leider! – noch nicht mal gebeichtet. Man musste Schlimmes befürchten. Scheidungen hingegen kamen kaum vor. Man regelte lieber alles hinter verschlossenen Türen. Zuweilen erschrak der Seelsorger vor blauen Flecken oder Augen, die er dienstlich zur Kenntnis nehmen musste. Mein Gott! Sollten trotzdem mal ehemals Verliebte auf Scheidungsgedanken kommen, dann fühlte sich Hochwürden verpflichtet, zu einem strengen Ehegespräch in´s Pfarrhaus zu laden. Vor allem, wenn er selbst das Sakrament der Ehe gespendet hatte. Da durfte nur der Tod zur Scheidung schreiten.

Manchmal, wenn sein Spinnennetz vor Neuigkeiten zu zerreißen drohte, erzählte er abends bei einem Glas Messwein seiner Getreuen Marie-Luise streng vertraulich das gehörte Unerhörte. Und ja, es war – nur Gott war Zeuge – mitunter zwischen den beiden zum Äußersten gekommen. Anschließend hatte Lissy, wie er sie zärtlich bei diesen Gelegenheiten nannte, Luftnot, während Ludwig nackig, aber zielstrebig zum Wandschrank eilte. Dann tranken sie zusammen von dem wärmenden Fegefeuer und er betete zur Buße einen innigen Rosenkranz, weil er entweder das Schweigegebot oder das Keuschheitsgebot oder eben beides gebrochen hatte. Lange war´s her. Mit Sophia war das natürlich nicht vorstellbar, sie war ihm einfach zu alt und überdies in *sei-*

nem Sinne moralisch verloren. Außerdem liebte er Lissy unverändert. Ludwigs Kreis war derzeit quadratisch.

Sonntags nach der Messe war Hochwürden ein gern gesehener Gast im Wirtshaus am *„Ersten Rossmarkt'ler Stammtisch 1898"*. Nur Männer waren zugegen, die sogenannten Honoratioren. Also alles vermeintliche Respektspersonen. Ihre Frauen strebten mit den Kindern in die häusliche Küche. Dort tauschten sie Dirndl gegen Kittelschürze und machten sich daran, pünktlich das deftige Mittagessen zu richten, Sonntagsbraten halt. Da konnte man am Stammtisch in Ruhe klönen, rauchen und trinken. Manchmal sah man die Hand vor Augen nicht mehr.

A propos *Respekt*. Am Stammtisch war die Welt noch in Ordnung. Nicht nur deshalb, weil man nur hier unter Männern ungestört und ungeschminkt reden konnte. Hier dazu zu gehören stellte sogleich für Jedermann klar, wer eben nicht dazu gehörte. Und das machte einen gehörigen Unterschied – beim Respekt. Wenn es zum Beispiel ein Sprössling in der Schule oder im Kommunionsunterricht zu bunt getrieben hatte, genügte ein Hinweis an den Vater – fertig! Selbst die ein oder andere Backpfeife durch Pfarrer oder Lehrer (Respektspersonen eben…) führte keineswegs zu elterlicher Kritik am Backpfeifenden, sondern zur umgehenden Ankündigung flankierender Erziehungsmaßnahmen zu Hause bei gleichzeitiger Anerkennung für die bestimmt unausweichliche Strafe im Unterricht. Hauptsache Ordnung und Benehmen!

Der Stammtisch war sozusagen Ludwigs zweites Spinnennetz. Seine Stellung im Ort war wohl der Grund dafür, dass er immer auf genügend Freibier zurückgreifen konnte. Auf diese Weise ließ sich trefflich das geistliche und weltliche Leben der vergangenen Woche gastronomisieren. Und nicht zu vergessen manche Kriegserlebnisse, aufregend oder schrecklich, die zwar schon zwanzig Jahre zurück lagen, bei den Männern aber lebenslang präsent bleiben würden. Bei einer dieser Zusammenkünfte brachte Ludwig auch seine Idee einer Partnerschaft zwischen Dauborn und Rossmarktl zur Sprache. Es gebe doch so viele Parallelen der beiden Orte.

„Erst mal wollen wir den Schnaps aus Deinem Kaff probieren, dann sehen wir weiter",

war der einhellige Kommentar. Dabei war es bisher geblieben, es war bis auf weiteres keiner dieser braunen Tonkrüge in Sicht. Ob der 38 prozentige Kornbrand die Oberbayern allerdings zum Staunen oder nur zum Lachen gebracht hätte, darüber konnte man freilich nur spekulieren. Hier wusste ja keiner, dass der kompromisslose Klare erst ab dem dritten Glas zum wahren Genuss wurde, meistens.

Wie gerne wäre er wieder mal in seine alte Heimat im *Goldenen Grund* gefahren. Wie gerne hätte er sich an den sanften Taunushügeln mit den Wiesen und Wäldern erfreut, die im Osten zeitlos vom *Großen Feldberg* bewacht wurden. Wie gerne hätte er sich wieder einmal zwischen dem Idsteiner *Hexenturm* und dem Limburger Dom herumgetrieben. Wie gerne hätte er die ihm auch nach all den Jahren noch vertrauten Menschen mit ihrer hessischen Sprache und ihren Eigenheiten wiedergesehen. So wie damals, es musste im Jahr 1939 während seiner Mainzer Studentenzeit gewesen sein. Da waren sie während der Semesterferien zu fünft eine Woche lang per pedes vom Mainzer Dom bis zum Limburger Dom unterwegs gewesen. Es war eine herrliche Zeit, vom bevorstehenden Krieg war noch nichts Konkretes zu spüren. Jedenfalls hatte man sich in Idstein die prächtige *Unionskirche* angeschaut, obwohl diese zu ihrem Bedauern evangelisch war. Reiner Zufall war es, dass die Kirche ausnahmsweise offen stand. Der Messner war gerade dabei, die Straße zu fegen und musterte die fremden, etwas heruntergekommenen Ankömmlinge kritisch.

„Schmidt",

sagte er auf Nachfrage,

„Ich bin de Küster Schmidt. Nemmt Euch noor in acht!"

Mit dieser strengen Ermahnung durften sie die Kirche betreten. Ludwig erkannte sofort die Herkunft der grauen Marmorsäulen und Arkadenbögen sowie dem mächtigen Altar und der filigranen Kanzel aus den Villmarer Steinbrüchen nahe seiner Heimat. Die Kirche machte wegen der vielen großformatigen Decken- und Seitengemälde sowie den rundum angebrachten goldenen Schrifttafeln eher den Eindruck eines Festsaals, schon gar nicht vermutete der unbefangene Besucher eine Kirche der Evangelen. Kein Wunder, denn bis zur Reformation war das Gotteshaus in den Händen der katholischen Kirche – na also! Und nach der überwältigenden Besichtigung, das wusste Ludwig noch ganz genau, zogen sich die fünf Studenten mit schweren Beinen und großem Durst in das direkt neben der Kirche befindliche Gasthaus zurück. Es war ein außergewöhnlich schmuckes Fachwerkhaus, Baujahr 1598. *Zum Gänserich* oder so ähnlich stand auf einem kunstvoll geschmiedeten Schild an der Fassade, bestens geeignet, die Halbzeit der Wanderung angemessen zu begehen. Gegen Mitternacht hatten die Pilger des Herrn längst ihre enge Verbundenheit mit der katholischen Kirche vergessen und sich die Stimmungsführerschaft im gut besuchten Gasthaus angeeignet. Es stellte sich schnell heraus, dass es sich um das Lieblingslokal vieler Studenten der traditionsreichen Idsteiner Bauschule handelte. Einige von ihnen waren dem Vernehmen nach den örtlichen Mädels *Verhältnis*-mäßig eng zugetan. Dem örtlichen Hexenbock-Bier der Brauerei Merz ebenfalls. Leider kippte die Stimmung des Wirtes unversehens, als einer der angehenden Theologen die anwesenden Gäste zu einer Mitternachtsmesse samt der Möglichkeit zur Beichte in der nachbarlichen Unionskirche aufforderte und obendrein beim Wirt lautstark zwei Kisten Messbier bestellte, die dieser unverzüglich im Altarraum abzuliefern habe. Nur knapp und fluchtartig konnten sie der vom Wirt mittels eines Ochsenziemers angedrohten körperlichen Gewalt entgehen. Wer konnte denn auch als Fremder wissen, dass der Gänserich-Wirt ein Grobian war, der sich für diese Art der Selbstreinigung noch nie zu schade war. Zum Glück hatte die nahe gelegene *Idsteiner Zeitung* schon Redaktionsschluss.

Mit Wehmut dachte Ludwig in solchen Momenten an seine Familie. Es war halt doch eine große Entfernung, und nur einmal im Jahr erhielt er heimatlichen Besuch, meistens auf der Durchreise in den Urlaub nach Österreich oder Italien. Sein eigener Besuch in Dauborn lag auch schon über zwei Jahre zurück. Er wusste kaum noch, wie der ihm so vertraute heimatliche Kornschnaps überhaupt schmeckte. Immerhin hatten inzwischen alle ein Telefon, und Briefe schrieb man sich auch regelmäßig, manchmal sogar mit einem Foto darin.

Ab und zu gesellte sich auch der Tierarzt Dr. Albrecht zu der traditionellen wöchentlichen Stammtisch-Runde im *Hirschen*. Insgeheim fühlte sich Ludwig dem „Vierbein-Doktor", wie er ihn nannte, unterlegen. Und geistlich hatte er über diesen Atheisten, der noch nie ein Freibier ausgegeben hatte, schon überhaupt keine Macht.
„Ich kenne Euer katholisches Geheimnis",
hatte er einmal gesagt,
„es ist Eure selbstherrliche Sprache, die ihr ja sogar selbst als `Litanei´ bezeichnet: Quidquid latine dictum sit, altum sonatur".
(Was auch immer auf lateinisch gesagt wird, klingt anspruchsvoll)
Und damit, soviel war auch Ludwig klar, hatte er nicht einmal völlig Unrecht. Aber der Doktor war nun mal ein unterhaltsamer Erzähler und hatte stets Neuigkeiten im Gepäck. Nicht zuletzt seine scheinbar unerschöpflichen Witze. Gerne wiederholte er spöttisch-lautstark die Frage:
„Was haben ein Pfarrer und ein Tierarzt gemeinsam?"
Die Antwort lieferte er sogleich frei Haus:
„Beide schläfern ihre Schäfchen ein"
Ludwig konnte nur mit einem gequälten
„Das Fegefeuer wird Dich noch Mores lehren!"

antworten. Diesmal, als sich das dröhnende Lachen der Runde gelegt hatte, sprang ihm Gottfried Scharnagl, der altgediente Schullehrer, bei. Auch er fühlte sich dem Veterinario insgeheim unterlegen und freute sich über jeden originellen Einfall, den er zu dessen Lasten zum Besten geben konnte.

„Wer nachts einen Wolpertinger am Wurmfortsatz operiert, braucht sich gar nicht so aufzuspielen!"

Ohne zu zögern legte Dr. Albrecht nach.

„Ein Betrunkener betritt den Beichtstuhl. Als der Pfarrer den Vorhang beiseite schiebt und durch das Gitter schaut, sagt der Betrunkene:

‚Brauchst gar nicht zu fragen, hier ist auch kein Toilettenpapier'"

Erst kürzlich war ihm noch eine Sauerei eingefallen.

„Fronleichnam ist der einzige Tag im Jahr, an dem die Vögel auf den Himmel scheißen können"

Davon durfte Albrechts Frau freilich nichts erfahren. Sie war nämlich der Kirchengemeinde mit allerlei sozialen Hilfestellungen verbunden. Der Spaß wäre für den Vierbein-Doktor mit Sicherheit zuhause schnell zu Ende gewesen, vermutlich mit unschönen ehelichen Auswirkungen.

Ludwig zog es vor, sich der Gruppendynamik hinzugeben und mitzulachen. Soweit wie mit dem Toilettenpapier im Beichtstuhl war es in seiner Kirche zum Glück noch nicht gekommen. Allerdings hatte ihm einmal jemand sein dortiges Sitzkissen heimlich gewässert. Er hatte es erst gemerkt, als er schon mitten im Gespräch mit einem Sünderlein war. Zu seiner Erleichterung stellte sich später heraus, dass es nur klares Wasser war. Ein anderer Vorfall ließ sich nicht so schön unter dem Teppich halten, er ereignete sich beim österlichen Abendmahl vor drei Jahren. Der Messner hatte wie immer alles auf dem Altar gerichtet, und Ludwig hatte schon während der Predigt von dem viel versprechenden Bukett des Messweins Kenntnis genommen. Als er dann zur Wandlung schritt und stellvertretend für die andächtige Gemeinde einen ordentlichen Schluck zu sich nahm, gab es im selben

Moment bei Pfarrer Ludwig eine innere Revolte. Es schmeckte entgegen aller Erwartung grauenhaft und brannte wie Feuer. Nur durch letzte Beherrschung gelang es ihm, das Zeug nicht sogleich wieder auszuspucken. Nicht vermeiden konnte er aber einen fürchterlichen Hustenanfall mit der Folge, dass sein Gesicht gefährlich puterrot anlief und überall Schweißperlen produzierte.

„Oh Gott, Herr Pfarrer, was ist mit Ihnen?"
rief jemand aus der ersten Reihe.

„Soll ich Dr. Berlinger rufen?"
Ludwig winkte ab, schnappte sein Sacktuch und wischte sich den Schweiß von der Stirn. Man hatte ihm eine schöne Portion Stroh-Rum in den Messwein getan, und das verträgt kein Pferd. Am Ende konnte er zum Glück das Abendmahl wie in der Liturgie gefordert fortsetzen. Und alle waren hellwach. Leider wurde der Vorfall nie gebeichtet. Hochwürden hätte zu gern Rache genommen – im Namen der Katholischen Kirche versteht sich.

Spätestens nach der zweiten Maß Bier und dem ein oder anderen Enzian wurde Ludwig von den anwesenden Stammtischbrüdern „Seine Heiligkeit" genannt. Dagegen hatte er rein gar nichts einzuwenden. Für ihn war das der beste Beweis, ein unverzichtbarer, selbstverständlicher Teil der örtlichen Honoratioren zu sein. Was wollte er mehr?

Der Heimweg nach zwei Stunden „Meinungsaustausch" gestaltete sich leider jedes Mal entsprechend mühsam bis unberechenbar. Meistens wurde er dabei von Max Betzenbichler unterstützt. Irgendwie schien der Metzger, der seinen alt-eingesessenen Betrieb zwei Häuser neben dem Pfarrhaus hatte, einfach mehr Alkohol zu vertragen. Nur ungern dachte Ludwig an die Kirchweih vor zwei Jahren zurück, obwohl damals die Stimmung granatenmäßig gut war. Da hatte er nämlich dem Oktoberfestbier eindeutig zu viel zugesprochen, es waren viereinhalb Maßkrüge und dazu noch ein paar flankierende Schnäpse gewesen.

„Eiin Prosit auf die Geistlichkeit, geij",
hieß es allzu oft und traf eine von Ludwigs Schwächen auf den Punkt. Der späte Heimweg entwickelte sich, diesmal ohne Betzenbichlers Unterstützung, befürchtungsgemäß als nahezu unendliches Unterfangen. Allein die ersten 300 Meter bis zum Dorfbrunnen waren eine Herausforderung. Beim Plätschern des Brunnenwassers zweieinhalb Stunden nach Mitternacht gab es kein Halten mehr: Er pinkelte im hohen Bogen in das Gemeindegewässer. Machte es *Maneken Pis* in Brüssel tagtäglich nicht ebenso? Und dessen Bruder im Geiste, der Bregenzer *Seebrünzler*, strahlte ja nun auch nicht schlecht aus der offenen Hose in Richtung Bodensee. Ludwig genoss die enorme Erleichterung und grölte zur Melodie von *Im schönsten Wiesengrunde* seine eigene Weise:

Willst Du es tun im Gegenwind,
dann prüfe ganz geschwind,
wer diesen schweren Kampf gewinnt,
im Gegenwind!

Worauf er in einen Promille-belasteten, nicht enden wollenden Lachkrampf verfiel. Das kannte er noch vom Vormarsch in Russland, wenn sich die Schnapsflaschen zügig leerten. Nicht, dass er sich diese Zeit nochmal zurück wünschte. Aber die Momente gefühlter Freiheit abseits aller beruflichen Zwänge, danach sehnte sich Ludwig doch immer wieder. Und da musste er gedanklich mitunter sehr weit zurück gehen. *Schön ist die Jugend* hätte man wenig später noch von ihm hören können. Aber es hörte ihn keiner. Auch nicht das Liebespaar, das sich hinter den Büschen unterhalb des Kirchturms ungeduldig seiner Promiskuität hingab.

Vor lauter Erleichterung hatte der Gottesmann nicht bemerkt, dass sich sein Hemd so unglücklich im Reißverschluss verfangen hatte, dass er sich, zu Hause angekommen, nur mittels eines scharfen Messers und einer Kombizange der Hose entledigen konnte. Kein Zweifel, das Beinkleid war jetzt hin, an Reparatur nicht mehr zu denken. Zum Glück blieb er selbst an Leib und Glied(ern) unverletzt, was er am nächsten Morgen unter großen Kopfschmerzen erleichtert feststellen konnte. Wenn er doch nur auch Lederhosen tragen könnte, dann wäre das nicht passiert. Aber das ging nun mal für einen Hochwürden nicht.

Jedes Jahr im Spätsommer, wenn die Getreidefelder sich gelb verfärbten und die Ernte bevor stand, wurde es bei Pfarrer Ludwig besonders traditionell. Seitdem es ihn nach Kriegsende in diese Gegend verschlagen hatte, half er den Bauern bei der Ernte. Das war anfangs nicht nur dem puren Überlebenswillen geschuldet. Er erinnerte sich nur zu gut daran, dass er früher einmal von einem Pfarrer in Esch im Taunus gehört hatte, der sich für solche Einsätze bei seinen Bauern nicht zu schade war und daher weit und breit hohes Ansehen genoss - obwohl dieser evangelisch war. Inzwischen war das auch für ihn, den eingewanderten Hessen, zu einem großen inneren, geradezu religiösen Bedürfnis geworden. Der ewige Kreislauf von säen und ernten, Sonne und Wind, Wasser und Erde, einfach biblisch! Wie viel davon diese - *seine* - bayerischen Bergbauern verstanden, ganz ohne theologische Theorie! Mutter Gottes als Mutter Natur, das reichte und sagte alles aus. Darin lag auch die Demut und das Vertrauen, ein halbes Jahr voll anstrengender Arbeit auf eine gute Ernte zu hoffen und das Gegenteil jederzeit zu fürchten. Denn der Gott der Liebe und des Zorns ließ kein „WARUM" zu.

Liegt in dieser Einfachheit nicht das ganze Geheimnis des Glaubens, jenseits von allen frommen Liturgien samt Weihrauch und Talaren?, fragte sich Ludwig bisweilen. Ihm war vor Jahren mal ein Spruch von Robert Walser aufgefallen, den er sich in seine Kladde notiert hatte:

„Die Natur braucht sich nicht anzustrengen, bedeutend zu sein.
Sie ist es."

Und so kam es, dass er, sobald er in Rossmarktl seinen Dienst angetreten hatte, jedes Jahr drei, vier Tage lang auf einem anderen Bauernhof bei der Ernte half. Tatkräftig, bei Wind und Wetter. Das hatte Seltenheitswert und mehrte nebenbei das Ansehen der Kirche und ihres irdischen Vertreters, die Kollekte sowieso. Keinesfalls sollte der Eindruck entstehen, dass er nur reden, aber nichts schaffen konnte. Entsprechend schmerzten abends seine Knochen. Er war „halt nichts gewöhnt", wie er freimütig zugeben musste, wenn es nach einer leckeren Brotzeit wieder weiter gehen musste. Seine Aufgabe war fast immer das Auf- und Abladen der Getreidegarben. Die meisten Bauern hatten inzwischen Traktoren, es gab nur noch drei Pferdefuhrwerke im Ort.

An diesen Tagen war er Eins mit seinen Schäfchen – und sie mit ihm. Man konnte wirklich Pferde mit ihm stehlen, dem Hochwürden.

Hektisch wurde es jedes Jahr, wenn die Dreschmaschine anrückte. Sie wanderte jeden Tag auf einen anderen Bauernhof und wurde dort präzise in die jeweilige Scheuer bugsiert. Dann brummte der Koloss ohrenbetäubend und spuckte säckeweise Frucht und Spreu, dazu noch kiloweise Staub aus seinen Öffnungen. Die Männer schleppten und schwitzten sich kaputt, das konnte sich Ludwig freilich nicht auch noch zumuten. Was ihn aber nicht davon abhielt, rechtzeitig zum Feierabendbier aufzuschlagen und das Tagwerk gebührend zu loben. Alles in allem die perfekte Grundlage für das festliche Erntedankfest jedes Jahr Anfang Oktober. Außer an Weihnachten war die Kirche im ganzen Jahr nicht so reich geschmückt, und die großzügigen Gaben der Bauern reichten für Spenden an Bedürftige im Ort und natürlich auch in angemessener Weise an das Pfarrhaus.

Im Laufe der Jahre entwickelte Ludwig ein ausgeprägtes Faible für Bauernregeln, die Gehalt, Witz und Sprache originell vereinten. Damit hatte er schon manchen Lacher für sich gewonnen, besonders bei überraschenden oder gar selbst umgedichteten Sprüchen. Davon hatte er sich ein kleines Repertoire bereit gelegt, zum Beispiel:

„Ist des Bauern Hose nass, gibt's viel Korn und noch mehr Gras"
„Märzenschnee und Jungfernpracht halten oft nur eine Nacht"
„Wenn der Hahn drei Tag´ nichts frisst, sinkt er kraftlos in den Mist, das finden dann die Hennen trist"
„Geht im Haus der Enzian aus, schenke Jägermeister aus. Ist auch der nicht mehr zu finden, eil´ zum Pfarrer, beichte Sünden"
„Willst Du im April trocken nach Hause kommen, musst Du bei Regen fortgehen"

Letzteres stammte von Ludwig höchstselbst, und er war stolz auf diesen Einfall. Er hatte eine Abwandlung davon sogar in einer seiner Predigten untergebracht:

„Wenn ihr ohne Sünde sein wollt, dann geht rechtzeitig beichten! – anders schafft ihr das niemals!"

Der Pfarrer wusste, wovon er sprach. Und der Ein oder Andere in seiner Gemeinde ahnte es zumindest.

„A Hund is er schoo"

Ein Mehr an Kompliment war nicht möglich.

Eines späten Abends Ende Oktober, es mochte schon nach elf Uhr gewesen sein, pochte es vernehmlich an der Pfarrhaustür.

„Wer ist da?"

raunte Ludwig durch die geschlossene Tür. Er hatte sich richtig erschrocken. Nicht nur, weil er schon seinen Schlafrock an und gerade seine Abendzigarre beendet hatte, sondern weil es schon auf Mitternacht zuging. Da gab es nur zwei Möglichkeiten: Notfall oder Verbrechen.

„I bin der Josef vom Betzenbichler. Geh´, Pfarrer, loass mi eini, es pressiert!".

Schon wieder!, dachte Ludwig und öffnete für's Erste erleichtert das Türschloss. Vor ihm stand der Sohn seines vertrauten Stammtischbruders. Josef wirkte aufgeregt, war zerzaust, vom Nieselregen durchnässt, verdreckt und kurzatmig. Er hatte ein Jagdgewehr über der rechten Schulter hängen, ein Fernglas vor der Brust, eine Überläufer-Wildsau auf der linken Schulter und glich einem heruntergekommenen Lastesel. Sofort drängte er an Ludwig vorbei in´s Hausinnere. Auch das noch, durchzuckte es den Hausherrn, ein Wilderer! Dieser entledigte sich wortlos seiner Ausrüstung, wobei auch ein stattlicher Hirschfänger zutage trat; die Sau landete auf dem Funkenblech vor dem Kachelofen. Ludwig hatte eilig die Tür wieder verschlossen. Jetzt stand sein Mund staunend offen, während sein Blick leicht angewidert vom Josef zum nunmehr verdreckten Fußboden und wieder zurück wanderte.

„Grüß´ Gott, Herr Pfarrer. Dank´schee, dass´ mir hiafa".

Josef ergriff sofort die Initiative, seine Aufregung schien sich erkennbar zu verflüchtigen.

„Grüß´ Gott Josef, mein Sohn. Was soll das werden, um diese Uhrzeit?"

Ludwig spürte, wie sein linkes Augenlied unwillkürlich zuckte. Das tat es seit Kriegszeiten immer, wenn eine Situation etwas Unberechenbares an sich hatte. Entsprechend barsch klang seine Stimme.

„I war heit wieder draußen und hoab die Sau g´schossn. Und hinten am Talweg hat mi plötzlich der Gendarm, der Hundskrippe, oabfangen wolln. I konnt´ grod no durch die Gärten ausweichen. Irgendwer hat´s mi wie´s scheint verratn. Wann i den kriag!"

„Willst Du den dann auch noch hierher bringen? Einen Rosenkranz für den `Hundskrippe´!"

Ludwig verspürte Ärger aufsteigen. Mimik und Blick schienen eingefroren.

„Naa, dees net. Oaber die Sau...",

er deutete auf das fachmännisch aufgebrochene Wild,

„...Herrschaftszeiten, doa is grad no a bisserl Schweiß ausg´laffa! Hoaben´s einen Lappen do?"

Ludwig war bedient und wieder hellwach. Er konnte weder das Blut noch den sich ausbreitenden muffigen Geruch länger ignorieren. Er hoffte, dass die Sophia nichts mitbekam und holte eilig das Putzzeug und einen Eimer mit Wasser.

„Also, Josef, was wird das jetzt?"
„Eigentlich wollt' i wie immer die Sau im Schlachthaus zerlegen. Oaber dees geht jetzt nimmer wegen dem Hundskrippe-Gendarm. Der liagt do scho bestimmt auf'd Lauer. I muss doa bleibm, verstehn's mie?"
„Noch einen Rosenkranz",
sagte Ludwig trocken.
„Was heißt hier dableiben? Bist Du übergeschnappt?"
„Hochwürden, Sie kriagen vo mir eiine stattliche Keulee und eiin g'höriges Rippenstück, g'räuchert, wenn's wolln"

Ludwig hatte ein komisches Gefühl. Er kannte den Josef ja schon als Bub und hatte ihn immer als eher nervenstark und selbstsicher eingeschätzt, nicht so verstört, beinahe ängstlich wie jetzt.
„Jetzt mal ganz in Ruhe und der Reihe nach. Unser Gendarm Alois ist doch sonst nicht so, wie soll ich sagen, ermittlungseifrig. Könnte es sein, dass Deine Geschichte in Wirklichkeit schon früher begann?"
Josef zuckte innerlich zusammen und zwang sich zur Ruhe. Hochwürden war wirklich nicht zu unterschätzen mit all' seiner Lebenserfahrung und Menschenkenntnis. Diesen Mann jetzt noch anzulügen würde unweigerlich in's Desaster führen, vermutlich verbunden mit einem väterlichen Höllenfeuer.
„Im Frühjahr woar's, do hoab' i in der Dämmerung auf den Gendarm g'schossn. Seitdem iss der wie verrückt im Wald umanand. Als hätte der sonst nix zum doa"
„Was hast Du? Um Gottes Willen! Wolltest Du Dich unglücklich machen? Aber Du hast ihn ja offensichtlich verfehlt, oder?"
„Neet ganz. Es woar eiin Streifschuss am Arsch"

Ludwig erkannte, dass der Frevler immer noch einen gewissen Stolz an dieser Leistung verspürte. Auch er empfand angesichts der Szenerie, die sich gerade in seinem Kopf abspielte, einen ausgesprochenen Unterhaltungswert, den er sich leider aber nicht anmerken lassen durfte. Dieser Alois war nach allgemeiner Ansicht dümmer als es die Polizei erlaubte. Einmal war er sogar mit Blaulicht und Sirene zu einem entlegenen Gehöft gefahren, weil dort der Strom ausgefallen war. Den Falschen hatte der Schuss sicher nicht gestreift. Jeden Tag war der Ortspolizist in seiner allzu straff sitzenden Uniform samt Gummiknüppel, Handschellen und umgeschnallter Pistole im Ort auf Streife unterwegs, manchmal sogar mit seinem grünen Dienst-VW. Er kümmerte sich um Alles und Jedes mit entsprechenden Kommentaren und Hinweisen. Da er schon auf die fünfzig zu ging, war von seiner ehemaligen Sportlichkeit nicht mehr viel übrig. Man konnte nur hoffen, dass der Freistaat dereinst nicht vergessen würde, seinen Polizei-Inspektor pünktlich zu pensionieren. All das tat aber seiner Eitelkeit als Ordnungshüter keinen Abbruch, die weiße Schirmmütze saß selbst im Hochsommer stets vorschriftsmäßig. Unterdessen setzte Josef sein Geständnis fort.

„Mei Spezi, der Viktor vom Angerhof, hoat mia zoagt, wie man für so eiin´ Eiinsatz spezielle Posten-Munition moacht mit Salpeter und fünf Schrotkugeln, höchstens. Dees brennt wie d´Sau, zwoa Wocha lang"

„Ja Du Hundskrippe, du damischer! Weiß das Dein Vater?"

„Naa, dees net. Der schloagt´s mi grün und blau. Oaber… Hochwürden, eiin Rosenkranz für den `Hundskrippe´",

versuchte Josef, etwas Entspannung in die Situation zu bringen.

„Schweig!"

Ludwig spürte gewaltigen Ärger aufsteigen.

„Warum macht´s ihr so einen Scheiß? Der Alois hätte tot umfallen können!"

„Naa, dees net von dem Salpeter. Oaber verdient hot er den Streifschuss scho. Er musste mit zerriss´na Hos´n und kaputtem Arsch hoam hinken. Tag´lang hat ihn keiner zu Gesicht bekommen, ha ha. Er hoat im Woid nix verlor´n, soll uns oallwei in Ruah loass´n, verstehn´s?"

Aha, dachte Ludwig, jetzt ist es raus. Obwohl er alles verstanden hatte, konnte er nicht sagen, was er zuerst denken sollte. Nachdenklich kratzte er sich am Hinterkopf. Der Josef war an und für sich ein gut geratener Bursche aus der angesehenen Metzgersfamilie. Leider hatte er die Leidenschaft der Wilderei geerbt. Wahrscheinlich von seinem Vater. Dieser zählte zu den eifrigsten Freibier-Spendern am Stammtisch. Und außerdem spendierte er jede Woche ein fettes Packerl von dem leckeren Fleischkäse sowie eine deftige Blut- oder Leberwurst. Das schob die Metzgerin unauffällig in Sophias Einkaufskorb, wenn diese den Sonntagsbraten einkaufte. Es war undenkbar, dass der Vater nichts von der Jagdleidenschaft seines Sohnes wusste. Hatte er sich nicht immer auffallend zurückgehalten, wenn am Stammtisch die Rede auf die Wilderei früher und aktueller Zeiten kam? Ein Zerwürfnis mit den Betzenbichlers war gelinde gesagt nicht angezeigt. Er wollte aber auch diesen Josef nicht in die Pfanne hauen. Und ein Verzicht auf das saftige Wildschwein? Womöglich konnte man sich sogar noch über ein leckeres Lendenstück einigen... - die reinste Versuchung für den frommen Mann.

„Setz Dich hin, Josef, ich muss nachdenken",
hörte sich Ludwig sagen, um Zeit zu gewinnen. Er ging einige Schritte hin und her. Sophia sollte nicht unbedingt von der Sache erfahren. Er würde ihr gegenüber von einer großzügigen, aber vertraulichen Spende des Holzner-Bauers berichten. Dieser sei auch erst kürzlich zur Beichte erschienen. Es war ja bekannt, dass er sich nicht gerade freundlich über seine Gott-sei-Dank-leider verunglückte Frau äußerte, da gab es genug zu beichten. Ja, mit dieser Notlüge konnte das gehen, fand Ludwig.

Aber was war mit seinem Gewissen? Er würde wohl dessen Benutzung für einen Moment unterbrechen müssen. Nur mal angenommen, der Gendarm Alois würde auch ihn befragen, ob er nicht die zwei Schüsse vom Bergwald her gehört hatte oder gar den Wilderer kannte? Es war kurz vor acht, als er gerade im

Schuppen Feuerholz holte. Es hätten auch ferne Militärjets sein können, die immer mal Überschall-Übungen flogen. Jetzt wusste er es besser. Das Wahrheitsgebot stand auf dem Spiel. Und als Kirche den Staat bei der Verbrechensaufklärung behindern? Er musste dem Alois – wann war der Pistolero, wie ihn einige Jungen nannten, eigentlich zuletzt in der Messe gewesen? – wieder einmal mit der Schweigepflicht kommen, wenn es hart auf hart kommen sollte. Außerdem würde der Betzenbichler bestimmt erfahren, wo sein Sohn über Nacht war. Ihm würde auch nicht entgehen, dass die Sau nur noch dreibeinig und auch sonst unvollständig war. Als Pfarrer würde Ludwig gegenüber seinem Stammtischkameraden den unschuldigen Schein durchhalten müssen, selbst im Suff.

Josef konnte die Stille nicht länger ertragen.
„Hochwürden, woas…"
Weiter kam er nicht.
„Schweig! Ich muss nachdenken, sagte ich"
Ludwigs Stimme klang barsch. Es war schon gleich Mitternacht, und es schien unausweichlich darauf hinauszulaufen, dass er sich an der Wahrhaftigkeit und an der insoweit eindeutigen Gesetzeslage versündigte. Es durfte nur niemand davon erfahren - außer dem Herrn da oben und dem momentan heruntergekommen ausschauenden Josef, vermutlich samt seinem Vater. Zum Glück gab es ja das Schweigegebot.

Sein Gewissen allerdings würde nichts vergessen und ihn zu einer innbrünstigen Beichte in eigener Sache anhalten. Als Pfarrer wusste er ja bestens, wie man eine Beichte abnehmen und die alles vergebende Buße auferlegen musste. Er hatte diese innovative Doppelrolle bei für ihn kritischen Sachverhalten schon einige Male durchexerziert. Zuletzt vor Weihnachten des letzten Jahres. Da hatte er vom Dekan kurz und bündig am Telefon erfahren, dass er seine Marie-Luise hergeben sollte. Die Flüche und Verwünschungen, denen man danach im ganzen Pfarrhaus gewahr werden konnte, waren noch das Geringste. Über die gemeinsamen Tränen wegen der bevorstehenden Trennung sind die beiden nur mit Hilfe von zwei Flaschen Rotwein samt zugehörigem Fegefeuer-Enzian und vor allem ausführlicher körperlicher Zuwendung hinweg gekommen – Zölibat hin oder her. Der Versuchung war wie schon so oft nicht zu widerstehen gewesen, zumal das diesmal wirklich eine Ausnahme-Situation war. Zur Buße hielt er an Dreikönig eine donnernde Predigt gegen den Ungehorsam. Danach fühlte er sich wie frisch gewaschen. Er hatte sich nämlich gewaltig in Rage geredet und sogar mit der Faust auf die Brüstung der Kanzel geschlagen. Dabei löste sich an deren Unterseite ein Stück vom Stuck-Putz und fiel geradewegs auf den vorderen Opferstock. Für die erschrockene Gemeinde war das ein klares Zeichen des Herrn, nicht nur im Hinblick auf die allfällige Kollekte. Seitdem genoss Hochwürden ein unerschütterliches Ansehen im Dorf, stand er doch augenscheinlich in direkter Verbindung nach ganz oben. So gesehen war er sogar ihr Heiliger Vater hier vor Ort.

„Häng' Deine Sau im hinteren Holzschuppen auf. Und untersteh' Dich, noch einmal mit Salpeter-Posten zu schießen! Schlafen kannst Du auf dem Kanapee und vor sechs morgen früh haust Du ab, damit die Sophia nicht sieht, wie furchtbar Du aussiehst. Verstanden?"
Ludwig hatte sich entschieden. Ohne Josef in die Augen zu schauen, verschwand der Pfarrer nach oben. Sein linkes Augenlid zuckte nicht mehr. Als Buße hatte er soeben eine Predigt gegen die Lüge und für die Wahrhaftigkeit unter Gottes Schäfchen in Erwägung gezogen. Es würde wieder donnern von der Kanzel herunter, sakra!

Es sollte nicht das letzte Mal gewesen sein.

Pfarrer Ludwig war sich seiner eigenen Schwachheiten und Verfehlungen nur zu gut bewusst. Ihm war auch nicht entgangen, dass die Anzahl seiner Beichten in eigener Sache in letzter Zeit zugenommen hatte. Schmerzhaft wurde ihm eine Passage seines Weiheversprechens bewusst:

„Sich mit Christus tagtäglich enger zu verbinden"

Das hatte er sich damals im Limburger Dom fest vorgenommen, als er lang ausgestreckt vor seinem Bischof lag. Immerhin wollte er sich unter Kontrolle halten, wie er es nannte, und ehrlich mit sich und vor dem Herrn sein. Dazu gehörte, dass er sich bei seinen Selbst-Beichten stets ernsthaft fragte, welche Buße für die jeweilige Verfehlung geeignet sein könnte – im angemessenen Rahmen, versteht sich. Am liebsten verpflichtete sich Ludwig zu einer besonderen Predigt, die in irgendeiner Art mit der jeweils vorliegenden Sünde zu tun hatte. Je größer die Sünde, desto kraftvoller die Rhetorik, desto lauter die Botschaft. Gerade so wie ein Gewitter, das die Luft reinigt. Nur gut, dass seine Schäfchen diesen Zusammenhang nicht erkannten. Aber ganz ohne Sünden, das ging nun mal auch nicht. Dafür müsste doch der Herr Verständnis haben.

Leider entsprach diese Sicht der Dinge nur unvollkommen seinen katholischen Verpflichtungen. Auch der sündige Pfarrer hatte sich vor seinem Gewissen zu besinnen, zu bereuen, gegenüber einem Mitbruder im Beichtstuhl zu bekennen, zu büßen und sich schließlich zu bessern. Die „5 b's" nannte man das. Ludwig hatte mal in seiner Studentenzeit von einem Eingangsschild an einer Kapelle gehört: „Fehlerfreie bleiben draußen!"

Wie wahr, dachte der Seelsorger und räusperte sich erleichtert. Dem Vernehmen nach musste bisher noch keiner draußen bleiben.

Am 25.11.1962 war die kommende Wahl für den 5. Bayerischen Landtag anberaumt. Der Spitzenkandidat der CSU hieß Alfons Goppel. Auch da sollte keiner aus den Wahlkabinen draußen bleiben. Traditionell tat die katholische Kirche das ihre dazu, und zwar in brieflicher Form durch die Oberhirten an ihre vermeintlich orientierungsbedürftigen Schafe. Man nannte das ganz ohne Scham, also *un*-verschämt, den Hirtenbrief. Aufgabe der Pfarrer war es, vor der Wahl unzweideutig darauf hinzuweisen, dass der liebe Gott besonders wohlgefällig auf die Partei mit „C" blickt. Der (jeweilige) Kandidat der Gemeinde lebe, so deklarierte und bestätigte es der Klerus allen Ernstes und pauschal, „nach den Prinzipien des christlichen Gewissens", ohne freilich die Quelle dieser Erkenntnis preiszugeben. Egal, man wusste doch wenigstens, woran man war; schließlich war von den anderen Kandidaten derartiges nicht von der Kanzel zu hören. Kritik am Hirtenbrief war für die Kirchenfürsten kein wirkliches Problem, sie konnten sich „solche Erwägungen nicht zu eigen machen". Na also! Gewählt wurde übrigens der CSU-Spitzenkandidat mit 47,5 % der Stimmen. Da waren wohl Einige besonders in den großen Städten vor der Wahl nicht in die Messe gegangen.

Ludwig erfüllte natürlich die an ihn gestellten Erwartungen und überbrachte pflichtgemäß den Hirtenbrief am Ende seiner sonntäglichen Predigt. Alles andere hätte ihm nicht nur am Stammtisch unliebsame Fragen eingebracht. Natürlich gab es Kritik an Schule, Steuern, fehlender Unterstützung der Landwirte, mangelhaftem Winterdienst, zu teurem Bier oder zu milden Richtern. Aber bei „den Anderen" – gemeint war die Opposition, die in Bayern eigentlich noch nie recht gebraucht wurde - würde alles nur noch schlimmer, soviel stand fest. Hatte nicht schon Konrad Adenauer „Freiheit oder Sozialismus!" zur Wahl gestellt? Und genug Freibier hatte der MDL-Kandidat der CSU (*„Ich werde denen in München gehörig sagen, wo Euch der Schuh drückt!"*) im Anschluss an seine Ansprache im *Hirschen* auch ausgegeben. Man wählte also in Rossmarktl mit satten 71,3% CSU. Der Rest war halt die Minderheit und damit selbst schuld, sie hätten sich ja der Mehrheit anschließen können. „Mia san halt mia, basta!" Bemerkenswert war allerdings, dass es auch diesmal wie schon seit Jahren stets eine Stimme für die Kommunisten gab. Man hatte seit langem den alten Schikaneder in Verdacht, er war schon immer ein Sonderling und Krakeeler gewesen. Dumm nur, dass dieser vor zwei Jahren verstorben war. Nicht viele waren damals zu seiner Beerdigung gekommen. Jetzt ging das Rätselraten von vorne los.

„Wer den Löffel abgibt, hat keine Stimme mehr",
sagte der alte Holzner-Toni und dachte an seine Theresa selig und die auf seinem Hof eingekehrte Ruhe, seitdem diese ihrerseits in Ewigkeit Ruhe halten musste.
„Und wer seine Stimme abgibt, hat auch keine mehr",
entgegnete Ludwig philosophisch-nachdenklich im Hinblick auf allerlei Erfahrungen der Wähler *nach* dem Wahltag. Im Jugendclub war ihm kürzlich eine Diskussion zu Ohren gekommen, wonach es muffig sei unter den Talaren. Damit war gewiss nicht zu allererst die Hygiene unter Seinesgleichen gemeint. Was war bloß mit dieser Jugend los? Was wollte diese Jugend? Ging es ihnen nicht besser als ihren Vätern und Müttern, der geschundenen Kriegsgeneration? Hatten nicht Adenauer und Erhard Deutschland wieder aufgebaut? Warum waren sie nicht mit ihren neuen Errungenschaften, den allgegenwärtigen Kofferradios, Tonbandgeräten und Mopeds, ganz zu schweigen von den Ausbildungs- und Arbeitsmöglichkeiten, dankbar und zufrieden? Es schien, als hätte Jean-Paul Sartre den Nagel auf den Kopf getroffen:

„Die Jugend will, dass man ihr befiehlt, damit sie die Möglichkeit hat, nicht zu gehorchen."

Schmerzhaft dachte Ludwig daran, wie lange er nach Kriegsende mit seinem alten Esel, wie er sein Fahrrad nannte, unterwegs war, bis er sich endlich ein *NSU-Quickly* leisten konnte. Mit einem Lederriemen hatte er auf diesen Gefährten seine Tasche befestigt. Darin steckten für alle Fälle ein dunkelgrüner Kleppermantel und eine Rolle Klopapier. Das Zweitakt-Motorfahrrad („Mofa") kündigte sein Kommen von weitem mit Geknatter und hellblauen Rauchschwaden an. Dr. Albrecht hätte bestimmt gelästert: *„Geben Sie nur kräftig Gas für Ihre Himmelfahrt!"*

Dann kam seine große Zeit als stolzer Autofahrer. Er konnte 1958 nach langen Verhandlungen einen VW Standard, Baujahr 1950, ergattern. Sein vornehmes Schwarz war wie für ihn gemacht. Zu allem Überfluss hatte der Vorbesitzer, ein armutsferner Steinmetz, schmale rote Streifen auf den Stoßstangen und den schwarz lackierten Radkappen anbringen lassen. Hochwürden waren mit einem Schlag noch würdiger geworden. Der Kleppermantel hatte ausgedient, jetzt brauchte er einen Reservekanister. Von all dem profitierte diese Jugend, ganz zu schweigen von den neuen Freiheiten im Jugendclub oder in der Mode, erst recht zu schweigen von den Frisuren. Solche Mähnen kannte man höchstens aus dem 18. Jahrhundert. Letztens hatte man von vier jungen Leuten aus Schwabing gehört, die sich einen alten VW-Bulli für 600 DM gekauft hatten und damit nach Indien fahren wollten. Einfach so! „Haschisch statt Kroketten" hatten sie auf den Bus gemalt. Meine Herrn...

Seinen Talar verglich Ludwig nach einigem Nachdenken mit einem Schottenrock: Was darunter war, ging keinen was an - aber Muff konnte er beim besten Willen darunter nicht entdecken.

„Herrgott, was wollte diese Jugend?"

III

**Denn Dein ist das Reich
und die Kraft und die Herrlichkeit,
in Ewigkeit.
Amen.**

*Wir wollen Deine Werte achten,
denn Du bist der Herr,
und die Quelle aller Energie -
in Ewigkeit.
Amen.*

„Das ist ja ganz was Neues",
staunte Dekan Laurentius, als Ludwig von seinem Plan erzählte. Er war zu einem Routine-Termin eine Woche vor Weihnachten nach Altötting gekommen und hatte sich genau überlegt, wie er dem misstrauischen Chef-Vertreter kommen wollte. Seitdem dieser ihm seine vertraute Haushälterin, schlimmer noch: seine liebe Lebensgefährtin, abgenommen hatte, war von dem ehemals auskömmlichen Miteinander nicht mehr viel geblieben. Im Gegenteil, der Dekan hatte, daran konnte kein Zweifel bestehen, den Höhepunkt seines Wirkens bereits hinter sich gelassen. Mit Sicherheit spürte er das sogar selbst. Pflicht statt Kür, lautete daher Ludwigs Devise. Deshalb ging es auch keinen was an, dass er sich anschließend mit Marie-Luise im Küchengarten verabredet hatte. Dort war es zwar um diese Zeit verschneit und kalt, aber man konnte sich im Freien ungestört unterhalten. Und ein paar Schritte auf ausgetretenen Schneepfaden spazieren. Aber jetzt galt es erst einmal, sich seinem Gegenüber mit voller Konzentration zu stellen. Ludwig nahm noch einen ausgiebigen Schluck des bereit-

gestellten Tees, bevor er begann. Die Vorgeschichte und vor allem seine Leidenschaft für Glücksspiele ließen ihm auch gar keine andere Wahl, er hatte sie inzwischen unzählige Male durchlebt. Ludwig spürte, wie sein linkes Augenlid wieder zu zucken begann.

Es war der 10.12.1962 gewesen, als der sehnlich erwartete Briefträger die Haustürglocke anschlug. Seitdem er am Sonntag, den 2.12., im Anschluss an die Abendnachrichten die Lottozahlen mitgeschrieben hatte, war an Schlaf nicht mehr zu denken. Es waren 5 Richtige.
„Ohne Gewähr",
ließ sich die freundliche Stimme der Lotto-Fee aus seinem neuen Röhrenkasten vernehmen, aber da rief er schon hektisch nach Marie-Luise. Die war noch in der Küche mit Aufräumarbeiten beschäftigt. Als sie in`s Wohnzimmer eilte, goss Ludwig schon mit zitternden Händen zwei Himbeergeist ein, freilich einen Doppelten für sich selbst.
„Wir haben gewonnen, mein Gott, Marie-Luise, wir haben tatsächlich gewonnen! Es sind 5 Richtige. Zum ersten Mal! Gerade kam´s im Fernsehen. Ist das zu glauben? Ich bin ja so aufgeregt! Wie hoch wird denn wohl der Gewinn sein? Das ist ja fast pünktlich zu meinem Geburtstag! Was sagst Du denn dazu?"
Marie-Luise sagte erst mal gar nichts. Sie nahm ihren Himbeergeist, leerte das Gläschen auf ex und ließ sich auf den Sessel fallen. Ihre Knie waren plötzlich merkwürdig weich. So hatte sie *ihren* Ludwig noch nie erlebt. Nicht mal vor der Weihnachtsmesse war er jemals so aufgekratzt gewesen. Hochwürden beruhigte sich erst, als der Alkohol sich wohlig in seiner Kehle verbreitete.
„Jetzt, meine Liebe",
sagte er feierlich,
„jetzt brauchen wir einen Plan"
„Und noch einen Himbeergeist, sicherheitshalber!",
sagte sie trocken. Ludwig zögerte nicht lange. Demnächst würden sie sich einen noch viel edleren Tropfen leisten können.

Im Pfarrhaus herrschte die nächsten Tage eine gewisse Unruhe. Die Lottogesellschaft hatte vertraulich über den Gewinn in Höhe von 8.751,20 DM (mit Gewähr!) informiert und die Barauszahlung per Geldbriefträger angekündigt. Er hieß Alfons Stromberger und kam eigens in seinem gelben VW Käfer mit auflackiertem Posthorn von der Hauptpoststelle in Altötting angereist. In der Nacht hatte es wieder geschneit, aber jetzt brachte die aufkommende Sonne den Schnee zum strahlen. Man genoss das winterliche Hochdruckwetter und bereitete sich auf weiße Weihnachten vor. Letzteres war zu jener Zeit eine pure Selbstverständlichkeit. Stromberger war ein etwas untersetzter, aber außerordentlich freundlicher Mann mit einem Schnauzbart. Die Postuniform samt Schildmütze saßen wie angegossen. Man sah ihm an, dass sein Beruf ausschließlich mit positiven Übermittlungen zu tun hatte. Er steuerte zielsicher auf die Hausglocke zu.

„Grüß´ Gott!",
sagte Stromberger und hob die rechte Hand kurz an seine Schildmütze.
„Sind Sie Frau Marie-Luise Huber?"
„Ja, die bin ich"
„Dann darf ich zu Ihnen reinkommen?",
fragte der Postbote so freundlich wie förmlich. Sie führte ihn aufgeregt in´s Esszimmer und bat ihn, Platz zu nehmen.
„Kann ich Ihnen von unserem leckeren Traubensaft anbieten?"
Die Antwort des Gastes kam prompt:
„Ich höre mich nicht protestieren!"
Beide lachten. Die Stimmung schien dem Anlass angemessen. Und die selbstgebackenen Plätzchen taten ihr übriges. Gott sei Dank war Pfarrer Ludwig gerade auf Hausbesuch. Der Geldbriefträger packte seine Zustellungsurkunde sowie seine Geldtasche aus. Nach fünf Minuten war alles erledigt, und Alfons Stromberger verließ mit *„Servus und Gottes Segen"* das Pfarrhaus. Auf dem Esszimmertisch lag ein prall gefüllter Umschlag.

Gegen zwölf Uhr mittags kam Pfarrer Ludwig von seinem Hausbesuch zurück. Obwohl die Sonne inzwischen die letzten Wolken
hinweg gestrahlt hatte, sorgte ein ständiger Windzug für gefühlte
Kälte. Kaum hatte sich Ludwig von seinem pelzbesetzten Winter-
mantel befreit, strebte er dem warmen Kachelofen zu. Aus der
Küche kam Marie-Luise angerannt und stieß an der Esszimmertür
fast mit ihm zusammen. Sie strahlte noch mehr als sonst. „Wie
gut sie aussieht", dachte Ludwig und formte seine Lippen zu einem imaginären Kuss, den sie umgehend erwiderte.
„Schau mal auf den Esszimmertisch, das Baby ist angekommen!"
Ludwig zuckte zusammen, während seine Augen größer wurden.
Ein Baby, das in einem Pfarrhaus ankam, sorgte schon immer für
reflexhafte Abwehr.
„Was? Was für ein BABY?"
Sein Blick fiel auf den Post-Umschlag. Sofort erkannte er die Iro-
nie seiner geliebten Haushälterin, er musste erst verschmitzt,
dann lauthals lachen.
„Ist es wirklich so viel Geld?"
„Auf den Pfennig! Der Geldbriefträger kam extra aus Altötting"
Wortlos ging Ludwig auf seine Spiel-Kameradin zu und umarmte
sie. Zum Glück hatte er heute keine Termine mehr. Es galt, einen
Plan zu entwerfen. Allerdings, soviel war klar, sie beide würden
nicht um eine Beichte herumkommen. Ach ja, und neue Tipp-
Zahlen mussten her für den nächsten Schein. Spannend war das
alles! Und streng geheim.

„So machen wir´s!",
resümierte Ludwig nach dem Abendessen. Während Marie-Luise
nach einer kräftigen Markklöschen-Suppe einen deftigen
Schweinsbraten in einer wunderbar geschmackvollen Sauce mit
hausgemachtem Rotkraut und Semmelknödeln servierte, kümmerte sich Ludwig um einen zu Anlass und Menü passenden Rotwein. Er entschied sich für einen italienischen Merlot aus
Bardolino, Spitzen-Jahrgang 1959. Den hatte er vor kurzem von
einem jungen Ehepaar als Dank für die festliche Trauung ge-

schenkt bekommen. Er erinnerte sich noch genau, dass es damals wie so oft in diesen Zeiten schnell gehen musste wegen der bereits fortgeschrittenen Schwangerschaft. Zum Nachtisch gab es einen noch leicht warmen, köstlichen Schokoladenpudding. Ludwig musste seinen Gürtel zwei Löcher aufweiten.

„Genial",

lobte der katholische Genießer,

„Du hast Dich wieder mal übertroffen!"

Je mehr sich die Flasche leerte, umso näher rückten die beiden zusammen.

„Liebe sei unter den Menschen",

flüsterte der Pfarrer. Man wehrt sich, und wird trotzdem sündig, ging es dem Gottesmann durch den Kopf, sogleich gefolgt von einem wohligen „Jetzt ist jetzt". Dann küssten sie sich minutenlang und abwechslungsreich, und er flüsterte ihr wieder einmal *„Liebste Lissy"* in´s Ohr. Im Kachelofen hatten sich die Scheite in eine tiefrote Glut verwandelt. Alles in allem lief es in dieser Nacht unweigerlich wieder einmal auf eine Grundsatz-Beichte in Sachen Zölibat hinaus. Aber jetzt war nun mal jetzt.

Der Plan sah vor, dass zunächst Marie-Luise für ihre vertraulichen Lotto-Dienste 1.500 DM erhalten sollte. Weitere 1.500 DM sollten als anonyme Spende in der Weihnachtskollekte wieder auftauchen. Es würde zu ordentlich Gesprächsstoff in der Gemeinde und vor allem am Stammtisch sorgen. 1.000 DM wollte sich Ludwig als privates Sonderbudget für spezielle Notfälle in der Gemeinde reservieren. Zum Beispiel brauchte der bescheidene Messner Bastl dringend gescheite Schuhe und Handschuhe, das war ihm schon länger aufgefallen. Es gab noch mehr derartige Härtefälle in der Gemeinde. Mit solchen Wohltaten konnte er gewiss den Zorn des Herrn mildern, es war ja eigentlich eine klassische win-win-Situation. Warum sonst sollten sie überhaupt gewonnen haben? Ganz nebenbei würde sein Image als guter Hirte von Rossmarktl unumkehrbar ansteigen. Was hatte da der Vierbein-Doktor Albrecht schon zu bieten? Damit stünden noch genau 4.751,20 Mark zur Verfügung. Ludwig wollte nächste Woche nochmal nach Altötting fahren und eine schöne Halskette für seine M.-L. als Weihnachtsgeschenk mitbringen. Im Frühjahr würde er nach München fahren und endlich mal etwas für sich selbst ausgeben. Er dachte an eine vergoldete Armbanduhr, vielleicht sogar Manschettenknöpfe, mal sehen. Den Rest seiner monetären Allokation hatte er für Bad Reichenhall vorgesehen. Nicht auszudenken, wenn er in der Spielbank noch mehr gewinnen sollte! Langsam fühlte es sich gut an, ein Gewinner zu sein.

„Hat die Gemeinde wieder mal eine Geldspende bekommen, vorgestern, Herr Pfarrer?"
Dagmar Holler hatte Pfarrer Ludwig schon von weitem gesehen und sofort die Straßenseite hin zu ihm gewechselt. Sie hatte ihre Frage mit Bedacht gewählt. Denn das gelbe Auto des Geldbriefträgers war im Ort nicht unbemerkt geblieben. Und derartige Feststellungen landeten über kurz oder lang bei der neugierigen Hollerin. Zu gerne hätte sie noch die genaue Höhe in Erfahrung gebracht, aber das zu fragen getraute sie sich bei ihrem Seelsorger denn doch nicht. Bevor Ludwig in Bedrängnis kam, realisierte er, dass in der Frage bereits der Ausweg aus der vermeintlichen Sackgasse angelegt war. Denn die Kirche erhielt tatsächlich hin und wieder namentliche oder anonyme Bar-Zuwendungen für Zwecke der Gemeinde.
„Leider kein nennenswertes Vermächtnis, es wäre zu schön gewesen: Neue Instrumente für den Posaunenchor, eine schöne Jugendfreizeit oder gar eine neue Orgel. Wünsche haben wir ja immer, nicht wahr Frau Holler?"
Damit ließ er sie stehen und ging mit gemischten Gefühlen seiner Wege. Marie-Luise und er mussten aufpassen!

„Hochwürden",
sprach Ludwig zu Dekan Laurentius, die Adventszeit neigte sich ihrem Ende zu, es war ein frostiger, aber sonnenklarer Tag. Offenbar litt der Alte unter kalten Füßen bis hinauf zum Steißbein.

Ludwig erkannte für einen kurzen Moment unter dem barocken Schreibtisch dicke Wollsocken in schwarzen Filzpantinen steckend, die überdies noch von einem Heizlüfter angestrahlt wurden. Es muss mollig sein unter dem Talar, wahrscheinlich trägt er auch noch lange Unterhosen, schmunzelte Ludwig in sich hinein, während er sich äußerlich extrem zuammenreißen musste.

„Ich will es Ihnen nicht verheimlichen: Ich fühle mich ausgelaugt, kraftlos. Ich habe das Gefühl, dass mein Glaube immer öfter nur noch aus Routine und Liturgie besteht, dass ich die Gemeinde in ihrer Wirklichkeit nicht mehr richtig erreiche. Kurz gesagt: Mein katholisches Feuer ist schwach geworden"

Ludwig räusperte sich und trank noch einen Schluck Tee. Er versuchte, die Wirkung seiner Worte auf den Chef zu erspüren. Dieser schaute seinen Seelsorger unbewegt an. Eine gespannte Erwartung lag in der Luft. Ludwig fuhr mit konzentrierter Stimme fort:

„Sehen Sie, Exzellenz, ich bin allein in Rossmarktl, habe keinen Vertreter. Es gibt immer mehr Hochzeiten und Taufen. Ich habe einen sehr aktiven Jugendclub gegründet, es gibt einen Männerchor und einen Hausfrauenkreis – Sie wissen schon",

er beugte sich in Richtung seines gespannten Chefs und versuchte, die trockene Stimmung etwas aufzulockern,

„singen, stricken, schwätzen, schlemmen. Ich sage immer `Der 4-S-Club´"

Aber der Dekan blieb unbewegt. Ludwig atmete ein und fuhr fort:

„Neulich war ich drei Wochen krank und habe trotzdem mit Fieber gepredigt. Bitte, verstehen Sie mich richtig: Ich liebe meine Aufgabe in meiner Gemeinde, mit nichts anderem möchte ich tauschen. Aber ich brauche eine Pause! Schon länger habe ich darüber nachgedacht, mich zwei oder drei Wochen zu Exerzitien zurück zu ziehen, um neue Kraft zu tanken. Ich will wieder so mitreißend und eindringlich predigen können wie all die Jahre!",

setzte er noch einen drauf. Erneut nahm er einen Schluck von dem leckeren klösterlichen Kräutertee. Seine Exzellenz sagte immer noch nichts, er schien nachdenklich. Dann informierte Ludwig den Dekan darüber, dass er bereits in Bad Reichenhall im Kloster St. Zeno vorgefühlt hatte, ob noch ein Platz frei sei. Dort fand nämlich jedes Jahr eine sogenannte Rüstzeit für zwei Dutzend Pfarrer und Diakone statt. Er sei dort im kommenden Frühjahr willkommen, hatte es geheißen.

„Darf ich auf Ihre Zustimmung hoffen, Monsignore?"

Es war mucksmäuschenstill im Arbeitszimmer des Dekans, lautlos zuckte Ludwigs linkes Augenlid. Schweigen allein konnte allerdings noch keine Zustimmung bedeuten. Gott sei Dank, dachte Ludwig in diesem Moment, kann auch ein Dekan keine Gedanken lesen. Er hatte alles gegeben, um authentisch zu wirken. Exerzitien sind schön und gut, aber bei dieser Gelegenheit, so hatte sich Ludwig fest vorgenommen, wollte er endlich wieder einmal spüren, wie sich *Freiheit* anfühlt. Und das ging keinen was an, am allerwenigsten seinen Dekan Laurentius.

„Gehen Sie mit Gott!",

unterbrach dieser die Stille unvermittelt. Er schien irgendwie nachdenklich. Vielleicht war er einfach neidisch in dem Sinne, was sich die heutigen Pfarrer alles herausnehmen oder so.

Egal, Hauptsache das Augenlid beruhigte sich wieder.

*„**Ich fahre im Mai** für zwei Wochen zu Exerzitien nach Bad Reichenhall, stell´ Dir vor"*

Ludwig konnte seine Erregung kaum verbergen. Zu lange schon hatten sie sich nicht mehr gesehen.

„Der Alte hat soeben die Sache genehmigt. Dass ich danach noch ein paar Tage lottobedingt privat verlängern werde, davon darf er freilich nichts erfahren. Meinst Du, Du könntest zwei oder drei Tage Urlaub bekommen und nachkommen? Stell Dir vor, nur wir zwei?"

Marie-Luise brauchte einige Augenblicke, um das Gehörte zu verarbeiten. Sie hatte sich sehr auf das Treffen im Küchengarten gefreut. Ja, die Zeiten hatten sich leider brutal geändert. Nur einmal hatten sie sich seit ihrer Versetzung gesehen, abgesehen von zwei Telefonaten, bei denen sie ungestört reden konnten.

„Ach Ludwig,"

sagte sie mit traurigen Augen,

„das kann ich nicht. So ein Doppelleben, das würde ich nicht ertragen. Und überhaupt, wenn uns da jemand erkennt, nicht auszudenken..."

Mit Wehmut dachte sie an die frühere weitgehende Selbstbestimmung und das harmonische Miteinander im beschaulichen Pfarrhaus zurück. Dem Pfarrer entging der schwermütige Blick seiner ehemaligen Haushälterin, die ihm doch so nahe stand, nicht. Sie hatte ihn zwar freudig begrüßt, hatte lange und intensiv seine Hand gedrückt und war auch sofort auf die lange vermisste Konversation eingegangen. Aber irgendwie schien sie verändert. Diesen Blick kannte Ludwig nur von ihr, wenn in Rossmarktl ein geliebter Mensch zu Grabe getragen wurde oder eine schlimme Nachricht eintraf. Den vielen so wunderbar mit Rauhreif verzierten Gewürzkräutern um sie herum, mit denen Marie-Luise in Rossmarktl so leckere Speisen zu kochen verstand, konnten die beiden momentan rein gar nichts abgewinnen. Trug sie hier denn nur noch Trauer?, fragte sich Ludwig, nun auch selbst erfasst von ihrer Schwermütigkeit. Er vermied es, das Thema zu vertiefen.

„Mit Gottes Hilfe werden wir eine Lösung finden. Aber jetzt brauchen wir erstmal Geduld. Ich glaube, das Ganze ist eine Prüfung für uns"

Ludwig gab sein Bestes, um seine Kleine zu trösten. Und dann lud er sie zur Weihnachtsmesse ein. Er wusste auch schon, wer sie hin und zurück fahren würde: Josef Betzenbichler, der Wilderer.

Bevor er wieder nach Rossmarktl zurückkehrte, musste Ludwig in seinem Altöttinger Lieblingslokal *Gockerlwirt* am Tillyplatz Station machen, um seine Gedanken und Gefühle zu sortieren. Und das gelang ihm stets am besten bei einem Haferl Kaffee und dem unnachahmlichen *Mohr im Hemd* – Vanilleeis mit Schokoladensauce, Mandeln und Sahnehäubchen. Selbstverständlich in Verbindung mit einer Zigarre. Gedankenverloren schaute er auf das Treiben draußen. Bis auf Weiteres musste es wohl bei der Feststellung bleiben, dass die Sache mit Marie-Luise einer offene Wunde glich. Es galt, auf die Wege des Herrn zu hoffen. Das abschließende Gebet in der nahen Gnadenkapelle verschaffte Ludwig nur unzureichende Heilung.

In Rossmarktl fühlte sich Ludwig dagegen auf besserem Weg. Die Adventszeit tat ihr übriges, erhielt er doch von allen Seiten die leckersten Kostproben der häuslichen Weihnachtsbäckereien zugesteckt. Da es nun schon früh dunkel wurde, zündete Sophia eine Kerze zum Tee an, und beide genossen die schier unendliche Auswahl. In letzter Zeit widmete sich Ludwig neben den Plätzchen wieder mal verstärkt seinen Schallplatten. Er liebte Musik. Nicht nur Kirchenmusik, das war ja eigentlich für einen Pfarrer sozusagen Einstellungsvoraussetzung. Nein, seit zehn Jahren hatte sich geradezu eine Musik-Explosion vollzogen. Radios und Fernsehen – schon seit über 5 Jahren gehörte er zu den ersten TV-Privilegierten im Ort – waren voll davon. Einmal in der Woche sowie an den Wochenenden hielten die Schlager auch unüberhörbar Einzug in den Jugendclub. Nicht alles, was gerade modern war, gefiel ihm. An die Rolling Stones konnte er sich lange nicht gewöhnen, während er die Stimme von Elvis von Beginn an mochte. Ebenso die begeisternden Rhythmen und Stimmen der Beatles. Dafür sorgten schon seine *Jukas*, wie er seine „Jungen Katholiken" gerne nannte. Heintje konnte er gar nicht leiden, obgleich vor allem die älteren Bäuerinnen durch ihn regelrecht in Verzückung gerieten. Natürlich war er Fan von Stars wie Peter Alexander, Freddy und Caterina Valente. Eine Sonderstellung nahm Lale Andersen mit der legendären *Lilli Marleen* ein, dafür hatte der Krieg unauslöschlich gesorgt. Wie viele Tränen der Hoffnung und Verzweiflung hatte er als Kriegspfarrer beim Erklingen dieses melancholischen Liedes bei seinen Kriegskameraden mit ansehen müssen..., und wie erstaunt war Ludwig, als er nach Kriegsende erfuhr, dass das Lied an vielen Fronten auf beiden

Seiten gleich populär und emotional wirksam war. Und nicht nur an Heiligabend sogar zum vorübergehenden Schweigen der Waffen geführt hatte.

Das waren seine Favoriten, sie konnten mit der deutschen Sprache noch mitreißen! Dazu gehörten auch der marmorbrechende Drafi Deutscher, Ralf Paulsen von der Bonanza-Ranch, der einsame Roy Black, der in Marina verliebte Rocco Granata und viele Andere, also ein reiner Gemischtwarenladen, wie Marie-Luise einst zu sagen pflegte.
„Lebertran für die Seele",
war dann jedes Mal seine lakonische Antwort. Sophia würde sich derartige Bemerkungen nicht herausnehmen. Nachdenklich-interessant fand er übrigens *No woman, no cry* von Bob Marley, das er bayerisch mit „Ohne Weib hoast dei Ruah!" oder hessisch-daubornerisch-lakonisch mit „Kaa Weiber, kaa Krisch!" übersetzte. Musikalisch schlugen mindestens zwei Herzen in Ludwigs Brust, war er doch gleichermaßen beeindruckt von der emotionalen Tiefe der gregorianischen Gesänge oder von den beeindruckenden Ausdrucksmöglichkeiten vieler Opernarien und Rhapsodien, etwa dem mitreißenden *Funiculì-funiculà*. Die umfangreiche Schallplatten-Sammlung im Pfarrhaus gab beredtes Zeugnis von alldem ab. An guten Tagen sang er alles mit. Oder er genoss seinen absoluten Lieblings-Ohrwurm:

Adeste fideles, laeti triumphantes
(Herbei, o ihr Gläub'gen, fröhlich triumphieret)

Der Messner Bastl kam einmal aufgeregt zu ihm gerannt und empörte sich darüber, dass der Trompeter der örtlichen Blaskappelle bei der Vorbereitung des Erntedank-Gottesdienstes *Wunderland bei Nacht* von der Orgel-Empore herunter geblasen hatte. Eigentlich ein Ohrenschmaus in der kirchlichen Akustik, aber für den strengen Messner war das „Jazz", wobei er das nicht englisch, sondern deutsch mit unverkennbar verächtlicher Betonung aussprach. Und Jazz gehörte bestimmt nicht in (s)eine katholische Kirche!

„Kaasfiieß´ger Grantler, oider",
murmelte einer der Musiker so vernehmlich, dass nur die vergnügt dreinblickenden Umstehenden und natürlich der Bastl das hören konnten. Dieser war derart erbost über diese Unverschämtheit, konnte aber weder den Schuldigen erkennen noch angesichts der zahlenmäßigen Übermacht eine wirksame Entgegnungsstrategie finden. Es blieb bei einem
„I hoab no nie eiin Kaasfuß g´hobt, heerst? Schoam di!"
Bastl drehte sich um und nahm beim Verlassen der Kirche das schallende Gelächter hinter seinem Rücken unfreiwillig mit.
„Hochwürden, Sie miass´n dringend woas unternehmen, heern´s?. Wo soll dees sonst bei uns noch eiinmoal hinfiern, mit so eiiner Jugend? Dees froag I mi! Oallen Ernstes froag I mi dees, verstehens, Herr Pfarrer?"
Bastl war ehrlich erbost und entsprechend aufgeregt.
„I bin hoalt oallwei no I!"
Aber Ludwig konnte in dieser causa seinem wackeren Mitarbeiter ausnahmsweise nicht beistehen, was er ihm so schonend wie möglich bedeutete.

Am 22. Dezember wurde Ludwig 51 Jahre. Es war ein frostiger Samstag. Viele hatten ihm am Telefon gratuliert, und der Postbote übergab einen ganzen Stapel Briefe und Karten, auch zwei Päckchen waren dabei. Vor allem hatten ihn seine Lieben in Dauborn nicht vergessen. Aus dem einen Päckchen kam nämlich ein brauner Steingut-Krug mit Dauborner Kornschnaps zum Vorschein. Ludwig genoss alle Liebenswürdigkeiten und guten Wünsche. Im Unterschied zum letzten Jahr, als er 50 Jahre alt wurde, gab es diesmal keine Feier, und das war gut so. Es gab Raum für die schönen Erinnerungen an das Vorjahr, als pünktlich um 11.00 Uhr die Blaskappelle den *König Ludwig II – Marsch* aufspielte. Bürgermeister Ignatz Gschwandtner, ein CSU-Urgestein, den einige ob seines Vornamens den „Natz" nannten, hielt eine kurze Ansprache. Nein, ein Nazi war er eigentlich nicht (mehr), er hatte sich sogar schon am 20. April 1945, dem letzten Führergeburtstag, seinen Oberlippenbart abrasiert. Und Schlimmes aus den Kriegsjahren hatte seine Ent-Nazifizierung auch nicht zutage gefördert.

„Es woar joa neet ois schlecht, net woahr?",

hatte er vor seiner Wahl gesagt, wobei er das „ois" ausdrücklich und mit erhobenem Zeigefinger betonte. Damit war klar, dass ein Gegenkandidat in Rossmarktl chancenlos war. Noch dazu war der Ignatz ein rechtes Mannsbild, dessen Genuss-orientierter Lebensstil an seinem Bauchumfang und an den regelmäßigen Hustenanfällen gleichermaßen ablesbar war. Unmittelbar nach seiner Geburtstagsansprache schlug der Bürgermeister so entschlossen wie gekonnt mit drei Schlägen den Zapfhahn in ein 50-Liter-Bierfass. Sie hatten es auf einem kleinen Leiterwagen mitgebracht.

„Ozapft is!"

Es klang wie ein Schlachtruf. Und dann hatte man die Dezemberkälte schnell vergessen. Das halbe Dorf war auf den Beinen. Entsprechend viel Schnaps musste Ludwig spendieren, um sich angemessen zu revanchieren. Als Höhepunkt ließ die Feuerwehr die Sirene ertönen, worauf die Blaskapelle die *Kreuzritter-Fanfare* von Richard Henrion zu Gehör brachte – es ging dem Jubilar und seinen Gästen durch und durch. Nur der Messner schaute immer noch verdrießlich. Er hatte auf *Wem Gott will rechte Gunst erweisen* oder auf einen festlichen Choral gehofft. Hauptsache, er musste nicht auch noch läuten, die Feuerwehr-Sirene war gerade genug. Zum Abschluss dankte Ludwig überglücklich für den spontanen Festakt und schickte die Runde mit seinem Segen nach Hause. Als er zurück in´s Haus kam, fand er auf dem Wohnzimmertisch eine Karte, die dort vorher noch nicht lag. Auf der Vorderseite war mit Buntstiften von Hand eine Sonnenblume gemalt. Auf der Rückseite erkannte er sofort die Handschrift seiner Lissy.

„Ich wünsche Dir zwei Dinge: Alles und Nichts.
ALLES, was Dich glücklich macht und NICHTS,
was Dich zweifeln lässt"

Wie schnell dieses Jahr doch vergangen ist, sinnierte Ludwig nachdenklich, es ist schon was dran am Zitat von Erwin Chargaff: *„Gott hat die Zeit erschaffen, aber der Teufel den Kalender".* Ludwig schaute aus dem Fenster und beobachtete eine Amsel und einige Meisen, die sich am Futterhaus über die ausgestreuten Körner hermachten. Und zankten. Er spürte ihre Lebensenergie und war sich sicher, dass die Vögel ob der bereitgestellten Körner glücklich waren. Einfach glücklich und froh ihres Lebens. Leise sprach er sein ganz persönliches Gebet:
„Danke, Herr, dass ich Deine Energie spüren darf. Dass ich Dein Licht sehen darf. Dass ich Deine Schöpfung erleben darf. Dass ich Deine Geräusche hören darf. Dass ich meine Gefühle spüren darf. Dass ich Deine Speisen essen darf. Dass ich für Andere da sein darf. Dass ich danken kann"

Das neue Lebensjahr versprach, interessant zu werden. Er zündete sich eine neue Brasilzigarre an. Dann holte er sein Roulette aus der Schublade und begann, die Kugel rollen zu lassen. Immer mehr füllte sich sein Notizblatt mit den Gewinnzahlen und Farben, die er jedes Mal mit seiner Wette verglich. Er spürte einen leisen Schauer über seinem Rücken.

Im Neuen Jahr geschah etwas Unerwartetes. Eines Abends stand der Holzschuppen des Pfarrhauses lichterloh in Flammen.
„Feuer, Feuer!",
hörte er die aufgeregten Schreie der Nachbarin. Ludwig saß gerade an seinem Schreibtisch und machte sich Notizen für die kommende Predigt. Als er vor die Tür stürzte, sah er sofort, dass hier nichts mehr zu retten war. Noch schlimmer war jedoch die Erkenntnis, dass die Flammen sogar auf sein Pfarrhaus übergreifen konnten, obwohl nur eine leichte Brise wehte. Überall stürzten

die Leute auf die Straße, einige eilten sogar mit Wassereimern herbei. Es vergingen keine zwei Minuten, bis die Feuersirene den Ort komplett in Aufruhr versetzte. Nach Jahren der Beschaulichkeit war Rossmarktl plötzlich zum Schauplatz einer Sensation geworden.

„Zum Glück ist es keine Scheune!",
sagte ein Bauer erleichtert zu einem Kollegen. Er erntete durchweg zustimmende Reaktionen von den Umstehenden. Die Flammen zuckten immer höher, es entwickelte sich eine bedrohliche Geräuschkulisse. Sophia war blass vor Entsetzen und hielt sich am Treppengeländer fest, ein Stoßgebet auf den schmalen Lippen.

Auf diesem Schuppen schien kein Segen zu liegen. Seit Ludwig in Rossmarktl war, hatte sich hier schon einiges abgespielt. Das Verstecken einer gewilderten Sau war noch das Wenigste. Kaum hatte er vor Jahren das morsche Dach erneuern lassen, hatte ein Herbststurm dafür gesorgt, dass ein schwerer Ast des wilden Ahornbaumes, der im Sommer für angenehmen Schatten sorgte, zielgenau auf die neuen Schindeln herabstürzte. Mit fatalen Folgen für das Dach. Zwei Jahre später, es mochte Anfang Februar gewesen sein, war über Ludwig ein mehr als zwei Meter hoher seitlicher Holzstapel zusammengebrochen, und zwar genau in dem Moment, als er sich nach dem gerade gefüllten Holzkorb gebückt hatte, um diesen in´s Haus zu tragen. Das war dann aber nicht mehr möglich. Denn der ungelenke Geistliche hatte nämlich mit dem Hintern ein vorstehendes Rundholz aus dem Stapel gerissen und damit dessen Stabilität zunichte gemacht. Die Scheite des Feuerholzes hatten den eben noch Gebeugten mit den vielen scharfen Ecken, Kanten und Splittern und nicht zu vergessen dank ihres schieren Gewichts derart unglücklich über dem Holzkorb fixiert, dass er vor Schreck zwei Hilferufe absonderte. Zum Glück hörte das aber niemand, denn der Anblick war nicht nur jämmerlich, sondern vor allem lächerlich. Nach einer gefühlten Ewigkeit gelang es Ludwig schließlich irgendwie, sich unter Schmerzen aus dem Haufen herauszuwinden. Sonntags fragten sich einige Messe-Besucher, weshalb ihr Pfarrer plötzlich drei Pflaster an Kopf und Hals hatte.

Der vorläufige Höhepunkt im Leben des Holzschuppens schien im vorletzten Jahr kurz vor Ostern erreicht, es war an einem Dienstag. Da hatte sich nämlich ein Jungbulle vor Betzenbichler´s Schlachthaus losgerissen, weil dieser wohl sein bevorstehendes Ende ahnte. Der Bulle stürmte mitsamt dem umgebundenen Strick und mit voller Kraft auf die Straße, wo er zwei Häuser weiter bereits vor der offenen Einfahrt des Pfarramtes stand. Zum Glück war gerade niemand auf der Straße und Ludwig zu dieser Zeit mit seinem Käfer im Dorf unterwegs. Eine plötzliche Eingebung veranlasste das aufgeregte Tier anscheinend, eine Art Kirchenasyl im Holzschuppen des Pfarrhauses zu suchen. Um diese Jahreszeit saßen nur noch zwei Reihen klein gehackter Holzscheite an der hinteren Stirnseite im Schuppen. Die beiden Torhälften standen offen, so wie immer, wenn der Pfarrer unterwegs war. Marie-Luise hatte, wie stets dienstags, Waschtag. Just an diesem Tag hatte sie Ludwigs rotes Badetuch auf dem Wäscheseil neben dem Schuppen zum Trocknen aufgehängt. Beim Anblick des farbenfrohen Tuches ging der Bulle schlagartig zum Angriff über und stieß mit seinen Hörnern zu, wodurch das Tuch sich ausgesprochen hartnäckig halbseitig um den Kopf des Angreifers wickelte, abschütteln unmöglich. Mit derart eingeschränkter Sicht geriet der Bulle unversehens in die Gartenhütte und setzte zum Sprung *durch* die Rückwand an. Trotz enormer Energie gelang das allerdings nur teilweise, nämlich mit dem Kopf. Der Rest hing im zusammengestürzten Feuerholz und den aufgerissenen Wandbrettern des Schuppens fest.

Nur wenige Momente später erreichten Metzgermeister Betzenbichler und sein Geselle sowie Pfarrer Ludwig mit seinem schwarzen VW zeitgleich den Schauplatz, besser gesagt: das Trümmerfeld.
„Betzenbichler! Bist Du des Satans?“,

rief Ludwig entgeistert und entdeckte im gleichen Moment Marie-Luise, die sich erschrocken und blass am aufgerissenen Wohnzimmerfenster festhielt. Aber der Metzger hatte jetzt anderes im Sinn, fürchtete er doch, dass sein Bulle jeden Moment wieder zu Kräften kommen und sich das Inferno gefährlich fortsetzen könnte. Er eilte, indem er seinen mitgeführten Schussapparat entsicherte, hinter den Schuppen. Nur Sekunden später beendete ein scharfer Knall jäh den tierischen Freiheitsdrang.

„Saubere Maßarbeit",

lobte der Geselle seinen Meister, als dieser wieder zum Vorschein kam. Betzenbichler ging mit dem Bolzenschuss-Apparat auf Ludwig zu.

„Halt mal kurz",

und schon hatte der verdutzte Pfarrer das merkwürdig riechende, überraschend warme Eisenteil in der Hand, besser gesagt, zwischen spitzen Fingern, während der Metzger zu seinem Gesellen eilte. Marie-Luise schloss entsetzt das Wohnzimmerfenster. Der Metzgergeselle war ein grobschlächtiger Typ mit gelegentlich intensivem Körpergeruch, der ihm den Ruf eines potenten Olfaktorikers eingebracht hatte. Endlich konnte er die vorsichtshalber für den Fall eines mangelhaften Schusses mitgeführte Axt schwingen, allerdings für Holzarbeiten. Es galt, den nunmehr reglosen Bullen aus den Trümmern des vormaligen Holzschuppens freizulegen.

„Hol´ den Frontlader, Arthur, wir stechen ihn erst im Schlachthaus ab, damit es hier nicht noch mehr Sauerei gibt",

ordnete der Chef seinem Gesellen an. Und an den Pfarrer gewandt, fragte er mit breitem Grinsen hintersinnig:

„Und, Ludwig, willst Du ihm noch die letzte Ölung spendieren?"

„Wir sehen uns im Beichtstuhl, mein Lieber, Du hast es schon länger nötig!"

Das gerade Erlebte hatte ihm für heute wieder mal gereicht.

„Das wird teuer, der Dekan wird sich freuen",

murmelte Ludwig frustriert. Leider konnte er dafür keine Kollekte bestimmen. Rossmarktl war unversehens um eine Anekdote reicher geworden. Nicht zuletzt würde es In der kommenden Woche in der Metzgerei Betzenbichler Holzfällersteaks im Angebot geben.

Und jetzt das Feuer. Wenigstens war es einigermaßen windstill. In wenigen Minuten war das Tanklöschfahrzeug der *Freiwilligen Feuerwehr Rossmarktl* vor Ort. Sechs Männer sprangen heraus und bereiteten routiniert den Löscheinsatz vor. Weitere Helfer eilten per Fahrrad und Traktor herbei. Drei Schläuche wurden gekonnt ausgerollt und mit ihren Kupplungen verbunden, durch ein Löschrohr komplettiert und an die Motorpumpe des Löschfahrzeuges angeschlossen.
„Wasser marsch!",
befahl der Ortsbrandmeister, und der bis dahin schlaffe Schlauch wurde schnell rund und steinhart. Dann brach das Dach des Holzschuppens zusammen. Ein gewaltiger Funkenregen war die Folge. Das Löschwasser sorgte für eine stattliche Rauchsäule. So musste es bei Luzifer in der Hölle zugehen, dachte Ludwig mitten im Chaos rund um das Pfarrhaus. Der sorgsam aufgestapelte Holzvorrat gab noch einmal eine bemerkenswerte Hitze ab und knisterte und knackte laut in die Runde. Eigentlich ein schöner Anblick. Mit dem zweiten Schlauch wurde das Pfarrhaus tüchtig bewässert, um die Flammen fern zu halten. Leider traf der Wasserstrahl des Löschtruppführers im Eifer des Einsatzes Ludwigs Schlafzimmerfenster. Dessen Scheiben zerbarsten widerstandslos. An Übernachtung in diesem Zimmer war heute nicht mehr zu denken. Es stand sogar zu befürchten, dass das Bettzeug in den Scherbenregen des Fensterglases geraten war.

Nach 20 Minuten war der Kampf gewonnen. Nun setzte sich die Erkenntnis durch, dass die Minusgrade im Januar die Umgebung des Pfarrhauses binnen einer halben Stunde in eine Eislandschaft verwandeln würden. Kein Schauplatz zum bleiben.

„Wir treffen uns im Hirschen zur Einsatzbesprechung",
rief der Ortsbrandmeister und ließ, abgesehen von zwei jungen
Kameraden als Brandwache, zusammenräumen und aufsitzen. Ob
er wollte oder nicht, diesmal würde Ludwig um die Zeche nicht
herumkommen. Wie befürchtet brauchte es nicht gerade wenig,
um nach dem Brand im Holzschuppen den Brand der Löscher zu
löschen. Sophia war fix und fertig. Um das Schlafzimmer im ersten Stock konnte sie sich heute nicht mehr kümmern. Ein Blick
auf das nasse Chaos hatte ihr genügt.

Stattdessen kümmerte sich der Gendarm Alois um die Brandstelle
auf der Suche nach Spuren zur Brandursache. Es stank bestialisch,
und alsbald stank der ganze Gendarm in- und auswendig. Ludwigs
Feuerholz war gut durchgetrocknet gewesen und deshalb sauber
abgebrannt. Was noch an verkohlten Brocken übrig war, verriet
nichts mehr darüber, was hier vorgefallen war. Alois würde noch
mit den Feuerwehrmännern und den Nachbarn sprechen und
ansonsten noch einige Tage auf den Kommissar Zufall hoffen.

Nach vier Wochen stellte Alois fest, dass weder Zeugen noch Zufall zur Aufklärung beigetragen hatten. Er schloss die Akte und
stellte seine Ermittlungen ein. In Altötting hatte die Staatsanwaltschaft keine Einwände. Ein abgebrannter Holzschuppen war nun
wirklich kein kriminelles Großereignis. Ludwig nahm das entsprechende Schreiben der Staatsanwaltschaft wortlos zur Kenntnis.
Erst viel später würde er von einem Kollegen hinter vorgehaltener
Hand erfahren, dass der Neffe der Nachbarin, der zwei Wochen
zu Neujahrsferien dort war, das Feuer vorsätzlich gelegt hatte. Er
hatte sich mit der katholischen Kirche überworfen, weil er aus
einem Jugendheim geflogen und anschließend zuhause furchtbar
geschlagen wurde. Angeblich hätte er die Wände des Jugend-
heims mit Farbe beschmiert, sogar Hakenkreuze wären zu erkennen gewesen.

„Ich war wirklich unschuldig, hatte nichts damit zu tun, Hochwürden, aber niemand glaubte mir! Am schlimmsten war die alte Oberin",
beteuerte der Junge in seiner Beichte. Dann sah er in Rossmarktl die Gelegenheit für eine „überschaubare" Rache an der Kirche, selbstredend nicht an Pfarrer Ludwig. Dass er an diesem Abend zum ersten Mal heimlich an eine Schnapsflasche geraten war, hatte den Entscheidungsprozess des Jungen enorm beflügelt.
„Ein Jeder, der nicht töricht, weiß: Wir wandeln stets auf dünnem Eis!",
sagte Ludwig nachdenklich. Und aus Erfahrung wusste er, dass alte Oberinnen die Schlimmsten waren. Jedenfalls einige.

Viele aus seiner Gemeinde hatten es sich nicht nehmen lassen, ihrem Seelsorger mit neuem Kaminholz beizustehen. Vergelt´s Gott! Diesmal würde es endlich einen massiv gemauerten Wiederaufbau des Schuppens geben, der dann auch eine gescheite Garage abgeben und den Fluch beenden würde.

„... auf dünnem Eis..."
Es ging ihm nicht aus dem Kopf. In der Nacht träumte er davon, wie er als Junge in Dauborn mit seinen an die Schuhe angeschraubten Eisenkufen auf dem nahen Weiher herumtobte. Oft genug hatte das Eis vernehmlich geknackt, aber zum Glück und dank seines Schutzengels immer gehalten, genauso wie die arg strapazierten Knöchelgelenke.

Ab März 1963 schien die Zeit irgendwie nervöser. Seine Exerzitien mit anschließendem Privatprogramm rückten immer schneller näher. Auch das Wetter schien von Unruhe erfasst, Aprilwetter eben. „Aprilwetter und Kartenglück wechseln jeden Augenblick". Welch eine Bauernweisheit! Sie schien geradezu maßgeschneidert auf seine Pläne zuzutreffen. Ludwig stellte eine Liste mit Packsachen zusammen und verglich besorgt deren Umfang mit der Kapazität seines Koffers. Seine religiösen Vorbereitungen auf die Exerzitien im Kloster St. Zeno nahmen ebenfalls Fahrt auf, nachdem er von dort das Programm „Nachfolge und Heil sein: Freut euch, wir sind Gottes Volk (Psalm 33); Exerzitien für Priester und Ordensleute" sowie eingehende Informationen über die Abläufe und Gepflogenheiten in der klösterlichen Abgeschiedenheit erhalten hatte. Zweifellos hatte sich auch der Dekan bereits genauestens informiert, da war nun mal nichts zu ändern.

„Was haben Sie aus Bad Reichenhall mitgebracht, Bruder Ludwig?",
würde er fragen und ihn mit bohrendem Blick mustern. Aber jetzt galt es vor allem, gewissenhaft und umsichtig vorzugehen. Und dazu gehörte auch, an eine gepflegte zivile Garderobe mit Manschettenhemd und moderner Krawatte zu denken. Und natürlich an den Flachmann und seine Handelsgold Brasil-Zigarren. Man wollte ja keine Not leiden.

Die Wandlung vollzog sich fast geräuschlos in der rechten Kabine der Herrentoilette im Untergeschoss des Kur-Cafés in Bad Reichenhall. Für einen katholischen Pfarrer war das mehr als ungewöhnlich. Denn unter „Wandlung" versteht man in katholischen Kreisen den Höhepunkt der Heiligen Messe. Der Pfarrer ist dazu geweiht, „in Persona Christi" die ewigen Worte der Eucharistie über Brot und Wein zu sprechen, worauf Gott Vater durch seinen Heiligen Geist das Brot in Jesu Leib und den Wein in sein Blut verwandelt.

Nun also Herrentoilette statt Altar, denn die Bad Reichenhaller Wandlung anno 1963 verfolgte andere Absichten. Sie hatte das geheime Ziel, aus dem Pfarrer Ludwig Wertheimer mittels Anzug und Krawatte den Touristen Lorenz Hierzinger zu machen, seines Zeichens Inhaber einer Autowerkstatt in Neubiberg bei München. Nachdem er seine Soutane, die er exerzitienhalber noch trug, sorgfältig in seiner Reisetasche verstaut und sein neues Äußeres eingehend im Spiegel mit einem *„Servus Lorenz!"* gemustert hatte, verließ er eiligen Schrittes das Café. Seinen Milchkaffee hatte er bereits vorher bezahlt. Vier Tage Freiheit in cognito, das wollte er genießen. Es fühlte sich aufregend-gut an, plötzlich ein Anderer zu sein, ein kleiner Geschäftsmann, auskömmlich mit Bargeld versorgt, dazu mit 24 Stunden Freizeit. Halleluja!

Ludwig hatte zuvor die Stadt zwei Stunden zu Fuß erkundet, um äußeren Abstand von den vielen Eindrücken des Exerzitiums und des Klosterlebens zu gewinnen. Andererseits durfte das gute Gefühl, der große Strauß an wertvollen Gedanken und Ideen aus den vergangenen Tagen nicht verblassen. Er dachte an die umfangreichen Notizen in seiner Kladde, auf die er jederzeit zurückgreifen konnte. Und an seine beiden neu gewonnen Kameraden. Was die wohl sagen würden, wenn sie ihm hier begegneten? Aber daran wollte er lieber nicht denken.

Nun ging es vor allem darum, *ein einziges Mal* aus seiner gewohnten Lebensrolle auszubrechen und etwas ganz anderes zu erschnuppern. „Ausbrechen" traf es bei genauer Betrachtung aber nicht so genau. Er wollte ja nicht flüchten, er wollte nur mal „schauen", in der Gewissheit, danach wieder und vielleicht umso mehr mit seiner Lebensrolle zufrieden zu sein. Freilich um einige aufregende Erinnerungen reicher. Zu dumm nur, dass das niemand wissen durfte. Geschweige denn, dass er ohne seine Marie-Luise dastand. Ludwig schaute sich um. Hatte ihn auch niemand beobachtet? Oder, das wäre das Schlimmste, wenn ihm rein zufällig eine bekannte Person über den Weg laufen und ihn erkennen würde – als Nicht-Pfarrer! Bei seinem planlosen Weg durch die Stadt blieb er häufig vor Schaufenstern stehen und versuchte, sein Spiegelbild zu erkennen. Nach und nach erkannte er ihn immer deutlicher, den Touristen Lorenz Hierzinger aus Neubiberg, mit Zigarren und Bargeld in der Tasche. Und mit viel Neugierde im Bauch.

Die Tage im Kloster St. Zeno hatten Ludwig gut getan. Er war zur Ruhe gekommen. Als er vor zehn Tagen nach rund 70 Kilometer langer Fahrt, die ihn am idyllischen Waginger See vorbei führte, im Kloster in der Salzburger Straße angekommen war, wurde ihm sogleich ein einfach möbliertes, kleines Zimmer zugewiesen. Das schmale Fenster erlaubte einen Blick in den gepflegten Klostergarten. Dort konnte er des Öfteren zwei jüngere Nonnen beobachten, die sich im aufblühenden Mai-Garten zu schaffen machten. Manchmal hörte er sie Choräle und Volkslieder singen, sie schienen stets bei guter Stimmung. Nirgends im Kloster wurde so viel gelacht. Später erfuhr Ludwig, dass die beiden nur aushilfsweise tagsüber von der Nachbar-Abtei geschickt wurden, um einen personellen Engpass während der Exerzitien mit den zusätzlichen Gästen zu entschärfen. Wer weiß, vielleicht war das ganze aber auch eine perfide Idee des Abtes, um die Männer im Fach „Gelebte Keuschheit" praxisnah zu unterweisen.

Die diesjährige Gruppe war aus ganz Bayern zusammengekommen, Männer zwischen 29 und 66 Jahren, wie sich herausstellte. Zum Glück konnte sich Ludwig bei der Sitzordnung oder bei Gruppenarbeiten den Jüngeren anschließen. Ihn bewegte die Auseinandersetzung zwischen der beharrenden Tradition und den neuen Herausforderungen für die Kirche im Zeichen des am 11. Oktober 1962 eröffneten Zweiten Vatikanischen Konzils (*Vaticanum II*). Papst Johannes XXIII selbst hatte schließlich die gesamte katholische Weltkirche im Hause Gottes zum *aggiornamento* („Verheutigung") aufgerufen. Durch eine gewisse Aktualisierung dogmatischer Sätze sollte eine bessere Orientierung hin auf das Verständnis der Gegenwart möglich werden. Denn das eine sei das ewige Dogma, die bleibende Wahrheit, ein anderes die Ausdrucksweise der jeweiligen Zeit. Das war hoffnungsvolle Musik in Ludwigs Ohren, ganz im Gegensatz zu seinem Dekan Laurentius. Und diese Lieder wollte er nicht nur seinen Jugendlichen daheim vorsingen. Er wollte auch endlich darüber predigen.

Ich will, dass meine Freude unter Euch ist, notierte er als Überschrift in seine Kladde.

Das gemeinsame Mittagessen wurde im Refektorium eingenommen. Der *Hebdomadar* („für den Dienst Eingesetzter"), ein Abt aus Regensburg namens Albertus Curtius, sprach das Tischgebet und ein tägliches Losungswort. Dann wurde aufgetragen, wobei die beiden gut-gelaunten Nonnen wieder in Erscheinung traten. Später erfuhr er, dass sie Alberta und Hildegard hießen. Eine Augenweide, fand Ludwig. Er hätte jede von ihnen sofort gegen seine Sophia getauscht. Aber da halfen auch keine Gebete.

Die Exerzitien ließen sich grob in drei Abschnitte gliedern:

- Gebete, Einzel- und Gruppengespräche, und nochmal Gebete, ad libitum sozusagen.
- Schweige-Exerzitien
- Exkursion unter dem Motto „Ernten ohne zu säen"

Es stand noch ein weiteres Thema zur Wahl, nämlich „Exorzismus leicht gemacht – mit dem Satan auf Augenhöhe". Das, fand Ludwig, war überhaupt nichts für ihn. In ihm kamen unvermittelt lange vergessen geglaubte schreckliche Bilder von der Ostfront hoch, er spürte wieder diese Übelkeit und lehnte dankend ab.

Schweigen gehörte nicht gerade zu Ludwigs Stärken. In seiner kleinen Gemeinde wäre das auch nicht besonders gut angekommen, immerhin galt er dort als Respektsperson. Und von solchen Personen wurden Standpunkte erwartet, kein Schweigen. Hier im Kloster war das etwas anderes. Es ging für alle Teilnehmer darum, den persönlichen und geistlichen Weg in Gemeinsamkeit, aber auch allein vor Gott zu finden. Und da versprachen Schweigeexerzitien, also durchgängiges Schweigen und Meditation, neue Erkenntnisse und Anstöße – Gedankenaustausch zwischen sich und dem Heiligen Geist. Letzterer sollte auf Wunsch des Vatikans auch helfen, die Erkenntnisse des aktuellen Konzils im Hinblick auf Fragen der Sexualität und Ehe zu verbreiten. Dafür war eigens ein bereits pensionierter Dekan angereist, um zum Thema „Mischehe – Fluch oder (das kleinere) Übel?" zu referieren. Bereits seinen Eingangsworten war unschwer zu entnehmen, dass er mehr als traditionell gesinnt war. Und wahrscheinlich manches lautere Christen-Schicksal auf dem Gewissen hatte. Der Bock war halt noch nie ein guter Gärtner gewesen, dachte Ludwig und nahm sich vor, diesem Altvorderen bei der vorgesehenen Diskussion kräftig Paroli zu bieten.

Gegen Abend versammelte sich das ganze Exerzitium im Kreuzgang des Klosters. Hinter den meterdicken Wänden und unter dem gotischen Kreuzrippengewölbe mit den jeweils individuellen Schluss-Steinen begann die Konzentration auf die geistige Erneuerung. So ist es, sinnierte Ludwig bewundernd über die Kunst der alten Handwerksmeister, die einen gestalten mit Worten, die anderen mit Hammer und Meißel. Und mit all' diesen Werkzeugen kann man genauso gut unendliches Elend anrichten.

Besonders spannend war für Ludwig allerdings die dreitätige Exkursion. Es galt, zu dritt in einer vorgegebenen Waldregion westlich vom Saalachsee „zu überleben". Ohne Lebensmittel, nur mit einem Zelt, Schlafsäcken, Streichhölzern, Toilettenpapier (Gott sei Dank!), drei Taschenlampen, Utensilien zum Essen und Trinken, etwas Salz und Pfeffer sowie einem Messer ausgestattet. Als Orientierungshilfe war eine Skizze und ein kleiner Marsch-Kompass vorgesehen. Auf der Skizze waren Start und Treffpunkt nebst Abholzeit vermerkt. Selbstverständlich hatte jeder sein Brevier („seine Braut") dabei. Entsprechende Klamotten wurden ebenfalls zur Verfügung gestellt. Zu Ludwigs Team gehörten Pater Willibald und der Diakon Paul-Gerhard. Der hatte auch an eine kleine Kerze gedacht. Und sagte „Ludi" zu Ludwig.

Man hatte sich nochmal beim Frühstück im Kloster regelrecht vollgefressen. Leider durfte man sich nichts einpacken. Dann wurden die drei in das Zielgebiet gefahren und mit Gottes Segen entlassen. Nun galt es, wer hätte das gedacht?, noch einmal von den Erfahrungen der Nachkriegszeit zu profitieren. Am Ende hatte jeder der drei Kameraden in Christo zwei neue beste Freunde. Es hätt' auch anders kommen können. Das galt nicht zuletzt für das Zelt, das erst nach vielen erfolglosen, meist intuitiven und widersprüchlichen Bemühungen irgendwann der Schwerkraft widerstand und am Ende selbst stand. Am nächsten Morgen hatte man unisono Rückenschmerzen und kalte Füße. Ludwig erinnerte sich dunkel an die Schwierigkeiten, als er mitten in der Nacht mal dringend raus musste, wobei er die Wiedereingliederung in Zelt und Schlafsack eindeutig schwieriger empfand. Ohne darüber zu sprechen war jeder froh, dass es im engen Zelt nicht zu irgendwelchen Übergriffen gekommen war.

Alle drei hatten sich notgedrungen mit dem frischen, besser gesagt: eiskalten Bachwasser genauso arrangiert wie mit Rohkost, Brennessel-Spinat und Blätter-Tee; Versuche, einen Fisch oder anderes Getier zu fangen, schlugen ein ums andere mal fehl. Ludwig litt als Erster. Seitdem er seine Sophia mal für ein paar Tage zu einem befreundeten Pfarrer samt Köchin geschickt hatte, war das Niveau seiner Küche spürbar angestiegen. Endlich schmeckte es nicht nur lecker und würzig, auch der Anblick sprach von liebevoller Zubereitung. Genau genommen musste er sich als „verwöhnt" einsortieren. Aber was hat man denn sonst?, sagte er sich einfach in gut-hessischer Tradition und genoss alles ohne viel Aufhebens. Er musste Sophia unbedingt wieder einmal loben, nahm er sich vor.

Die momentane Durststrecke und die mit Rohkost und Blättern einher gehenden Darmgeräusche würden bald vorbei sein. Umso schneller einigte man sich darauf, einen Schäfer, dem sie unterwegs begegneten, um eine Teilhabe an seinen kargen Vorräten zu bitten. Er saß unweit einer kleinen Hütte auf einem Holzstamm. Sein Hütehund, er hörte auf den Namen *Blacky*, hatte mit wachen Augen Herde und Neuankömmlinge fest im Blick. Es hatte etwas Biblisches an sich: Drei Bettler fragten einen, der selbst nicht viel hatte, um Brot. Der Schäfer ließ sich nicht lange bitten. Die zwei Scheiben Krustenbrot mit Schafskäse aus der Hand schmeckten himmlisch.

„Du bist ein guter Hirte",
sagte Ludwig zu dem Schäfer, ein älterer, etwas gebeugter, aber drahtiger Mann mit wettergegerbten Gesichtszügen und strahlenden Augen namens Franz Hiesmayer. Dieser trug den typischen grünen Schäfer-Umhang und einen Wetterhut mit ausladender Krempe. Sein überlanger Stock war ihm Stütze und Zierde zugleich. Franz schickte sich gerade an, einem Schaf mit einer scharfen, leicht gebogenen Messerklinge die Klauen zu schneiden. Merkwürdig sah das aus, wie er das Schaf in eine Art Sitzhaltung vor sich bugsiert hatte. Das Tier ließ sich die Maniküre einigermaßen geduldig gefallen, gelegentlich quittiert durch ein unüberhörbares, Hilfe-heischendes „Määäh". Franz seinerseits ließ es sich nicht nehmen, ihnen einen beeindruckenden Einblick in sein Handwerk, sein Eins-sein mit Tier- und Umwelt, zu geben. Man spürte, wie ausgeglichen und glücklich dieser Mann war, stolz darauf, mit den drei Männern sein Brot zu teilen und dabei von sich und seiner Welt zu berichten. Wie verblüfft die drei waren, als sie das Vertrauen der Tiere zu ihrem Hirten erkannten und dieser seine 86 Tiere alle zu kennen schien! Eins seiner Schafe ließ sich ausgiebig am Kopf kraulen. Es hatte im Unterschied zu fast allen anderen einen schwarzen Kopf.
„Susi, mein Vertrauensschaf",
sagte Franz schmunzelnd und zog genüsslich an seiner Pfeife, die er sich nach der kleinen Brotzeit angezündet hatte. Er hatte die fragenden Blicke seiner kirchlichen Gäste bemerkt.
„Es ist schon so: Unsere Tradition geht zurück bis in biblische Zeiten"

Der Psalm vom guten Hirten wurde mit neuen Bildern und verblüffenden Vergleichen über Vertrauen und Zusammengehörigkeit angereichert. Ob er ihnen eine Handvoll Schafwolle mitgeben würde, fragte Paul-Gerhard beim Abschied. Susi spendierte unter der scharfen Schere des Schäfers kommentarlos das gewünschte Andenken.

„Ja",

sagte Ludwig später zu seinen Kameraden,

„das Geheimnis des Glaubens liegt im Einfachen und in der Natur"

„Und in der Ehrlichkeit unter den Menschen!",

ergänzte Pater Willibald. Für einen Moment setzte Ludwigs Herzschlag aus. Er musste unwillkürlich an Lorenz Hierzinger denken und schwieg erstmal.

„Und was ist mit der Nächstenliebe, meine Herren Brüder?"

Für Paul-Gerhard war die Nächstenliebe das Wichtigste, die Überschrift sozusagen.

„Dem alten Dekan hast Du es ja tüchtig gegeben, Ludi. Was weiß denn so einer wirklich vom Familienleben? Wer weiß, am Ende hat der Bischof sogar für ihn mal Alimente bezahlt und Mutter und Kind damit zum Schweigen verpflichtet. Wundern würde es mich nicht. Ich habe letztes Jahr sogar von einem Pfarrer gehört, der es mit Buben aus dem Knabenchor getrieben hat. Abscheulich!"

Paul-Gerhard hatte sich unversehens in Rage geredet. Es schien in ihm schon länger zu brodeln. Er kramte in seiner Jackentasche und zog umständlich eine kleine blaugraue Keramik-Flasche hervor. Daraus ließ er eine ordentliche Prise Schmalzler auf seinen Handrücken rieseln und beförderte diese mit einem kräftigen Zug in sein rechtes Nasenloch. Dann wischte er mit dem Handrücken die braunen Pulverreste von den Nasenflügeln und begann zeitlupenartig, sein Gesicht auf den kommenden Niesanfall vorzubereiten. Eine Leidenschaft, der Ludwig noch nie etwas abgewinnen konnte.

„Gottes reichen Segen!",
quittierten die unfreiwilligen Zuhörer das lautstark-feuchte Getöse ihres Kameraden.

„Ich bewundere Deinen Mut, Bruder Ludwig",
setzte Willibald das Gespräch fort, als Paul-Gerhard mit Niesen und Schnäuzen endlich fertig war.
„Du hast einfach recht, die Kirche muss sich dringend ändern. Hoffentlich kann uns der Papst mit dem Konzil neue Orientierung geben. Wir haben uns doch viel zu viel hinter formalen Traditionen versteckt, anstatt uns den Menschen zuzuwenden! Was nützt es, wenn wir Frömmigkeit predigen und uns die jungen Leute nicht mehr verstehen? Überall nur noch `Form vor Inhalt´ - so kann es doch nicht weitergehen, oder?"
„Aber ohne den ordnenden Rahmen, ohne Regeln doch auch nicht. Das zeigt uns ja schon die Natur mit ihren Jahreszeiten, mit ihren ewigen Gesetzen von Ursache und Wirkung, Flexibilität und Anpassung und vieles mehr"
„Ja, Ludwig, Du hast recht. Und deshalb haben wir ja auch unsere Liturgie und die vielen Traditionen, die uns Halt geben"
„Das schon",
entgegnete Ludwig nachdenklich,
„aber wie können wir sicher sein, dass der äußere Rahmen eben nicht den Glauben oder die Botschaft im Allgemeinen dominiert, gar erdrückt? Dass das Naturgesetz von Flexibilität und Anpassung irgendwann auf der Strecke bleibt?"
„Das ist unsere Aufgabe und unsere große Verantwortung. Die rechte Mischung aus Strenge und Milde"

„Ludwig, Du hast eben etwas Interessantes gesagt von den ewigen Gesetzen der Natur. Für mich stehen diese in direkter Verbindung zu den Geboten Gottes. Kannst Du dazu noch etwas Ausführlicheres sagen?"
bat Willibald. Ludwig holte tief Luft und versuchte, seine Gedanken zu ordnen.

„Ja, natürlich. Wir alle haben ein Gewissen von Gott erhalten. Das lässt uns untrüglich Gutes vom Bösen unterscheiden. Allzu oft ignorieren wir die Signale des Gewissens, weshalb uns Gott mit seinen Geboten nochmals in aller Klarheit daran erinnert, wie er sich unser Tun und Lassen vorstellt. Ein unablässiger Prozess von Versuch und Irrtum, der unsere Erfahrungen wachsen lässt. Und Gott schaut uns an, ob wir unserer Verantwortung im Rahmen der von ihm gegebenen individuellen Möglichkeiten gerecht werden - ein jeder an seiner Stelle im Leben"

Jetzt meldete sich Paul-Gerhard zu Wort.

„Ich möchte mal einen radikalen Gedanken in den Raum stellen"

„Nur zu. Wir sind gespannt",

entgegnete Willibald. Es schien, als wollten sie an diesem Abend den ganzen Vatikan aus seinen seit Jahrtausenden unverrückbaren Angeln heben.

„Könnte man es nicht so sehen: Alle Kinder kommen unschuldig zur Welt, mit jeweils eigenen Möglichkeiten, wie Du sagst. Warum sollte es Gottes Wille sein, dass ALLE Menschen zu Sündern werden, also der Erbsünde zwangsläufig anheim fallen? Gott hat doch die Menschen erschaffen und nicht der Teufel! Warum sollten also ALLE am Ende in die Abhängigkeit der kirchlichen Sündenvergebung geraten? Was nützt es, wenn die Sünden vor uns gebeichtet werden müssen? Nicht wir, sondern Gott allein vergibt unsere Sünden. Was sagen wir denen, die uns vorhalten, dass die Sündenvergebung hauptsächlich eine geniale Arbeitsbeschaffungsmaßnahme für Unsereins ist?"

„Mein Gott, das ist wirklich radikal! Ehrlicherweise können wir sogar noch froh sein, dass ein gewisser Martin Luther Schluss gemacht hat mit dem ganzen verderbten Ablasshandel. Da haben sich im Laufe der Jahrhunderte nicht wenige Eiferer mit eigennützigen Motiven gegenseitig zu übertreffen versucht. Eine Schande war das, den Ärmsten das Letzte abzupressen, um sie vermeintlich ins Paradies zu schicken!"

„Schön und gut, das ist lange her. Aber worauf willst Du hinaus?",
fragte Ludwig ungeduldig.

„Auf eine im besten Sinn menschliche Verkündung. Ohne Vorver-
urteilung, aber mit Nächstenliebe und Toleranz. Das wäre für
mich die grüne Au, auf der sich alle Christen wieder vereint zu
ihrem Hirten Jesus Christus bekennen könnten. Unser Glaube
muss sich im Alltag bewähren!"

„Du kannst Dir nicht vorstellen, wie ich Deine Worte genieße,
Ludwig",
sagte Willibald mit erregter Stimme und roten Ohren; Paul-
Gerhard nickte mit offensichtlicher Begeisterung,

„Bitte, fahre fort!"
Ludwig ließ sich nicht lange bitten, er war noch nicht fertig.

„Ich bin davon überzeugt, dass sich auch die Kirche genauso wie
das Leben selbst weiterentwickeln muss. Glaube und Kirche sind
ewig, nicht aber die Art der Verkündung. Wir leben ja auch nicht
mehr im Mittelalter, gerade hatten wir es schon davon. Wir haben
die Inquisition und den Ablasshandel überwunden, können schrei-
ben und lesen und verstehen immer mehr von der Welt. Die Ju-
gend ist neugieriger als wir es früher waren. Gewiss auch frecher,
schwerer zu bändigen. Aber sie ist die Zukunft, hat ein Recht auf
Zukunft, wir dürfen sie nicht verlieren. Sonst wenden sie sich vom
Glauben ab, das wäre das Ende. Nur mit Zwang ist auf Dauer
nichts zu gewinnen. Und auf mangelnde Bildung zu setzen so wie
früher, das geht schon gar nicht. Ich setze auf die Jugend. Unsere
Aufgabe ist es wie gesagt, Veränderungen zu erlauben, aber da-
rauf zu achten, dass sie nicht aus dem Ruder laufen"
Paul-Gerhard rutschte ungeduldig hin und her. Er schien in seinem Element.

„Du hast gesagt, lieber Ludi, wir sollen Veränderungen erlauben.
Ich gehe einen Schritt weiter: Wir müssen Veränderungen sogar
selbst anstoßen. Denk doch mal an das verdammte Zölibat und
die vielen überflüssigen Dogmen und Formalien, die doch Viele
nicht mehr ernst nehmen. Von der vielfach so verantwortungslos

verleumdeten Ökumene oder der Frauenrolle ganz zu schweigen.
Ich glaube, wir brauchen endlich einmal einen deutschen Papst"
„Ganz ehrlich, ich fürchte, dass auch der nicht allmächtig wäre
und ausgerechnet der deutschen Gemeinde alle Wünsche erfüllen
würde. Aber Du hast recht: Ich kann auch das ewige Gerede `Wir
müssen Geduld haben´ nicht mehr hören. Ich verstehe dann jedes
Mal nichts als `Weiter so´"
„Na ja, solange die Frauen nicht auch noch Priester werden kön-
nen, soll es mir recht sein! Stellt Euch nur mal vor, wir müssten zu
einer Frau in den Beichtstuhl…",
scherzte Ludwig. Und Paul Gerhard setzte noch einen drauf:
„Gott bewahre, soweit wird es bestimmt nicht kommen, da ist der
Vatikan mit seinem ganzen Kurien-Gesindel davor ha-ha-ha…,
aber wenn ich darüber nachdenke, uijuijui…"

Ludwig genoss die offenen Worte, die plötzlich in dieser privaten
Runde möglich waren. Noch vor ein paar Jahrhunderten hätten
sie mit diesen Gedanken den Scheiterhaufen fürchten müssen,
obwohl sie sich keinesfalls als Revolutionäre vorkamen. Es war
ein langer Abend mit tiefgründigen Gesprächen und leuchtenden
Augen geworden. Dass es keinen Rotwein gab, war ihnen gar
nicht so recht aufgefallen. Eher schon das nicht mehr zu unter-
drückende Hungergefühl. Pater Willibald sprach schließlich das
Nachtgebet und wählte Psalm 8, Vers 4:
„Wenn ich sehe die Himmel, deiner Finger Werk, den Mond und
die Sterne, die du bereitet hast: was ist der Mensch, dass du sei-
ner gedenkst, und des Menschen Kind, dass du dich seiner an-
nimmst?"
Dann endete er mit dem Mariengruß und fügte noch seinen ganz
persönlichen Gedanken hinzu:
„In Deiner Hand bin ich geborgen und schöpfe Zuversicht für mor-
gen. Amen."
„Amen",
sagten auch Ludwig und Paul-Gerhard. Nach einem Moment des

Schweigens stimmten sie gemeinsam das *Salve Regina* („Sei gegrüßt, o Königin") an. Sie hatten das Gefühl, dass Gott heute unter ihnen war. Es fühlte sich nach Glückseligkeit an, ein tiefes, ein leises, ein ehrliches Gefühl, im Einklang mit Schöpfer und Schöpfung.

Zur selben Zeit machte sich Sophia im Rossmarkt´ler Pfarrhaus bettfertig, sie konnte sich kaum noch auf den Beinen halten. Es war ein langer Sonntag gewesen. Und was für einer! Kurz nach neun war bereits Pfarrer Martin aus Altötting gekommen, um die Heilige Messe mit anschließendem Taufgottesdienst in Ludwigs Vertretung zu halten. Der Seelsorger war schon über acht Jahre im Ruhestand, freute sich aber jedes Mal, wenn er noch für Vertretungsaufgaben gebraucht wurde. Hier in Rossmarktl war er schon länger nicht mehr gewesen. Sophia bot frisch gebrühten Kaffee, leckeren Konfekt und Schokobohnen an, alles Geschenke an´s Pfarrhaus aus jüngster Zeit. Sophia fiel auf, dass die Hände des Pfarrers bedenklich an der Kaffeetasse zitterten. Seine Stimme jedoch war kraftvoll und freundlich. Auch brauchte er lediglich eine Lesebrille und hatte noch nicht mal eine Glatze, ungewöhnlich in diesem Alter. Martin genoss das liebevolle Willkommen. Er konnte nicht wissen, welche positive Entwicklung diese Sophia während ihrer Zeit bei Ludwig schon genommen hatte. Sie selbst fühlte sich, besonders nachdem sie den Kirchturm „abgeliefert" hatte und nach den Aussprachen mit Ludwig, endlich gebraucht und angekommen. Auch hatten sich bereits einige persönliche, wertschätzende Kontakte mit Frauen aus dem Ort ergeben. Nun war sie schon zwei Wochen im Pfarrhaus allein. Nachts hatte sie schlecht geschlafen in der ungewohnten Einsamkeit. In ein paar Tagen würde endlich der Pfarrer wieder zurück sein. Sie war gespannt, was er berichten würde. Und sie würde sich große Mühe geben, alles nach seinem Geschmack herzurichten und auch einen schönen Strauß mit Gartenblumen nicht vergessen.

Pfarrer Martin war noch einmal seine Predigt durchgegangen und hatte sich dann in die Sakristei begeben, um das Messgewand anzulegen. Er wollte über die Hoffnung auf Erlösung predigen. *„Spe Salvi facti sumus"* (Auf Hoffnung hin sind wir gerettet), schrieb Paulus einst den Römern (Römer 8,24) und mithin uns heutzutage auch. Das war gleichzeitig ein wunderbarer Einstieg in die anschließende Taufe. Ein kleiner Erich-Günther hatte das oberbayerische Licht erblickt, drei Wochen zu früh.

„A strammer Bursch",
hatte der stolze Opa Erich im *Hirschen* gestrahlt und den Kleinen ordentlich pieseln lassen, so nannte man die ausgiebigen Freibier- und Schnapsrunden frischgebackener Väter und Opas. Traditionell wurde vorher mit viel Getöse beim Elternhaus ein Baum zu Ehren des Neuankömmlings gepflanzt. Dabei war besonders acht zu geben, dass nicht etwa der Spatenstiel abbrach – das wäre ein untrügliches Zeichen für kommendes Unglück gewesen. Währenddessen konnten sich die frischgebackenen Mütter und Omas in Ruhe auf das Windeln-wechseln konzentrieren.

A propos Vater: Es war der jungvermählte Sepp, der vor einem dreiviertel Jahr zusammen mit seiner Braut Erika zitternd vor Pfarrer Ludwig saß und um kirchlichen Beistand flehte. Seit der eiligen Hochzeit war Frieden und sogar Stolz in den beiden Elternfamilien eingekehrt, ganz wie es der Pfarrer vorhergesehen hatte. Nicht unwesentlich hatte dazu auch das elterliche Versprechen beigetragen, dem erwarteten Kind den Namen des Opas bzw. der Oma väterlicherseits beizugeben, je nach Geschlecht natürlich. Die junge Familie war festlich gekleidet, man trug mit Stolz die heimische Tracht, ebenfalls die beiden Taufpaten. Selbstredend natürlich auch die Opas und Omas. Die Taufpaten waren Geschwister der jungen Eltern. Der kleine Bub, soweit man ihn überhaupt in seinem blütenweißen, reich bestickten Taufkleid sehen konnte, war dank der beruhigenden Signale der Mutter einigermaßen still. Überraschend waren die geradezu fröhlich-roten Locken, hatten doch die Eltern eher dunkle Haare. Aber das hatte sich schon genügend im Ort herumgesprochen und war willkommener Gegenstand frivoler Kommentare gewesen. Heute war die Stimmung blendend, es wurde viel gelacht und sich gegenseitig umarmt.

Pfarrer Martin hielt mit Unterstützung der beiden Messdiener eine feierliche Messe, getragen von väterlicher Strenge und reichlich Weihrauch. Er glaubte fest, dass er sich das in seinem Alter erlauben konnte. Inzwischen war er beim Taufspruch angekommen und lud die Mutter mit einer freundlichen Geste ein, den kleinen Erich-Günther über das Taufbecken zu halten. Martin nahm die vergoldete Kanne mit dem Weihwasser und hielt sie in kurzem Abstand über den Kopf des Täuflings, während er sprach: *„Gib mir, mein Sohn, Dein Herz und lass Deinen Augen meine Wege wohl gefallen" (Sprüche, 23,26).*
Dann senkte er die Öffnung der Kanne vorsichtig, damit sich eine kleine Portion des Weihwassers in die roten Locken ergießen und der Heilige Geist das Sakrament der Taufe besiegeln konnte. Diese uralte Tradition fußte, wie allseits bekannt, auf der Erinnerung an Johannes den Täufer, der schon Jesus im Jordan untergetaucht hatte. Martins Hand zitterte angesichts der schweren, mit Wasser gefüllten Kanne bedenklich, es war in letzter Zeit immer schlimmer geworden. Ein plötzlicher Nervenschmerz in Folge starker Verkrampfung des Handgelenkes führte just in diesem Moment und für die versammelte Gemeinde völlig unerwartet dazu, dass die Kanne Martins Hand entglitt und mit lautem Getöse ins Taufbecken fiel. Dabei streifte das Gefäß das Köpfchen des kleinen Buben und bescherte diesem die erste Schramme seines Lebens. Er war verständlicherweise nicht mehr zu beruhigen. Gleiches galt für die Eltern, die Paten, die Großeltern, die Messdiener und vor allem für die Tanten. Bei allen anderen Gläubigen bzw. Anwesenden herrschte einen Moment lang Totenstille. Ein Beobachter hätte nichts als offene Münder und große Augen gesehen. So etwas war noch nicht vorgekommen. Auch Sophia, die in der zweiten Reihe saß, war schockiert. Sie verfolgte mit großen Augen, wie sich Martin am Taufbecken abstützte und nur noch
„Mein Gott, mein Gott, wie konnte das passieren?"

hervorbrachte. Nachdem der erste Blutstropfen aus der Schürf-
wunde hervortrat, rief Mutter Erika entsetzt:
*„Ein Arzt! Wir brauchen sofort einen Arzt. Mein Erich-Günther ist
verletzt. Er blutet ja!"*

An eine Fortsetzung der Taufe war nicht mehr zu denken. Sophia
lief sofort aus der Kirche, um nach Dr. Berlinger zu telefonieren.
Alle in der Kirche waren in der Zwischenzeit aufgestanden und
versuchten, möglichst nahe an das Geschehen heranzukommen.
Man gestikulierte und redete wild durcheinander. Am lautesten
war Klein-Erich-Günther zu vernehmen; es blieb unklar, wie lange
er das durchhalten könnte. Die Akustik des Kirchenschiffs war
jedenfalls auf seiner Seite. Nur Pfarrer Martin brachte kein Wort
mehr heraus. Ein Messdiener holte geistesgegenwärtig einen
Stuhl, sonst wäre der Pfarrer geradewegs hingefallen. Als Sophia
mit dem Arzt Dr. Berlinger in die Kirche eilte, konnte sie im Vor-
beigehen die trockene Stimme des Metzgermeisters
Betzenbichler vernehmen:
*„Unserem Pfarrer Ludwig wäre so ein Desaster nicht passiert.
Immerhin wird jetzt der Bub zweimal getauft werden, ha-ha.
Herrschaftszeiten sakra!"*

Es war wirklich Zeit, dass seine Heiligkeit wieder zuhause aufschlug. Den heutigen Segen spendete sich ein Großteil der Gemeinde anschließend im Hirschen selbst. Insoweit war das Ganze
eine klassische „lose-win"-Situation geworden. Der Höhepunkt
der mentalen Verarbeitung würde freilich erst beim nächsten
Stammtisch in Anwesenheit von Dr. Albrecht und natürlich wieder Pfarrer Ludwig erfolgen.

IV

Und nun, es war schon Nachmittag geworden, stand Ludwig alias Lorenz Hierzinger vor dem Kur-Café und strebte zu seinem schwarzen VW. Er hatte seinerzeit kurz vor seiner Abreise aus Rossmarktl telefonisch ein Gästezimmer für vier Nächte in einem kleinen Gästehaus in der Forstamtstraße reserviert.
„Ja bitte?",
fragte eine freundliche Frauenstimme, nachdem er den Klingel-knopf des Gästehauses – es war etwas schmucklos und mochte aus den zwanziger Jahren stammen - gedrückt hatte. Die Stimme gehörte Elfriede Leitner.
„Sie können Elfie zu mir sagen, wir wohnen ja jetzt unter dem gleichen Dach",
bot ihm die noch rüstige Witwe eines ehemals städtischen Gärt-ners lächelnd an, nachdem Lorenz sich in das Gästebuch einge-tragen hatte. Sie war eine ausgesprochen sympathische Person. Anscheinend paarten sich bei ihr Offenheit und Neugier. Nach einer Viertelstunde war Lorenz bereits in wesentliche Ereignisse ihres Lebens eingeweiht und musste seinerseits Auskunft über sein Woher und Wohin geben, bevor er endlich den Zimmer-schlüssel in Empfang nehmen konnte. Der häusliche Rauhaar-Dackel, er mochte schon 10 Jahre alt sein, wich ihm nicht von den Füßen. Das Tier bellte zum Glück nicht, ganz im Gegensatz zu den meisten seiner Artgenossen. Überhaupt sah der Dackel grau und

müde aus, wahrscheinlich lag das an den für seine Rasse unty-
pisch-überlangen Hängeohren.

Lorenz´ Zimmer lag im ersten Stock und war etwas altmodisch
eingerichtet. Neben dem Bett gab es einen kleinen runden Tisch
mit zwei Stühlen und ein in die Jahre gekommenes Kanapee. Der
dunkle perserartige Teppich sollte wohl zur Gemütlichkeit einladen. Lorenz nahm als erstes die Einladung seines Bettes an. Mit
kompletter Montur legte er sich auf das Bettzeug und wurde erst
nach zweistündiger Bewusstlosigkeit durch neuen Hunger ge-
weckt. Er musste sich erst vergewissern, wo er war und vor allem,
wer er war.
„Servus, Lorenz!“,
murmelte er nachdenklich. Erst jetzt fiel ihm auf, dass er seinen
Koffer noch nicht ausgepackt hatte. Dazu gehörten auch die
Utensilien, die er sich für einen kleinen Hausaltar mitgebracht
hatte: Sein Brevier für das Stundengebet, eine Kerze, ein gestick-
tes Tuch und eine kleine Schale für Weihwasser. Zum Schluss
füllte er etwas Weihrauch in ein Messinggefäß und ordnete alles
zu einer spirituellen Komposition. Dann kniete er nieder und betete zu seinem Herrn. Nun war es an der Zeit, in seiner Kladde
eine neue Seite aufzuschlagen. Was es da wohl zu notieren geben
würde? Er machte sich frisch und verließ sein Zimmer.
„Gute Nacht, Elfie, ich gehe essen, es wird sicher spät heute“,
verabschiedete er sich. Elfie blickte ihm nachdenklich nach. So
einen feinen Herrn hatte ich hier lange nicht, dachte sie.

Nach der kulinarischen Auszeit im Kloster, ganz zu schweigen von
der geradezu existenzbedrohenden Exkursion, gelüstete es ihn
heute nach Fisch. Mit Vor- und Nachspeise natürlich. Ein Lorenz
Hierzinger konnte sich das nämlich leisten. Er betrat ein gepflegtes Restaurant in der nahen Bahnhofstraße und ließ sich einen
Tisch in einer ruhigen Ecke zuweisen.

„Ein Weißbier, bitte",
lautete seine Bestellung für den ersten Durst. Dann wählte er aus einer ledergebundenen Karte eine Rinderbrühe mit Einlage, gebackenes Zanderfilet mit Speckkartoffeln und als Nachtisch Eis mit heißem Holundersaft. Dazu einen trockenen Grünen Veltliner. *„Ich bin Lorenz Hierzinger aus Neubiberg, habe eine Autowerkstatt in der Unterhachinger Landstraße, bin 51 Jahre alt, verwitwet, kinderlos, katholisch",* sagte er sich immer wieder. Da durfte nichts schiefgehen. Falls er sich ausweisen musste, zum Beispiel bei einer Polizeikontrolle oder nachher in der Spielbank, dann musste freilich sein Personalausweis Marke Ludwig Wertheimer herhalten. Da stand ja nichts vom Pfarrer drin. Nach dem Essen genoss er noch einen Espresso und dazu einen Asbach Uralt, nur zur Beruhigung. Dann verlangte er die Rechnung, zündete sich eine Zigarre an und verließ den Speisetempel. Lorenz Hierzinger war gar nicht aufgeregt - nur ein kleines bisschen.

Die Spielbank war fußläufig gut zu erreichen. Es war ein milder Mai-Abend. Er schlenderte bis zum Ende der Bahnhofstraße und gelangte in die Wittelsbacher Straße. Von dort bog er nach links ab und erreichte sein Ziel: ein stolzes Gebäude mit Säuleneingang - das Bad Reichenhaller Kurhaus, welches standesgemäß die Spielbank beherbergte. Lorenz hielt einen Moment inne und ließ Gebäude und Menschen auf sich wirken. Er stand auf den etwas erhöhten Eingangsstufen der gegenüberliegenden *Evangelischen Stadtkirche.* Um diese Zeit belebte ein gemischtes Publikum diese Straße. Die Einen, die nach Feierabend eilig zum Einkaufen oder nach Hause strebten, und die Anderen – zu erkennen an ihrer Abendgeraderobe – die erkennbar hoffnungsvollen Abenderlebnissen entgegen sahen. Zum Beispiel in der Spielbank. Einige Minuten später fand sich Lorenz dort wieder.
„Ihren Ausweis, bitte",

sagte eine freundliche Frauenstimme, die vornehme Zurückhaltung erkennen ließ. Lorenz war darauf vorbereitet und zückte mit souveräner Geste das Dokument.

„Herzlich Willkommen, Herr Wertheimer. Ich wünsche Ihnen einen schönen Abend in unserem Hause!"

Ludwig alias Lorenz schritt so weltmännisch er konnte über den dunkelblauen Plüschteppich. Er wollte sich erst mal in aller Ruhe umsehen und Stimmungen, Geräusche und Gerüche in sich aufnehmen. An den Wänden waren großformatige Bilder mit Szenen aus der Spielbank zu sehen, die dezent von Wandlampen angestrahlt wurden. Alles war so sauber, dass sogar einzelne Staubkörner aufgefallen wären. Auf der rechten Seite residierte eine Dame mittleren Alters in einem schwarzen Kostüm mit weißer Bluse hinter dem hell erleuchteten Schalter der Kasse. Lorenz erwiderte den freundlichen Blick der Herrin über alle Jetons und strebte erst mal zu den einarmigen Banditen. Es blinkte und rotierte unentwegt. An einigen Geräten saßen Gäste, die einen kleinen Plastiktopf mit ihrem Jeton-Vorrat neben sich stehen oder mit festem Griff umklammert hatten. Alle starrten gebannt auf die in schneller Folge bunt blinkenden oder rotierenden Anzeigen. Es wurde mit „kleinen" Jetons für je eine Mark gespielt. Lorenz fiel auf, dass es hauptsächlich ältere Frauen waren, die hier ihr Glück versuchten. Niemand fiel hier in Habitus und Kleidung irgendwie aus dem Rahmen. Es wurde kein Wort gesprochen. Ein ums andere Mal wurde Nachschub aus den Jeton-Töpfen an die Banditen verfüttert. Ein einziges Mal ertönte das typische, unüberhörbare Klapper-Geräusch von ausgespuckten Gewinn-Chips. Ansporn und Motivation für die anwesenden Spieler, nur ja nicht zu früh die Hoffnung aufzugeben.

Lorenz ging weiter zu einem der Kartenspiel-Tische. Hier wurde mit ernsten Minen und genauso schweigsam gepokert. Die meisten Spieler rauchten Zigaretten oder Zigarillos, sogar die Damen taten es, und es sah gut aus. Seinen Haushälterinnen wäre solches freilich nie in den Sinn gekommen. Die Szene erinnerte an den Hollywoodfilm *Cincinnati Kid* mit Steve McQueen. Die Konzentration der Spieler war mit Händen greifbar. Als Anfänger, dachte Lorenz, sollte man hier besser fernbleiben. Da schien man schon besser am Tisch nebenan aufgehoben. Dort spielten drei Damen allein gegen die Bank, besser bekannt als Black Jack. Sie schätzten die Chancen der ihnen ausgegebenen Karten ein und konnten entscheiden, ob sie ihren Einsatz erhöhen, eine weitere Karte anfordern oder aufdecken sollten. Der Spielleiter musste dann ebenfalls die Karten der Bank aufdecken und die Gewinnerin feststellen. Dem Sieger gehört der Gewinn, dachte Lorenz lakonisch. Und das war nun mal leider fast immer die Bank. Im Unterschied zum ersten Spieltisch hatte man hier immerhin das Gefühl, nur einen Gegner zu haben, dem man sich zumindest moralisch überlegen fühlen durfte.

Nach einer Weile schlenderte er weiter und gelangte in den hinteren Flügel des großen Raumes. In dessen Mitte stand sein Zielobjekt, der Roulette-Tisch. Im Moment saßen fünf Spieler unter Vorsitz des Croupiers am Tisch. Man spielte das klassische *Französische Roulette*. Der *Croupier* war ein schlanker, schwarzhaariger Mann, er mochte höchstens Mitte 30 Jahre alt sein. Sein Oberlippenbart passte perfekt zu seiner schwarzen Fliege und der gepflegten Weste, die er über dem makellos weißen Manschettenhemd trug. Man spürte, dass in diesem Etablissement großer Wert auf Etikette gelegt wurde. Alle Gäste trugen entsprechende Kleidung, die Herren dunkle Anzüge, die Damen Abendgarderobe mit reichlich Schmuck, Lippenstift und Parfüm aus aller Welt. Niemand in Rossmarktl würde so ausgehen. Nicht, weil es als ungefällig galt, ganz im Gegenteil. Aber außer Lederhosen und Dirndl in zwei, drei Ausführungen konnte oder wollte man sich einfach nicht viel mehr leisten. Natürlich mit Ausnahme des Metzger-Ehepaars Betzenbichler, dem Hirschen-Wirt und vermutlich auch dem Dr. Albrecht.

Gegenüber vom Croupier saß der *Saladier*. Er ist der Herr über das Spielfeld und die darauf gesetzten gewonnenen oder verlorenen Jetons. Etwas erhöht saß der Tischcroupier. Seine Aufgabe war es, die Arbeit des Croupiers, des Saladiers und das korrekte Verhalten der Spieler zu überwachen. Auf beiden Seiten des Spieltisches, sozusagen in der zweiten Reihe, verfolgte eine Reihe neugieriger Gäste stehend das Geschehen.

Lorenz zündete sich eine Zigarre an und gesellte sich zu den Zuschauern. Anders als beim Pokerspiel wurde hier gestikuliert und leise geredet. Galt es doch, die besten Chancen zu erspüren und miteinander, wenn man zu zweit spielte, in Einklang zu bringen. Oder eben pseudo-fachmännisch zu kommentieren. Auffällig war, dass im Falle von spielenden Paaren stets die Herren mit gewichtiger Mine die Tipps abgaben, unter den aufgeregten Blicken ihrer Damen-Begleitung. Lorenz war nicht entgangen, dass einige von ihnen ganz offensichtlich nicht dem heiligen Bund der Ehe angehörten. Es wurden gerade die Einsätze abgegeben, die der Croupier und der Saladier mit ihren Rechen gemäß den Vorgaben der Spieler vor sich gruppierten. Dann ließ der Croupier die Elfenbein-Kugel in den sich drehenden Roulette-Kessel gleiten und stellte Momente später sachlich, aber bestimmt fest, dass – „rien ne va plus" - nichts mehr geht. Es war plötzlich still geworden am Tisch. Nur das dezent klappernde Geräusch der rotierenden Kugel erfüllte den Raum. Alle Blicke verfolgten die sich immer langsamer springende Kugel, bis diese schließlich auf einem Zahlenfeld liegen blieb.
„Sechs grün",
verkündete der Croupier ohne jede Rührung und setzte den gläsernen Gewinn-Marker auf das entsprechende Feld des Tisches. Lorenz studierte die Reaktionen der Spieler - ein Hochamt der Körpersprache, immer wieder spannend, besonders für einen Prediger wie ihn. Einmaliges oder anhaltendes Pech, Niederlagen, Verbitterung, Ungläubigkeit, Enttäuschung, Erstaunen, Erleichterung, Glück, Euphorie. Alles war dabei, mitunter in gewissen,

kaum wahrnehmbaren Grenzen. Alles erzeugte in seinem Innern die entsprechende Resonanz, vom Mitleid bis zum Siegerlächeln. Und mit alldem hatte er auch in Rossmarktl zu tun. Allerdings mit dem Unterschied, dass in seiner Gemeinde normalerweise nicht alles *gleichzeitig* vorkam. Lorenz verfolgte das Geschehen überwältigt und regungslos. Es mochte schon eine dreiviertel Stunde vergangen sein, seine Zigarre war gerade abgebrannt und sein Rücken begann vom Stehen zu schmerzen. Langsam tauchte er aus seiner faszinierenden Gedankenwelt auf und er lenkte seine Schritte zur gediegenen Bar mit ihren dunkelrot gestrichenen Wänden und den gleichfarbigen halbrunden Plüschsesseln. Lorenz ließ sich an der Bar auf einem der sechs Barhocker nieder, um sich dort betont souverän einen doppelten Asbach Uralt und ein Glas Sekt zu genehmigen. Langsam spürte er, wie sich seine Spannung von den vielen, soeben mitempfundenen widersprüchlichen Gefühlen löste. Hier war es auch nicht so grell wie am Spieltisch, die Beleuchtung war angenehm gedämpft. Die meisten Plätze waren besetzt, es herrschte eine etwas aufgekratzte Betriebsamkeit. Der Barkeeper kannte natürlich alle Stammgäste, einige duzte er beim small-talk und ließ sich mit „Charly" anreden. Er war allem Anschein nach noch keine 40 Jahre alt und strahlte eine zugewandte Freundlichkeit aus, aber auch Diskretion gepaart mit Stil und Autorität. Lorenz musterte den Chef aller Flaschen und Eiswürfel aufmerksam. Er hatte eine sportliche Figur, dunkelbraune, leicht gewellte Haare, eine etwas gebogene Nase, und an seiner rechten Stirnseite konnte man eine kleine Narbe erkennen. Seinen wachen Augen und Ohren war bestimmt schon viel untergekommen, grad so wie Ludwig im Beichtstuhl. Außer, dass hier keine Sünden vergeben oder Bußen auferlegt wurden. Ganz im Gegenteil. Hier war der Ort des Großen und Ganzen, der Erklärungen, der Rechtfertigungen, des Schönredens und der Komplimente, einige davon sogar ganz sicher ehrlich gemeint. Wohingegen nicht wenige unter die Kategorie „Abschleppdienst" fielen.

„Gefällt es Ihnen bei uns?"

Der Barkeeper beendete unvermittelt die Gedankengänge des neuen Gastes. Beinahe hätte er reflexartig „Gelobt sei Jesus Christus, mein Sohn" geantwortet. Mein Gott, Ludwig, durchzuckte es ihn, sich zur Ordnung rufend, Du bist hier nicht im Kloster! Stattdessen sagte er geistesgegenwärtig:

„Ich habe mich gerade gefragt, warum ich nicht schon früher bei Ihnen war!"

„Das sagen Viele! Sind Sie zur Kur in Bad Reichenhall?"

Barkeeper Charly schien ehrlich interessiert.

„Einige Tage auf der Durchreise",

sagte Lorenz unbestimmt und nippte an seinem Asbach. Ungerührt mixte Charly einen Früchtecocktail mit Wodka und Soda zusammen. Über der Bar mit den Flaschenregalen wölbte sich ein Deckenbogen, der bei Ludwig eine sakrale Anmutung hervorrief. Aus verborgenen Lautsprechern ertönte Bert Kaempfert mit seinem genial-zeitlosen *Wonderland by Night*-Trompetensolo. Lorenz genoss den ungewohnten Moment und die ganze Szenerie. Genauso hatte er sich seinen diskreten Ausflug vorgestellt. Er schaute auf seine Uhr, es war kurz nach elf. In der Bar und nebenan im Vorraum zu den Spieltischen herrschte ein Kommen und Gehen. Von der Intensität dieser Parallelwelt, wie er es für sich nannte, hatte er ja keine konkrete Ahnung gehabt. Er war einfach überwältigt. Seine hessische Vorkriegsheimat in Dauborn genauso wie seine jetzige Nachkriegsheimat im oberbayerischen Rossmarktl schienen geradezu auf einem anderen Stern. Oder umgekehrt, da war er sich momentan noch im Unklaren.

In diesem Moment ereignete sich etwas nicht Vorgesehenes. Ludwigs Gewissen meldete sich bei Lorenz und flutete ihn geradezu mit kritischen Fragen und Zweifeln.

„Kannst Du es wirklich verantworten, Dich als Diener des Herrn zu verleugnen? Wie wirst Du Dich auf der Kanzel fühlen, im Angesicht Deiner Gemeinde? Was denkt der Herr, wenn er Dich jetzt

sieht? Und was wäre erst, wenn Dich hier jemand erkennt? Be-
kanntermaßen ist der Zufall ein zwielichtiger Zeitgenosse"
Es nahm kein Ende. Schlagartig veränderte sich seine hormonge-
steuerte Befindlichkeit, die eben noch verspürte Leichtigkeit
schien dahin. Sein Verstand hielt dagegen, dass er „nichts gemacht" habe und es außerdem nicht schaden konnte, wenn ein
Seelsorger um die Anfechtungen des Lebens wusste. So gesehen,
war Ludwig hier am Ende nicht sogar auf Dienstreise? Es blieb ein
schwacher Trost für Lorenz; für Ludwig sowieso.

Ein Paar erschien in der Bar und ließ sich neben Lorenz nieder.
Die beiden mochten über 50 Jahre sein, die Frau allerdings mindestens fünf Jahre älter als ihr Begleiter, offensichtlich unverhei-
ratet, aber augenscheinlich maßlos verliebt. Sie war ausgesprochen lebhaft, redete und gestikulierte ununterbrochen, sie hatte
eine hochtoupierte, glatte Frisur, mittelblond. Passend dazu trug
sie ein elegantes Kostüm in altrosa, darunter eine großzügig aus-
geschnittene weiße Rüschenbluse, die reichlich Platz für den mitgeführten Schmuck bot. Kurz gesagt eine ausgesprochen
aufgebrezelte Person. Unterstrichen wurde der erste Eindruck
durch eine etwas zu große Handtasche und die hochhackigen
Schuhe, beides ebenfalls in rosa. Der Mann, den sie *Edi* nannte,
war eine stattliche Person mit kurz-gewellten Haaren, grauen
Schläfen und einem gepflegten Schnauzbart. Die dunkle Hornbril-
le verlieh ihrem Träger eine gewisse Autorität. Edi trug einen
dunklen gestreiften Anzug mit dezenter Krawatte und passendem
Einstecktuch. Blickfänger war eine Ansteckmadel, die wohl ein
Familienwappen darstellen sollte, das gleiche wie auf den auffäl-
ligen Manschettenknöpfen. Noch auffälliger indes war ein breiter
Siegelring mit dem gleichen Wappen. Man hatte es wohl zu etwas
gebracht im Leben und hatte kein Problem damit, es herzuzeigen,
gebührend unterstrichen von Parfüm und Rasierwasser. Kölnisch
Wasser, das sonntags in seiner Messe nur vorne im Altarraum
vom strengen Weihrauch in Schach gehalten wurde, war es jedenfalls nicht.

„Noch einen Asbach, Charly",
hörte er sich sagen. Und den neuen Nachbarn flüstern:
„Liebling, habe ich Dir heute schon gesagt, wie glücklich Du mich machst?"
Die doppelte Perlenkette und das breite goldene Armband klapperten vernehmlich, als die liebende Begleiterin die Arme um den Hals des liebestollen Begleiters schlang und ihn auf den Mund küsste, was dieser umgehend mit
„Bitte zwei Champagner"
quittierte. Charly lächelte dezent.
„Ich gratuliere zur Glückssträhne, Eduard",
sagte der Barmann doppeldeutig, anscheinend kannte er die Gäste bereits. Und es sah ganz nach einem pekuniären Erfolg am Roulette-Tisch aus. Aus den Lautsprechern erklang Doris Day: *Que sera, sera.* Lautlos wurde vor Lorenz ein neuer Asbach platziert.

„Glück und Wohlsein!"
Das war Charlys Standardspruch und gleichzeitig eins seiner Markenzeichen. Lorenz hoffte, die plötzliche Schwermut wieder vergessen zu können. Wie oft hatte er diszipliniert sein müssen, seit er sich für die klerikale Laufbahn entschieden hatte. Wie oft hatte er mit Unlust oder Kopfschmerzen auf seiner Kanzel gestanden oder Beerdigungen inszeniert. Auf wieviel Möglichkeiten des Lebens hatte er verzichten müssen, angefangen bei Lederhosen bis hin zur Ehelichkeit mit eigenen Kindern. Immer nur Maßstab und Vorbild, ja sogar Schauspieler sein mit frommer Fassade, manchmal hatte er alles satt und musste lange mit seinem Herrn tieftraurige Zwiesprache halten. Und dann wieder weitermachen... Nein, dieses kleine Abenteuer konnte keine Sünde sein, jedenfalls keine große. Wer weiß, ob das noch einmal möglich sein würde.

Leider waren seine Betrachtungen momentan vergebens. Irgendetwas hatte sich für ihn stimmungsmäßig verändert. Lorenz konnte dem aufgekratzten Treiben an der Bar einfach nichts mehr abgewinnen. Nach einer halben Stunde fand er sich auf dem

Heimweg in sein möbliertes Zimmer bei Elfie Leitner wieder. Von der milden Frühlingsluft des zu Ende gehenden Tages nahm Lorenz keine Notiz. Er hatte das dringende Bedürfnis, vor seinem kleinen Hausaltar zur Ruhe zu finden.

... 750, 800, 850, 900, 950, 1000!"
Lorenz hatte mit Sorgfalt die 50 DM-Scheine gezählt und schließlich in seiner Brieftasche verstaut. Ja, heute wollte er nicht nur zuschauen. Mittendrin statt nur dabei! Mit dem dafür vorgesehenen Teil des Lottogewinns stand einem aufregenden Abend am Roulette-Tisch und natürlich dem gebührenden Absacker an Charlys Bar nichts im Wege. Seine Stimmung war heute wie ausgewechselt. Nachdem er sein Geld am gut gesicherten Kassenschalter in Jetons umgetauscht hatte, steuerte er schnurstracks den Roulette-Tisch an. Dort hatten sich bereits acht Personen gruppiert, darunter zwei Paare. Eine gewisse Spannung, gemischt mit aufgeregter Erwartung, lag in der Luft. Und Glenn Millers *In the mood*. Er zündete sich eine Brasil an und winkte dem Ober nach einem Riesling.

Die Kugel entschied sich gerade für „19 rot". Zwei Herren mittleren Alters hatten „rot" gesetzt, „19" blieb erfolglos. Der Croupier platzierte den gläsernen Gewinn-Marker auf dem Tableau und strich mit geschickter Unterstützung des Saladiers alle gesetzten Jetons ein. Dann schob er die beiden Gewinne den erfolgreichen Spielern zu, was diese unisono mit sparsamer Mimik, aber mit streng taxierenden Blicken quittierten. Die Bank konnte mit der erzielten „Masse" zufrieden sein.
„Wenigstens etwas!",
gab einer der Gewinner mit verkniffener Zufriedenheit von sich. Der Gewinn betrug das Doppelte des bescheidenen Einsatzes von 20 DM.
„Faites vos jeux!" (Ich bitte das Spiel zu machen!)
Die freundliche Stimme des Coupiers klang wie immer routiniert-geschäftsmäßig.

„Ich setze auf 2"
„Plein 2",
bestätigte der Coupier.
Lorenz zögerte nicht lange und schob einen 50 DM-Jeton in Reichweite des Croupiers. Damit betrug seine Gewinnchance 35 : 1. Das Glück wollte es anders und beförderte die Kugel auf 6. Lorenz blieb unbeeindruckt, variierte jedoch seine Strategie bei verdoppeltem Einsatz.
„Die ersten drei" (also 0, 1, 2)
„Les trois premier!"
lautete die sofortige Auftragsbestätigung.
Als die Kugel aufgehört hatte zu klappern, lag sie unbeweglich auf der 12, die Chance auf das Elffache war auch dahin. Kein Problem, dachte Lorenz, ich hab ja genug im Lotto gewonnen. Er versuchte es jetzt fachmännisch und äußerlich ungerührt mit 100 DM.
„23 – 27 Carré"
(Vier auf dem Tableau nebeneinander liegende Zahlen, Chance 8 : 1)
Der Croupier quittiert die Ansage pflichtgemäß. Zwei Minuten später schob der Saladier mit seinem *Rateau* (Rechen) 9 Jetons à 100 DM über den Tisch. Lorenz begann wieder, normal zu atmen. Und fasste Mut. Mit einem Mal war er angekommen im Spielrausch. Ihm war aufgefallen, dass nur noch ein einziger Mitspieler so gekonnt wie er die Regeln und Begriffe des Roulette-Spiels beherrschte. Wenn er sich nicht ganz täuschte, schien Lorenz auch bereits bei den Croupiers eine wohlgefällige Aufmerksamkeit zu genießen. Aber dieser Eindruck täuschte. Er war stets eine Folge des Spielrauschs und dieser wiederum Teil des Geschäftsmodells der Bank. Jetzt gab Lorenz Gas.
„300 auf Transversale 4 - 9"
(Sechs Zahlen von zwei aufeinanderfolgender Querreihen des Tableaus, Chance 5 : 1).
Mit dem Ergebnis, dass die Bank um die entsprechende *Masse* reicher wurde. Nach gut einer Stunde hatte Lorenz noch 850 DM in der Tasche. Unvermittelt hörte er eine ihm bekannte Stimme. Augenblicklich erkannte er erleichtert, dass es niemand aus *Ludwigs* Bekanntenkreis war, sodass sein Abenteuer ungestört wei-

tergehen konnte. Es war die Stimme von Gold-Hasi, wie er die schmucke Nachbarin von gestern an der Bar insgeheim nannte. Sie näherte sich Hand in Hand mit ihrem Edi, volle Champagnergläser balancierend. Dann blieben sie einen Moment hinter Lorenz stehen und schauten zu.

„Ach, ich bin so aufgeregt, Schatzi! Bestimmt bringst Du mir wieder so viel Glück wie gestern, ich freu mich so sehr! Drück´ mir ja die Daumen, hörst Du?"

„Versprochen, meine Liebste! Wir passen so wunderbar zusammen und haben unser Glück gefunden, nicht nur beim Roulette", säuselte Edi ein- und zweideutig mit Timbre in der Stimme und feiner Vibration am Schnauzbart.

„Ich werde Dich nie wieder loslassen, mein Goldstück. Ich kann Dir gar nicht sagen, wie ich mich auf unsere Hochzeit in der Toskana freue"

Ein feines Zittern ging durch Edis innerste Gefühlslage, als er das Wort „Goldstück" hörte.

„Ganz meinerseits, es wird unvergesslich sein",
kam die etwas gestelzte Antwort,
„dann mache ich Dich zu meiner Freifrau von Lohnheimer. Ich kann es kaum erwarten, Schatzi"

Lorenz stockte der Atem ob so viel Schmalz, und das in aller Öffentlichkeit. Er hatte ja schon davon gehört, dass manche Adlige neuerdings ihr Privatleben ausbreiteten – jetzt erlebte er das am Beispiel des Freiherrn Eduard von Lohnheimer leibhaftig. Schließlich setzten sich die beiden gegenüber von Lorenz an den Spieltisch und stießen sogleich auf ihr Glück an. Dann griff Hasi nach ihrer wertvollen Zigarettenspitze, während Edi ihr stilvoll Feuer reichte und sich seinerseits eine großkalibrige Zigarre anzündete. Es schien, als sollten bei den Anwesenden auch die letzten Zweifel an ihrer großen Liebe und natürlich die Zugehörigkeit zu den besten Kreisen beseitigt werden. Gold-Hasi strahlte. Sie hatte heute ein enges Cocktailkleid in schwarz an, das einen idealen Hintergrund für den goldgefassten Smaragdschmuck an Hals und

Gliedern abgab. Edi hingegen sah – wenig verwunderlich für einen Mann – aus wie gestern. Allerdings trug er heute eine rote Samtfliege. Allem Anschein nach setzte er die Jetons seiner Begleiterin, denn als sie zum drittenmal verloren hatten, flötete sie verständnisvoll:

„Das macht doch nichts, mein Liebling. Hauptsache, wir haben uns! Und noch genug Nachschub, hahaha"

Edi lächelte steif. Für einen Moment hatte Lorenz das Spiel vergessen, die dauernden Redensarten der neuen Mitspieler störten den ansonsten ruhigen Spielverlauf. Gerade hatte eine neue Runde begonnen, der Croupier war im Begriff, die Kugel in den Kessel gleiten lassen,

„100 auf schwarz und 300 auf 19 rot"

Lorenz beschleunigte sein Engagement. Er hatte inzwischen einige Runden gespielt. Drei Gewinnen standen fünf Verluste gegenüber, was einem Minus von 450 DM entsprach. Kein Problem angesichts des Budgets, dachte er. Drei Minuten später betrug das Minus 850 DM. Sein Nachbar zur Rechten, offenbar ein Geschäftsmann aus Norddeutschland, räusperte sich mitfühlend.

„Das hatte ich unlängst auch. Ein Zeichen, dass man eine Pause an der Bar einlegen sollte"

Lorenz beendete etwas irritiert, aber auch irgendwie beruhigt ob der unverhofften Zurede das Spiel und strebte wie geheißen an die Bar.

„Schön, dass Sie wieder bei uns sind, Lorenz",

begrüßte Charly ihn kurz darauf mit betonter Freundlichkeit. Mein Gott, er hat sich meinen Namen behalten, dachte Lorenz und bestellte ein Pils und einen Asbach. Er hatte das unbestimmte Gefühl, dass Charly bereits irgendwie gemerkt hat, dass ein Großteil seines heutigen Einsatzes in den Besitz des Hauses übergegangen war.

Die Bar war im Moment nur mäßig besucht, außer einer auffällig geschminkten älteren Dame mit perlmuttbesetzter Zigarettenspitze - sie schien der Typ „wohlhabende Witwe" zu sein - saßen drei Herren am Tresen. Man sprach lautstark über Gott und die Welt im Allgemeinen, die Frauen und das Glücksspiel im Besonderen. Die beiden letzten Kategorien hatten in den Augen der Männer offenbar viele Gemeinsamkeiten und gaben entsprechend Anlass zu manchem Lacher. Aber so viel wusste Lorenz respektive Ludwig aus seiner Praxis vor und im Beichtstuhl ja auch schon.

„Zum Wohl",
sagte einer und winkte Lorenz freundlich zu. Anscheinend war seine Beteiligung an dem wichtigen Gespräch durchaus erwünscht. Lorenz schob seine beiden Gläser vorsichtig nach links und rückte zwei Stühle auf. Er fühlte sich willkommen.
„Gestatten, Lorenz Hierzinger",
sagte Lorenz in die Runde. Ohne große Umstände machte man sich bekannt und stieß miteinander an. Die Gruppe bestand aus ehemaligen Kommilitonen der medizinischen Fakultät in Gießen, die sich gelegentlich trafen und ihre zwischenzeitlichen beruflichen und diskreten Erfahrungen sowie Kontostände miteinander abglichen. Freilich mit den typischen imagefördernden Übertreibungen. Lorenz ließ sich von der aufgekratzten Stimmung anstecken, bald hatte er seine soeben einkassierten Verluste vergessen. Er fühlte sich in bester Gesellschaft. Die drei Männer, etwa im Alter von Mitte Vierzig, schienen allesamt gepflegte, seriöse Persönlichkeiten zu sein, denen man sich als Patient guten Gewissens anvertrauen würde.
„Sind Sie auch so streng verheiratet wie wir, Lorenz?",
fragte einer namens Karlheinz in der Absicht, das Gesprächsthema weiter anzureichern. Unversehens wurde es heikel.
„Nein, hm, ich bin schon lange verwitwet. Aber noch einmal heiraten, das kam für mich nie in Frage"
Lorenz schaute in die Runde in der Hoffnung, die Wirkung seiner Aussage prüfen zu können. Man schien das Gehörte erst einmal einzusortieren.

„Oh! Der Glückliche lebt à la carte",
grölte dann sein Nachbar Gerold in die Runde. Allgemeines Gelächter.
„Nichts als Werbungskosten, und es kommt regelmäßig was rein, was?"
Gerold hatte das Zeug zur Rampensau. Genau wie sein spezieller Freund Dr. Albrecht. Sakra, diese verdammten Mediziner sind anscheinend alle gleich, schoss es Lorenz ins Hirn.
„Jeder, wie er´s verdient",
machte Lorenz von einer bewährten Schlagfertigkeits-Routine Gebrauch.
„Dafür sehen Sie aber nicht gerade überglücklich aus"
Bisher hatte der dritte Ex-Student geschwiegen, er hieß Gerhard. Alle Blicke waren jetzt neugierig auf Lorenz gerichtet. Wo war er da bloß hinein geraten? Keine Spur von einem akademischen Niveau! Er musste sich wirklich zusammennehmen und den Asbach einen Moment warten lassen.
„Im Moment hab´ ich gerade eine – hm - Durststrecke",
sagte er mit kontrollierter Freundlichkeit. Es galt, jede Art von Sackgasse zu vermeiden, immerhin traf die Aussage auf seinen bisherigen Spielverlauf zu. Gerolds süffisanter, diesmal etwas diskreter Kommentar ließ keinen Moment auf sich warten.
„Mensch Lorenz, da drüben sitzt eine Wahnsinnsbraut. Da kannst Du jederzeit landen. Gib Gas, der Abend ist noch lang!"
Wie selbstverständlich ging Gerold zum *Du* über. Selbst wenn Lorenz nicht Pfarrer Ludwig gewesen wäre, aber die Dame gegenüber war doch eher qua ihres offensichtlichen Alters eine Zumutung für Männer, die sich noch als voll im Saft stehend empfanden. Hätte sich einer von ihnen an sie herangemacht, er wäre unweigerlich der Lächerlichkeit der Anderen anheim gefallen. Lorenz hatte jetzt genug, er wollte auf keinen Fall hier als zweiter Sieger vom Platz gehen.
„Anscheinend habt ihr keine Ahnung davon, wie viel Ärger, Stress und Geld man sich ohne Frauen erspart. Oder ihr seid bereits so-

weit entmündigt zuhause, dass ihr Euch nur hier an der Bar wieder miteinander aufrichten könnt. Stimmt's? Ich dagegen",
Lorenz lehnte sich selbstgewiss zurück,
„ich dagegen entscheide jeden Tag aufs Neue nach dem Motto `Vielfalt statt Einfalt!' Und ja, bisher ist immer genügend reingekommen. Halleluja, nur kein Neid!"
Lorenz ging in die Vollen. Als vermeintlicher Autohändler konnte er sich das ja leisten; er spürte, wie gut ihm das tat. Sein Habitus war unversehens zur Kanzelpredigt geraten, aber das konnte ja keiner der alkoholseligen Doktoren hier ahnen. Auch nicht der Barkeeper, der sich ersichtlich an dem lockeren Geplänkel ergötzte, wohl spürend, dass sich meist auch einige Wahrheitskörner offenbarten. Charly kannte seine Pappenheimer!
„Gemach gemach, junger Freiheitskämpfer, pass nur gut auf, dass Du nicht als gemeiner Bittsteller im Damenreich endest. Wahrscheinlich musst Du Dir noch die Hosenknöpfe selbst annähen. Staub wischen und Deine Eier backen"
Damit hatte Karlheinz die Lacher auf seiner Seite und gleichzeitig Gerold eine Steilvorlage geliefert.
„Weißt Du was, gestern waren wir in Regensburg in einer 18-Loch-Anlage"
Die Reaktion der Kollegen war ohrenbetäubend. Alle Anwesenden nahmen von der explosiven Stimmung an der Bar Notiz. Lorenz´ Blick hingegen zeigte Verständnislosigkeit. Was war denn daran so lustig? Blödmänner!
„Aha, die Herren Doktoren gehen also golfen. Tennis reicht wohl nicht mehr?"
Die nächste Lachsalve folgte sofort.
„Jeder Stoß ein Treffer!"
Karl-Heinz war aufgesprungen mit seinem Bierglas in der Hand.
„Daran merkt man, dass so ein Säugling wie Du von nichts eine Ahnung hat. Die 18-Loch-Anlage ist ein Puff, und was für einer! Unser Gerhard hat gerade sein Diplom als Dr. rer porn erworben"

„Wenn er nächste Woche in meine Praxis kommt, mache ich ihm einen Henkolin-Einlauf mit Eiswasser, damit er wieder klar denken kann!",

ließ der Diplomierte die Zuhörer umgehend wissen.

„Zu Dir Pfuscher? Nie im Leben!"

Die Herren gerieten außer Rand und Band. Charly, der gerade in der Nähe am Mixen war, gelang es nur unzureichend, sich zu beherrschen. Lediglich ein paar Eiswürfel gerieten außer Kontrolle.

„Mein Gott, was seid ihr für Hurenböcke",

entfuhr es Lorenz fachmännisch. Das Unterbewusstsein hatte ihm zuverlässig aus seiner Zeit an der Ostfront das passende Vokabular geliefert.

„Freude durch Kraft, so war´s schon immer",

krähte Gerold und erhob das Glas zum prosten. Familiäre Gedanken hatte in diesem Moment keiner, der thematische ping-pong-Höhenflug war kaum mehr zu toppen.

Lorenz war froh, dass sich das Gespräch nun den beruflichen Aspekten der Kommilitonen zuwandte; sie hatten als Mediziner ein schier unerschöpfliches Repertoire an Patienten-Anekdoten und vor allem an Witzen. Besonders hoch im Kurs standen wenig verwunderlich die Gynäkologen, deren Kurzsichtigkeit man treffsicher an der stets feuchte Nase erkennen könne. Keiner von ihnen schien stark im Glauben oder gar katholisch, vielmehr typische Götter in Weiß, nahezu Herren über Leben und Tod. Lorenz versuchte erfolglos, Aspekte wie Schicksal, Leben, Tod und Gottvertrauen einzubringen. Es war aber in dieser Situation kein Platz für allzu ernsthafte Betrachtungen. Vielleicht war das auch gut für ihn. Trotzdem war es unvermeidlich, dass man sich irgendwann doch noch für Herkunft und Profession von Lorenz interessierte. Die Hessen konnten so gar nicht glauben, dass sie es mit einem Autohändler zu tun hatten. Waren nicht Leute dieses Schlages die typischen extrovertierten Geschäftsleute, gewürzt mit Schläue und dem Humor der Straße? Karlheinz allerdings verkündete sogleich, dass er für seine Frau einen neuen Wagen brauche – geeignet für Kinder und Einkäufe, nicht zu teuer selbstverständlich, etwas Einfaches halt. Dass Charly die Unterhaltung an seinem Arbeitsplatz aufmerksam verfolgte, blieb unbemerkt.

Langsam leerten sich die Gläser, und man beschloss, wieder an den Spieltisch zurück zu kehren. Die alleinstehende Rentnerin hatte sich bereits französisch verabschiedet. Lorenz fiel am Roulette-Tisch auf, dass Gold-Hasi und Edi auch nicht mehr anwesend waren. Dem Spielbetrieb hatte der Verlust aber keinerlei Abbruch getan. Lorenz entschloss sich, mit seinem restlichen Geld vorsichtiger umzugehen und schloss sich bei seinen Wetten mit Karlheinz zusammen – er schien ihm am wenigsten angetrunken – was glücklicherweise seine Pechsträhne zumindest abbremste. Nach einer Stunde war sein Barvermögen trotzdem von ehemals 1000 DM auf genau 350 DM abgeschmolzen. Noch einmal wechselte man den Schauplatz und bat Charly um den obligatorischen Absacker. Dabei erfuhr die erstaunte Gruppe, dass der laute Gerold sich sofort nach seiner Heimkehr von seiner Frau trennen und ausziehen würde. Nicht zuletzt die personifizierte Freiheit, die er heute Abend durch Lorenz kennengelernt hatte, habe ihm nun endgültig den Ausschlag gegeben. Lorenz blieb die Spucke weg. War er zu weit gegangen? Hatte er das heilige Sakrament der Ehe entehrt? Hatte er sich schuldig gemacht? Sein Alkoholpegel war unversehens um eine halbe Promille gefallen. Unterdessen hatte Gerold aus Anlass seiner bevorstehenden Befreiung eine Runde Asbach geordert. Nach lautstarken Verbrüderungsszenen und dem Vorsatz, sich nächstes Jahr auf dem Oktoberfest im *Schottenhamel* zu treffen, trennte man sich später.
„Und zum Golfen!",
rief Gerold noch mit leuchtenden Augen hinterher. Dabei ballte er die rechte Faust und schob seinen Daumen auffällig zwischen Zeige- und Mittelfinger. Lorenz sagte aus tiefer Gewohnheit:
„Gott sei mit Euch – und mit Euren Patienten",
was aber niemand weiter auffiel; außer Charly mit seinen trotz der fortgeschrittenen Stunden immer noch wachen Augen.

Am nächsten Morgen war Lorenz noch allzu gut bewusst, wie schwer ihm der Rückweg in die Pension gefallen war. Er hatte sich zweimal verlaufen. Einziger Vorteil des verlängerten Heimwegs war, dass die Alkoholisierung etwas nachgelassen hatte genauso wie der übermächtige Drang, das alte Wehrmachtslied von der deutschen Infanterie vorzutragen. Allein an sieben Schnäpse konnte er sich erinnern. Über Nacht hatte es leicht geregnet, aber nun, er war gerade um kurz nach zehn aufgestanden, war der Himmel strahlend blau, ein wunderbarer Frühlingstag mit frisch gewaschener Natur. Elfie empfing den späten Frühstücker mit vorwurfsvoll fragendem Blick. Lorenz verspürte keine große Lust, sich näher auf den Vorabend einzulassen. Das konnte speziell bei älteren Frauen schnell zu einem Verhör ausarten.

„Wie schön Sie das Frühstück vorbereitet haben, ich habe einen ordentlichen Kaffeedurst!",

kam Lorenz gleich zur Sache. An seinen noch auffallend kleinen Augen konnte man erkennen, dass die beiden Kopfschmerztabletten, die er nach dem Aufstehen in seinem Zimmer genommen hatte, noch nicht recht wirkten. Auf dem Tisch standen verschiedene Marmeladen („alles selbstgemacht!"), Käse, dünn geschnittener Schinken und Leberwurst sowie frisch geschnittenes Bauernbrot. Leider zu dick und viel zu weich, wahrscheinlich von Hand geschnitzt, dachte Lorenz bei sich.

„Haben Sie auch Honig?",

fragte er stattdessen,

„wissen Sie, ich bin honigsüchtig!"

„Oh, leider nein, Herr Lorenz. Ich habe immer nur Original-Reichenhaller Imkerhonig im Haus. Die letzte Saison war aber so schwach, jetzt warte ich auf Nachschub ab Anfang Juni. Heuer fliegen die Bienen wie verrückt. Ich kann Ihnen ein Ei von meinen Hühnern kochen"

Lorenz nickte so freundlich es eben ging

„… aber bitte hart-gesotten …"

und vertiefte sich in das bereitstehende Angebot. Nach der dritten Tasse Kaffee und zwei Gläsern Wasser bemerkte er, dass sich seine körperlichen und geistigen Systeme wieder schrittweise zurückmeldeten.

„Ich möchte heute einen kleinen Ausflug in die Umgebung machen. Haben Sie einen Tipp für mich?"

Elfie war auf solche Fragen bestens vorbereitet.

„Ja natürlich. Mein Lieblingsort ist das nahegelegene Schloss Marzoll. Es ist ein wunderbares Renaissanceschloss nach italienischem Vorbild und hat einen traumhaften Wasserpark. Von dort aus können Sie eine Wanderung auf dem Burgenweg oder dem St. Zeno-Marzoll-Rundweg unternehmen. Bei dem Bilderbuch-Wetter wunderschön!"

„Das hört sich gut an. Haben Sie Lust, mitzufahren?"

Lorenz glaubte selbst nicht recht, was er da soeben gefragt hatte. Anscheinend waren doch noch nicht alle Systeme aktiv. Elfie bedankte sich etwas verlegen für das freundliche, unverhoffte Angebot. Aber was würde die neugierige Tratsch-Nachbarin Elsemarie sagen? Nein, die anzüglich-dummen Sprüche wollte sie sich in ihrem Alter nun doch nicht mehr antun. Sie lehnte dankend mit dem Hinweis auf einen Arzttermin ab. Lorenz entspannte sich, es hätte schlimmer kommen können.

„Einen schönen Gebetswinkel haben Sie sich im Zimmer eingerichtet, Herr Lorenz. Das hat vor Ihnen noch kein Gast gemacht! Wir Katholiken sind doch eine schöne Gemeinschaft, nicht wahr? Als ich gestern ihr Bett gemacht habe, ist mir eingefallen, dass ich auch wieder zur Beichte gehen muss. Wissen Sie, unser Pfarrer Jonas ist ja so nett. Ich mach´ ja nichts Schlimmes, aber wer ist schon ohne Sünde?"

Elfi redete ohne Punkt und Komma. Endlich war mal jemand da, der sie so gut verstand. Lorenz versuchte so diskret wie tief durchzuatmen.

„Und wenn ich dann fertig bin mit der Beichte, ordnet Pfarrer Jonas die Buße an. Jedes Mal dasselbe: einen Rosenkranz und 10 frische Eier von meinen Hühnern. Die habe ich immer schon dabei. Dann spricht er ˋDer Himmel vergelt´s reichlich!´ und dass ich bald

wiederkommen soll. Ich glaube, er sorgt sich wirklich um meine Glückseligkeit, der Pfarrer"
Elfie strahlte zufrieden. Überall dasselbe, dachte Lorenz alias Ludwig süffisant, der Herr gibt und der Herr nimmt. Eine gewisse Naivität, so hatte Ludwig all die Jahre festgestellt, erleichtert die Glaubensdinge ungemein, meistens jedenfalls. Glauben hat viel mit Überzeugung, Vertrauen und individueller Gewissheit zu tun, weniger mit Fakten und schon gar nicht mit Beweisen. Da kommen kritische Geister nun mal schnell ins Schleudern. Oder stellen unangenehme Fragen. Ist unser Wissen nicht viel geringer als unser Nichtwissen?, fragte er sich oft und konnte damit neue Glaubenskraft schöpfen. Wer wollte ohne Rücksicht auf sein Seelenheil die Bibel in Frage stellen? Und dann war ja auch noch die ständige Herausforderung mit der Nächstenliebe, gleichzeitig edel und unerreichbar. Und natürlich die Heilige Katholische Kirche in Rom. In Lorenz´ Kopf ging es gerade mächtig durcheinander.

„Woran denken Sie gerade, Herr Lorenz? Sie schauen so nachdenklich aus wie manchmal unser Hochwürden Jonas"
Unvermittelt geriet Lorenz wieder in die Gegenwart. Au weia, das war knapp.
„Sie haben mir mit Ihren Ausflugstipps sehr geholfen, ich danke Ihnen",
sagte er etwas förmlich und zog sich vom Frühstückstisch zurück.

Lorenz hatte problemlos nicht nur den Parkplatz in der Nähe von Schloss Marzoll, sondern einen solchen auch für seinen schwarzen Käfer gefunden. Er hatte sich für den Rundweg entschieden, wollte aber zuerst das von Elfie so gepriesene Schloss wenigstens von außen bewundern. Er war tief beeindruckt von dem mächtigen, kubischen Bauwerk aus der Mitte des 16. Jahrhunderts mit den prägnanten vier Rundtürmen an den Ecken. Es hieß, dass der Reichtum der Altvorderen, einer Familie Fröschl, durch den Besitz von Salzsiede-Anlagen zustande gekommen war. Seit einigen

Jahren bewohnten Freiherr *von Ritter zu Groenesteyn* und die Seinen mit beeindruckender Familiengeschichte das monumentale Anwesen. Lorenz hatte keinen Zweifel, dass sich jeder Vergleich mit dem Niveau des Freiherrn Eduard von Lohnheimer verbot.

Obwohl es doch ein Werktag war, hatten anscheinend viele Menschen Zeit und Muße, sich bei dem schönen Wetter der Entspannung hinzugeben. Lorenz setzte seine Sonnenbrille auf und bewunderte die gepflegten Anlagen und Hecken. Die ganze Natur schien im Aufbruch, sich geradezu neu zu erfinden. Bäume, Blüten, Vögel, Bienen, die Schöpfung des Herrn war überwältigend. Mit einem Wort: Explodierende Natur, in diesem Park auf's Schönste gebändigt. Lorenz kam ein Spruch in den Sinn:

„Du musst die Natur schützen,
damit sie Dich schützen kann"

Er wusste nicht mehr, wo und von wem er diese Weisheit schon einmal gehört hatte, aber irgendwie berührten ihn diese Worte. Auf ganz andere Weise nahm er die Worte einer inzwischen leidvoll-unverkennbaren Stimme wahr:
„Schau her, Schatzi, der Ententeich. Wie idyllisch! Geh´, mach ein Foto von mir!"
Gold-Hasi sah wieder hinreißend aus, ganz in Kanarien-gelb gehüllt mit überdimensionaler Sonnenbrille und ebensolchem Schmuck, versteht sich. Der breitkrempige Hut wirkte wie ein Ausrufezeichen. Waren diese adligen Unterschicht-Herrschaften, diese von-und-zu-Präkariaten, denn überall? Das war typisch, den wunderbaren und weitläufigen Schlossteich als „Ententeich" zu bezeichnen. So eine dumme Pute, durchfuhr es Lorenz. Bevor sie ihn womöglich lautstark wiedererkannten, gelang es ihm, unbemerkt den Schauplatz zu verlassen und seinen Rundweg (wieder) frohen Mutes fortzusetzen. Gegen Mittag, als er bereits eine schöne Strecke durch Wiesen und ein Waldstück zurück gelegt hatte, gelangte er zum Gasthaus Obermühle. Er konnte das Bad

Reichenhaller Bürgerbräu-Weißbier und eine ordentliche Brotzeit dazu kaum erwarten. Darüber, dass er nachmittags auf dem Rundweg wieder zum Exerzitien-Kloster St. Zeno gelangte, machte er sich keine Gedanken. Er würde die eindrucksvolle Anlage zügig passieren. Im Unterschied zu den meisten Besuchern kannte er das Gemäuer ja bereits von innen. Dass er unvermittelt wieder in die gefühlte Nähe seiner beiden Lieblingsnonnen Alberta und Hildegard gekommen war, daran durfte er gar nicht denken.

Der Tag erfüllte ihn mehr und mehr mit einer tiefen Zufriedenheit, die morgendlichen Kopfschmerzen waren lange vergessen. *„Wem Gott will rechte Gunst erweisen",* summte er vor sich hin und verfolgte schmunzelnd den Rauch seiner Handelsgold-Zigarre. Ja, er hatte richtig entschieden, sich eine ganz private Auszeit zu genehmigen. Leider war das heute schon der letzte Tag vor seiner Rückkehr. Zwei Tage hätte er es bestimmt noch bei seiner neugierigen Wirtin ausgehalten.

Es wäre indes besser für *Ludwig* gewesen, hätte sich *Lorenz* zur sofortigen Abreise entschlossen.

„Ich habe Ihnen ein paar frische Osterglocken in Ihre Altarecke gestellt, Herr Lorenz. Und Ihren Anzug habe ich zum Auslüften rausgehängt. Der hatte es mehr als nötig. So ein schöner Tag, nicht wahr? Wie hat Ihnen unser Schloss Marzoll gefallen?"
„Es geht halt nichts über eine freundliche Begrüßung", dachte Lorenz und erinnerte sich unvermittelt an seine Sophia. Anscheinend zog er diese Art von Betreuung magnetisch an. Er brauchte jetzt vielmehr eine halbe Stunde Auszeit auf dem Bett, bevor er sich ausgehfertig machte und bestückt mit reichlich Bargeld einem gepflegten Abendessen – geschmorte Lende mit Assmannshäuser Spätburgunder schwebte ihm heute vor – und anschließend der Bad Reichenhaller Spielbank zustreben würde.

Nachdem er für 1.200 DM Jetons eingetauscht hatte, schlenderte Lorenz zu den Einarmigen und genoss das Flackern der Anzeigen und das gelegentliche Klappern der Gewinne samt den Reaktionen der meist älteren Spielerinnen, die auch heute wieder vorherrschend waren. Einige waren von tiefen Lebens- und wohl auch Sorgenfalten gezeichnet. Wohlhabend schien hier niemand zu sein. Er hatte allerdings auch schon einige Jüngere hier beobachtet, wohl in der Hoffnung, ihr begrenztes Budget unverhofft zu expandieren; zumindest aber in der Gewissheit auf Spaß und Spannung. Diese Abteilung vermittelte eher den Eindruck der Holzklasse in der Spielbank. Lorenz ließ sich von dem übermäßigen Zigarettenqualm vertreiben. Er strebte wieder dem Roulette-Spiel zu, vorbei an den Kartentischen mit ihren spaßlos-ernsten Spielern, allesamt Männer. Lorenz ergatterte den letzten freien Platz am Roulette-Tisch und ließ sich erst mal einen trockenen Rheingauer Riesling Kloster Eberbach 1958 bringen. Das erzeugte durchaus ein Stück Heimatgefühl bei ihm. Dann zündete er sich genussvoll eine Handelsgold an und ließ sich auf das Spielgeschehen ein. In seinem Becher warteten genügend Jetons und er hatte noch Bargeld in der Hinterhand, alles in allem 2.350 DM – das komplette Restkapital seines Abenteuers. Es war gerade 21.15 Uhr. Um Mitternacht, zurückgekehrt in Charlys Bar, waren daraus in rasanter Talfahrt, quasi wie auf Schienen gezogen, 600 DM geworden. Lorenz zog kurz entschlossen die Reißleine. Er wollte nicht mit ganz leeren Händen gehen. Für zwei doppelte Asbach würde sein privates Taschengeld zumindest noch reichen, die letzte Handelsgold legte ihre milden Rauchschwaden seditativ über seine Gemütslage. Charly verstand vollkommen. Der Asbach schmeckte heute besonders gut. Gerade hatte sich die Bar bis auf zwei Paare am Kamintisch geleert.

„Ja, Lorenz, mal hat man Glück, mal fast kein´s. Aber was ist schon Geld, was zählt ist doch die Glückseligkeit. Oder soll ich besser `Die Liebe´ sagen?"

Lorenz glaubte, nicht recht zu hören, was Charly da von sich gab. Am liebsten hätte er ihm gesagt, dass er gar kein Autohändler aus Neubiberg war. Plötzlich war die gute Marie-Luise in seinem Kopf. Wie mochte es ihr gehen? Immerhin hatten sie gemeinsam im Lotto gewonnen. Er wollte ihr so schnell wie möglich Bericht über seine Zeit in Bad Reichenhall erstatten, das war er ihr schuldig. Und Sophia? Sie hatten sich gegenseitig so viel Persönliches offenbart. Er würde ihr in Zukunft freundlicher und verständnisvoller begegnen. Das hatte er sich ja bereits vorgenommen.

Charly war zu ihm gekommen und schaute ihn fragend an.
„Lorenz, darf ich Sie etwas fragen? So einen Autohändler wie Sie habe ich noch nie erlebt. Verraten Sie mir ganz privat, was Sie wirklich verkaufen? Und überhaupt, ich beneide sie um ihre angenehme Sprache, regelrecht pastoral"
„Sie haben gewiss keinen Grund, neidisch zu sein. Im Gegenteil. Ich bin sicher, dass die Gäste Ihre natürliche Autorität und Stilsicherheit zu schätzen wissen. Eigentlich sind doch gerade Sie der Repräsentant des hohen Hauses, stimmt´s etwa nicht?",
sagte Lorenz aus ehrlicher Überzeugung, vor allem aber, um Zeit zu gewinnen. Er kam sich vor wie ein Verdächtiger, der endlich seiner Taten überführt war, von einem Kommissar, der als wahrer Menschenfreund auftrat. Was konnte eigentlich schiefgehen? Dieses Haus und seine Leute waren nichts weniger als die Ausgeburt der Diskretion. Und morgen würde er wieder weg sein.

„Charly, ich glaube, Sie sind ein besonderer Mensch, der Vertrauen verdient. Der Wahrheit die Ehre: Sie haben Recht. Ich bin Pfarrer Wertheimer und habe im Lotto gewonnen. Einen Teil davon habe ich in den letzten Tagen Ihrer vornehmen Bank gespendet, allerdings bleibt noch genügend für die Heilige Katholische Kirche und ein paar Bedürftige übrig"
Lorenz holte tief Luft, nippte an seinem Asbach und beobachtete gespannt die Reaktion seines Gegenübers. Charly war einen Mo-

ment sprachlos ob des spontanen Geständnisses. Und innerlich mehr als stolz, weil seine Intuition wieder mal Recht hatte.

„Versorgen Sie uns mit zwei Asbach, Charly"
Lorenz fühlte sich schlagartig erleichtert. Es entspann sich ein tiefschürfendes Gespräch über Gott und die Welt und umgekehrt. Beide spürten unausgesprochen eine Art sympathische Vertrautheit, obwohl sie sich doch gar nicht näher kannten. Am Ende hatte Lorenz das Gefühl, dass auch ein Barkeeper viel für das Seelenheil seiner Schäfchen beitragen konnte, nicht nur mit Witz, nein, auch mit viel Verstand. Wie erwartet bewies Charly so viel Takt und Diskretion, nicht weiter nach dem Woher und Warum seines ungewöhnlichen Gastes zu forschen.
„Gott sei mit Dir, mein Sohn!"
Lorenz schüttelte seinem neuen Lieblingsbarkeeper lange und fest die Hand, nachdem sie noch einen gemeinsamen Absacker abgekippt hatten. Er nahm sich zusammen, um beim Rausgehen nicht zu schwanken. Bevor er die Bar verließ, drehte er sich noch einmal um und grüßte mit der Hand an der Stirn ein letztes Mal militärisch, aber freundlich *„Adieu"*. Charly lachte herzlich. Dann strebte Lorenz eilig dem Ausgang zu. Schade, dass man sich, kaum kennengelernt, wieder aus den Augen verliert, bedauerte Lorenz das gerade Erlebte.

Was für ein toller Seelsorger, wenn doch nur alle so wären, sinnierte der katholische Barkeeper und machte sich daran, seinen Arbeitsplatz Feierabend-tauglich zu machen.

__Na endlich__ kommen Sie, ich bin schon fix und fertig!"
Kein Geringerer als Eduard von Lohnheimer lehnte an einem der Poller vor der Spielbank, allerdings ohne Hasi. Auch ohne Fliege, und gerochen hatte er auch nicht mehr so gut wie gestern. Er hatte einen billigen Lederkoffer und eine Tasche bei sich. Lorenz fiel erst jetzt auf, dass er Sandalen trug und wohl auch nicht mehr

nüchtern war. Irgendwie erbarmungswürdig sah er aus, der Freiherr.

*„Ich wusste, dass Sie kommen würden. Sie sind meine einzige
Hoffnung!"*

Lorenz versuchte, seiner Promille Herr zu werden. Dann kam die
alles erklärende Botschaft:

„Meine Verlobte hat mich verlassen und mir den Koffer gepackt."

„Donnerwetter, wo sie beide doch so verliebt waren…"

*„Ja, nicht wahr? Es ist alles ein furchtbares Missverständnis. Sie
wissen ja, wie die Frauen sind. Ich fürchte, da ist nichts mehr zu
machen"*

„Was haben Sie denn um Himmels Willen angestellt?"

*„Sie ist total verrückt geworden! Sie glaubt allen Ernstes, ich hätte
sie betrogen. Sie ist wie ausgewechselt. Und Sie – darf ich Sie Lorenz nennen? – Sie **müssen** mir helfen. Sie sehen ja selbst, dass es
pressiert"*

Wie oft hatte Lorenz alias Ludwig das schon gehört. Und jedes
Mal, wenn es pressierte, gab es ein Problem.

„Wie stellen Sie sich das vor? Ich bin selbst nur Gast hier"

*„Aber Sie wohnen doch irgendwo! Kann ich bei Ihnen übernach-
ten? Wo soll ich denn sonst hin um diese Zeit?"*

Im nächsten Moment hängte sich Edi bei Lorenz ein, als wäre
alles schon beschlossene Sache. Lorenz hatte Mühe, sich zu konzentrieren. Und noch mehr Mühe, sich wieder von der Aufdring-
lichkeit zu befreien. Leute wie diesen Edi konnte er noch nie leiden. Schon in Russland hatte er mit ihnen Bekanntschaft machen
müssen. Trotz allem war er noch froh, dass es nicht umgekehrt
gekommen war und jetzt Hasi vor ihm gestanden hätte – eine gar
grausliche Vorstellung, da konnte er noch so viel intus haben.
Unversehens entbrannte in ihm der Konflikt zwischen barscher
Ablehnung und dem Gebot der Nächstenliebe:

*„Was ihr für einen meiner geringsten Brüder getan habt, das habt
ihr mir getan.",*

sagte Jesus im Gleichnis vom Gericht des Menschensohnes über die Völker (Matthäus 25,40). Unmissverständlich war da zu lesen: *„Ich war fremd, und ihr habt mich aufgenommen"*
Und überdies, hatte er sich nicht einiges vorgenommen nach seinen Eskapaden? Es konnte dem Herrn nicht verborgen geblieben sein. Auch wenn er keine Todsünde begangen hatte, einige „lässliche" Sünden waren ohne Zweifel zusammengekommen. Lorenz beschlich ein ungutes Gefühl. Gerade noch hatte er die überschwängliche Spontanfreundschaft mit Charly erlebt und damit sein Abenteuer erfolgreich beschlossen. Und nun das! Ganz zu schweigen von Elfie. Wie würde sie auf diesen zwielichtigen Zeitgenossen in ihrem Haus reagieren und was würde sie dann von ihm selbst halten? Eine Schande, wenn das publik würde. Zu allem Überfluss beschlich ihn ein weiteres Gefühl – er hätte vorhin nochmal zur Toilette gehen sollen, das wurde ihm immer klarer. Entschlossen befreite sich Lorenz aus der widersprüchlichen Situation und strebte zügig hinter einen kurparklichen Busch - zum Nachdenken und Erleichtern.

„Also gut, Sie können bis morgen früh bei mir auf der Couch schlafen. Ich wohne in einem Gästezimmer 15 Minuten von hier. Morgen früh müssen wir aber der Vermieterin sofort reinen Wein einschenken. Wahrscheinlich kostet es extra"
Lorenz hatte sich zur Güte entschlossen, aber Klartext gesprochen. Sein Puls war sprunghaft angestiegen.
„Gott sei Dank! Sag´ bitte Edi zu mir, jetzt wo wir uns ein Zimmer teilen"
Lorenz hätte gern auf dieses zweifelhafte Privileg verzichtet und sagte gar nichts. Sie setzten sich in Richtung Elfies Gästehaus in Bewegung, jeder auf seine Art in Gedanken versunken. Lorenz achtete penibel darauf, dass ihm dieser Eindringling nicht wieder zu nahe kam. Von irgendeinem Kirchturm schlug es zwei.

Schließlich erreichten sie mit schweren Beinen ihr Ziel in der Forstamtstraße.

„Jetzt absolut leise! Dass mir bloß die Hausherrin nichts mitbekommt!"

Lorenz war es todernst. Er schloss vorsichtig die Haustür auf und schaltete das Licht im Treppenhaus ein. Dann verschloss er die Tür und ging die Treppe in den ersten Stock voran. Mit jeder Stufe schienen sich die Asbachs zu potenzieren. Beide wagten kaum zu atmen und hatten es fast geschafft, als es hinter Lorenz zu einem grauenvollen Gepolter samt einem deftigen Fluch („Verdammte Scheiße!") kam. Edi hatte sich verstolpert und, um einen Sturz zu verhindern, seinen Koffer fallen gelassen.

„Nichts wie in´s Zimmer",

zischte Lorenz. Das interessierte Edi allerdings im Moment überhaupt nicht. Mit zeitlupenartigem Entsetzen sah er seinen Koffer die letzten Treppenstufen hinunterstürzen, bevor dieser im Erdgeschoss liegen blieb. Dabei entging ihm nicht, dass die beiden Kofferschlösser der ungewohnten Belastung nicht länger standhalten konnten. Mit der Folge, dass der Inhalt sich relativ gleichmäßig bis hin zur Eingangstür verteilte. Einen Moment herrschte totale Stille im Haus. Wie aus dem Nichts tauchte dann allerdings Elfie auf. Sie sah etwas fremdartig aus ohne Brille in ihrem rosa geblümten Nachthemd mit einem lindgrünen Seidenschal, und anscheinend hatte Sie auch in der Eile ihr Gebiss vergessen.

Hübsch-hässlich, dachte Lorenz in Anlehnung an den berühmten Pater-Kollegen *Brown* und versuchte tapfer, die Fasson zu bewahren.

„Herr Lorenz, was ist denn hier los? Ist das ein Einbrecher? Ich rufe gleich nach der Polizei! So eine Aufregung! Sagen Sie doch was! Ich halte das in meinem Alter..."

Weiter kam sie nicht. Vielmehr geriet Elfie übergangslos in einen Zustand galoppierenden Herzrasens. Lorenz seinerseits geriet in Paniknähe, während Edi auf halber Treppenhöhe zur Salzsäule erstarrte.

„Frau Elfie, um Gottes Willen, es ist alles in Ordnung. Bitte, beruhigen Sie sich. Dieser Herr Edi ist in eine Notlage geraten. Ich habe

ihm erlaubt, bei mir zu übernachten und wollte Sie gleich morgen früh informieren"

„Gestatten: Eduard von Lohnheimer",

sagte Edi mit ruhiger Stimme zu Elfie gewandt. Sie schien sich etwas zu beruhigen, nicht zuletzt wegen des adligen Namens. Unversehens wurde sich die Hausherrin auch ihres eigenen Auftritts bewusst. Die ganze Szenerie glich in absurder Weise Willy Millowitsch´s Komödie *Im Nachtjackenviertel*. Gerade wollte sie sich wieder in ihre warmen Daunen zurückziehen, als ihr Blick auf den verstreuten Kofferinhalt fiel.

„Herrschaftszeiten, Herr Edi, Sie haben ja so viel Schmuck dabei. Sie sind wohl Juwelier? So schöne Sachen habe ich noch nie gesehen. Mein Mann selig hatte dafür leider keinen Sinn. Und Geld hatten wir ja auch keins"

Lorenz wusste schon allzu gut, dass Elfie, einmal zu Wort gekommen, kaum zu bremsen war, was Ausmaß und Lautstärke der Botschaft betraf. Im Falle der Aufregung kamen allerdings noch unangenehm schrille Obertöne hinzu. Plötzlich ging Lorenz ein Oberlicht auf. War das nicht der Schmuck von Gold-Hasi? Unzweifelhaft erkannte er die doppelte Perlenkette und sogar das Smaragdcollier, die nebst anderem Geschmeide seitlich aus dem Koffer gerutscht waren.

„Sie haben Ihren Koffer doch wohl selbst gepackt und nicht Ihre Verlobte?",

fragte Lorenz hintergründig und fixierte seinen Übernachtungsgast mit gekniffenen Augen. Von der wohltuenden Wirkung des Asbachs war jetzt endgültig nichts mehr übrig. Edi verlor die restliche Gesichtsfarbe. Jetzt bloß keine Komplikationen, dachte er hektisch. Dann setzte er ein gewinnendes Lächeln – oder was er umständehalber dafür hielt – auf und versuchte einen Befreiungsschlag, indem er sich an Elfie wandte.

„Wie recht Sie haben, gnädige Frau. Es sind wirklich außergewöhnliche Schmuckstücke. Ich habe sie von einem befreundeten

Juwelier ausgeliehen, um sie meiner Verlobten zu zeigen. Sie soll sich was Schönes aussuchen"

Elfie war drauf und dran, den neuen Gast in ihr Herz zu schließen. „Gnädige Frau" hatte er zu ihr gesagt. Was für ein Gentleman!

Lorenz war platt. Das war einfach zu un-adelig für seinen Geschmack, und zu aalglatt. Der hatte bestimmt viel zu beichten. Wie gerne hätte er sich darum gekümmert. Stattdessen sagte er: *„Jetzt sollten wir erst mal in's Bett gehen. Morgen sprechen wir in Ruhe über alles. Ich bin sicher, dass der Herr Edi mit einer Anprobe nach dem Frühstück einverstanden sein wird. Elfie, Sie werden hinreißend aussehen. Aber jetzt wünsche ich uns allen eine gesegnete Nachtruhe"*

Es klang wie eine Ansage. Der Tonfall strahlte eine gediegene Ruhe aus. Unversehens entspannte sich die Lage. Edi eilte nach unten und raffte alles Verstreute zurück in seinen Lederkoffer, als wäre es Kiloware.

Oben angekommen, betraten Sie das Gästezimmer und Lorenz verschloss sofort die Tür von innen, nachdem er den Lichtschalter betätigt hatte. Edi sah sich um. Sauber und altmodisch, war sein Fazit. Genauso schien es auch zu riechen.

„Kann ich da auf dem Sofa schlafen?"

„Was anderes habe ich nicht zu bieten"

Lorenz war jetzt nicht mehr im Freundlichkeitsmodus.

„Nun mal die Hosen runter, Herr Eduard von Lohnheimer"

„Wie bitte???"

Edi's Mund blieb staunend offen. Allerdings hatte er schnell gemerkt, dass es sich keinesfalls um eine unerwünschte Annäherung handelte.

„Wie darf ich das Erlebnis eben auf der Treppe verstehen? Wer sind Sie wirklich?"

Edi geriet unversehens erneut zur Salzsäule. Er fühlte sich im wahrsten Sinne des Wortes gefangen. Sein Gegenüber schien doch nicht so leichtgewichtig zu sein, wie er sich das vorgestellt hatte.

„Nun, Herr Lorenz, das ist eine längere Geschichte. Wollen wir uns nicht erstmal setzen, um in Ruhe alles zu besprechen?"

Es musste vor allen Dingen Zeit gewonnen werden!

„Und außerdem, jetzt muss ich dringend zur Toilette. Darf ich?"

Lorenz deutete wortlos auf die schmale Tür gegenüber vom Bett. Als Edi wieder erschien, fiel sein Blick auf den kleinen Hausaltar mit den frischen Blumen.

„Oh, wie beschaulich. Sie sind wohl gut katholisch?"

„Beschaulich", so ein Spinner, durchfuhr es Lorenz mit zunehmender Verachtung für sein Gegenüber. Stattdessen sagte er trocken:

„Wer es am Nötigsten hat, halte inne und kehre ein! Also was ist? Und was ist mit Ihrer Verlobten? Wie heißt sie eigentlich?"

Lorenz hatte sich vorgenommen, nicht locker zu lassen. Sein ausgestreckter Zeigefinger in Richtung des unerwünschten Gastes unterstrich eindrucksvoll, dass er es ernst meinte.

„Stellen Sie sich vor, Herr Lorenz, Rosemarie hat mich verlassen, wer weiß warum. Sie wissen ja, wer durchschaut schon eine Frau? Wir waren doch so verliebt. Und jetzt das!"

„Wurden Sie von Ihrer Verlobten rausgeschmissen?"

„Allerdings. Wie eine Furie war sie, nicht zu bremsen. Ich hätte sie betrogen, ihr Leben zerstört! Dabei war ich so gut zu ihr. Nur mit Mühe konnte ich sie davon abhalten, mich zu schlagen. Regelrecht verflucht hat sie mich. Zum Glück konnte ich wenigstens den geliehenen Schmuck noch mitnehmen. Mein Smoking und die ganzen Sachen hängen noch bei ihr im Schrank. Herrgott, wie froh bin ich, dass wenigstens Sie mir helfen. Ich hab´ ja sonst niemand"

„Den Herrgott halten wir da jetzt aber raus! Also: Wer sind Sie? Warum habe ich das Gefühl, dass Ihre Geschichte marode ist?"

Lorenz hatte seine Frage noch nicht vergessen. Nach seiner Lebenserfahrung deutete ein überbordender Redeschwall meistens auf irgendeine Ungereimtheit bei der Person hin. Mit dieser Überlebenstechnik hatte er selbst vor allem in der schweren Nachkriegszeit reichlich Erfahrung gemacht. Unvergessen, als er in einem Pferch gerade einem fetten Huhn den Hals umgedreht und es eilig in seinem Rucksack verstaut hatte, als ihn ein Nachbar zur Rede stellte. Nur mit Mühe und vielen Worten gelang es ihm damals, glaubhaft von einem räuberischen Fuchs zu reden, den er gerade noch vertreiben konnte. Es gab halt viele Füchse damals.

Was seinen vor ihm stehenden Schmuckliebhaber und ungebetenen Gast betraf, brauchte Lorenz einfach noch mehr Sicherheit, bevor sich dieser hier niederlassen und am Ende womöglich auch noch schnarchen durfte. Dann fügte er entschlossen hinzu:
„Wenn Sie jetzt nicht die Wahrheit sagen, begleite ich Sie hinunter"
Während Edi tief Luft holte, entschied er sich für eine Teil-Strategie.
„Herr Lorenz, Sie sind ein ehrenwerter, kluger Mann. Ich habe Ihnen nicht die ganze Wahrheit gesagt. Das tut mir jetzt wirklich leid. Aber ich bin ja so verzweifelt! Und ich vertraue Ihnen"
„Geht's auch genauer? Aber bitte die Kurzfassung, es ist schon spät"
„Ich habe meiner Verlobten gesagt, dass die Hochzeit nicht wie geplant stattfinden kann. Wissen Sie, ich war schon zweimal verheiratet, meine letzte Scheidung liegt erst fünf Monate zurück, und ich brauche einfach noch mehr Zeit, bin fix und fertig, einfach ausgelaugt. Das ist mir jetzt klar geworden. Da ist sie ausgerastet und hat mich auf der Stelle rausgeworfen. Dabei wollte ich sie doch nicht verlieren"

Edi hielt inne, um die Wirkung seiner Worte einschätzen zu können. Lorenz verzog keine Miene. Das Ganze hatte durchaus Ähnlichkeit mit einer Beichte. War das alles? Trennt sich eine Verliebte so mir-nichts-Dir-nichts von ihrem Bräutigam? Er fühlte sich unversehens an die Situation mit Josef Betzenbichler, der gewilderten Sau und dem dringenden Wunsch nach Übernachtung erinnert. Immer diese verdammten Grenzfälle, dachte er ärgerlich.

„Können Sie sich vorstellen, wie durcheinander ich bin?", setzte Edi seine Umschreibungen fort. Auch er war zwar müde, wollte aber unbedingt die Sache in Grenzen halten. Mehr von seiner Geschichte ging auch keinen was an.

„Machen wir's kurz. Sie schlafen hier auf dem Sofa. Eine Wolldecke liegt noch im Schrank. Und morgen früh gehen Sie Ihrer Wege, verstanden?".

Lorenz hatte sich entschieden und seine Rest-Energie zusammengekratzt. Er musste diesen Kerl so schnell wie möglich loswerden. Damit verschwand er im Bad und anschließend, in einen braunweiß großformatig karierten Schlafanzug gehüllt, auf kürzestem Wege unter der weichen Bettdecke. Es war bereits halb vier.

Edi richtete sich auf dem Sofa ein und zog sich bis auf die Unterwäsche aus. Ein Nachtgewand hatte er nicht dabei. Herr Lorenz war offenbar binnen Minuten in einen Koma-Schlaf gefallen. Edi wollte gerade das Licht löschen, als sein Blick auf die kleine Gebetsecke fiel. Auch das Gebetsbuch war ihm nicht entgangen. Edi war zwar nicht streng gläubig, aber immerhin katholisch. Von seinen Eltern hatte er zumindest Respekt vor religiösen Überzeugungen gelernt. Auf die Idee, sich in einem Gästezimmer eine Gebetsecke einzurichten, darauf ist seines Wissens allerdings noch keiner gekommen. Was für ein Mensch mochte Herr Lorenz sein und warum war er so hartnäckig misstrauisch ihm gegenüber? Scheinbar war er einer von der intoleranten, harten Schule, ein rechter Spielverderber. Aber warum war er dann tagelang in der Spielbank zugange? Verwirrend das alles! Am meisten bewegte Edi jedoch die Frage, ob Herr Lorenz womöglich gewonnen hatte. Und wenn ja, wieviel?

Je mehr er in´s Grübeln kam, umso wacher wurde er. Ja, wenn er ehrlich zu sich sein sollte, konnte er deutlich einen gewissen Jagd-instinkt wahrnehmen. Den kannte er nur zu gut. Vorsichtig öffne-te er die Nachttisch-Schublade. Darin fanden sich Zigarren, Hus-tenbonbons, ein Flachmann, leider ohne Inhalt, und Schreibzeug. Nichts Besonderes. Lorenz war, das bezeugten seine Atemzüge in Verbindung mit den Darmgeräuschen, bereits im Tiefschlaf ange-kommen. Die Erkundung konnte vorsichtig weitergehen. Edi wandte sich dem Kleiderschrank zu und erblickte als erstes ein Pfarrersgewand samt schwarzem Hemd mit weißem Stehkragen. Im Hutfach lag ein schwarzer Hut mit breiter Krempe.

„Da schau her!",
entfuhr es ihm. Routiniert prüfte er die Taschen aller Kleidungs-stücke und fand wenig überraschend noch 600 DM in einem Um-schlag stecken. Unvermittelt fiel ihm ein, dass sein Gastgeber sich im Badezimmer umgezogen hatte, sein Anzug samt Portemonnaie und Papieren musste noch dort sein.
„Ludwig Wertheimer, geb. am 11.12.1911 in Dauborn/Hessen, wohnhaft in Rossmarktl, Kreis Altötting",
las Edi im Personalausweis und notierte sich vorsichtshalber und kurzerhand die Personalie. Man konnte ja nie wissen. Und dann fand er noch den kirchlichen Ausweis als Pfarrer der katholischen Kirche mitsamt einem kleinen Kruzifix.
„Sieh´ mal einer an, was für ein Pharisäer!",
murmelte der überraschte Schein-Adlige.
„Ein Pfaff´ auf Abwegen, ei-jei-jei, wie find´ ich das denn? Hab´ ich mir´s nicht gedacht! Jetzt sieht die ganze Sache doch gleich viel freundlicher aus. Wenn das mal nicht der Vatikan erfährt…"

Edi´s Gesichtszüge entspannten sich, sie gewannen sogar einen gewissen diabolischen Ausdruck. Noch immer hatten sich seine Schwierigkeiten und manche ausweglos erscheinende Situation am Ende doch überwinden lassen. Nur nicht vorschnell Flinte und Pulver vergeuden, das war seine Devise. Und von dieser Devise hatte er schon oft Gebrauch machen müssen. Das fing schon in seiner Kindheit an. Er war in einem kleinen Ort nahe Nordhausen im Thüringer Eichsfeld als Peter Wiesner aufgewachsen, an Erziehung und Schule war er nur partiell interessiert gewesen. Ganz im Unterschied zu Ausreden, Notlügen und Manipulationen, was er vor allem seinem unübersehbaren Kommunikationstalent verdankte. Obwohl man ihn guten Gewissens als schwer erziehbar einstufen konnte, waren ihm erstaunlicherweise nur Wenige ernsthaft böse. Freilich mit Ausnahme des Klassenlehrers, dem er tatsächlich ein paarmal den Rohrstock vor seinen Augen vom Katheder nahm und diesen einfach zu Kleinholz verarbeitete. Die unausweichlichen Züchtigungen in Schule und Elternhaus bewirkten allerdings nichts Wesentliches, abgesehen von dem enormen Imagegewinn unter Seinesgleichen.

So ging das auch weiter, als Edi eine Friseur-Lehre antrat und abends im Wirtshaus servierte. Die allzu frühe Ehe mit der aufgeschlossenen Wirtstochter ging nach zwei Jahren schlagartig zu Ende, als ihn der Schwiegervater eines Abends hemd- und hosenlos mit der Tochter des Oberförsters in seiner Scheune erwischte. Das konnte man noch nicht einmal in einem Wirtshaus durchgehen lassen, auch nicht unter Berücksichtigung der Tatsache, dass der Oberförster ein langjähriger Spezi des Wirtes war. Dass seine Tochter seit drei Tagen schwanger war, das konnte der Opa in spe ja beim besten Willen in diesem Moment noch nicht wissen. Am nächsten Tag stand Peter Wiesner jedenfalls mit Koffer und Handgepäck auf der Straße. Dann kamen der Krieg und die harte Zeit danach. Es gelang dem Herrn für´s Feine immer wieder, allzu großen Beschwernissen aus dem Wege zu gehen und stattdessen lieber Andere zu aktivieren. Von einem französischen Kriegsgefangenen namens Charles-Pierre hatte er gelernt, wie das in vornehmen Kreisen heißt: *„Laissez faire, laissez travaille!"* (frei übersetzt: *Lass Andere arbeiten*)

Na also, Andere machten es doch auch, sogar in Frankreich. Er hatte zudem ein ausgeprägtes Gespür für Etikette und Lebensstil entwickelt. So gesehen spielte sich sein Lebensweg schon immer in Grenznähe zu den allgemeinen Regeln oder gar den Gesetzen ab, zunehmend auch jenseits dieser Grenzen. So gelang es ihm, durch Schwarzhandel und später durch die Vermittlung von gebrauchten Motorrädern in Hannover eine gewisse finanzielle Ausgangsbasis zu erwirtschaften. Hinzu kamen allerlei lukrative Nebenverdienste während der wieder auflebenden jährlichen Hannover-Messe. Er verstand sich halt aufs Organisieren, Disponieren, Improvisieren, Vermittlungen aller Art, auch aufs Unterhalten. Da Edi ein sparsamer Mensch war, konnte er sich sogar bereits Ende der fünfziger Jahre einen Urlaub an der italienischen Riviera leisten. Er war mit einem jungen Unternehmer-Sohn namens Heinz in´s Gespräch gekommen, der einen Messestand für Schaltschränke unterhielt. Beide hatten im zweiten Jahr ihrer Bekanntschaft beschlossen, im Sommer gemeinsam nach Caorle zu fahren, um sich am Adria-Strand um die Frauen kümmern zu können. Er brauchte noch nicht mal viel italienisch zu lernen, es waren genug deutsche Urlauberinnen da. Und das Beste: Zu jener Zeit konnten sich das nur die Wohlhabenden leisten. Das merkte der aufmerksame Edi mitsamt seinem gleichgesinnten Urlaubspartner schnell. Sie optimierten mit der Zeit ihre Lebensläufe gegenüber ihren Bekanntschaften und hatten schon nach einigen Tagen alle Mühe, die abendliche Nutzung ihres Zimmers unauffällig zu koordinieren. Auf der Rückfahrt beschloss man folgerichtig, im nächsten Jahr wieder in´s Paradies an der Adria zu fahren, allerdings mit zwei getrennten und vor allem *besseren* Zimmern. Der Wurm musste schließlich den Fischlein schmecken, oder?

Der Wurm schmeckte im nächsten Jahr so gut, dass eine besser gestellte Fabrikanten-Witwe mittleren Alters aus dem Sauerland erst an der Bar und später am Strand keinen Hehl daraus machte, wie wohl sie sich– sie hieß Eva-Maria - in Edi´s Gegenwart fühlte. Weshalb es sich die Witwe „Evi", so nannte er sie, nur ausnahmsweise nehmen ließ, die diversen Zechen und Nebenkosten zu begleichen. Mein Gott, das Leben konnte so schön sein. Leider war Evi aber in Edi's Augen nicht ganz so schön. Deshalb konnte er am letzten Urlaubstag ohne weiteres ein großes Liebesversprechen abgeben und süffisant säuseln, dass „wir uns schon in einigen Tagen in Hannover wiedersehen werden". Was Eva-Maria nie erfuhr, war, dass Edi gar nicht Edi war und auch nicht in Hannover wohnte. Und schon gar nicht adligen Standes war. Das alles hatte sich Peter Wiesner zusammen mit seinem Kumpel Heinz auf der langen Urlaubsfahrt zurecht gelegt.

„Eduard von Lohnheimer, der Pseudo Adlige aus Nordhausen",
brüllte Heinz vor Lachen,
„das wird ein Theater!"
Mit Eva-Maria wurde es Generalprobe und Premiere in einem. Zwei Wochen und 13 Nächte lang. Für Peter Wiesner begann eine Art Sucht - geradezu unwiderstehlich zog es Peter immer wieder in Situationen, die sein volles kommunikativ-schauspielerisches Talent erforderten und ihm Wohlgefallen und Wohlfahrt bescherten, ohne dass er schwielige Hände dabei bekam.

Laissez faire, laissez travaille! – Welch ein wunderbares Motto. Die endgültige Wende im Leben des Herrn Peter Wiesner ereignete sich im Jahr 1958, als seine Mutter verstarb. Der Vater war bereits einige Jahre früher verstorben und hatte seiner Frau noch das Versprechen abgenommen, den jüngsten Sohn Peter zu enterben. Zu sehr hatte der Junge seine Eltern enttäuscht, hatte es sich immer nur einfach gemacht, nichts Vernünftiges erreicht im Leben, ganz im Gegensatz zu seinen beiden tüchtigen und anständigen Brüdern. Als wäre dieser Schicksalsschlag nicht schon genug für Peter gewesen, war es ausgerechnet am Tag der Testamentseröffnung seinem Friseurmeister aufgefallen, dass die Kasse seit einiger Zeit so nicht stimmen konnte. Und zwar, daran konnte kein Zweifel mehr bestehen, weil es mit Herrn Wiesner nicht stimmte. Am nächsten Tag beendete Peter Wiesner so notgedrungen wie endgültig seine Laufbahn als Friseurgeselle. Und wurde Hochstapler mit Schwerpunkt Heiratsschwindelei. Er hatte seine Bestimmung gefunden – bereit für Wohltaten, individuell, maßgeschneidert, zeitlich limitiert, lukrativ. Man sollte gar nicht glauben, wie zugewandt, gutgläubig und vertrauensvoll einsame Frauen mittleren und besonders fortgeschrittenen Alters sein konnten. Dieses Spezialwissen hatte ihn schließlich zu der vor drei Jahren verwitweten Rosemarie geführt. Leider konnte er noch nicht in dem eigentlich vorgesehenen Umfang von den finanziellen Mitteln der Witwe partizipieren, weshalb ausnahmsweise der bemerkenswert-gewichtige Schmuck dran glauben musste. Daran konnten auch nicht die unvergessenen, eindringlichen Worte des Amtsrichters in Baden-Baden etwas ändern, denen er notgedrungen bei der Verkündung einer zweijährigen Bewährungsstrafe beiwohnen musste. Ungemütlich war das damals gewesen, keine Polstersessel, niedrig temperiert, kalkweiße Wände, miese Stimmung. Nichts für Einen wie ihn. Er konnte nicht und wollte schon gar nicht seinen Schicksalskräften widerstehen. Nicht zuletzt hieß es doch schon immer, aus Schaden klug, also besser(!) zu werden. Er *war* besser geworden.

Edi lag auf der Couch, konnte aber keinen Schlaf finden. Irgendwie hatte ihn die unverhoffte Nähe zu Pfarrer Ludwig gehörig aufgewühlt. Sein halbes Leben war vor seinen Augen erschienen. Und an seine Eltern musste er denken, die ihn bestimmt jetzt von oben mit kritischem oder gar verächtlichem Blick beobachteten. Wenn Pfarrer Ludwig seine ganzen Wahrheiten kennen würde - dessen tiefe Verachtung wäre ihm sicher. Und all´ die Menschen, deren Liebe und Vertrauen, ja Bewunderung, er besessen und diese dann bestohlen und unverzüglich verlassen hatte! Genau wie gestern Nachmittag seine bis dahin vertrauensselige, schwer verliebte Hasi-Rosemarie. Aber sie war halt auch naiv, wie die meisten ihrer Vorgängerinnen. Routiniert hatte er seinen Abgang vorbereitet, sich die wertvollen Schmuckstücke übereignet und schließlich, als Hasi sich zu einem kleinen Nickerchen hingelegt hatte, das Hotelzimmer verlassen. Bestimmt hatte sie schnell ihre neue Lage begriffen, so einfältig war sie auch wieder nicht. Nach seiner jahrelangen Erfahrung geschah dann meistens – NICHTS! Es war den Mädels einfach zu peinlich, einem gewissenlosen Hochstapler auf den Leim gegangen zu sein. Lieber schrieben sie ihre Preziosen und Barschaften ab. Hasi ist da bestimmt nicht anders, war sich Edi sicher.

Er hatte sich getäuscht. Rosemarie hatte bereits um 18.30 Uhr die Polizeiwache wieder verlassen, nachdem der diensthabende Beamte eine geharnischte Anzeige entgegen genommen hatte. Seitdem war Eduard von Lohnheimer unter der Tagebuchnummer 1963/181 ED-W (Das Kürzel stand für „Eigentumsdelikt – Wertsachen". Rosemaries gestohlenes Herz spielte hier anscheinend keine Rolle) auf der Fahndungsliste, die sogleich an alle Polizeistreifen im Kreis Bad Reichenhall herausgegeben wurde. Aber wer wollte den Übeltäter ausgerechnet in Elfies Pension vermuten. Schon gar nicht um kurz nach fünf in der Früh. Edi hatte sich mit Hilfe seiner Taschenlampe leise reisefertig gemacht und den Umschlag seines bewusstlos schlafenden Herbergsvaters mit den 600 DM in seine Sakkotasche gesteckt.
„Den Seinen nimmt's der Herr im Schlaf",
grinste er in sich hinein. Wenige Minuten später war er aus dem Haus geschlüpft. Elfies Haus glich um diese Zeit einer friedlichen Oase. Der nahe Bahnhof begann gerade sein tägliches Pendler-Leben. Niemand nahm von dem frühen Reisenden mit der Reisetasche und dem braunen Lederkoffer Notiz. Edi entspannte sich zusehends. Es hätte wieder mal knapp werden können, wie schon so oft in seinem Leben. Aber er war schon immer eine Spielernatur. Nicht nur mit Würfeln und Karten, je älter er wurde, desto lieber spielte er mit Menschen. So blieb ihm auch in dieser Situation das Glück treu. „Der Bessere ist nun mal des Guten Feind". Selten traf dieser Satz so in's Schwarze wie dieses Mal. Es fühlte sich einfach genial an, der Bessere zu sein! Mit dem nächsten Zug fuhr er nach München. Dort wollte er weitersehen.

Zur selben Zeit wurde Lorenz im halb-schlafenden Unterbewusstsein von ekelhaften asbachartigen Kopfschmerzen geplagt und träumte von einer grässlichen Verfolgungsjagd durch einen Halunken, welcher er nur durch einen beherzten Sprung von einem Baugerüst entkam. Unmittelbar vor der brachialen Landung in einer Berberitzen-Hecke wurde er schweißgebadet wach, nervlich und körperlich schwer beschädigt, Puls 111 aufwärts. Es war noch dunkel. Trotz des unaufhörlichen Hämmerns im Kopf gelang es ihm irgendwann, sich langsam wieder zu beruhigen und noch einmal einzuschlafen. Lorenz wollte ja seinen Gast, der anscheinend im Tiefschlaf auf der Couch lag, noch nicht wecken. Ihn zur Rede zu stellen war erst für später vorgesehen. Edi musste einfach Farbe bekennen! Das Zimmer war erfüllt von einem schweren Mief samt Alkoholdunst. Kein Wunder, man hatte es in der Nacht versäumt, das Fenster zu öffnen.

Als Lorenz schließlich erwachte, war es schon viel später, und längst hell. Nach erfolgreichem Toilettengang spürte er ein unbändiges Durstgefühl, das er mit einem dreiviertel Liter Leitungswasser stillte. Dann zog er die beiden Vorhänge zurück und öffnete das Fenster. Das grelle Licht und der einströmende Sauerstoff wirkten wie eine kalte Dusche. Draußen war wieder Bilderbuchfrühling. Nachdem seine Augen wieder die gewohnte Bildschärfe ablieferten, wandte sich Lorenz entschlossen der Gästecouch zu - und erschrak sogleich. Sein Gast war samt Gepäck verschwunden. Wie war das möglich? Vorsichtig lauschte er an der Wohnungstür ins Hausinnere, ob er womöglich die Stimmen von Elfie und Edi vernehmen konnte. Es sollte doch noch eine private Schmuckanprobe geben. Aber Lorenz hörte nur Stille. Auch der Dackel war nicht zu vernehmen. Ob es die Ruhe vor dem Sturm war, wenn Elfie gewahr wurde, dass sich der merkwürdige Gast ohne Anstand und Abschied, aber mit einer vollen Tasche, davongemacht hatte?

Es galt, die Ruhe zu bewahren und die Exkursion nach Bad Reichenhall nunmehr zügig zu beenden. Irgendwie konnte Lorenz bei Lichte betrachtet sogar froh sein, das ihm dieser verdammte Edi nicht noch weitere Komplikationen beschert hatte. Seine Intuition hatte ihm wieder mal die richtigen Warnsignale gegeben, leider nur etwas spät. Alles deutete darauf hin, dass der adlige Herr Eduard von Lohnheimer sein Liebes-Hasi um ihren Schmuck gebracht hatte und sich nunmehr flüchtig abgesetzt hatte. Ein Krimineller also! Dem er in den Augen der Justizia auch noch Unterschlupf gewährt hatte. Unmöglich konnte er dem Fahndungsapparat entsprechende Hinweise geben. Nach seiner Abreise würde der Lorenz Hierzinger einfach nicht mehr existieren, noch nicht mal in Neubiberg. Hauptsache, dieser Edi oder wer immer er in Wirklichkeit war, blieb spurlos verschwunden und würde ihm nicht ein zweites Mal irgendwo oder gar hier vor der Tür auflauern. Das würde der neugierigen Nachbarin Elsemarie natürlich sofort auffallen.

Unterdessen war es schon fast halb elf. In den Augen einer ordentlichen Wirtin und eines gestrengen Pfarrers eine Unzeit für ein Frühstück. Aber der kurz vor seinem „Ableben" stehende Lorenz war heute ein Sonderfall.
„Der Kaffee und Ihre Eier sind schon fast kalt! Guten Morgen, Herr Lorenz, wo bleiben Sie denn? Und kommt der Herr Edi auch gleich?"
Elfie machte einen aufgeregten Eindruck. Lorenz fiel sofort auf, dass sie anstelle ihrer bunten Kittelschürze heute ein Kostüm mit einer rosa Bluse trug. Aha, dachte Lorenz, die Sache mit dem Schmuck. Da denken die Frauen ganzheitlich; sicher genetisch gesteuert - also auf eine bestimmte Art hilf- und alternativlos. Für weitergehende Betrachtungen im Hinblick auf Unterschiede zwischen Frauen und Männern waren allerdings weder Zeit noch Kompetenz vorhanden.

„Der Herr Edi musste schon in aller Frühe abreisen. Er hat seine Pläne leider ändern müssen und lässt Sie herzlich grüßen. Die versprochene Schmuckanprobe will er aber unbedingt nachholen. Er will Ihre strahlenden Augen sehen, wenn Sie die wertvollen Sachen tragen"

Schon wieder eine Lüge, dachte Lorenz und bemerkte, dass es irgendwie immer leichter ging. Er hatte sich entschlossen, die arme Frau so gut es ging zu schonen.

„Und Sie sollen bloß nicht böse sein!",

setzte Lorenz noch sicherheitshalber hinzu, ohne ein Kompliment wegen ihrer heutigen Ausstaffierung zu vergessen. Die erhoffte Wirkung trat alsbald ein, Lorenz war mit sich zufrieden und vertilgte, begleitet von unverfänglicher Unterhaltung, ein opulentes Frühstück. Anschließend zog er sich gestärkt und nahezu kopfwehfrei auf sein Zimmer in die Gebetsecke zurück. Er hatte das große Bedürfnis, zur Ruhe zu kommen. Gleichzeitig wollte er Abstand zu seinem Abenteuer gewinnen, ohne aber die schönen und aufregenden Momente zu vergessen. Wie gut, dass im Rahmen der Exerzitien ausgiebig meditiert wurde. Das konnte er in Rossmarktl in nächster Zeit gut gebrauchen. Und noch etwas war fest vorgesehen: Lorenz, d.h. natürlich Ludwig, konnte es kaum erwarten, seine Geliebte und Vertraute Marie-Luise in Altötting zu treffen und ihr alles haarklein zu erzählen. Selbstverständlich samt inniger Umarmungen – zumindest!

Lorenz packte seine Sachen, ging zweimal damit zum Auto, und bezahlte schließlich bei Elfie die Rechnung, wobei er auch nicht vergaß, ihr ein schönes Trinkgeld in die Hand zu drücken. Er wollte an diesem Ort genauso wie im Casino gestern Abend mit sich im Reinen sein.

„Vergelt's Gott und alles Gute, Herr Lorenz"

Der so Verabschiedete schaute sich noch einmal winkend um und startete dann seinen geliebten Käfer in Richtung Heimat.

„Wenn wir erklimmen schwindelnde Höhen…",
sang er das alte Pfadfinderlied lauthals-befreit bei geöffnetem Seitenfenster. Ein am Straßenrand vorbeigehender Rentner schwang seinen Krückstock im Takt ob der unverhofften Erinnerung an vergangene Jugendtage. Anscheinend hatte er dessen Geschmack getroffen. Ludwig hupte überschwänglich. Dann ging er gesanglich auf *Oh, Du schö-ö-öner Westerwald* und *In einem Polenstädtchen* über, bevor er bei *Siebzehn Jahr, blondes Haar* landete und prompt an Gold-Hasi denken musste, die jetzt vermutlich relativ goldlos dastand. Ludwig konnte nur hoffen, dass man diesen unverschämten Gauner bald einsperren würde. Gerne hätte er seinen Beitrag dazu geleistet, aber das ging unter keinen Umständen. Noch schwerer war, für diesen Sünder auch noch beten zu müssen.

Schließlich ergab er sich seinem Lieblings-Ohrwurm: *Adeste fideles*. Nach einer Viertelstunde Fahrt verließ er Bad Reichenhall nordwärts in Richtung Waginger und Tachinger See. Zuvor hatte er noch für 16,20 DM vollgetankt und dank eines gerade noch rechtzeitigen Einfalls in einer Bäckerei alle verfügbaren fünf Schachteln Asbach-Pralinen gekauft. Eine davon war doppelt so groß wie die anderen und für Marie-Luise bestimmt. Die übrigen sollten die Sophia und er selbst bekommen, auch an den Stammtisch hatte er ausnahmsweise gedacht.

„Da werden Sie aber Eindruck machen!",
strahlte die lebenserfahrene Bäckerin beachtlichen Umfangs und wusste nicht recht, welche ihrer teils waghalsigen Vermutungen die wohl wahrscheinlichste war.

V

Effata! - Öffne Dich!

Markus 7, 31 ff.

Ludwig atmete tief ein. Noch zwei Kilometer, dann war er wieder zurück in seinem vertrauten Rossmarktl. Es war bereits später Nachmittag an diesem schönen Maitag, und er hatte das dringende Bedürfnis, noch einmal zu rasten. Er wollte innehalten, sich einfach auf eine nahe Baumwurzel setzen, die klare Luft seiner bayerischen Heimat in tiefen Zügen aufsaugen, um mehr Abstand von diesem Lorenz Hierzinger zu bekommen, der ihn doch stärker als gedacht regelrecht übermannt hatte. Es war ihm in den letzten Stunden zunehmend gedämmert, dass er diesen „alias" nicht so einfach am Garderobehaken im Pfarrhaus loswerden konnte. Er musste sich sogar eingestehen, dass er eine seltsame Aufgeregtheit empfand – wie als Bub, wenn er etwas angestellt hatte und hoffte, dass man zuhause nichts davon mitbekommen hatte. Kein Zweifel, es würde einiger Zwiesprachen mit dem Herrn und großer Demut in eigener Sache bedürfen, um dem erlebten Abenteuer einen geordneten Platz in seinen Erinnerungen zuzuweisen. Lotto verbot sich auf unabsehbare Zeit von selbst.

Das alles Entscheidende in diesem Moment war zweifellos, dass es den Herrn Lorenz Hierzinger endgültig nie mehr geben würde! Ich bin und bleibe für den Rest meines Lebens und für alle Welt der Pfarrer Ludwig Wertheimer, ein Jünger des Herrn. Er freute sich auch darauf, wieder zu seiner Gemeinde zu predigen und in deren Alltäglichkeit eintauchen zu können. Gleich heute Abend würde er in sein Messgewand schlüpfen und vor den großen

153

Spiegel im Schlafzimmer treten. Dann, ja dann, würde er wieder richtig zuhause sein. *Dominus vobiscum* (Der Herr sei mit Euch) würde er rufen, und er hörte jetzt schon die wunderbare Antwort der Gemeinde: *Et cum spiritu tuo* (Und mit seinem Geist). Und noch etwas hatte er sich überlegt. Seine erste Predigt am kommenden Sonntag sollte vom verlorenen Schaf und dem guten Hirten handeln. Wobei er sich selbstredend als Letzteren empfand.

Kurz vor dem Ortseingang endete der Fichtenwald in einer ausladenden Kurve und gab den ersehnten Blick auf die Rossmarktler Senke frei. Vor ihm lagen die vertrauten Wiesen seiner Bauern. Linker Hand im Südwesten wachte der Rosskopf mit seinen 508 Metern Höhe über den Ort. Die Heuernte hatte schon begonnen. Gleich würde er an Bauer Holzner vorbeikommen, er erkannte ihn von weitem an seinem roten Traktor. Am Straßenrand hatte der fromme Mann vor etlichen Jahren ein schönes Kruzifix aufgebaut, meistens gab es dort ein paar frische Blumen. Toni Holzner war dabei, mit einem seiner beiden Söhne das trockene Heu aufzuladen. Beide schwitzten wegen der schweren Arbeit. Ludwig ließ den Wagen am Straßenrand ausrollen, kurbelte das Fenster herunter und grüßte Vater und Sohn mit großer Herzlichkeit. Er mochte sie.

„Servus Herr Pfarrer! Schee, dass´ wieder do san."
Antonius Holzner war sichtlich erfreut.
„Wie guat´s ausschaun!"
„Dankschee für´s freundliche Willkommen, Toni! Wie läuft´s mit dem Heu?"
„A gut´s Joahr, Gott sei Doank. Riechen´s den Duft noach uns´rer Rossmarktler Natur? Des Beste überhaupt´s um diese Zeit, net woahr?"
„Jo mei, dees g´freit mi. I bin froh, doass I wieder doa bin, bei eich!",
sagte Ludwig mit ehrlicher Überzeugung und im breiten bäuerlichen Dialekt. Er liebte diesen Menschenschlag.

Betont langsam fuhr er den letzten Kilometer bis zum Pfarrhaus. Das lag nur vordergründig an den immer noch nicht beseitigten Schlaglöchern der Frostaufbrüche und an den vielen von den Heuwagen herunter gefallenen Büscheln, die in den nächsten Tagen vom Wind hin- und hergeblasen würden. Nein, die Fahrweise war den Gedanken Ludwigs darüber geschuldet, wie schnell es sich im Ort herumsprechen würde, dass Hochwürden wieder zurück war. Dafür würde schon die Holler-Dagmar zu Fuß und per Fahrrad sorgen. Wie auf Bestellung schraubte sich ein Schwarm Spatzen vor der Kirche in die Höhe und verlieh der Szenerie ein majestätisches Willkommen. Nur der Kirchturm schien eindringlich-reglos, quasi stellvertretend für den Gekreuzigten, zu fragen: Mein Sohn, wo bist Du gewesen?

Ludwig steuerte zielstrebig seine Einfahrt an, die unzweideutig mit einem Schild „Pfarrer" das hiesige Parkrecht klarstellte. Mit plötzlicher Beklommenheit stoppte er den VW unter dem Vordach in der Garteneinfahrt und schloss nur einen Moment später die Tür auf. Sofort nahm er das vertraute Gefühl seines Zuhauses und den feinen Geruch der Holzbalken und des Kachelofens wahr. Endlich!, war sein einziger Gedanke.

„Sophia, wo bist Du? Ich bin wieder da!"
Aus der Küche vernahm er das scheppernde Geräusch von Schüsseln, und im nächsten Moment eilte Sophia mit für ihre Verhältnisse besonders freundlichen Gesten herbei, während sie ihre nassen Spülhände an der Kittelschürze abtrocknete.
„Ach, bin ich froh, Sie wieder wohlbehalten zu sehen. Es kam mir so lange vor. Und viel zu erzählen gibt's genug. Grüß Gott, lieber Herr Pfarrer!"
War das eine Begrüßung! Soviel Emotionen hatte er von seiner Haushälterin nicht erwartet. Er dankte für das herzliche Willkommen und bejahte sofort die Frage nach einem Tee. Ludwig war wieder da angekommen, wo er hingehörte.

Später, nachdem er sein Gepäck ausgeladen hatte, inspizierte er den Garten, der in dieser Jahreszeit geradezu explodierte. Leider hatte er wenig Ahnung von den verschiedenen Blumen und Sträuchern. Am liebsten genoss er den jahreszeitlichen Anblick von seiner geliebten Bank aus. Wieviele Grüntöne es doch gab, und welche Farbenpracht. Er würde den Messner bitten, etwas Ordnung in den Wildwuchs zu bringen. Anschließend ging er hinüber zu seiner Kirche. Es war still und kühl im Kirchenschiff. Ludwig schaute sich um mit einem Gefühl, als wäre er noch nie hier gewesen. Er nahm sich bewusst die Zeit, um wieder anzukommen. Durch die Kirchenfenster drangen die gedämpften Strahlen der Mai-Sonne, sie erzeugten eine barmherzige Stimmung im Kirchenschiff. Mit langsamen Schritten näherte er sich dem Altar und bekreuzigte sich.

„Ich habe Dich erwartet, mein Sohn",
schien ihm Jesus vom Kreuz herab zuzuflüstern. Ludwig setzte sich in die erste Reihe und betrachtete wie in Trance lange das ihm vertraute Kruzifix über dem Hochaltar. Dann fielen ihm die schwer gewordenen Augenlider zu, und kurz darauf hörte er die Worte klar und deutlich:
„Wir haben uns viel zu sagen!"

Mein Gott, durchfuhr es den Diener des Herrn. Was war das? Und vor allem: Was hatte das zu bedeuten? Was wollte Jesus von ihm hören bzw. zu ihm sagen? Ludwig blieb regungslos sitzen. Alles um ihn herum schien auf eine Reaktion seinerseits zu warten. Du musst Rechenschaft ablegen, sagte er sich. Und zwar gründlich. *ER* erwartet das, sobald wie möglich! Dann betete der Pfarrer voller Inbrunst und Selbstkritik. Am Ende vergaß er auch seine Fürbitten nicht. Schließlich endete er mit einem lauten Vaterunser und verließ die Kirche so leise wie er gekommen war. Als nächstes bestieg er *seinen* Glockenturm. Er musste seine Gemeinde wieder einmal von oben sehen und beobachten. Und dabei das gerade Erlebte verdauen. Rechenschaft und Beichte, ja, das wollte er tun. Und wieder in´s Reine kommen. Hier oben fühlten sich die Sonnenstrahlen intensiver, optimistischer an, die frische Brise scheinbar unbelastet, geradezu unschuldig. Und wie sauber es überall war… Hier oben konnte er meditieren und die Energie tanken, die er so dringend brauchte. Stärker als zuvor würde er sein, schon bald. Ludwig durchströmte eine tiefe Zuversicht.

In diesem Moment schlug die Stundenglocke über ihm dreimal.

Abends hatte Sophia dann über alle Geschehnisse und Neuigkeiten während seiner Abwesenheit berichtet, nachdem Ludwig bereits vorher Post und Terminkalender durchgearbeitet hatte. Das Fiasko bei der Taufe des kleinen Erich-Günther schockierte ihn. Besonders leid tat ihm der alte Pfarrersbruder Martin, der dieses tragische Missgeschick sicher niemals wird verwinden können. Und hier im Dorf brauchte er sich gewiss auch nicht mehr blicken zu lassen. Ludwig war natürlich klar, dass ihm die genaue Einordnung des Geschehens noch verschiedentlich bevorstand – im Kirchenvorstand, bei seinen Hausbesuchen und nicht zu vergessen durch Dr. Albrecht beim Stammtisch. Trotzdem freute es ihn, den kleinen Bub der einstmals so verzweifelten jungen Eltern doch selbst taufen zu können. Er würde sich besondere Mühe geben.

Später, als Sophia sich übermüdet schlafen gelegt hatte, genehmigte er sich ein Gläschen von dem vertrauten Fegefeuer. Dann setzte er sich an seinen Schreibtisch, zündete sich eine Handelsgold an und ließ diesen langen Tag noch einmal gedanklich passieren. Das musste erst mal alles verdaut werden! Die weitergehende Gesamt-Rückschau des Kapitels Bad Reichenhall konnte noch etwas warten. Jetzt wollte er als Erstes mit seinem Füllfederhalter einen sehr persönlichen Brief an seinen Kollegen Martin schreiben. Dieses Zeichen des Beistandes musste sein. Bevor er gegen Mitternacht in den säuberlich gebügelten Schlafanzug schlüpfte, zog er tatsächlich noch sein Messgewand an, um sich ausgiebig im Spiegel zu betrachten. Dann schloss er die Augen und sprach ein langes Abendgebet.

Am nächsten Tag, es war ein Mittwoch, meldete sich Pfarrer Ludwig pflichtgemäß telefonisch bei Dekan Laurentius zurück. Er wollte Bericht über seine Exerzitien, besonders über die Workshops, erstatten. Das würde den ewig-kritischen Vorgesetzten in Jesu bestimmt interessieren. Ludwig hätte darauf gewettet, dass dieser sich für das Exorzismus-Thema, schon der Augenhöhe wegen, entschieden hätte. Die Rückmeldung ging allerdings leichter als gedacht vor sich, da der Dekan mit einer Frühjahrsgrippe im Bett lag. Sein Sekretär schien überaus besorgt, woraufhin Ludwig seinerseits pflichtgemäß ebenfalls seiner Besorgnis und allerbesten Genesungswünschen Ausdruck verlieh. Besondere Vorkommnisse während seiner Abwesenheit schienen nicht vorzuliegen, das war das Wichtigste. Wahrscheinlich hatte alles irgendwie seine Richtigkeit, dachte sich Ludwig erleichtert.

Dann ließ er sich mit Marie-Luise verbinden. Obwohl sie schon ungeduldig auf ein Lebenszeichen gehofft hatte, war sie doch in diesem Moment überrascht, Ludwigs vertraute Stimme zu hören. Er vergewisserte sich, dass sie ungestört reden konnten und stellte erfreut fest, dass es ihr unter den obwaltenden Umständen relativ gut ging. Sie hörte sich im ersten Moment zufrieden an, aber das konnte auch nur ein oberflächlicher Eindruck sein. Diese verdammte Trennung dauerte schon viel zu lange.
„Wir müssen uns treffen, so schnell es geht",
sagte er und bemerkte eine gewisse Aufgeregtheit bei sich.
„Wir könnten einen Sonntagsausflug machen, wenn Du Dir freigeben lässt. Das wäre phantastisch! Ich rufe Dich am kommenden Montag an, vielleicht kannst Du das bis dahin klären. Es gibt so viel zu erzählen. Du wirst Dich wundern!"
„Ja, das wäre schön, ich freu´ mich... so sehr",
viel mehr konnte Marie-Luise gerade nicht sagen, sie dachte allzu oft wehmütig an die Zeiten der Selbständigkeit und der vielen

Kontakte im Rossmarktler Pfarrhaus zurück, und an Ludwigs Umarmungen. Sie fühlte sich in ihrer hiesigen Umgebung einfach nicht wohl, ständig nur fremdbestimmt und unter ewiger Beobachtung. Das Schlimmste waren die vielen Sonderwünsche des Dekans und seines schikanösen Sekretärs. Egal, wie sie es anstellte, von einem Lob hatte sie bis heute noch nichts gehört. Sie musste demütig sein, was blieb ihr anderes übrig? Ludwig war ihre schwermütige Grundstimmung nicht entgangen. Sie ist also doch nicht zufrieden, meine Lissy, dachte er frustriert und hilflos. Genauso wie insgeheim befürchtet.

Keine zehn Minuten waren nach dem Telefonat mit Marie-Luise vergangen, als sich Sophia meldete.
„Herr Pfarrer, Sie haben mir immer noch nicht Ihre schmutzige Wäsche gegeben"
Ludwig fiel ein, dass er noch gar nicht richtig ausgepackt hatte. Das Zeug sollte so schnell wie möglich an die frische Luft bzw. in die Waschmaschine. Er dachte an die Zeit der dreitägigen Exkursion in Feld und Wald. Sophia würde sich gewiss wundern. Ganz zu schweigen von seinen Wanderschuhen. Die Schafsweide mit all den Hinterlassenschaften war bestimmt nicht mit seinem Vorgarten zu vergleichen.
„Wird gleich erledigt!"
Sophia wunderte sich tatsächlich, nämlich über die ungewohnt prompte Reaktion -er war bereits auf der Treppe nach oben. Ohnehin brauchte er seine Notizen aus dem Kloster St. Zeno zur Vorbereitung seiner nächsten Predigt. Oben angelangt, leerte er den Rest-Inhalt des Koffers auf das Bett sowie den Taschen-Inhalt mit der schmutzigen Wäsche auf dem Boden aus. Dann ordnete er seine Habseligkeiten, um alles gleich leichter wegräumen zu können. Nachdem er zum zweiten Mal alle Taschen und Säckel genauestens kontrolliert hatte, traf ihn blitzartig die Erkenntnis, dass ihm der Umschlag mit den verbliebenen 600 DM aus der Spielbank abhanden gekommen war. Und wer anders konnte dafür verantwortlich sein als Eduard von Lohnheimer, der Ver-

brecher. So ein gottverdammter Saukerl! Er hatte ihn offenbar nachts bestohlen und war dann mit seiner Barschaft verschwunden. Deshalb also die Eile! Ludwig hatte mit Bedacht und größter Disziplin den Restbetrag aus dem Casino für gute Zwecke zurückbehalten, vielleicht auch noch für eine kleine Überraschung für seine Lissy. Aber dank dieses Saukerls war jetzt alles weg: wie gewonnen, so zerronnen. Wie konnte es sein, dass der deutsche Adel, selbst, wenn dieser seines Ranges wegen weder er- noch durchlaucht war, so heruntergekommen war? Gab es denn überhaupt keine Ehre mehr? So eine Kanaille! War der überhaupt adelig? Herrschaftszeiten - Sakrament!

Ludwig musste sich erst einmal auf sein Bett setzen, die Augen schließen und sich etwas beruhigen. Sophia durfte davon nichts, aber auch gar nichts, erfahren. Niemand durfte davon erfahren, außer gerade mal Marie-Luise. Mit irgendjemand musste er ja reden können, oder? Die Polizei kam leider wieder nicht in Frage und wäre außerdem in Person des Gendarmen Alois zweifellos von der Fallkonstellation überfordert gewesen. Zu seinem Entsetzen verspürte er schlagartig ein Schwächegefühl in den Beinen. Wie soll das alles nur enden?, schoss ihm durch den Kopf. Ein Glück nur, dass niemand in Bad Reichenhall seine wahre Identität kannte. Mit dem Bauch voller Ärger und Selbstzweifel übergab er wenig später seine Schmutzwäsche ihrer weiteren Bestimmung an Sophia. Diese genoss sichtlich die wieder hergestellte Zweisamkeit mit ihrem Chef. Es war gut, dass der Herr wieder im Hause war. Beim Abendessen, es gab Bratwürste mit scharfem Senf, Kartoffelbrei und Rotkraut, fragte sie, was er sich als Willkommensmahl für morgen wünschen würde. Ludwig war überrascht. Schau an, die Sophia, dachte er, sie wird immer zuversichtlicher, offener, und hat mittlerweile volles Vertrauen zu mir. Nach allem, was er bisher von ihr wusste, freute er sich ganz besonders, dass er dazu beigetragen hatte.
„Ja, wenn Du mich so fragst, die größte Freude hätte ich wieder mal an einer ordentlichen Schweinshaxe mit Knödeln in einer kräf-

tigen Bratensoße. Die gab es zuletzt beim 85. Geburtstag des Alt-
bürgermeisters Hanninger-Gustl im Februar. Aber willst Du Dir
wirklich so viel Umstände machen?"
„Morgen früh geh´ ich zum Metzger und dann bereite ich alles
vor. Aber hm…, einen Wunsch hätte ich auch",
sagte Sophia, ihre Stimme klang plötzlich unsicher,
„ob Sie noch eine Flasche von dem guten fränkischen Rotwein, sie
wissen schon…"
„Ich habe schon verstanden. Das ist eine blendende Idee! Wir
machen uns einen gemütlichen Abend!"

In diesem Moment fiel ihm ein, dass er seiner Haushälterin noch
gar nicht die mitgebrachten Pralinen gegeben hatte. Ludwig holte
die Schachtel und übergab diese feierlich mit freundlichen Worten. Und dann packte er noch das Kilo Bad Reichenhaller Alpen-
salz aus, das er für den Haushalt besorgt hatte. Sophia genoss das
Gefühl, dass der Pfarrer auf seiner Reise an sie gedacht hatte und
hätte fast weinen müssen. Schon länger hatte sie sich nicht mehr
gefragt, ob sie Glück hatte mit der Versetzung hierher, in ein na-
menloses Bergbauern-Nest. Hier wurde sie zwar nicht wie eine
Fürstin behandelt, niemand wurde hier so behandelt. Aber es gab
Momente, da *fühlte* sie sich so. Sie war die rechte Hand des allseits geschätzten Hochwürden. Dass dieser seine Zigarrenasche
an den unmöglichsten Stellen fallen ließ und auch sonst nicht
gerade die Ordnung in Person oder gar dem Alkohol abhold war,
damit musste sie sich wohl abfinden. Ein katholischer Pfarrer hat
nun mal viel im Kopf. Es wurde ihr immer klarer, hier konnte und
wollte sie glücklich sein. Und dankbar.

Die Schweinshaxe war lecker, die Kruste außen rum ein Gedicht.
Sophia hatte stundenlang in der Küche gestanden, das ganze
Haus war erfüllt von deftigen Gerüchen. Die Betzenbichlerin hatte
zwei mustergültige Haxen ausgesucht („Der Herr Pfarrer soll doch
zufrieden sein, geij") und ihr zudem noch wichtige Brat-Hinweise
mitgegeben. Ein anderer Wein als der Dettelbacher Dornfelder

Domina Jahrgang 1959 wäre dazu nicht in Frage gekommen. Die Flasche stammte vom Bürgermeister höchstpersönlich aus Anlass zu dessen Wiederwahl. Sophia hatte das besondere Sonntagsgeschirr gedeckt – zum ersten Mal. Die Portionen waren so reichlich, dass kein Gedanke an Nachtisch aufkam, wenn man von der dringend benötigten und altbewährten Verdauungshilfe namens Fegefeuer absah. Sophia hielt sich tapfer und schüttelte sich nur kurz, das musste Ludwig anerkennen. Schon länger war es im Pfarrhaus nicht mehr so gemütlich gewesen. Noch gemütlicher wurde es, als Sophia den Tisch abgeräumt hatte und Ludwig auf Sophias Wunsch vom Kloster St. Zeno und den Exerzitien berichtete. Schier unglaublich erschienen ihr die geschilderten Eindrücke von der Exkursion. Kein Wunder, dass die Schmutzwäsche diesen strengen Schafsgeruch entfaltet hatte und die Schuhe so beschissen aussahen.

„Seit Du hier bist, hast Du schon so viel gearbeitet. Alles ist vorbildlich. Ich habe das Gefühl, dass Du Dir sogar während meiner Abwesenheit keine Ruhe gegönnt hast. Aber niemand kann ohne Pause tagein tagaus arbeiten"
Ludwig hatte das Thema gewechselt und blickte ihr fest in die Augen.
„Auch Du musst mal raus, Urlaub machen oder jemand besuchen. Denk´ mal darüber nach!"
Sophia hätte bestimmt mit der Pensionswirtin Elfie in Bad Reichenhall ein gutes Gespann abgegeben. Das aber verbot sich aus sehr naheliegenden Gründen.
„Oder Du nimmst mal wieder Kontakt mit Deiner Familie auf. Wie geht es denen eigentlich?"
„Kurz bevor ich zu Ihnen kam, war ich zuletzt dort. Meine Mutter wurde 85. Mein Vater ist vor zehn Jahren von einer Leiter gefallen und hat sich danach nicht mehr erholt. Meine beiden Brüder hatten sich zwar gefreut, mich wiederzusehen, aber mit ihren Frauen konnte ich mich nicht anfreunden. Sie sind alle beide evangelisch – so ein Unglück!"

Und einen Urlaub konnte sich die brave Sophia so gar nicht vorstellen. Damit schien das Thema vorläufig beendet.

In Rossmarktl ging alles seinen gewohnten Gang. Die Bauern kümmerten sich um ihre Vieh- und Weidewirtschaft, der Postbus holte morgens zweimal Pendler und Schüler ab, die Bäuerinnen sah man häufig in ihren Gärten säen, jäten und ernten. Jemand schien trotz der fortgeschrittenen Jahreszeit noch Holz zu hacken, was an den regelmäßigen Axt-Schlägen weithin erkennbar war. Das war meistens die Arbeit der älteren Männer, die mit Stolz ihr Tagwerk säuberlich in den Höfen aufstapelten. Währenddessen wuchsen jahreszeitgemäß die Misthaufen wieder in stolze Höhen. Wenn abends gegen sechs Uhr die Milchkannen zum Sammelplatz geschleppt wurden, war schließlich Zeit für Ratsch und Tratsch. Dazu gehörten natürlich auch die Neuigkeiten vom Aushang am Rathaus. Ludwig ließ sich dazu stets von seiner Haushälterin auf dem Laufenden halten. Wie hätte das ausgesehen, wenn er da bei jeder Gelegenheit selbst gespickelt hätte.

Aktuell sorgte der Widerruf eines Aufgebotes für Wirbel – die Braut war mit einem reichen Bauernsohn ausgerechnet aus dem verhassten Nachbardorf durchgebrannt. Die armen Eltern und Tanten! Ganz zu schweigen vom Bräutigam, aber was wollte man machen. Eigentlich hatte man es ja so kommen sehen. Die Dirn war schon in der Schule immer vorlaut und aufgedreht gewesen und hatte sich auch als Erste ihres Jahrganges geschminkt. Es hieß, der Kerl wäre bei den Gebirgsjägern in Mittenwald. Dass dort auch Schürzen gejagt wurden, war ja noch nie ein militärisches Geheimnis. Sie würde schon sehen, was dabei herauskommt, am Ende sogar ein Bankert, Heilige Maria! Dass das Anneroserl, so hieß die Ex-Braut, aber vielleicht ihr großes Glück gefunden haben könnte und dereinst ihren Kindern und Enkeln von ihrer abenteuerlichen Kehrtwende im letzten Augenblick erzählen könnte, das war eigentlich kein Thema. So etwas gab es nur in Filmen mit Theo Lingen und so.

Außerdem wurde im Aushang unter „Fundsachen" von einer herrenlosen Schubkarre, abholbar im Rathaus, berichtet; die nächste Sitzung des Gemeinderats müsse um eine Woche „wegen interner Gründe" verschoben werden, und die Gemeindewiese am Wasserfall wäre ab kommender Saison neu zu verpachten – das war´s. Dass am Sonntag die Heilige Messe wieder von und mit Pfarrer Ludwig stattfinden würde genauso wie der anschließende Stammtisch im Hirschen wieder in Vollbesetzung, davon war zumindest im Aushang keine Rede.

Das rote Auto kurz vorm Waldrand auf einer abgemähten Wiese war ein Feuerwehr-Auto und gehörte, obwohl es in der warmen Nachmittagssonne einen schönen farblichen Kontrast bot, normalerweise da nicht hin. Ausnahmsweise heute aber doch, denn es brannte ein Heuhaufen. Das hatte mit dem Physikunterricht in der 6. Klasse zu tun. Dort hatte der Lehrer vor ein paar Tagen zum Thema „Optik" theoretisch sauber erklärt, dass man mit einer Lupe und einer Lichtquelle geeignetes Material anzünden könne. Für zwei der Schüler erhob sich nun die Frage, ob das auch am Beispiel eines Heuhaufens funktionieren würde. Da einer der beiden seine Zweifel hatte, schloss man kurzerhand eine Wette ab. Daher kam es zu diesem zwar physikalisch erfolgreichen, insgesamt aber dennoch glücklosen Feldversuch - das Experiment lief gründlich aus dem Ruder. So etwas kam seit Jahrhunderten im Rahmen der sog. experimentellen Physik immer wieder mal vor, aber eben nicht in Verbindung mit Heuhaufen.

Der Feuer-Alarm war eine reine Kurzschlusshandlung einer überängstlichen Bäuerin gewesen, die gerade Küchenabfälle rausgetragen und den Rauch entdeckt hatte. Obwohl doch von anderen Experimenten bereits bekannt war, dass das Feuer von selbst erlöschen würde, wenn das Brennmaterial erst abgebrannt war – na ja, von Ausnahmen abgesehen. Da nun aber die Feuerwehr ohne schuldhaftes Zögern in Aktion getreten war, verursachte dies den beiden Elternpaaren nebst gehörigem Spott an der

Milchsammelstelle eine Rechnung für die Einsatzkosten von je 215,50 DM. Ach ja, bei der Wette ging es darum, dass der Verlierer, diesmal in der Eigenschaft eines Ministranten, anlässlich der nächsten Taufe Schnaps in das Taufwasser zu mischen hatte. Es war eine Mutprobe, die im Falle der Entdeckung ebenfalls eine enorme Öffentlichkeitswirksamkeit entfaltet hätte. Wegen des beträchtlichen Echos in Sachen Heu-Feuer wurde dieser Teil allerdings zunächst zurückgestellt. Der kleine Erich-Günther sowie Pfarrer Ludwig konnten also einer ungestörten, festlichen Taufe Version 2 entgegen sehen. Wie gut, dass es gebrannt hatte!

Pfarrer Ludwig war schnell wieder in seiner Gemeindewelt angekommen. Sein linkes Augenlid hatte aufgehört zu zucken. Schade nur, dass er mit niemandem über seine Exkursion nach Bad Reichenhall und vor allem über den verdammten Edi reden konnte. Das änderte sich am ersten Sonntagnachmittag im Juni. Ludwig holte Marie-Luise in Altötting zum lange ersehnten Sonntagsausflug mit seinem VW-Käfer ab. Ludwig hatte seinen Anzug angezogen, mit dem er als Lorenz aus Neubiberg unterwegs war. Hut und Krawatte dienten nur der Vermeidung unnötiger Fragen und würden nachher im Auto liegen bleiben. Er wollte gegenüber seiner Marie-Luise keineswegs als Pfarrer auftreten, sie wollten sich ja nach der langen Zeit privat und so persönlich wie möglich begegnen.

Als Treffpunkt hatten sie telefonisch die Ecke Kardinal-Wartenberg-Straße und Stinglhamerstraße am alt-ehrwürdigen Michaelisfriedhof mit den vielen beeindruckenden Grabmälern vereinbart. Marie-Luise wartete schon in Höhe des schmiedeeisernen Eingangstores. Sie trug ein dunkelblaues Kostüm und einen türkisfarbenen Seidenschal. Trotzdem konnte Ludwig die schöne Goldkette, die der Lottogewinn ermöglicht hatte, sofort erkennen. Wunderbar, dass sie die Kette gerade heute trägt, dachte er und strahlte. Er öffnete die Tür von innen und bat sie, einzusteigen. Sofort nahm er ihr vertrautes Parfum wahr.

„Wie schön, Dich zu sehen!",
sagten beide unisono und mussten lachen. Marie-Luise sagte selbstverständlich „Du", sie waren ja alleine und privat zusammen. Dann küssten sie sich ausgiebig, bis ein nachfolgender weißer Borgward unverschämt hupend auf die Verkehrsbehinderung an dieser gut-frequentierten Kreuzung aufmerksam machte. Der Tag versprach, sich von der besten Seite zu zeigen.

Ludwig startete den Wagen in Richtung des Waginger und des Tachinger Sees. Er liebte diese Gegend schon lange; sie war ihm zuletzt auf der Strecke nach Bad Reichenhall wieder so traumhaft erschienen. Gerne würde er demnächst mal mehr Zeit dort verbringen. Und *demnächst* war heute. Abgesehen von einigen Radlern und Motorrädern gab es nur wenig Verkehr. Man konnte gemütlich fahren und sofort entspann sich eine intensive Unterhaltung. Marie-Luise war mehr als gespannt, von den Erlebnissen vor und hinter den Bad Reichenhaller Klostermauern zu erfahren.

Im Nu war eine Dreiviertelstunde vorbei, und die beiden erreichten das idyllische Waging am See. Als erstes besichtigten die beiden die prachtvolle St. Martinskirche. Die Namensgleichheit mit seiner eigenen Kirche war nichts Außergewöhnliches. Im Innern, das konnten die beiden Besucher unschwer erkennen, gab es allerdings nur wenig Vergleichbares. Soviel Großzügigkeit und Pracht wäre für Rossmarktl nun doch unangemessen gewesen. Trotzdem: wie gerne hätte Ludwig die wunderbare vergoldete Statue des Heiligen St. Martin mit der Gans, die links neben dem Altar stand, in seiner gleichnamigen Kirche gehabt. Oder den prachtvoll geschnitzten Hochaltar. Nach einem kurzen Rundgang im idyllischen Waging fuhren sie hinaus zum See. Ludwig parkte neben dem Strandkurhaus.

„Schau mal, Ludwig, was dort neben der Uhr steht",
rief Marie-Luise in aufgekratzter Stimmung.

„Die Uhr der Zeit lässt sich zurück nicht drehen,
denn vorwärts stürmt der Zeiger ohne Rast;
und all das Bollwerk wird und muss zerschellen,
das hemmend in des Rades Speichen fasst"

„Wie wahr",
sagte Ludwig nachdenklich,
„die Zeit macht alle gleich – quasi rücksichtslos mit verbundenen Augen"
Ludwig nahm ihre Hand, und sie gingen die paar Meter zum Pavillon direkt am See.
„Ich habe Dir etwas mitgebracht",
sagte er geheimnisvoll und übergab Marie-Luise die schön verpackten Asbach-Pralinen. Er wusste, dass er damit ins Schwarze treffen würde. Sie umarmte ihn spontan, es war ein nicht zu beschreibendes Wohlgefühl, und er drückte sie fest an sich. So standen sie einen ausgedehnten Moment unbeweglich und mit geschlossenen Augen unter der vergoldeten Sonne des Pavillon-Daches. Wie gut wir uns anfühlen, dachte jeder auf seine Weise. Beide sprachen kein Wort, bis sie sich endlich los ließen. Am liebsten hätten sie sich bei der Hand gehalten, aber das ging in der Öffentlichkeit nun wirklich nicht.

Immer mehr Gäste bevölkerten am frühen Nachmittag die Idylle. Kein Wunder, es war wieder ein schöner Tag, die Saison am See hatte bereits Ende April begonnen. Man konnte einen Rundweg wählen oder gleich einen Kaffee zu trinken. Sie entschieden sich, am See entlang zu spazieren und sich auf eine ruhige Bank zu setzen, es gab ja so viel zu bereden. Auf jeden Fall wollte er mit ihr noch zum Tachinger See fahren und die kleine Kirche Mariä Himmelfahrt oberhalb des Sees in Tettenhausen besuchen. Denn, nicht zu vergessen, direkt daneben war der von weitem sichtbare *Bergwirt* mit seiner wunderbaren Sonnenterasse bestens für eine Rast in der Nachmittagssonne geeignet. Bei klarer Sicht reicht dort der Blick über den See und malerische Landschaften hinweg bis zum Alpenpanorama mit Staufen, Zwiesel und dem Teisenberg. Und heute war es klar. Im See spiegelte sich der Himmel.

„Ich hatte Dir ja schon im Auto von der Exkursion in der freien Natur und meinen beiden wunderbaren Weggefährten erzählt. Dann kam mein Abenteuer in Bad Reichenhall. Glaube mir, es war wirklich ein aufregendes Abenteuer, das Dir auch gefallen hätte. Teuer war's allerdings auch. Und noch eins musst Du mir glauben: Ich habe Dich sehr vermisst – meine Lissy!"

„Ich Dich auch, mein lieber großer Domspatz",

flüsterte Marie-Luise und drückte sich an ihn. Ludwig schaute seine Marie-Luise wie in alten Zeiten an, und sie lächelte behutsam zurück. Dieser Nachmittag entschädigte sie für manche Tristesse beim Dekan, das stand jetzt schon fest. Und noch etwas stand fest: Ludwig würde zu ihr halten, komme, was da wolle!

Dann berichtete der Rückkehrer in allen Einzelheiten von seinen Erlebnissen, von Elfie, Charly, dem Club der immerjungen Medizin-Studenten, von seinen Spielen, von Gewinnen und noch mehr Verlusten, und natürlich besonders ausführlich von Edi + Gold-Hasi. Zwischendurch fanden sie eine etwas abgelegenere Bank und setzten sich hin, man konnte hier wunderbar seine müden Beine ausstrecken. Und ganz eng nebeneinander sitzen. Man brauchte nicht zu befürchten, dass einem zufällig irgendwelche Bekannte über den Weg liefen.

Als Ludwig die Vorkommnisse um den Ganoven Eduard von Lohnheimer alias Irgendwer auspackte, war Marie-Luise vollends sprachlos.

„Mein Gott, Du Armer, sei froh, dass Du heil davongekommen bist! So ein Schuft! Nicht zu fassen"

„Hoffentlich doch",

schmunzelte Ludwig grimmig, indem er ein Wortspiel versuchte. Dann fuhr er fort:

„So ein Kerl gehört aus dem Verkehr gezogen. Da kann einem die betrogene Frau nur leid tun. Wer weiß, wie viele Frauen er schon vorher reingelegt hat. Unsere 600 DM sind jedenfalls weg. Wir können ja schlecht zur Polizei gehen"

„Ja, sehr, sehr schade. Wir hätten bestimmt gute Verwendungen dafür gefunden. Aber weißt Du was? Die Goldkette finde ich wunderbar. Ich schaue sie jeden Tag an. Die nimmt mir Keiner!"

Jetzt strahlte Marie-Luise, und Ludwig drückte nicht nur ihre Hand.

Später fanden Sie einen Platz unter einem Sonnenschirm am Strandcafé, es gab eine leckere Schwarzwälder Kirschtorte. Am Ufer tollten etliche Kinder lautstark im Wasser, immer wieder trauten sich Einzelne, die eigene Schwimmsaison zu eröffnen, teilweise begleitet von den üblichen, also überflüssigen Ermahnungen ihrer Erziehungsberechtigten. Das Wasser war noch recht kühl. Aber glasklar. Der See gehörte zu den saubersten in ganz Bayern.

„Komm´, lass uns eine Runde Boot fahren",
schlug Ludwig vor und schob gleich eine Frage nach:
„Bist Du schon mal im Ruderboot gefahren?"
„Nein, noch nie. Da wird man doch nass, oder?"
„Man bleibt absolut trocken, wenn man wie Jesus über das Wasser gehen kann",
hatte Ludwig Spass an der Provokation. Sie schaute auf ihr gepflegtes Kostüm.
*„Viel wichtiger finde ich allerdings, ob **Du** schon mal mit **so** einem Ruderboot unterwegs warst"*
An dieser Logik ist was dran, musste sich Ludwig eingestehen. Und dann fuhren sie eine Stunde auf dem Tachinger See herum, beobachteten die Enten und lachten über missglückte Manöver anderer Bootsgäste. Es war ein Genuss. Mit Gottes Hilfe waren sie weitgehend trocken geblieben. Wie schnell doch die Zeit vergehen kann…

Der Absacker auf der Sonnenterasse des Bergwirts war traumhaft. Von hier oben schien die ganze Welt mit sich im Reinen. Auf der Heimfahrt öffnete Marie-Luise die Pralinenschachtel.

„Das haben wir uns verdient",
stellte sie kategorisch fest, und sie packte ein gutes Dutzend der Leckerlies nacheinander aus. Noch ein Genuss an diesem Tag.

„Auf bald und Gottes Segen",
sagte Ludwig noch im Auto beim Abschied. Dann fügte er leise hinzu:

„Ich werde für Dich beten, Lissy. Danke, dass Du bei mir warst"
Marie-Luise kämpfte gegen die Tränen. Es würde sicher lange dauern, bis sie sich wieder einmal so ungezwungen treffen konnten.

„Du musst jetzt nichts sagen, es ist alles gut. Der Herr ist unser Hirte"
Ludwig packte sein ganzes Empathie-Potential aus. Dann beugte er sich zu ihr hinüber und drückte sie fest und lange an sich. Und Marie-Luise fühlte sich geborgen. Es wurde ihr erneut bewusst, genau in diesem Moment.

Einige Tage später, es war ein Sonntag, stoppte ein rotes Fiat 500-Cabrio mit Kennzeichen REI am Dorfbrunnen. Es war früher Nachmittag. Die Insassen schienen mittleren Alters, ein Mann und eine Frau, beide auf den ersten Blick gepflegt und gut gelaunt. Der Fahrer kurbelte das Fenster herunter und winkte ein älteres Ehepaar, das auf dem Weg zu einem Geburtstagskaffee war, freundlich heran.

„Einen guten Tag! Bitte, können Sie uns helfen? Wir suchen das Pfarrhaus vom Pfarrer Ludwig"

„Nichts leichter als das. Sie fahren einfach weiter in Richtung Kirche am Friedhof vorbei und biegen nach etwa 50 Metern rechts ab in die Himmelsgasse. Das Pfarrhaus hat die Nummer 3, gleich auf der rechten Seite"
Mit herzlichem Dank und guten Wünschen an das Ehepaar folgte der Fahrer unverzüglich den präzisen Anweisungen. Als der kleine

170

Fiat wenig später die Kirche erreichte, blieb dieser einen Moment stehen, beide musterten das Gotteshaus mit offensichtlichem Interesse. Dann bogen Sie rechts ab.

„Jetzt bin ich aber mal gespannt, ob der Pfarrer überhaupt da ist und wie der schauen wird",

sagte der Fahrer zu seiner hübschen blonden Begleiterin. Er hielt vor dem Pfarrhaus an und sie stiegen aus. Auf der Straße war niemand zu sehen. Anscheinend pflegten hier alle noch der Mittagsruhe. Bei der nachbarlichen Metzgerei waren die Rollos heruntergelassen. In der offenen Garage des Pfarrhauses stand ein schwarzer VW-Käfer. Das sah viel versprechend aus. Der Besucher betätigte mit einer gewissen innerlichen Erregung die Hausglocke, seine Begleiterin stand einen halben Schritt hinter ihm.

„Guten Tag, was kann ich für Sie tun",

fragte Sophia die unbekannten Besucher, nachdem diese freundlich gegrüßt hatten.

„Wir würden gerne den Herrn Pfarrer Ludwig sprechen. Ist er denn zuhause?"

„Und wen kann ich melden?"

Sophia kam direkt zur Sache, sie war etwas unsicher, zumal sie in der Eile vergessen hatte, ihre Schürze abzulegen. Es kam selten vor, dass wildfremde Besucher, und dann auch noch ohne Anmeldung, hier auftauchten. Instinktiv spürte sie eine gewisse Autorität des Besuchers. Er hatte eine angenehme Stimme und strahlte einnehmende Freundlichkeit aus, seine Begleiterin auch.

„Nun, richten Sie bitte Herrn Pfarrer aus, dass ich Karl-Heinz Widemann bin und wir uns aus Bad Reichenhall kennen. Er wird sich bestimmt freuen"

„Einen Moment bitte, ich werde mit Herrn Pfarrer sprechen"

Sophia ließ die Besucher an der Tür zurück, um Ludwig von den überraschenden Besuchern in Kenntnis zu setzen. Nach Kirchenpersonal sahen die beiden jedenfalls nicht aus. Ludwig saß am

Schreibtisch bei einer Tasse Kaffee, die er sich nach dem Mittagessen gerne von Sophia servieren ließ, und las die Zeitung.

„WAS?"
entfuhr es ihm, Sophia war noch nicht mal mit ihrer Ansage zu Ende gekommen und hielt erschrocken inne. Noch erschrockener wirkte allerdings gerade der Pfarrer vor ihr im Sessel.
„Ein Mann aus Bad Reichenhall, sagst Du?"
„Ja, und eine blonde Frau. Beide mittleren Alters. Aber bitte, Herr Pfarrer, nicht so laut, die Tür steht noch offen!"
Das wird doch um Gottes Willen nicht der ausgeschamte Verrecker von Edi sein, der sich womöglich wieder mit Hasi versöhnt hatte und ihm nun sein neues Glück mitteilen wollte, auch noch in Anwesenheit von Sophia, durchfuhr es den Seelsorger, wobei das noch die mildeste Variante seiner überstürzten Vorstellungen war. Von der Entspannung des Sonntagnachmittags war nichts mehr übrig. Er stand auf und ging zur Tür, nicht, ohne sich zu strecken und so gut es eben ging eine mentale Entschlossenheit aufzurufen, während ihm noch rechtzeitig seine gestohlenen 600 DM einfielen. Ludwig war geladen! Und musste sich im nächsten Moment schon wieder entladen.
„Das darf doch nicht wahr sein, mit Ihnen hätte ich am wenigsten gerechnet. Grüß Gott miteinander! Was treibt Sie denn hierher aufs abgelegene Land?"
Ludwigs Gesichtszüge und sein ganzer Körper entspannten sich blitzartig. Nein, mit Charly hätte er hier und heute bestimmt nicht gerechnet.
„Ich bin Pfarrer Ludwig",
sagte er zu der blonden Dame in Charlys Begleitung und streckte ihr die Hand zur Begrüßung hin.
„Das ist meine Verlobte Franziska Vollmer",
sagte Charly schnell und begrüßte seinerseits erfreut den Pfarrer.
„Bitte kommen Sie doch herein"
Ludwig machte den Eingang frei und geleitete seine Besucher in das Wohnzimmer. Ihr Blick fiel auf die große Schiefertafel im Flur.

In der oberen Hälfte der Tafel stand in roter Kreideschrift zu lesen:

„Komm´ herein. Gott ist schon da"

Darunter, etwas kleiner, in gelber Schrift:

„Wir begrüßen heute:"

Heute war der dafür vorgesehene Platz allerdings frei. Was für eine schöne Idee, dachte Charly, ... leider so in das Spielcasino angesichts der gebotenen Diskretion nicht übertragbar.

„Darf ich Ihnen Kaffee oder Tee anbieten?"

„Ja gerne. Wir trinken beide Kaffee. Mit etwas Zucker, bitte"

„Sophia, bist Du so nett und machst uns eine Kanne heißen Kaffee, bitte?"

Und zu den Gästen gewandt:

„Sophias Kaffee gelangt direkt in die Blutbahn, fast so wie Asbach Uralt in Bad Reichenhall"

Allgemeines Gelächter. Franziska hatte bisher noch nichts gesagt. Sie schaute sich diskret um. In einem katholischen Pfarrhaus war sie bisher noch nie gewesen. Mit routiniertem Frauen-Blick erfasste sie Einrichtung und Atmosphäre des großen Raumes. Durch die vier Fenster fiel aus zwei Himmelsrichtungen tagsüber reichlich Sonnenlicht in den Raum, der aus einem Ess- und einem Wohnbereich bestand und von einem bilderbuchartigen Kachelofen getrennt wurde. Der Esstisch war aus rustikalem Eichenholz mit einer fünf Zentimeter dicken Tischplatte, die wunderbare natürliche Maserungen aufwies. Sechs schwere Stühle standen um ihn herum. Das Wohnzimmer wurde von einer rechtwinkligen, schwarzen Couch dominiert. Davor befand sich ein Glastisch voll mit Zeitschriften. Gegenüber der Couch in der Nähe des Fensters, das einen Ausblick zur Straße gewährte, befand sich ein gemütlicher großer Sessel mit Lehne und Kopfstütze. Daneben standen ein kleiner Beistelltisch und eine Stehlampe. Der große Aschenbecher auf dem Beistelltisch konnte als Beleg dafür gedeutet werden, dass der Hausherr rauchte. Auf der gegenüberliegenden Seite neben der gerade offenen Tür zur Küche stand ein Sideboard mit einer Obstschüssel und einem silbernen Kerzenständer. Von der Decke hing eine geschmackvolle vielarmige Lampe, die sicher einmal teuer gewesen war. Alles war blitzsauber.

„Gemütlich haben Sie es, Herr Pfarrer Ludwig. Und welche Ruhe hier in Rossmarktl"

„Ja, da haben Sie recht. Hier ist die Welt noch in Ordnung, wie man so sagt"

Nicht lange, und Sophia brachte Tassen, Zucker und etwas Gebäck.

„Ach bitte, Sophia, decken Sie den Kaffee in meinem Arbeitszimmer. Wir kommen gleich da hin"
Ludwig war plötzlich bewusst geworden, dass Charly zwangsläufig auf seinen Aufenthalt in der Bad Reichenhaller Spielbank zu sprechen kommen würde. Da wollte er doch lieber hinter verschlossenen Türen ungestört bleiben. Dass sich Sophia über die unvorhersehbare Anweisung wunderte, konnte keine Rolle spielen.

„Nun, meine Herrschaften",
begann Ludwig wenig später im Arbeitszimmer mit zur Schau gestellter Jovialität,
„was führt Sie zu mir? Und überhaupt, wie haben Sie mich gefunden?"
Ludwig war mehr als gespannt, worauf das Ganze hinauslaufen würde und ob er sich hundertprozentig auf Charlys Diskretion verlassen konnte. Immerhin war jetzt irgendwie seine Spur bis hierher bekannt geworden. Obwohl er sich größte Mühe gegeben hatte, genau dieses zu verhindern. Aber gerade Charly war doch so ein seriöser, Vertrauen erweckender Kerl...

„Zunächst noch einmal Danke, dass Sie uns empfangen. Ich habe schon Franziska viel von Ihnen erzählt. Sie war so gespannt, Sie kennen zu lernen"
Franziska nickte und schaute Ludwig mit entwaffnenden braunen Augen an. Sie war um die dreißig, schlank, sportlich gekleidet und trug eine leicht toupierte Frisur. Alle Achtung, mein lieber Charly, welch ein Fang! Ludwig verspürte einen Anflug von Neid. Sie gab

wirklich einen viel versprechenden Anblick ab. Und nein, man sollte die Dame nicht vorschnell unterschätzen, nur weil sie blond war. Wenn sie wirklich zu ihrem Verlobten passen sollte, dann hatte sie bestimmt nicht nur gutes Aussehen zu bieten. Charly nahm einen Schluck aus der Kaffee-Tasse und unterbrach die Gedankengänge des Gastgebers.

„Sie zu finden war einfacher, wie Sie glauben. Erinnern Sie sich, dass Sie sich bei uns im Haus…"

- er vermied taktvoll das Wort „Spielcasino" -

„…mit Ihrem Personalausweis registrieren mussten?"

„Oh ja! Also daher weht der Wind",

sagte Ludwig vorsichtig, er hätte es sich denken können.

„Meine Kollegin war so freundlich und hat mir ausnahmsweise und absolut diskret, das müssen Sie mir glauben, Ihre Adresse verraten. Besser gesagt, sie hat zugelassen, dass ich einen Augenblick hinter ihrem Rücken Einblick in die Datei nehmen durfte. Sonst hätte sie womöglich mit ihrer Arbeitsstelle gespielt"

Ludwig war erstaunt über die Offenheit des Barkeepers. Diskretion gegen Diskretion immerhin, dachte er und spürte einen Hoffnungsschimmer.

„Und da haben Sie zu Ihrer charmanten Verlobten gesagt, wie schön es wäre, einen Ausflug in die oberbayerische Idylle nach Rossmarktl zu machen. Wollen Sie etwa beichten?"

Sophia konnte im Wohnzimmer das Gelächter der Kaffeerunde hören. Neugierig war sie zwar nicht, das hatte man ihr jahrzehntelang gründlich abgewöhnt. Trotzdem spürte sie, dass es sich in diesem Fall vermutlich gelohnt hätte.

„Keine schlechte Idee, Herr Pfarrer. Kann ich da anwesend sein?",

erkundigte sich Franziska schlagfertig mit Augenzwinkern.

„Ich würde Ihnen auch gerne anschließend einen Vorschlag für die zweifellos fällige Buße machen"

Humor schien sie auch noch zu haben. Was für ein Weib! Sophia indes konnte durch die dicke Tür leider nichts Richtiges verstehen.

„Ich bin sicher",
sagte Charly, schon etwas aufgekratzt,
„dass Sie mir bestimmt gerne die Beichte für drei Dekaden abnehmen würden, hmmm, aber wenn überhaupt, dann nur unter vier Augen...",
fügte er hinzu und schaute seine Verlobte schmunzelnd an,
„allerdings geht es uns um etwas ganz Anderes"
Jetzt hätte man eine Stecknadel fallen hören können.

Das Telefon klingelte und unterbrach den angeregten Redefluss. Ludwig entschuldigte sich kurz, ging zum Schreibtisch und nahm den Hörer ab.
„Katholische Kirchengemeinde Rossmarktl, Pfarrer Wertheimer am Apparat",
meldete er sich. Am anderen Ende der Leitung blieb es stumm, wenn man von einem scharfen Atemzug absah. Im nächsten Augenblick wurde die Verbindung beendet.
„Merkwürdig, schon wieder so ein anonymer Anruf, wo sich keiner meldet. Schon seit drei Tagen einer, seit ich wieder da bin. Wer oder was da wohl dahinter steckt?"
Und nach einer kurzen Pause fragte er in die Runde:
„Wo waren wir eigentlich stehen geblieben?"

Charly wusste es. Seine Direktheit war nicht steigerungsfähig.
„Franziska und ich, wir sind nun schon seit fünf Jahren verlobt. Jetzt wollen wir heiraten. Und zwar bei Ihnen!"
Es war eine bündige, offizielle Feststellung, kein Zweifel. Zwei Augenpaare richteten sich erwartungsvoll auf den Pfarrer.
„Was?"
sagte dieser seit der Ankündigung des unerwarteten Besuchs nun schon zum zweiten Mal. Dass jemand von außerhalb extra zur Hochzeit hierher kommen wollte, das hatte es seines Wissens nach noch nicht gegeben. Ludwig war ehrlich überrascht.

„Verehrtes Brautpaar Franziska und Charly, wie kommen Sie denn auf diese Idee? Bitte, verstehen Sie mich nicht falsch – das... das ist ja wunderbar!"

Und dann berichtete Charly, wie er abends seiner Liebsten von der Begegnung mit Lorenz erzählt hatte, dass er diesen Herrn, egal ob Autohändler oder Pfarrer, vom ersten Moment an sympathisch fand und von der Offenbarung am letzten Abend mehr als beeindruckt war: „Ich bin nicht Lorenz, der Autohändler, sondern Ludwig, der Pfarrer".
„Charly hat es so bedauert, dass er Sie nicht mehr würde wiedersehen können. Dabei seien Sie für einen katholischen Pfarrer so unkonventionell, gar nicht so - katholisch..."
„So so, das hat er gesagt: `Gar nicht so katholisch´?"
Ludwig wiederholte die Worte mit einer gewissen Genugtuung. Franziska geriet fast ins Schwärmen und drehte unbewusst nervös an ihrem goldenen Verlobungsring, als sie fortfuhr:
„Und wissen Sie, das ist es, was wir uns wünschen für unsere Hochzeit, eine fröhliche, unkonventionelle Feier mit Gottes Segen. Und noch eins muss ich Ihnen sagen. Wissen Sie",
wiederholte sie sich, wobei ihre Stimme jetzt etwas geheimnisvoll, vielleicht sogar etwas unsicher klang,
„ich bin evangelisch"
Schon wieder waren die Augenpaare auf den Hausherrn gerichtet. Ludwig atmete vernehmbar ein, schenkte Kaffee nach und empfahl das leckere Gebäck. Er war wieder Herr der Lage, Gott sei Dank. Und er vermied es, noch einmal „Was?" zu sagen.
„Aha. Und da dachten Sie, dass ich für Ihren speziellen Fall der Richtige bin?"
„Genau so ist es. Und ich bin überzeugt, Sie werden nicht nein sagen!"
„Nein",
sagte Ludwig trocken und schaute in fragende Gesichter. Jetzt hatte er sie an der Angel und ließ sie einen Moment zappeln.

„Nein, ich werde nicht ‘Nein’ sagen"
Niemand konnte mehr strahlen als Franziska in diesem Moment.
Die Hochzeit sollte im Oktober stattfinden. Ob man das hiesige
Gasthaus empfehlen und jetzt gleich schon mal die Kirche besichtigen könne? Ob man einen Gitarristen mitbringen und von dem
Ganzen einen Schmalfilm drehen könne? Und so weiter. Die
Stimmung war jetzt ausgelassen.

„Wie schön, Bärchen, dass Du diese tolle Idee hattest",
jubelte Franziska und küsste ihren Bräutigam, um danach sofort
auf Ludwig zuzugehen und ihn noch im Sessel sitzend zu umarmen. Es fühlte sich sakrisch gut an; schade, dass er nicht so
schnell aufstehen konnte. Zu gerne hätte er ihren beiden Argumentationshilfen noch etwas intensiver nachgespürt. Diese Begrifflichkeit hatte er im letzten Dezember ausgerechnet bei den
Proben zum Krippenspiel aufgefangen, als der Josef bei seiner
Maria dortseits übergriffig gewesen war und flugs eine Watschen
kassierte. Danach hatten die beiden ungerührt und bibelgerecht
das Krippenspiel fortgesetzt und ihr Jesulein geherzt. Früher in
Dauborn hätte es bestimmt so eine Ohrfeige nicht gegeben. Aber
heutzutage? Und überhaupt: Wie mag sie wohl aussehen, diese
Braut – also *wirklich* aussehen? Verdammt, ich muss mich zusammen nehmen, diese Franziska macht mich ganz verrückt, kam
Ludwig wieder zur Besinnung.
„Eins nach dem anderen",
sagte er schließlich.
*„Wissen Sie eigentlich, dass Ihnen der Bischof für Ihre geplante
Mischehe Dispens erteilen muss? Und Sie, liebe Franziska, müssen
sich bemühen, Ihre Kinder im katholischen Glauben zu erziehen"*
*„Ja, davon haben wir schon von Bekannten gehört. Aber bei denen war es eine Formsache, weil der Pfarrer beim Bischof Fürsprache gehalten hat. Das würden Sie doch für uns auch tun, nicht
wahr?"*

Franziskas Augenaufschlag war einigermaßen entwaffnend. Während ihm wieder einmal „Scheiß Zölibat" durch den Kopf schoss, hörte er sich nach einem tiefen Atemzug sagen:
„Das kriegen wir hin, mit Gottes Hilfe"
Dann entspannten sich schlagartig seine Gesichtszüge.
„Ich finde, wir haben jetzt einen wunderbaren Grund, miteinander anzustoßen. Sie haben doch sicher nichts dagegen, wenn meine Haushälterin Sophia die Freude mit uns teilt? Aber zuvor habe ich noch eine Bitte: Kein Wort über das Spielcasino in Bad Reichenhall. Wir haben uns im Kurcafé dort kennen gelernt, Basta. Anderenfalls lasse ich Sie, lieber Charly, exkommunizieren. Dann können Sie Ihre Hochzeit vergessen."
„Versprochen!",
sagte Franziska wie aus der Pistole geschossen,
„von uns erfährt Keiner etwas! Nicht wahr, Bärchen?"
Selbst wenn Charly gewollt hätte..., aber so viel Lebenserfahrung hatte das Bärchen in Anbetracht seines Liebeglücks schon länger.
„Dann steht ja dem gemütlichen Teil nichts mehr im Wege"

Ludwig stand auf, ging ins Wohnzimmer und lud Sophia ein, mit einer Flasche Wein zu ihnen zu kommen. Als er zurückkehrte, konnte er gerade noch beobachten, wie Franziska leicht erschrocken eine zwischenzeitliche Knutscherei flink beendete. Es musste Liebe sein! Selten genug geworden in diesem Pfarrhaus, dachte der Pfarrer für einen schmerzhaften Moment.

Für die örtlichen Verhältnisse wurde es ein außergewöhnlicher Nachmittag. Später führte Ludwig die Brautleute in die St. Martinskirche und sogar auf den Glockenturm. Das war in Anbetracht des genossenen Weines kein leichtes Unterfangen. Das Erlebnis, die kleine und vermeintlich heile Welt von Rossmarktl von oben betrachten zu können, ja auf sich wirken zu lassen, rundete diesen besonderen Nachmittag wunderbar ab. Die endgültige Abrundung des Tages erfolgte dann im Hirschen. Charly hatte Ludwig und sogar Sophia zum Abendessen eingeladen, was sich gerade für Letztere wie eine besondere Ehrung anfühlte. Wie schön, dass der Pfarrer so nette Bekannte gefunden hatte. Das dachte freilich auch der Hirschen-Wirt. Er freute sich schon auf ein gutes Geschäft im Oktober, wenn die Hochzeitsgesellschaft in seinem Saal Einzug halten würde.

Anfang August sollte das Traugespräch im Pfarrhaus stattfinden. Sophia und Ludwig winkten beim Abschied lange, unter der Straßenlaterne vor dem Hirschen stehend, dem roten Fiat-Cabrio mit dem charakteristischen Motorgeräusch hinterher.

VI

Ich bete, also bin ich.

Es kam wie aus heiterem Himmel. Seit einigen Tagen hatte das Wetter gründlich umgeschlagen. Nasskalt war es geworden, und windig. Die traumhafte Zeit in der zweiten Maihälfte gehörte jetzt anscheinend der meteorologischen Vergangenheit an. Ludwig hatte zwar wieder seinen schwarzen Schal aktiviert, aber genutzt hatte es anscheinend nichts. Er hatte sich eine ordentliche Erkältung eingefangen: Husten, Schnupfen, Gliederschmerzen, Kopfschmerzen – das ganze Programm. Er fühlte sich über Nacht seiner Kräfte beraubt. Selbst an seinen geliebten Zigarren hatte er das Interesse verloren. Sophia aktivierte sofort ihr Hausmittel-Potential, bestehend aus Ge- und Verboten, was die Lebensqualität des Betroffenen insgesamt praktisch zum Erliegen brachte. Schließlich erlag er selbst dem Ansturm der vielen Bazillen und Viren und verzog sich kapitulierend ins Bett, welches in unregelmäßigen Abständen von seinen Nießanfällen erschüttert wurde. Sophia sagte auftragsgemäß alle Termine ab; einschließlich des Religionsunterrichtes - zur besonderen Freude der Schüler. Auch die kommende Sonntagsmesse, ja sogar der Stammtisch, musste zumindest für Ludwig ausfallen.

Sophia beheizte das Schlafzimmer, servierte eine starke Hühnerbrühe mit Ei in einer voluminösen Porzellanschüssel und bereitete heißes Wasser mit Minze und einem Handtuch als Überwurf zum Inhalieren vor.
„Das wird Ihnen wieder auf die Beine helfen, Hochwürden. Nachher machen wir noch einen heißen Schmalzwickel"

Es klang weniger nach einer helfenden Therapie als nach einer finsteren Drohung. Vor allem das „wir" fand Ludwig anmaßend.
*„Das werden **wir** mal gefälligst vergessen. Mir reicht schon die ganze Inhaliererei",*
brachte er gequält hervor, um im nächsten Moment in einen Hustenanfall zu verfallen. Er musste sich im Bett aufsetzen, damit seine Lungen ausreichend Luft bekamen und der Hustenreiz nachließ. Bald glitt der Kranke in einen stundenlangen Erholungsschlaf.
„Schlafen hilft mir am besten",
hatte er noch gemurmelt, dann war er weg. In der Nacht hatte Ludwig das Bett verschwitzt und sich umziehen müssen. Danach kam der Schüttelfrost. Und das Zähneklappern. Er rollte sich zusammen wie ein kleines Kind und zog die zweite Decke, die Sophia vorsorglich bereit gelegt hatte, bis zu den Ohren hoch. Da ist ja ein ordentlicher Kampf im Gange in meinem Körper, resümierte der Patient, als er sich erneut seiner Hilflosigkeit bewusst wurde. Bald war er wieder eingeschlafen. Das Nachtgebet hatte er völlig vergessen.

Am nächsten Morgen ging es leider keineswegs besser, im Gegenteil. An Aufstehen war nicht zu denken.
„Dr. Berlinger",
sagte er matt,
„Du musst Dr. Berlinger anrufen. Und außerdem brauche ich frische Sacktücher. Was soll das noch werden, ei-jei-jei?"
Ludwigs Tonfall erinnerte an die Leiden Hiobs im Alten Testament, die konnten auch nicht viel schlimmer gewesen sein. Sophia packte die ganze verschwitzte Wäsche samt Hand- und Sacktüchern zusammen und startete sogleich die Waschmaschine. Es galt, am Ball zu bleiben. Nachmittags kam der Doktor.
„Oh Gott, Herr Pfarrer. Für welche Sünden werden Sie denn so bestraft?"
„Sie sollen mir nicht die Beichte abnehmen, sondern mich behandeln. Sagen Sie der Sophia, dass ich Salbei-Tee mit Enzian und

anschließend ein Glas Rotwein brauche. Das spüre ich. Aber sie will mir mit Schmalzwickeln kommen. Pfui Teufel!"

„Was Sie spüren, mein Lieber, ist Ihr Hals und vermutlich alle Knochen. Und vor allem spüren Sie Ihr Alkoholproblem. Ich glaube, wir sprachen gelegentlich schon davon. Das passiert Leuten, die mitten im Dorf wohnen, glauben Sie mir. Ziehen Sie mal Ihre Schlafjacke aus, damit ich Sie abhören kann. Dann schau´ ich mir Ihre Zunge an. Hatten Sie heute schon Stuhlgang?"

Kein Zweifel, der Spaß war jetzt vorbei. Als der Doktor wieder ging, hinterließ er ein Rezept und gute Ratschläge sowie die Vorhersage, dass sich die Sache noch zwei Tage im Bett und anschließend bestimmt noch 5 Tage im Wohnzimmer bei strikter Ruhe und Abstinenz hinziehen würde. Auch mit allerhöchstem Beistand wäre da nichts anderes zu machen. Schon gar nicht mit Rotwein und so. Na Bravo, dachte Ludwig entkräftet, seit Jahren hat es mich nicht mehr so erwischt.

Einige Tage später klingelte das Telefon, diesmal nichts anonymes. Am Apparat war Sophias ältester Bruder Eugen. Noch nie hatte sich jemand aus ihrer Familie im Pfarrhaus gemeldet.
„Ist was passiert?",
fragte Sophia sofort, als sie ihren Bruder erkannte.
„Unserer Mutter geht es schlecht. Sie ist vor dem Haus hingefallen. Der Arzt war da, sie hat sich nichts gebrochen. Aber sie kann nicht mehr allein laufen, hat überall Blutergüsse und sich im Gesicht aufgeschlagen. Sophia, hörst Du, sie braucht jemanden, der sich um sie kümmert. Wir schaffen das nicht. Die Arme, sie ist doch Deine Mutter!"
Schweigen. Sophia wollte erwidern, dass es auch um seine Mutter ging, aber sie konnte es nicht. Stattdessen fragte sie mit unsicherer Stimme, was Egon mit Genugtuung registrierte:
„Ich kann doch hier nicht so einfach weg. Wie stellst Du Dir das vor?"

*„Du musst einfach Deinem Pfarrer von uns'rem Problem berich-
ten. Bestimmt kann man in so einem Fall einen Antrag stellen"*
Und dann fügte er mit eindringlichem Unterton hinzu:
„Du musst doch an Deine Familie denken!"
Sophia konnte schlagartig aber überhaupt nicht mehr denken,
sondern musste sich am Tisch festhalten, sonst wäre sie geradewegs hingefallen, wie ihre Mutter. Es war eine unverschämte,
lupenreine emotionale Erpressung. Obwohl sie davon noch nichts
gehört hatte, konnte sie deren Wirkung deutlich spüren.
„Du wirst von mir hören, Eugen"
brachte Sophia noch hervor, dann legte sie auf.

Das war alles zu viel auf einmal für sie. Erst die bedrückende
Nachricht zu ihrer Mutter, deren erbärmlichen Zustand sie geradezu bildlich vor Augen hatte, ihre Leiden mitfühlte. Und das in
der Gewissheit, dass sich nicht genügend um sie gekümmert
wurde oder man sie gar am liebsten los sein würde. Dann die Art
des brüderlichen Anrufs! Dieser selbstherrliche Eugen! Nie hatte
er sich viel um sie gekümmert, immer von oben herab, genau wie
seine Frau. Es war einfach kein Auskommen. Die beiden hatten
ihr regelrecht verleidet, von Zeit zu Zeit nach Hause zu kommen.
Und angerufen, um ihr zum Geburtstag zu gratulieren, hatten sie
all die Jahre auch nicht. Jetzt aber, wo das Schicksal sie aufforderte, schwere Pflichten zu tragen, da sollte sie an „ihre" Familie
denken... Sophia ging zur Tür, sie musste an die frische Luft. Ja,
sie würde so schnell es geht ihre Mutter besuchen. Die Arme
durfte auf keinen Fall unter ihrem geschwisterlichen Ballast leiden müssen. Aber einen Antrag stellen? Gab es den überhaupt?
Unter einem Dach mit ihrer Familie? War das eine göttliche Prüfung? Sie musste mit Pfarrer Ludwig sprechen.

Unterdessen bekamen Ludwigs Abwehrkräfte zusehends wieder
die Oberhand. Er rief Dr. Berlinger an, um diesen ins Bild zu setzen und sich für seine Hilfe zu bedanken. Das stand, fand Ludwig,
einem Hochwürden gut zu Gesicht. Es konnte ja nie was schaden,

sich mit Seinesgleichen gut zu stellen. Nach und nach übernahm er wieder seine häuslichen und kirchlichen Obliegenheiten. Dazu gehörte zuallererst die Verantwortung für den Kachelofen. Holz- und Feuerwirtschaft waren nun mal nichts für Frauen, fand er. Und wie zum Beweis war der Ofen zweimal völlig ausgegangen - ein Unding. Ihm war auch nicht verborgen geblieben, wie sich Sophia quälen musste, das Feuer neu zu entzünden. Der reinste Jammer, er konnte kaum hinsehen. Das Wetter war immer noch nasskalt-ungemütlich. Also schnappte sich Ludwig den leeren Holzkorb und ging zum Schuppen, um für Nachschub zu sorgen. Angesichts seines noch geschwächten Körpers hätte er vorsichtiger sein müssen. Er bückte sich, um den gut gefüllten Korb anzuheben und ließ diesen keine Zehntelsekunde später wieder fallen. Er selbst verharrte bewegungslos in der gebückten Haltung, allerdings unfreiwillig. Jede Bewegung nach oben verursachte einen derart stechenden Schmerz in der unteren Wirbelsäule, dass Ludwig um Leib und Leben fürchten musste. Die Lendenwirbel schienen von extremen Muskelkräften gefangen.

„Mein Gott, auch das noch"

murmelte er vor sich hin. Mit größter Vorsicht schlurfte er tief gebückt an seiner Schmerzgrenze entlang zum Hackklotz und konnte mit der linken Hand die Spaltaxt ergreifen, während er sich rechts wie zum Schutz die Hand auf die schmerzende Stelle drückte. Auf die Axt gestützt arbeitete er sich mühsam ins Haus zurück. Niemand hatte von seinem inneren Leiden, besonders aber von der äußeren Lächerlichkeit, Notiz genommen.

Sophia erkannte die Lage sofort. Die gleiche Körperhaltung, allerdings ohne stützende Axt, hatte einmal der Dekan eingenommen, nachdem er erfolglos im untersten Bücherregal herumgestöbert hatte. Es dauerte über eine Woche, bis er wieder beweglich war und sich wie früher auch wieder den höher stehenden Büchern zuwenden konnte.

„Heilige Maria, Sie haben ja einen Hexenschuss. Was soll denn noch alles passieren?"

Sie bugsierte ihren Hochwürden zur Couch und nahm ihm vorsichtig die Axt ab. Von einem Augenblick zum nächsten fühlte sich Ludwig um Jahre gealtert, und so sah er auch tatsächlich aus.

„Ich hole Tigerbalsam. Sie müssen sich gründlich einreiben. Die Stelle ist zu weit... hmmm... unten, wissen Sie. Da gehe ich nicht dran"

Ludwig musste gequält schmunzeln. Nach einem Moment fügte Sophia etwas verunsichert hinzu:

„Das müssen Sie doch verstehen, Herr Pfarrer"

In bestimmten Momenten sprach Sophia sicherheitshalber immer vom „Herrn Pfarrer". Wie auch immer, der Herr Pfarrer verstand und wenige Minuten später brannte es unter Ludwigs Unterwäsche wie Feuer. Selbst eine Behandlung durch den Vierbein-Doktor Albrecht konnte gewiss nicht schlimmer sein – wenn man einen Moment von den Folgen des immerhin denkbaren Versäumnisses absah, vor dem nächsten Toilettengang die Hände gründlich von eventuellen Resten des teuflischen Balsams zu befreien. Jetzt aber brannte anscheinend in Hochwürdens Unterhose ein höllischen Fegefeuer ab. Ludwig hätte am liebsten Feueralarm ausgelöst. Zum Glück war Sophia gerade im Gehen.

„Ich laufe schnell zur Haberstock-Traudl und leihe mir eine Krücke für Sie aus"

„Auch das noch",

jammerte der Geschundene vor sich hin. Sophia war in den letzten Tagen an Hilfsbereitschaft nicht zu übertreffen. Ob die Krücke gut war für sein pastorales Erscheinungsbild, konnte leider jetzt keine Rolle mehr spielen.

Für Sophia wurde es nun auch langsam Zeit, ihr eigenes familiäres Anliegen zur Sprache zu bringen. Ein erster Versuch blieb leider ergebnislos, der örtliche Vertreter des Heiligen Stuhls war krankheitsbedingt eingeschlafen, der schmerzhafte Hexenschuss forderte halt seinen Tribut. Sie hatte es allerdings fertig gebracht, mit ihrer Mutter selbst zu telefonieren. Die Stimme der alten Frau war leise geworden, aber sie hatte sich auf eine Art gefreut, wie sie alten Müttern zu eigen ist, wenn ihnen nach langem geduldigen Warten ein sehnlicher Wunsch erfüllt wird.

„Du hast ja gehört, was passiert ist. Man kann nichts machen, ich muss mich damit abfinden, im Rollstuhl zu sitzen, haben sie gesagt. Den ganzen Tag. Hauptsache, es geht Dir gut"

Sophia musste schlucken. Ihre Schwäche, ja Hilflosigkeit, hatte ihrer Mutter eine nie gekannte Würde verliehen. Und dann dieser Satz:

*„Hauptsache, es geht **Dir** gut"*

Wann hatte sie das je von ihren Eltern gehört? Nein, sie konnte sich nicht erinnern. Nicht wenige ihrer Mit-Schwestern im Kloster kannten diese Leere und die damit einhergehende Notwendigkeit, alles mit sich selbst ausmachen zu müssen, ebenfalls. Einige hatten die Vermutung geäußert, dass es den Eltern selbst an Zuwendung gefehlt hatte in all den Kriegs-und Mangelzeiten. Trotzdem hatten doch alle oder bestimmt die allermeisten Eltern versucht, mit ihren jeweiligen Möglichkeiten für die Kinder zu sorgen und ihnen zur eigenen Existenz zu verhelfen. Sollst es mal besser haben als wir, lautete der gängige Satz allenthalben. Energie für Spaß und Liebe war nach der täglichen Erschöpfung keine mehr vorhanden. Leistung und Ordnung zählten mehr als Zuneigung. Kinder gehören von Hand aufgezogen, darin war man sich seit jeher einig. Hatten da Kinder, noch dazu in Zeiten des Wirtschaftswunders, überhaupt das Recht, ihren Eltern Vorwürfe zu machen, anzuklagen gar, für Dinge, die schon den Großeltern vorenthalten waren, weil es bereits die Urgroßeltern so hielten, deren Zeiten noch schlechter waren? In den meisten Fällen wohl nicht. Vielmehr hatten jetzt alle die Aufgabe, sich von alten Fehlern zu befreien, neue Erkenntnisse umzusetzen – endlich einen Schritt weiter zu gehen. Das hatte auch der Pfarrer schon gesagt. Selbstverständlich durfte nicht das Kind mit dem Bad ..., soweit musste es nun auch nicht kommen, das war klar. Zum Glück war man ja hier auf dem Land, es gab weder Studenten noch Faulenzer, alles war unter der örtlichen Kontrolle. Sophia war ins Abschweifen gekommen, sie hatte die gelegentlichen Ausführungen Ludwigs zum Großen und Ganzen stets aufmerksam verfolgt. Und jetzt konnte sie ihre höchstpersönlichen Erfahrungen einigermaßen in diese Erkenntniswelt einordnen.

„Hauptsache, es geht Dir gut"
Dieser Satz war zu einem großen, unverhofften Geschenk geworden, Sophia würde ihn nie vergessen.

Es war kein Formular erforderlich. Sophia konnte zwei Wochen zu ihrer Familie reisen. Ludwig hatte doch schon selbst festgestellt, dass sie mal Pause machen sollte. Leider sah die Pause nicht nach Erholungsurlaub aus, aber daran war nichts zu ändern. Er entschloss sich, seiner Haushälterin aus seinem geheimen Lotto-Fonds 100 DM zu schenken.

„Gönn´ Dir etwas, Du hast es verdient"
Ludwig hatte den Josef Betzenbichler, dem er als verfolgter Wilderer aus der Patsche geholfen hatte, darum gebeten, als Privattaxi zur familiären Bäckerei von Sophias Mutter zu fahren. Vor lauter Aufregung hätte sie fast ihren kleinen Koffer vergessen.

Seit seiner Rückkehr aus Bad Reichenhall hatte Ludwig zunehmend ein komisches Gefühl beschlichen. Unterschwellig zwar, aber es hatte ihn nicht mehr los gelassen. Anders als erwartet hatte er keine wirkliche Befriedigung, keinen inneren Stolz über seine heimliche Exkursion, ja über seinen Mut zu einem für pastorale Verhältnisse verwegenen Abenteuer gewonnen, auch keine frische Energie. Alles Fehlanzeige! Obwohl sich doch alles so gut entwickelt hatte, es viel zu lachen gab, interessante Menschen und Gespräche inklusive. Dass er das eingesetzte Geld verloren hatte, damit war zu rechnen, das war auch nicht das eigentliche Problem. Genau genommen fing die Ungemach durch die Begegnung mit diesem elenden Edi an und die seinerzeitige Feststellung, dass dieser ihn eiskalt bestohlen hatte. Es schien, als hätte diese Erfahrung eine Art Umschwung in ihm herbeigeführt. Ein feines Gespür nahm seither einen Abwärtstrend wahr. Ludwig war deshalb nicht gerade alarmiert, aber durchaus in eine selbstkritische Aufmerksamkeitsstimmung geraten, wie er das für sich bezeichnete. Er kam zu dem Schluss, dass seine Zeit in Bad Reichenhall leider für immer mit einem Schatten verbunden sein würde. Gut, dass davon niemand etwas ahnte und er in Ruhe nachdenken konnte. Anscheinend war die Zeit für eine Zwischenbilanz gekommen. Immerhin hatte er mutmaßlich den längsten Teil seiner irdischen Wegstrecke bereits zurück gelegt. Das gehörte auch zur Wahrheit.

Wer bin ich und was mache ich mit dem Rest meines Lebens?, stellte er sich die Kernfrage. Ludwig stand auf und schaute lange nachdenklich in einen Spiegel. Er liebte seinen Beruf, hatte in Rossmarktl seine Heimat gefunden, fühlte sich nah und mitten unter seiner Gemeinde. Hier war er geachtet und wurde gebraucht. Wenn er ehrlich zu sich und vor Gott war, musste er eingestehen, dass er mehr aus seinen Möglichkeiten hätte machen können. Vor allem hatte er Schuldgefühle gegenüber seiner eigenen Familie in Hessen. Es hatte sich ein Anflug von Fremdheit eingeschlichen über die Jahre. Man wusste immer weniger voneinander und die nächste Generation stellte sich auch schon auf eigene Beine. Ich hätte mich mehr einbringen müssen, ihnen mehr zusprechen müssen mit meinen Begabungen und Erfahrungen, lautete seine schmerzhafte Erkenntnis.

Gewiss, er hängte sich rein für Kirche und Glauben, war fleißig, hilfsbereit, demütig und gottesfürchtig. Aber er war auch bequem, ärgerte sich über allzu hinderliche oder – in seinen Augen - schlicht überkommene klerikale Zwänge und Regeln, an denen er weder verzweifeln noch untergehen wollte. Er fühlte sich als Helfer, nicht als Richter, auch nicht im Beichtstuhl. Um ein guter Seelsorger zu sein, davon war er überzeugt, brauchte er einen gewissen Freiraum für sich selbst. Auch, um etwas für sich selbst herauszubekommen, natürlich ohne Anderen zu schaden. Nur so konnte er mit voller Überzeugung predigen im Sinne seiner Limburger Priesterweihe:

„Wer Euch hört, hört mich"

Steckte da nicht seine ganze Verantwortung vor Gott drin? Den man eben nicht täuschen kann wie alle Anderen, bei aller irdischen Absolution von wem auch immer; der um alles weiß und jeden irgendwann zu einer kritischen Selbstbilanz bewegt oder gar zwingt. Ja, so eine Selbstbilanz schien jetzt fällig zu sein. Ludwigs Gedanken gingen zurück in den Krieg, wieder einmal. Wie oft hatte er in einsamen Stunden gehofft, dass er den vielen Todgeweihten, denen er in Russland zuletzt beistand, die Stimme des Herrn vermitteln konnte. Er hatte *wirklich* versucht, sein Bestes zu geben. Genauso erfüllte es ihn heutzutage mit größter Befriedigung, wenn jemand dank seines Zuspruchs Mut fasste, Schwierigkeiten bewältigen konnte, neue Herausforderungen annahm und zu Erfolgserlebnissen oder einfach nur zu Trost fand. So interpretierte er auch die überraschende Entwicklung von Sophia, seit sie hier war und Vertrauen gefasst hatte, weil er selbst auch ihr vertraute. Unvergessen die abendlichen Aussprachen. Im Nachhinein machte sich Ludwig insgeheim Vorwürfe, dass er sie zu Beginn mit einer gewissen abweisenden Kälte behandelt hatte – sie konnte ja wirklich nichts für die Umstände ihrer Versetzung. Sophia war gewiss ein guter Mensch, dem im Leben nichts Leichtes, Glückliches vergönnt war. Daran hatten ihre Brüder und Schwestern in Christo mit Sicherheit gehörigen Anteil. Sie musste alles letztlich mit sich selbst und im Gebet ausmachen. Hätte er bei ihrer Familie persönlich intervenieren sollen? Ihr Verdienst war es, fand Ludwig, dass sie ihre Würde behalten hatte und jetzt sogar einen gewissen Stolz ausstrahlte. In absehbarer Zeit sollte er sie aber angesichts ihres bevorstehenden Rentenalters gehen lassen. Er würde sich im Rahmen seiner Möglichkeiten darum kümmern, dass sie nicht noch einmal ins Bodenlose fiel. Das war er ihr schuldig.

Was Marie-Luise betraf, hatte sich Ludwig entschieden. Sie hatten sich gefunden, und sie liebten sich auch. Ja, er war Pfarrer, dem Zölibat verpflichtet. Aber er war auch ein Mann und sie eine Frau, attraktiv und warmherzig in seinen Augen. Sie beide hatten nie zügellos gelebt, immer mit ihrem Gewissen gerungen, geweint und gezittert. Am Ende blieb stets die Gewissheit größten Vertrauens zueinander. Wen hatten sie sonst? Schadeten sie jemandem? Nichts konnte ihre Umarmungen ersetzen oder übertreffen. Das vermeintliche Ventil des Lottogewinns hatte ihn nicht wirklich weitergebracht. Im Gegenteil. Er war verwirrter als jemals zuvor. Im Kern ging es nur um dieses eine Thema im Zwiegespräch mit Gott, um irgendwie wieder Frieden zu finden. Und so hatte das Exerzitium schließlich mitgeholfen, zwei Erkenntnisse bei Ludwig reifen zu lassen, die gleichermaßen seine Beziehung zu Marie-Luise als auch seine kirchliche Arbeit betrafen:

Erstens: Gott ist nicht da am nächsten, wo die Regeln am strengsten sind, und zweitens:
Wer nur auf der Stelle tritt, fabriziert bestenfalls Sauerkraut", hatte Sir Peter Ustinov einmal gesagt. Das wollte er als neue Richtschnur für sich, seine Gemeinde- und Jugendarbeit nehmen. Es bedurfte Veränderungen, um das Gute zu bewahren. Gab es nicht das Naturgesetz von der Flexibilität und Anpassung, auch bekannt als *Evolution*?

Ja, es musste sich was ändern! Aber nicht alles, selbstredend. Seine Aufgabe war es, dazu beizutragen, dass seine ländliche Rossmarkt'ler Gemeinde nicht den Anschluss verlieren durfte und trotzdem in Zukunft mit sich und ihren Traditionen im Reinen blieb. Dann würde er eines Tages seinen Stab zufrieden an einen Nachfolger weitergeben können.

Völlig erschöpft schlurfte Ludwig ins Schlafzimmer. Nur nicht aufgeben, Du hast noch gute Jahre vor Dir!, dachte Ludwig und schlief mitten im Nachtgebet ein. Es wurde eine unruhige Nacht.

Jedenfalls, was die zweite Hälfte betraf. Ludwig hatte geträumt, es wäre niemand mehr da, der ganze Ort menschenleer. Nur noch er allein, niemand, der ihm zur Seite stand oder gar seiner bedurfte, geschweige denn zur Messe kam. Lediglich ein schwarzer Schäferhund durchstreifte mit grün blitzenden Augen und langen, scharfen Eckzähnen die Straßen. Am Ende sprang er mit einem gewaltigen Satz durch ein geschlossenes Kirchenfenster und verfolgte den flüchtenden Pfarrer bis auf die Kanzel. Dann schnappte die Bestie heiser röchelnd nach Ludwigs Kehle. Ludwig konnte sich durch eine flinke Ausweichbewegung gerade noch retten. Der Schäferhund flog an ihm vorbei und stürzte ungebremst in's Kirchenschiff. Beim Aufprall löste er sich mit einem lauten Knall auf, indem er eine ganze Formation bunter Handgranaten ausstieß, die allesamt im hohen Bogen auf Ludwig herabstürzten. Genau in diesem Moment fiel der Kirchenmann mit Getöse aus dem Bett. Der Alptraum war grässlich gewesen und hatte außer einer Stirn-Beule Herzrasen und einen Schweißausbruch zur Folge. Er schüttelte vorsichtig seinen konfusen Kopf und versuchte mühsam, die Augen zu öffnen, damit er sich vergewissern konnte, dass er nicht unter bunten Handgranaten im Kirchenschiff lag, sondern vor seinem Bett.

„Was für ein Quatsch in meinem Kopf vor sich geht",
murmelte er erschüttert vor sich hin,
„so plastisch, als wäre das alles wirklich passiert!"
Das Nachthemd war schweißeshalber dahin. Die Fähigkeit, wieder einschlafen zu können, aber auch. Er machte sich frisch, angelte sich ein neues, sorgfältig gebügeltes Nachthemd aus dem Wäschefach und wälzte sich in alle Richtungen. Daran hatte er noch gar nicht gedacht, als er seiner Sophia so generös zwei Wochen frei gab. Wie sollte er die lange Zeit überstehen? Er konnte sich ja nicht jeden Tag woanders selbst einladen oder im Hirschen teuer dinieren. Jeden Tag nur Brote, Wurst und Käse, das würde andererseits auch nicht gehen und unweigerlich im Schnaps-Desaster enden. Und so viel gebügelte Nachthemden hatte er schon gar nicht. Das einzig Positive war, dass er seine Zigarren rauchen

konnte, wann und wo er wollte, ohne sogleich in Durchzug gesetzt zu werden, während er seinerseits seine Ohren zeitgleich in
ebendiesen bringen musste, um den Belehrungen und Beschwerden seiner Haushälterin zu entgehen. Was also tun?

Am frühen Morgen hatte er einen Entschluss gefasst. Er griff
gleich nach dem Frühstück zum Hörer. Die Nummer hatte er im
Kopf. Nach viermaligem Klingeln meldete sich die vertraute
Stimme, und er legte sofort los:
*„Servus Marie-Luise, Kannst Du Urlaub machen und hierher kom-
men? Noch diese Woche? Es pressiert"*
Ludwig hätte wissen müssen, wie Marie-Luise reagierte, nämlich
gar nicht. Ihr Gehirn hatte für einen Moment alle Aktivitäten ein-
gestellt. Wie gut, dass er ihren Gesichtsausdruck jetzt nicht sehen
konnte. Na sauber, das habe ich ja saudumm angefangen, erkannte Ludwig im nächsten Moment seine Tollpatschigkeit. Er
hätte doch auch wissen müssen, dass man Frauen nicht am frühen Morgen mit grundsätzlichen Planänderungen kommen durfte, da waren sie noch viel zu viel mit ihren eigenen Gefühlen beschäftigt. Das weibliche Gehirn konnte leicht überfordert werden.
So hatten sie das mal am Stammtisch herausgefunden.
*„Oh entschuldige, dass ich Dich so überfahre, meine Liebe, ich
habe einen wunderbaren Plan – für uns. Kannst Du überhaupt
ungestört reden?"*
Dann erklärte er ihr die Einzelheiten. Es konnte doch kein wirkliches Problem sein, einen kurzfristigen Urlaub zu ergattern. Und
Marie-Luise würde einfach die nächsten beiden Wochen als Besucherin bei ihm einziehen. Wie in alten Zeiten. In seiner Gemeinde
würden sich bestimmt Viele freuen, sie wieder mal zu sehen. Und
ganz nebenbei könnte seine ehemalige Haushälterin das Nötigste
im Haus und nicht zuletzt ihn selbst versorgen.
*„Was hältst Du davon? Meinst Du, Du kriegst das hin mit dem
Urlaub? Ich würde Dich an unserem Treffpunkt abholen"*

Zwei Tage später war Marie-Luise wieder in Rossmarktl. Natürlich konnte sie nicht ihr altes Zimmer beziehen, das war jetzt Sophias Reich, aber es gab ja noch das kleine Privatzimmer mit einer Schlafcouch. Hauptsache, es drang nichts von dieser Urlaubsreise nach Altötting durch. Nach langer Zeit fühlte sie sich wieder zuhause; Ludwig hatte vor dem Abendessen am Ankunftstag schon eine gute Flasche Rotwein dekantiert. Endlich war es wieder einmal *Jetzt*.

Am 21. Juli fand in Altötting das jährliche Gautrachtenfest fest, ein Hochamt der Heimatliebe und Tradition im Freistaat. Und wenn Altötting rief, kamen selbstredend alle, immerhin war die Stadt seit Kaisers Zeiten „Das Herz Bayerns". In vielen Orten des Chiemgaus konnte man auf Hausschildern lesen:

„Von jeder Haustür geht ein Weg nach Altötting"

Und so strömten Sie aus allen Ecken einmal im Jahr in ihr bayerisches Herz, festlich herausgeschmückt mit Lederhosen, Dirndln und feschen Hüten. Auch die Abordnung aus Rossmarktl unter der Leitung von Bürgermeister Natz Gschwandtner hatte sich schon vor Tag mit geschmückten Traktoren und Anhängern auf den Weg gemacht. Angesichts des Hochsommerwetters wollte man noch vor der beginnenden Hitze einen angemessenen Platz im großen Umzug ergattern. Sie hatten sogar die Nummer 6 erhalten, direkt hinter der riesigen Reitergruppe aus Burghausen und vor Töging am Inn. Auf einem der Anhänger befand sich ein schöner Haflinger-Hengst. Der sollte mit dem Bürgermeister auf dem Rücken die Abordnung nebst einem Fahnenträger anführen. Die ehrwürdige Gemeindefahne stammte aus dem Jahre 1908. Sie zeigte einen roten Pferdekopf auf weißblauem Karo. Nur bei genauem Hinsehen wären einige sorgsam geflickte Mottenlöcher aufgefallen. Dahinter folgten mehrere örtliche Vereinsgruppen und selbstverständlich auch die Feuerwehr mit der Fanfaren- und Trommlergruppe. Zum Abschluss wurde ein kleiner Leiterwagen mit einem ordentlichen Bierfass, gezogen von Dr. Albrechts beiden Eseln, mitgeführt. Damit sollte die Stimmung während des dreistündigen Umzugs mit Unterstützung einiger Flachmänner auf hohem Niveau stabilisiert werden. Es dauerte nicht lange, da gehörten die Burschen aus Töging ebenfalls zu den Stammkunden des mobilen Zapfhahns.

Die Straßen waren übervoll, es schien, als ob die Menschen nur zum Jubeln und Feiern auf die Welt gekommen wären. Auf dem Kapellplatz war eine große Tribüne für die weltliche und kirchliche Prominenz aufgebaut worden. Kurz davor wartete Pfarrer Ludwig auf die Rossmarktler Abordnung, um sich im letzten Moment dem Umzug anschließen zu können. Nach drei schier endlosen Stunden bog die Nummer 6 langsam in die Marienstraße ein. Das rhythmische Trippeln des Haflingers in Verbindung mit dem stetigen Alkoholkonsum unter der Sommerhitze hatte den Bürgermeister inzwischen mit einer bleiernen Schwere erfüllt. Gott sei Dank hatte das brave Ross nichts vom wiederkehrenden Sekundenschlaf seines Herrn mitbekommen. Noch gut zweihundert Meter, und der Zug war an der Tribüne und somit am Ziel des Tages angekommen.

Ludwig erkannte trotz des Getümmels schon von Weitem die Ortsfahne und zwängte sich in Richtung seiner Leute durch. Er würde gleich höchstpersönlich in seiner schwarzen Soutane die Fahne übernehmen und diese schließlich vor seinem Bischof Landersdorfer, der eigens aus Passau angereist war, schwenken. Die anderen waren angehalten, dazu dreimal „Hoch" zu rufen. Vermutlich hatte man dem Pferd die Prozedur nicht ausreichend erklärt. Bei der Fahnenübergabe geriet das Tuch mit dem roten Pferdekopf nämlich versehentlich direkt vor die Augen des Tieres. Der kurze Ausweichreflex ließ den ehemals stolzen, aber gerade eingeschlafenen Reiter endgültig seitlich vom Pferd und in die Arme seines geistesgegenwärtigen Seelsorgers fallen. Nur mit Mühe konnte der kräftige Ludwig verhindern, dass sie nicht beide auf dem Pflaster landeten. Vor Schreck und mit offenem Mund hielt er den Mann, der eben noch im Schlummer-Modus war und jetzt wild herum zappelte, wie in einem Schraubstock fest vor seiner Brust. Der Aufschrei der Umstehenden lenkte die spontane Aufmerksamkeit eines Zeitungsreporters auf die Szene. Obwohl das Ganze nur eine Sekundensache gewesen war, ist dem Reporter doch ein bemerkenswerter Schnappschuss gelungen. „Rossmarktler Bürgermeister vom Esel gefallen – Hochwürden als Schutzengel", stand nächsten Tages in der Zeitung an prominenter Stelle über dem Foto. Aber so waren halt die Presseleute: Hauptsache Schlagzeilen! Ob das Pferd ein Esel… oder umgekehrt…, was spielte das für eine Rolle? Dem anschließenden Jubel vor der Haupttribüne tat der Zwischenfall kurz vorher zum Glück keinen Abbruch. Eher schon die Tatsache, dass das mitgeführte Bierfass seinem viel zu frühen Ende entgegen sah. Wie auch immer, Oberbayern im Allgemeinen und Altötting im Besonderen hatten sich wieder einmal ihrer selbst vergewissert.

Zurück in Rossmarktl gewannen schon wenig später die Vorbereitungen für das diesjährige Feuerwehrfest am dritten Wochenende im August Konturen. Wie jedes Jahr koordinierte ein Ausschuss alles Notwendige. Die Blaskapelle übte jetzt sogar zweimal wöchentlich, die roten Einsatzfahrzeuge wurden poliert, Zelt und Zapfanlagen bestellt. Beginnen sollte alles traditionell mit einem Umzug, an dem auch die Feuerwehren der Nachbardörfer teilnahmen. Dann sollte es eine große Löschübung am Ortsrand an einer leer stehenden Scheune geben, allerdings, ohne diese zu ruinieren. Als Abschluss des Freiluftprogramms sorgte jedes Jahr das wettkampfmäßige Ziel- und Weitspritzen der Jungburschen für ausgelassene Stimmung. Immerhin galt die dargebotene Leistung doch als untrüglicher Anhaltspunkt, ob der Betreffende überhaupt in der Lage war, seine Angebetete, sagen wir mal, nachhaltig glücklich zu machen. Dann ging´s ins Festzelt zum Fassanstich durch den Bürgermeister, der seiner Aufgabe jedes

Jahr durchaus passabel nachkam. Nicht von jedem bayerischen Ministerpräsidenten war Vergleichbares zu berichten.

Spannend wurde es für Pfarrer Ludwig bei dem abendlichen Festkommers. Natürlich war die Präsenz des Pfarrers von A bis Z unabdingbar. Alles Andere hätte einen Affront gegenüber der Freiwilligen Feuerwehr bedeutet. Und außerdem hatte er doch gerade erst dem Bürgermeister in Altötting praktisch das Leben gerettet. Böse Zungen nannten diesen hinter vorgehaltener Hand neuerdings den „Esel-Natz". Davon durfte aber seine Frau nichts wissen, es stand nämlich nicht zum Besten mit der Ehe des Bürgermeisters und sie hätte ihn sicher arg verhöhnt. Ganz im Gegensatz zu einer gewissen Waltraud Ziemer, mit der er seit ihrem Einzug in den Gemeinderat für die Roten ein intensives Verhältnis unterhielt. Ihre private Einsamkeit überwog halt ihr parteiliches Fehlverhalten…

Nachdem alle Bauern ihr Vieh versorgt, die Milch abgeliefert und sich selbst entweder in Feuerwehruniform oder in bayerischer Tracht herausgeputzt hatten, stieg die Betriebstemperatur im Gleichklang mit der Lautstärke im Festzelt ungebremst an. Bier und Zigarettenqualm waren quasi der gemeinsame Nenner der Gemeinde und bereiteten den Boden für die anstehenden Festreden: Der Bürgermeister, der Feuerwehrhauptmann in traditioneller Uniform mit Pickelhaube sowie einige weitere Grußworte der umliegenden Wehrführer mussten erduldet werden. Zuletzt wurde wie jedes Jahr Hochwürden höchstselbst gebeten, den Segen des Heiligen Stuhls zu überbringen. Das hatte nebst pflichtschuldigem Beifall der Gästeschar einige kreative und stimmungsfördernde Wortspiele in den Reihen seiner katholischen Jugend über rektale Hinterlassenschaften zur Folge.

Schließlich, nach einer Pause der allgemeinen Erleichterungen, wurde zum Wett-Dirigieren aufgerufen. Vom Festausschuss nominiert waren in diesem Jahr Dr. Albrecht, Bauer Holzner, Pfarrer

Ludwig und der frischgebackene Opa Erich, alle zum ersten Mal. Die Kapelle hatte den Jägermarsch *Ich schieß den Hirsch im wilden Forst, im tiefen Wald das Reh* ausgesucht. Da konnte man sicher sein, dass die Refrain-Passage *Horrido...* das ganze Festzelt viel-kehlig in Oberwallung versetzen würde. Am Ende sollte der Beifall entscheiden, wer gewonnen hatte und der Feuerwehr deswegen fünf Kasten Bier zu spendieren hatte. Sicher, Ludwig hätte am liebsten das Ganze nur als Zuschauer verfolgt. Aber er konnte nicht schon wieder dankend ablehnen. Wäre ich nicht so beliebt, dachte er sich trostweise, wäre ich erst gar nicht gefragt worden. Auch hätte er lieber einen Choral dirigiert, aber das war natürlich bei diesem Anlass ein Ding der Unmöglichkeit. Also spielte er das Spiel mit, man war ja unter sich, letzten Endes.

Nach drei Tagen neigten sich alle Kräfte und sogar der ehemals beträchtliche Biervorrat ihrem Ende zu. Es war ein schönes Fest gewesen, die Dorfgemeinschaft verdrängte Probleme und Konflikte, und im Unterschied zu den meisten Vorjahren gab es noch nicht mal eine Schlägerei. Trotzdem war es kaum glaublich, welches Ausmaß an neuem Gesprächsstoff aus so einem Fest hervorgehen konnte. Dr. Albrecht hatte übrigens das Dirigieren gewonnen (einige Frauen, darunter auch seine eigene, hatten angesichts seiner strammen Lederhosen geklatscht wie verrückt), gefolgt von Bauer Holzner und dem Pfarrer. In einigen Wochen sollte sich obendrein herausstellen, dass es zu zwei spontanen, allerdings ungewollten Zeugungen gekommen war. Angesichts dieser Quote musste sich ja allerhand abgespielt haben unter Ludwigs Schäfchen.
„Besser als Schlägereien, wahrscheinlich wirken sich meine Predigten zur Nächstenliebe immer stärker aus",
sagte Ludwig an einem Abend zu Marie-Luise mit einem anzüglichen Lächeln. Seine Arbeit würde nicht ausgehen. Dafür wollten ja demnächst auch Barkeeper Charly mit seiner Franziska ihren Beitrag leisten. Der Termin für das Traugespräch rückte schnell näher. Ludwig freute sich auf die beiden, er hatte sich vorge-

nommen, eine schöne Trauung zu zelebrieren. Er wollte, was lag näher, über das Thema „Liebe" sprechen. Darüber war im 1. Korintherbrief Einschlägiges zu lesen. Es gab keinen Besseren als Pfarrer Ludwig, der über das Geschriebene so wortgewaltig und überzeugend predigen konnte. Dafür sorgte schon seine Lissy in dieser Nacht. Dass sie ganz nebenbei auch für Schmetterlinge unter Ludwigs Messgewand sorgte, davon freilich ahnte niemand etwas.

VII

> **Auch wenn ich gehe im finsteren Tal,**
> **ich fürchte kein Unheil;**
> **denn du bist bei mir,**
> **dein Stock und dein Stab, sie trösten mich.**
>
> **Psalm 23**

Seit Tagen war es schwül und gewittrig. Gegen Nachmittag entwickelten sich regelmäßig mächtige Wolkenberge, die den bis dahin blauen Himmel zunehmend für sich beanspruchten. Temperaturen konstant über 30 Grad und eine extreme Luftfeuchtigkeit erzeugten tropische Verhältnisse. Nach und nach war jeder Luftzug eingeschlafen. Wer nicht musste, mied jede Anstrengung, selbst von den Singvögeln war außer in den frühen Stunden nichts zu sehen und zu hören. Dann kamen die Gewitter. Donnerschläge, Windböen und grelle Blitze bereiteten schon den dritten Tag hintereinander Wolkenbrüche vor. Nach einer guten Stunde war alles vorüber. Eine schier unschuldig strahlende Sonne ließ das volle Farbenspektrum der sommerlichen Natur erstrahlen und die Wiesen dampfen. Durch die geöffneten Fenster und Türen strömte die erfrischte Luft in alle Winkel. Mensch und Natur konnten wieder einige Stunden lang tief durchatmen.

Von dem großgewachsenen Mann, der mit einem Rucksack und einer braunen Ledertasche dem Dorf entgegen kam, nahm trotz seiner ungewöhnlichen Aufmachung niemand Notiz. Er war kein typischer Wanderer, was schon durch die mitgeführte Ledertasche offensichtlich war. Auch sein gepflegtes Schuhwerk war für Wanderungen absolut ungeeignet. Allerdings unterstrichen diese

Accessoires den hellbeigen Sommeranzug und das pastellfarbene Hemd, welches offen getragen wurde. Die passende Fliege steckte momentan wetterbedingt in der Innentasche des Sakkos. Es war heiß trotz der gewitterbedingten Abkühlung, denn die Sonne hatte wieder die Oberhand gewonnen. Da halfen auch ein Strohhut und eine große Sonnenbrille wenig.

Peter Wiesner alias Eduard von Lohnheimer hatte Schweißperlen im Gesicht; ein paar davon verfingen sich in seinem gepflegten grau-melierten Schnauzer. Der Herr fühlte eine unangenehme Feuchte am ganzen Oberkörper. Sein schweres Gepäck machte ihm bei dieser Hitze besonders zu schaffen. Unter seinem Rucksack war er komplett durchgeschwitzt. Vor ihm lag endlich dieser besagte Flecken namens Rossmarktl. Er hatte seinen Opel-Rekord im hinteren Teil des Waldparkplatzes oberhalb des Ortes so unauffällig wie möglich geparkt. Das Schild mit der Aufschrift „Dr. Alfons Goppel, Ministerpräsident des Freistaates Bayern" nahm er nicht wirklich zur Kenntnis. Die letzten 500 Meter musste Edi in der prallen Sonne zurücklegen. Sein Ziel vor Augen, marschierte Edi zügig bergab. Es musste schnell gehen, und jedem aufmerksamen Beobachter wäre nicht entgangen, dass sich der merkwürdige Wanderer immer wieder umsah – so, als ob er sich verfolgt fühlte. Am besten wäre es allerdings, wenn es überhaupt keine Beobachter geben würde. Edi hatte wieder mal Glück, es gab keine.

Man konnte nicht behaupten, dass Pfarrer Ludwig in einen vom Heiligen Geist entsandten euphorischen Rausch geriet, als er die Haustür öffnete und Edi erkannte. Im Gegenteil, mehrere körperliche und geistige Anzeichen deuteten unversehens auf krisenhafte Entgleisungen hin. Damit hatte Edi durchaus gerechnet. Er begrüßte sein Gegenüber mit sorgfältig geplanter, ausgesuchter Freundlichkeit.
„Grüß´ Gott, lieber Herr Lorenz! Oder darf ich Pfarrer Ludwig zu Ihnen sagen?"

Edi umgab die Aura einer unangemessenen, provokanten Vornehmheit. Es lag ein Hauch von Spott und Überlegenheit, ja Gefahr, in seinen Worten.

„Was unterstehen Sie sich?",

zischte Ludwig und rang nach Luft. Am liebsten hätte er diesen Kerl auf der Stelle niedergeschlagen. Die mühsam unterdrückten Aggressionen waren dem Mann vor der Haustüre nicht entgangen. Es lief nach Plan.

„Wir wollen uns doch nicht zu unbedachten Reaktionen hinreißen lassen, oder? Ehrlich gesagt, ich bin zu der Überzeugung gekommen, dass wir dringend reden müssen"

Mit diesen Worten setzte Edi entschlossen seinen rechten Fuß in die Tür. Ludwig fühlte sich bedroht.

„Was wollen Sie hier?"

Der völlig überrumpelte Pfarrer vergewisserte sich kurz, dass Sophia nichts von der Unterhaltung mitbekam.

„Asyl. Ich beantrage hiermit Kirchenasyl"

„Wie bitte? Haben Sie den Verstand verloren? Sie gehören nicht in die Kirche, sie gehören ins Kittchen. Ich rufe sofort die Polizei an. Dann werden wir ja sehen, was Sie beantragen können. Wer sind Sie überhaupt wirklich, Herr von Lohnheimer?"

Ludwig war geladen. Was zum Teufel bildete sich dieser Verbrecher ein? Den würde er *mores* lehren! Und dieses verdammte Grinsen würde er ihm auch austreiben. So eine unverschämte Ratte!

„Gemach, Hochwürden. Ich sagte ja schon eingangs, wir müssen reden. Aber doch nicht hier zwischen Tür und Angel. Wenn uns die Leute sehen…"

Edi blickte kurz in Richtung Straße, um seine Worte zu unterstreichen. Ludwig starrte erst in das Gesicht des Besuchers und dann auf dessen rechten Fuß, der wie angewurzelt im Türrahmen stand.

„Folgen Sie mir!"

Ludwig versuchte, kurz angebunden und mit einem gewissen Befehlston in der Stimme, die Initiative zu behalten. Sein Instinkt allerdings signalisierte ihm höchste Alarmbereitschaft: Jetzt nur keinen Fehler machen! Er dirigierte den unerwünschten Besucher samt Gepäck in das Arbeitszimmer, während er der in der Küche arbeitenden Sophia bedeutete, dass er nicht gestört werden wollte.

Na also, da kann ja die Show beginnen, dachte Edi zufrieden. Einer wie er kannte sich aus mit komplexen Konstellationen und insbesondere mit der Kunst, Rückwege frei zu halten. Die letzten Wochen hatten ihm diesbezüglich einiges abverlangt. Ganz im Gegensatz zu seiner Annahme, dass ihm Hasi Rosemarie sang- und klanglos zwar wütend, aber letztendlich machtlos, keine Träne nachweinen würde, hatte diese ihn unverzüglich angezeigt. Das hatte er durch Zufall nach zwei Wochen mitbekommen, als sich eine Polizeistreife in seinem Münchner Hotel erkundigte, ob Herr Peter Wiesner anwesend sei. Die Auswertung der vom Hotel ordnungsgemäß übermittelten Meldung hatte bei den Behörden einen Treffer ergeben. Wie allerdings die Verbindung zu seinem Pseudonym Eduard von Lohnheimer geknackt werden konnte, war ihm bis heute schleierhaft. Irgendetwas musste Rosemarie herausgefunden haben. Es half alles nichts, Edi musste verschwinden. Und da er nicht auf seinen geliebten Opel-Rekord verzichten wollte, brauchte er auch ein neues Kennzeichen. So kam er bis auf weiteres bei einer alleinstehenden Cousine in der Nähe von Ingolstadt unter. Die Tatsache, dass diese vor zwei Jahren von ihrem Mann verlassen wurde, erleichterte es Edi entscheidend, sich das Entgegenkommen seiner vom Leben enttäuschten Verwandten zu sichern. Hier konnte er zur Ruhe kommen, nachdenken und die nächsten Schritte planen.

Besonders gut gelang das bei den täglichen Besuchen der einschlägigen Ingolstädter Cafe`s mit ihrem unnachahmlichen Geruch nach frisch Gebrühtem aller Art. Angesichts des schönen Sommerwetters genoss er genauso die Gemütlichkeit der Biergärten im *Weißbräuhaus* oder beim *Kuchlbauer*, die am frühen

Nachmittag ebenfalls fest in der Hand weiblicher Stammgäste zu sein schienen. Edi genoss die Nähe der Damenwelt. In aufgekratzter Stimmung kamen hier alle Themen zu Sprache, die Frauen nun mal untereinander für mitteilenswert hielten. Edi war zwar davon überzeugt, dass er ein profunder Frauenkenner sei; umso mehr war er immer wieder überrascht von der Fülle weiblicher Themen und noch mehr von der Art und Weise, wie diese interpretiert und mitgeteilt wurden. Seine Feldstudien, wie er das nannte, gelangen am besten, wenn er sich rechtzeitig und mit einer Zeitung bewaffnet an einen freien Tisch zwischen zwei anderen setzten konnte und dann die Ohren spitzte. Man musste sich schließlich fortbilden, das galt besonders auch für seinen Beruf.

Nach einer Woche frage die Cousine vorsichtig, wie lange denn sein Aufenthalt wohl noch dauern würde.
„Nicht mehr so lange, ich kümmere mich darum, Dich nicht länger als notwendig zu belästigen. Ich falle Dir doch nicht etwa zur Last, oder? Sag´ nur, wenn etwas nicht stimmt"
„Nein, nein, so war das nicht gemeint",
sagte die Arg- und Hilflose. Es fiel ihr dummerweise nichts Besseres ein.
„Na, dann ist ja alles in Ordnung"
Für Edi war das gerade mal kleines Einmaleins der Manipulation. Weniger Glück hatte er eine weitere Woche später im Cafe´ am Schloss. Als er gerade seine Rechnung bezahlen und gehen wollte, kam Eleonore. Er erkannte sie sofort an ihrem hellgrünen Hütchen und den allzu grell geschminkten Lippen. Und an ihrer etwas drallen Figur sowieso. Sein ehemaliges Opfer hatte sich nicht verändert.
„Ja, ich weiß, dass ich etwas fest bin, aber das stört Dich doch nicht, hast Du mir versprochen"
Das hatte sie ihrem Edi oft genug gesagt, und es hatte ihn gestört. Gewaltig. Aber sie hatte etwas zu bieten, und das hatte er eines Tages bekommen. Eleonore hatte den Verlust ihrer vermeintlichen Liebe sowie eines beträchtlichen Teils ihrer Barschaft ir-

gendwann leidlich verschmerzt. Das war vor zwei Jahren. Und jetzt nahm sie zusammen mit einem älteren Herrn am Nachbartisch Platz. Der Teufel ist ein Eichhörnchen, durchfuhr es Edi´s Kopf, während sich die freundliche Bedienung für das großzügige Trinkgeld mit einem

„Beehren Sie uns wieder"

bei Edi bedankte.

In diesem Moment winkte Eleonore nach der Bedienung und erkannte blitzartig ihren verflossenen bzw. entflohenen Liebhaber. Der hatte sich nämlich auch nicht verändert.

„Da ist ja der … der Verbrecher. Franz…!",

rief sie, an ihren Begleiter gewandt, während ihr rechter Arm samt Zeigefinger unmissverständlich auf Edi deutete,

„halt ihn fest, er muss dafür büßen…, der Mistkerl"

Die Bedienung war fast so erschrocken wie der ältere Herr an Eleonores Tisch. Die lebhaften Gespräche an den umstehenden Tischen im Lokal verstummten schlagartig. Man war gespannt, ob sich hier wohl ein interessantes Beziehungsdrama abspielen würde, vielleicht sogar mit Handgreiflichkeiten. Reflexartig nutzte Edi den Moment der Verwirrung und er suchte flugs den kürzesten Weg aus dem bis dahin so gemütlichen Biergarten. Da der Franz allerdings momentan allzu sehr an seinem Rheumatismus litt, scheiterte die Verfolgung noch vor ihrem Beginn.

So weit, so gut, dachte Edi am Abend. Anscheinend wohnte Eleonore jetzt hier in der Stadt. Er konnte ihr also leicht erneut begegnen, mit unabsehbaren Folgen. Wahrscheinlich hatte sie sich inzwischen doch zur Anzeige entschlossen. Dann wären es schon zwei, die jetzt seiner Spur folgten. Edi musste erneut verschwinden, an eine Fortsetzung seiner bislang so erfolgreichen Fischzüge war derzeit nicht zu denken. Ideal erschien ihm, wieder mal nach Italien zu gehen. Die Nachsaison war für Leute wie ihn die Hauptsaison. Aufgrund der Umstände musste er aber leider davon ausgehen, dass er zur Fahndung ausgeschrieben war und deshalb ein sofortiger Grenzübertritt nicht gerade ratsam erschien. Er brauchte was zur Überbrückung. Verschwiegen, diskret, zuverlässig. Es hätte alles auch eine Nummer einfacher sein können, war am Ende Edi´s ernüchterndes Fazit.

Am nächsten Tag blieb Edi im Haus, am übernächsten Tag auch. Seiner Cousine erklärte er, sich um Bewerbungen für eine Stelle in München kümmern zu müssen und daher viel nachzudenken und vor allem zu schreiben habe. Letzteres entsprach ausnahmsweise der Wahrheit. Und dann fiel ihm plötzlich seine Notiz aus Bad Reichenhall mit der Adresse von Pfarrer Ludwig wieder ein. War das die verschwiegene, diskrete, zuverlässige Lösung für seine Zwangslage? Edi begann mit Gedankenspielen, Erwägungen, Planungen. Und jetzt stand er hellwach im Arbeitszimmer des Pfarrhauses. Und er hatte ein gutes Gefühl, was ihn diametral von seinem Gegenüber unterschied.

„Was fällt Ihnen ein, hier aufzutauchen? Sie sind ein Verbrecher, das wissen Sie doch am besten. Haben Sie mein Geld dabei? Und was in Gottes Namen soll mich davon abhalten, die Polizei zu rufen?"
Ludwig eröffnete die sich anbahnende Auseinandersetzung. Er suchte den Angriff und merkte im selben Moment, dass sich sein linkes Augenlid wieder zurück meldete. Edi hingegen wählte die flexible Ausweichtaktik, seine Art der versetzten Kriegsführung, als wäre er im Krieg bei den Partisanen gewesen.
„Nun, zunächst einmal herzlichen Dank, dass Sie mich empfangen, Herr Pfarrer. Sie glauben gar nicht, wie froh ich bin, dass wir ungestört reden können"
Edi fingerte in seinem Sakko nach dem silbernen Zigaretten-Etui, das Ludwig bereits aus der Spielbank kannte.
„Darf ich rauchen?",
fragte er in einem Ton, der an der erwarteten Zustimmung keinen Zweifel aufkommen ließ. Ludwig nickte kaum wahrnehmbar, seine Mimik war jetzt hart wie Beton.

„Also?"

„Nun, Herr Pfarrer, ich sagte ja schon, ich beantrage Kirchenasyl"
Edi nahm einen tiefen Zug. Jetzt war es an der Zeit, das Spielfeld einzuengen.

„Sagen wir, für zwei Wochen, vielleicht auch drei. Nur zu Ihrer Sicherheit: ich bin Eduard von Lohnheimer, niemand anders. Sehen Sie, ich weiß nicht mehr, wohin. Habe momentan kein Dach über dem Kopf, und verfolgt werde ich auch. Nervlich halte ich das nicht mehr lange aus"

„Haben Sie Probleme mit der Hitze? Sie sollten mal zum Arzt gehen! Das kommt ja überhaupt nicht in Frage. Ganz abgesehen davon, dass das Kirchenasyl für ganz andere Fälle vorgesehen ist, bestimmt nicht für Ihresgleichen. Am besten, Sie legen jetzt meine 600 Mark auf den Tisch und verschwinden. Meine Geduld, Herr von Lohnheimer oder wer immer Sie sind, ist am Ende"
Obwohl Ludwig sich alle Mühe gab, seiner Stimme einen drohenden Unterton zu verleihen, schien die gewünschte Wirkung auszubleiben. Im Gegenteil, Edi lehnte sich zurück und zog mit aufreizendem Genuss an seiner Zigarette.

„Ich verstehe nicht ganz, was meinen Sie mit `600 Mark´"?

„Das wissen Sie ganz genau. Sie haben mir doch in der Pension den Umschlag aus meinem Anzug gestohlen und sind dann abgehauen. Stimmt das etwa nicht?"

„Nein, was denken Sie? Ich stehle doch einem Pfarrer kein Geld. Gott bewahre! Zu meinem großen Bedauern musste ich meine Reisepläne plötzlich ändern und bereits abreisen, als Sie noch so fest schliefen. Ich konnte Sie einfach nicht wecken, das verstehen Sie doch, oder? Das ist alles"
Edi verstand es, seine etwas gestelzte Sprache in Szene zu setzen, wohl wissend, damit jeder möglichen De-Eskalation aus dem Wege zu gehen. Dann setzte er noch eins drauf:

„Sie sehen doch selbst, wie gut es ist, dass wir alle Missverständnisse ausräumen. Und dass die Nächstenliebe uns zusammengeführt hat. Nur für zwei, drei Wochen. Das sagte ich ja bereits"

*„Uns hat überhaupt nichts zusammengeführt außer Ihrer Unver-
frorenheit. Sie sind ein Hochstapler, Heiratsschwindler und Dieb,
sonst nichts. Das einzige Angebot, das ich Ihnen machen kann, ist,
Ihnen eine schonungslose Beichte abzunehmen. Aber machen Sie
sich jetzt schon auf eine gehörige Buße gefasst. Noch besser wäre
es allerdings, Sie gingen jetzt sofort, oder ich rufe die Polizei. Basta!"*

Ludwig war aufgesprungen und wollte zur Tür gehen, um dem
Ganzen ein Ende zu bereiten.

*„Bitte, beruhigen Sie sich. Nichts würde ich lieber tun, als wieder
abzureisen. Aber das geht leider nicht, jetzt noch nicht. Bei Licht
betrachtet ist es doch so: Wir sitzen im gleichen Boot, Hochwürden!"*

Edi gab sich formvollendet, seine Selbstsicherheit schien grenzenlos. Das Spielfeld wurde immer enger, das spürte jetzt auch Ludwig. Er glaubte, sich verhört zu haben.

Im gleichen Boot???

Mit diesem Kujon, der mich abschätzig auch noch „Hochwürden"
nennt? Was geht hier gerade vor sich?

*„Wieso soll ich mit jemandem wie Sie im gleichen Boot sitzen? Das
wäre ja noch schöner!"*

Ludwig hatte sich drohend vor Edi aufgebaut. Er durfte jetzt die
Kontrolle nicht verlieren, sich vor allem nicht provozieren lassen,
nicht von diesem Verbrecher.

„Nun",

begann Edi mit nicht zu überbietender Sachlichkeit,

*„wir sitzen im gleichen Boot, weil wir das gleiche Interesse haben.
Wir beide, lieber Herr Pfarrer, legen größten Wert darauf, dass
unser Aufenthalt in Bad Reichenhall und seinem fabelhaften Casino streng vertraulich bleibt. Stellen Sie sich doch nur mal vor,
wenn Ihre Gemeinde oder gar Ihr Bischof erführe, dass Sie dort als
der Autohändler Lorenz unterwegs waren? Mit welchem Geld
haben Sie denn da überhaupt gespielt? Hässliche Fragen müssten
Sie beantworten. Sie wissen doch selbst, wie sich die Presse für so
etwas interessiert. Und wer kann dann wissen, wie das Ganze*

enden würde? Sehen Sie, am besten, Sie nehmen wieder Platz und wir reden in aller Ruhe weiter"

Oha, jetzt gab es keinen Zweifel mehr, schlimmer konnte es tatsächlich kaum noch kommen. Edi war nicht nur ein Heiratsschwindler und Dieb, sondern auch ein eiskalter Erpresser. Und offensichtlich auf der Flucht vor seinen geprellten Damen und bestimmt auch vor der Polizei. Und jetzt sollte er, der ehrenwerte und allseits respektierte Gemeindepfarrer, Beihilfe zum Untertauchen leisten. So oder so ähnlich würde der Staatsanwalt diesen Gesetzesbruch nennen.

„Haben Sie in letzter Zeit bei mir angerufen, ohne sich zu melden?",
hörte sich Ludwig plötzlich sagen, einer Eingebung folgend.
„Erraten! Ich musste doch wissen, dass Sie da sind, wenn ich zu Ihnen komme"
In Gedanken fügte Edi hinzu: *Und ein bisschen verunsichern wollte ich Dich nebenbei auch.*
Ludwigs Nächstenliebe sackte auf Höhe Null ab. Ungerührt setzte Edi nach:
„Könnten Sie mir bitte etwas zu trinken anbieten? Bei dieser Hitze soll man doch immer genug trinken, nicht wahr?"
Wortlos verließ Ludwig ob dieser weiteren Unverschämtheit das Arbeitszimmer, nicht ohne seine rechte Faust in seiner Hosentasche zu einem Klumpen Eisen zu formen. In der Küche bat er Sophia um eine Flasche Wasser und zwei Gläser.
„Das Gespräch wird noch länger dauern. Wahrscheinlich bleibt der Gast sogar zum Abendessen. Eine Brotzeit wäre schön. Ginge das um 19.00 Uhr?"
Ludwig gab sich Mühe, eine geschäftsmäßige Sachlichkeit erkennen zu lassen. Dann ging er zurück und setzte sich wieder in seinen Sessel. Anscheinend hatte sich der Ungebetene in der Zwischenzeit nicht von der Stelle bewegt. Auch seine zugewandte Freundlichkeit hatte er demonstrativ nicht abgelegt. Ludwig kam

es so vor, als ob es in seinem eigenen Arbeitszimmer muffig riechen würde und er gründlich lüften müsste. Aber das war eine Einbildung, zumal es an Edi´s dezentem Rasierwasser bestimmt nicht liegen konnte. Als Sophia das Wasser aufgetragen und den Raum wieder verlassen hatte, nahm Ludwig den Gesprächsfaden wieder auf.

„Sie wollen mich also erpressen? Schämen Sie sich nicht?"

„Aber Herr Pfarrer, ich sagte doch bereits, es geht lediglich um gleichgelagerte Interessen. Sie gewähren mir Asyl, ich vergesse Bad Reichenhall. Ein fairer Handel, nicht wahr?"

„Das… das nenne ich Erpressung. Wie stellen Sie sich das vor? Was soll der ganze Quatsch?"

Na endlich, jetzt hat der Pope kapiert, dass es gar kein Spielfeld mehr gibt, sondern dass er in der Falle saß. Gut gemacht, Edi, dachte Edi und schaute mit gewinnender Freundlichkeit sein Gegenüber an. Unzweifelhaft war dieser unter Stress geraten, was nicht nur dessen gerötetes Gesicht verriet. Vor allem Ludwigs Stimme hatte merklich an Kraft verloren. Edi leerte sein Wasserglas zur Hälfte und fuhr dann in aller Ruhe fort:

„Nun, ich bleibe zwei Wochen bei Ihnen im Haus. Unsichtbar, versteht sich. Schweigen gegen Schweigen. Nichts sehen, nichts hören, nichts wissen"

„Wie bitte? Und dann?"

„Dann bin ich wieder weg, verlassen Sie sich drauf"

„Auf Sie verlassen?"

„Aber selbstverständlich. Sie haben mein Wort!"

„Weißer Mann sprechen mit schwarzer Zunge!"

Ludwig lachte höhnisch und versuchte, Zeit zu gewinnen. Dieser kriminelle Mensch hatte zweifellos einiges auf dem Kerbholz, also wenig zu verlieren. Sein akutes Ziel war es anscheinend, dem Knast zu entgehen, irgendwie. Und da schien es ihm naheliegend, dass ausgerechnet die Katholische Kirche in Person des örtlichen Vertreters, nämlich des Pfarrers Ludwig Wertheimer, zum Komplizen wird. Weil, ja, weil dieser Pfarrer größtes Interesse daran haben musste, dass sein mehrtägiges, so sorgfältig geplantes

Doppelleben in Bad Reichenhall nicht publik werden durfte. Nicht hier in der Gemeinde und schon gar nicht im Bistum, ganz zu schweigen von der Presse. Denn daran, soviel war klar, hing seine ganze Existenz. Um Gottes Willen, dachte Ludwig und richtete ein verzweifeltes Stoßgebet gen Himmel, während es in seinem Kopf zu rotieren begann. Mir geht´s ja noch schlechter als befürchtet - anscheinend kommt bei mir der Rückenwind jetzt von vorn! Eine Lösung muss her, und zwar schnell...

Es klopfte, und Sophia trat mit der Vesperplatte und frischem Bauernbrot ein. Es sah lecker aus. Sie legte Holzbrettchen, Messer, Gabeln und Servietten vor die beiden Herren und fragte, ob sonst noch was gewünscht würde. Die Szene verströmte den Eindruck besonderer Gastfreundlichkeit, ganz so, wie man es in einem Pfarrhaus erwarten durfte. Ludwig ließ alles regungslos geschehen. Er hatte bewusst noch darauf verzichtet, seinen „Gast" vorzustellen. Falls der tatsächlich bleiben sollte, wäre dazu noch genug Zeit. Außerdem musste er sich noch überlegen, wie er ihn überhaupt vorstellen wollte und warum dieser Fremde plötzlich wochenlang hier wohnen sollte bzw., das traf es besser, zu dulden war. Die Sache war nicht nur heikel, sondern überaus bedrohlich.
„Oh Gott, Herr Pfarrer",
seufzte er leise zu sich selbst und versuchte alles, sich äußerlich halbwegs unter Kontrolle zu halten.
„Was für eine Mühe Sie sich gemacht haben, gnädige Frau",
säuselte Edi hingegen hörbar lauter zu Sophia, die daraufhin nur ein
„Ach, nicht der Rede wert. Ich wünsche guten Appetit"
hervorbrachte und den Raum verließ. Sie hatte ein merkwürdiges Gefühl. Noch nie hatte der Pfarrer einen Gast in seinem Arbeitszimmer mit einer Mahlzeit bewirtet. Und es lag so eine komische Spannung in der Luft. Hoffentlich würde der Unbekannte bald wieder gehen. Dieser allerdings dachte gerade eher daran, wie wohl die Haushälterin früher mal in Reizwäsche ausgesehen hät-

te. Dann begann er ohne Umschweife, sich ein Brot mit Butter zu schmieren und sich ausgiebig von der Wurst- und Käseplatte zu bedienen. Ludwig hingegen fühlte sich absolut ausgetrocknet und appetitlos. Das dringende Bedürfnis nach einem doppelten Fegefeuer konnte er leider im Moment nicht stillen.

Edi wurde im Gästezimmer einquartiert.
„Bis auf Weiteres, die Katholische Kirche gewährt ihm Kirchenasyl",
sagte Ludwig später zu Sophia und ergänzte mit großer Ernsthaftigkeit:
„Und zu niemandem ein Wort, verstehst Du? Niemand darf von diesem Herrn Lohnheimer erfahren. Unter keinen Umständen! Ich werde Dir später alles genau erklären. Ach, noch eins: er wird auch seine Mahlzeiten im Gästezimmer einnehmen und das Haus die nächsten Tage nicht verlassen. Und Du sprichst nur das Nötigste mit ihm, verstanden? Aber, Sophia, mach´ Dir keine Gedanken, es ist alles in Ordnung"
Sophia schaute den Pfarrer mit großen Augen an und nickte schließlich mit dem Kopf, ohne ein Wort zu sagen. Natürlich hatte sie schon vom Kirchenasyl gehört, aber was es im Einzelnen damit auf sich hatte, das wusste sie bis dato nicht. Es schien sich um eine Art Kirchengeheimnis zu handeln, und da kam es offenbar besonders auf ihre Diskretion an. Jetzt war ihr der Mann im Gästezimmer, der sie „Gnädige Frau" genannt hatte, noch unheimlicher. Zum Glück wusste Pfarrer Ludwig immer, was richtig und gut katholisch war. Er würde sich auf sie verlassen können.

Unterdessen ging das Leben in Rossmarktl seinen gewohnten Gang. Niemand hatte Notiz von dem unechten Asylanten genommen. Dieser hauste Tag und Nacht im Gästezimmer des Pfarrhauses und genoss die allfällige Bedienung durch die gnädige und ach so charmante Frau Sophia. Edi betrachtete sie als eine Art Testperson, um seine Kernkompetenz, nämlich die Manipulation von Frauen allen Alters, zu trainieren. Ludwig war nicht entgangen, dass die lauwarmen Sprüche des Hochstaplers ihre Wirkung bei der einstmals so spröden Sophia nicht völlig verfehlten. Frauen!, dachte er verständnislos. Auf diese Weise gelang Edi in den Genuss von ausreichend Lese- und Schreibmaterial sowie von allerlei Gefälligkeiten. Seinen feinen Sinnen war nicht entgangen, dass die Haushälterin offensichtlich ein großes Defizit an Zuwendung verspürte und in ihrer Naivität leicht für sich einzunehmen war. Als sie am dritten Tag das Frühstück ins Gästezimmer brachte und auf den Besuchertisch stellte, hatte Edi eine kleine silberne Kette mit einem Medaillon vom Nachttisch geholt und diese zielstrebig um Sophias Hals gelegt.

„Hinreißend, liebe Frau Sophia, hinreißend sehen Sie aus. Das Schmuckstück umrahmt Ihren Liebreiz auf unnachahmliche Weise! Ich dachte es mir schon und will Ihnen die Kette aus echtem Silber schenken. Na, was sagen Sie, Gnädigste?"

Sophia konnte kein Wort hervorbringen. Sie war gerade überfallen worden, aber es fühlte sich ganz anders an. War es ein Glücksüberfall, kaum, dass der Tag begonnen hatte?

„Aber Herr von Lohnheimer, das ...geht doch nicht..., das kann ich doch nicht annehmen",

stotterte Sophia, sie war plötzlich ganz verlegen. Edi nahm wortlos ihre Hand und führte sie vor den Wandspiegel.

„Na, was sagen Sie? Die Kette steht Ihnen wunderbar. Sie müssen sie annehmen. Bitte, tun Sie mir den Gefallen, liebe Sophia"

„Aber..."

„Sie tun jeden Tag so viel für mich. Und ich? Wie könnte ich mich denn sonst revanchieren? Ich bitte Sie: Die Kette gehört Ihnen. Am besten, wir reden nicht mehr darüber und Sie ziehen sie jeden Tag an. Dann haben wir beide etwas davon"

Edi hatte gewonnen, Sophia gab sich geschlagen und konnte ihre Erregung nicht länger verbergen und schon gar nicht Edi in die Augen sehen. Der Hausherr würde, sobald ihm die Sache auffiel, schäumen vor Wut angesichts des fortschreitenden Spiels ohne Spielfeld. Dass die Kette das geringwertigste Stück aus Edi´s Be-

ständen war, konnte ja niemand wissen; es war als eine Art Bei-
fang in seiner Obhut gestrandet.

Sophia fühlte sich zwischen den beiden Männern hin- und hergerissen, vor allem aber schlecht. Ihr war nämlich aufgefallen, dass
diese sich inzwischen keines Blickes mehr würdigten und auch
kein einziges Wort wechselten. Und noch etwas hatte sich für den
aufmerksamen Beobachter geändert: Pfarrer Ludwig war irgendwie angespannt, gar nervös geworden. Er schien unruhig und
trotzdem in sich gekehrt, sein Lachen war verschwunden, und er
hatte auch keine rechte Freude mehr an seinen Zigarren. Vielmehr beobachtete er genau, was in seinem Pfarrhaus vor sich
ging, besonders, seitdem Sophia jeden Tag die neue silberne Kette trug. Welcher betrogenen Frau mag sie wohl gehört haben?
Gold-Hasi kam nicht in Frage, die spielte in einer anderen Liga.

Pfarrer Ludwig versuchte, sich so gut es ging auf seine Arbeit zu
konzentrieren. Er schrieb an seinen Predigten und machte mehr
Hausbesuche als je zuvor. Zudem stand der Pfarrer noch unter
dem Eindruck der schrecklichen Nachricht des plötzlichen Todes
von *Papst Johannes XXIII* am 3. Juni 1963. Er war, nicht nur für
Ludwig, *der* große Hoffnungsträger für Veränderungen der Kirche
gewesen.

Ich funktioniere nur noch, dachte er bei sich. Und dass er abends
bereits kurz nach zehn ins Bett ging, machte die Sache komplett.
Sein erster Gedanke beim Aufwachen war die Frage, wann dieser
Spuk endlich vorbei sein würde. Edi lastete tonnenschwer auf
ihm. Hatte er überhaupt noch Energie in seinen Knochen? Wie er
es auch wendete, es durfte einfach niemand von dieser Sache
erfahren. Auch konnte er sich nicht länger des komischen Ein-
drucks erwehren, dass sich ein Schatten über ganz Rossmarktl
gelegt hatte. In der letzten Woche gab es einen tragischen Mo-
torradunfall, als ein junger Mann am Ortsausgang ins Schleudern
kam, zuerst einen Baum streifte und am Ende in einen Stapel aus

Strohballen prallte. Der arme Kerl verletzte sich schwer. Ein Traktorfahrer in der Nähe konnte den Verletzten noch rechtzeitig bergen, bevor das schrottreife Gefährt samt dem Stroh in Flammen aufging. Die junge Bäuerin vom Schattner-Hof erlitt ihre zweite Fehlgeburt, es gab sogar den Selbstmord eines Almbauern, der sich aus Verzweiflung über das Zerwürfnis mit seiner Familie um Mitternacht erschossen hatte – den Schuss hatte man bis in den Ort gehört und wieder einmal Wilderei vermutet, also nichts Besonderes. Und gestern kam Sophia nach Hause und erzählte, dass sich die Metzgerin Betzenbichler beim Zerlegen eines Rippenstückes mitten in die Hand geschnitten hatte, unweit von ihrer Pulsader. So scharf sei das Messer ja noch nie gewesen, hatte die Arme ihrem Mann anschließend vorgeworfen. Dr. Berlinger musste gründlich nähen, 8 Stiche samt einem unschönen Verband. Nur und ausgerechnet von dem ungläubigen Dr. Albrecht gab es noch keine Zwischenfälle zu vermelden. Dieser war selbstgewiss und entwaffnend freundlich wie immer unterwegs. „Wenn sich jeder um sich kümmert, ist für alle gesorgt", war seine Devise. Hatte am Ende doch der Teufel irgendwie seine Hand im Spiel? Es ging nicht mehr anders, Ludwig musste mit jemandem reden.

Zwei Tage später traf sich Ludwig wieder mit Marie-Luise. Sie machten einen Spaziergang, damit sie ungestört waren. Der Himmel war wolkenlos und ließ der Sonne freies Spiel. Ludwig schwitzte schon, als er aus seinem Käfer ausstieg. Marie-Luise war einigermaßen erschrocken, als sie Ludwig sah. Noch nie sah er so gestresst aus, blass und kraftlos. Sie nahm Ludwig bei der Hand, umarmte ihn lange und bat ihn dann, sich in aller Ruhe auszusprechen. Das würde ihn bestimmt erleichtern. Und so war es dann auch.

„Einen schönen Scherbenhaufen habe ich da angerichtet. Wie soll daraus jemals wieder wenigstens ein Mosaik werden?",
schloss er zerknirscht seine Ausführungen. Leider mit der Folge, dass am Ende Marie-Luise nicht nur sprachlos-entsetzt war, son-

dern ebenfalls blass und kraftlos. Sie schaute sich flink um und stellte erleichtert fest, dass niemand in der Nähe war. Dann umarmte und küsste sie ihn noch einmal zum Abschied. Sie hatten das Gefühl, dass sich ihre Seelen wieder einmal berührt hatten und ließen sich lange nicht los. Ludwig kehrte spürbar erleichtert ins Pfarrhaus zurück. Er war in seinem Chaos nicht allein, das war das Wichtigste.

Allerdings focht er innerlich einen noch weitergehenden, weil grundsätzlichen Kampf aus. Es gab keinen Zweifel: Ludwig, Du bist in einer veritablen Krise, musste er sich eingestehen. Und in seinen Gebeten sprach er mit großer Ernsthaftigkeit mit seinem Herrgott, er bereute, dass er Vielen etwas vorgemacht hatte, um selbstsüchtig für einige Tage sein Treue- und Wahrhaftigkeitsgelöbnis hinten anzustellen. Und er bat inständig um Vergebung und um ein Zeichen, dass es bald wieder so sein würde wie früher. Aber sooft er sich auch prüfte, in einem war er sich klar: Er konnte und würde seine Zuneigung zu Marie-Luise nicht aufgeben, nur weil frühere Kirchenfürsten das unglück*selige* (was für ein Unwort!), besser: das *Unglück-bringende* Zölibat erfunden hatten. Eine Quelle unendlichen Pharisäertums mit unsäglichen Folgen, die bis zum heutigen Tag zu den dunkelsten Kapiteln der Kirche gehörte. Das konnte nicht Gottes Wille sein, zumindest nicht als formaler kirchlicher Zwang, lebenslang. Es war ja auch an keiner Stelle eine biblische Vorgabe. Freiwillige Entscheidungen, eventuell auch zeitlich begrenzt, standen dagegen auf einem anderen Blatt. Davon war Ludwig, und, wie er schon länger wusste, nicht nur er, zutiefst überzeugt.

*„**Sophia, ich möchte** mit Dir reden. Kannst Du bitte in einer Viertelstunde zu mir ins Arbeitszimmer kommen?"*
Ludwig hatte sich entschlossen, Sophia stärker in seine Sache einzubeziehen. Freilich, ohne ihr die ganze Geschichte zu offenbaren.

„Ich sehe, Du machst Dir Gedanken über unseren Mitbewohner und die ganze Situation. Nun, ich weiß, es sieht alles ziemlich merkwürdig aus. Und glaube mir, Sophia, mir gefällt das Ganze auch nicht besonders... freundlich ausgedrückt"

Ludwig machte eine Pause, was seine offensichtliche Zerknirschung noch unterstrich. Sophia hörte gebannt zu und schwieg.

„Dieser Herr von Lohnheimer hat mir Gründe vorgetragen, die es rechtfertigen, ihm für kurze Zeit Kirchenasyl zu gewähren. Wie ich Dir schon sagte, muss darüber striktes Stillschweigen gewahrt werden. Allerdings ist mir klar geworden, dass der Herr kein guter Christ und schon gar kein guter Katholik ist. Wahrscheinlich hast Du es auch schon gemerkt. Man kann ihm nicht vertrauen. Ja, man muss ihm sogar besonders misstrauen"

Es folgte die zweite Kunstpause. Ludwig schaute aus dem Fenster und schien mit seinem Blick einen fernen Horizont zu suchen. Sophia wagte es nicht, etwas zu sagen. Sie blickte ihren Pfarrer unverwandt an. Gleich würde er weiterreden.

„Daher bitte ich Dich, ihn sorgfältig im Auge zu behalten. Wenn Dir irgendetwas auffällt, musst Du gleich zu mir kommen, das ist jetzt wichtig. Und mit niemandem reden, verstehst Du? Es kann sich nur noch um wenige Tage handeln, bis er wieder abreist. Dann wird es im Pfarrhaus so sein wie früher"

Mehr muss es im Moment nicht sein, dachte Ludwig. Bloß keine Einzelheiten. Es genügt, Sophia ein Gefühl der Sicherheit zu vermitteln. Er ließ sich nicht anmerken, dass er Ihre neue silberne Halskette missbilligend bemerkt hatte.

Zwei Tage später erbat sich Edi von Sophia einen Hausschlüssel, er wolle sich heute Abend mal eine Stunde die Füße vertreten. Gegen elf, als es bereits dunkel war, verließ er das Haus und tauchte in der Dunkelheit unter, Richtung Parkplatz. Auf den Tag genau vor drei Jahren, das konnte Edi natürlich nicht ahnen, war hier die Limousine des Bayerischen Ministerpräsidenten Alfons Goppel infolge einer Reifenpanne liegengeblieben. Er war gemeinsam mit seinem Heimatminister und einem Referenten auf dem Weg nach Burghausen, um dort das „Historische Burgfest" zu eröffnen. Unter tatkräftiger Assistenz des Ministers („*Sie können ja doch was*", hatte der MP gewitzelt) gelang es dem Chauffeur, den Reifen des schweren BMW 502 Barockengel V8 zu wechseln. Da die Straße an dieser Stelle schmal war und es den Parkplatz noch nicht gab, konnte es für einen Traktor mit angehängtem Mistwagen während der Arbeiten kein Durchkommen geben. Leider kam der frische Wind aus Sicht der Staatsdiener ziemlich genau aus der falschen Richtung. Er strich nämlich von achtern kommend über das bäuerliche Gefährt hinweg auf die Limousine zu. Es verbreitete sich eine üble Gestank-Mischung aus Diesel und reifem Mist – durchdringend bis hinein in das vornehme Gefährt. Die hohen Herren begannen sicherheitshalber zu rauchen und entfernten sich eilig einige Schritte, um den vernehmbaren Flüchen des Bauern und den olfaktorischen Belästigungen zu entgehen. Erst im Vorbeifahren erkannte der erschrockene Bauer, dass er es mit der bayerischen Obrigkeit höchstpersönlich zu tun hatte und gab Gas. Unversehens war die ganze Szenerie erst so richtig eingenebelt.

„*Kein Wort zu dem Bauern*",

hatte der MP im letzten Moment befohlen, während er dem stinkenden Gefährt verbissen zuwinkte,

„*das sind unsere besten Wähler!*"

Der Bericht des Mistfahrers anderntags im Ort geriet indes eher zur Schilderung einer Heldentat. Niemand als er selbst habe die Straße abgesperrt und sich sogar erboten, Kaffee und Kuchen aus dem Hirschen herbei zu schaffen. Bereits in der nächsten Sitzung des Ortsbeirates wurde beschlossen, an der betreffenden Stelle einen Parkplatz mit dem Namen des Ministerpräsidenten anzulegen und der Staatskanzlei die festliche Eröffnung anzuzeigen. Das dortige Schweigen in der Angelegenheit interpretierte man in Rossmarktl unerschütterlich als lobende Zustimmung.

Für Edi war es höchste Zeit, nach seinem Opel zu sehen. Bevor er das Haus verließ, hatte er mit größter Sorgfalt darauf geachtet, dass seine Wertsachen und das Bargeld so gut es ging im Gästezimmer verborgen blieben. Dann schlich er sich bewaffnet mit seiner Taschenlampe durch die Haustür und steckte ein zusammengefaltetes Taschentuch in den Türspalt, damit er später wieder genauso geräuschlos wieder zurück in sein Zimmer gelangen konnte. Nach einer halben Stunde erreichte Edi den Wagen und stieg ein, um nach dem Rechten zu sehen. Erst da bemerkte er den gelben Zettel unter dem Scheibenwischer. Es handelte sich um den behördlichen Hinweis, dass es verboten sei, auf diesem öffentlichen Parkplatz länger als 48 Stunden ununterbrochen zu parken und bei Zuwiderhandlung ein Bußgeld und sogar das Abschleppen des Fahrzeugs angedroht wurde. Damit hatte Edi nicht gerechnet. Das Auto musste weg, soviel stand fest. Er musste Zeit gewinnen, wenigstens noch ein paar Tage. Edi startete missmutig den Motor und ließ den Wagen zur Straße rollen, um in Richtung Rossmarktl weiterzufahren. Kurz vor dem Waldausgang bog er links in einen Waldweg ab und schaltete das Fernlicht ein. Nach 200 Metern fand er, was er suchte: Eine Parkmöglichkeit etwas abseits des Weges, wobei er die Motorhaube dicht an das Gebüsch heran manövrierte. Das Auto war von der Straße her auch bei Tageslicht nicht zu sehen. Dann schloss er ab und blieb noch einige Augenblicke in der Dunkelheit stehen. Wieder einmal, dachte Edi, habe ich im letzten Moment die Kurve hingekriegt. Der Rest würde auch noch klappen. Mit einem guten Gefühl marschierte er zügig zurück zum Pfarrhaus. Umständlich fischte er, dort angekommen, in der Dunkelheit seine kleine Taschenlampe aus der Hosentasche und schlüpfte zurück in's Pfarrhaus.

Niemand hatte ihn gesehen, es war kurz vor zwei. Edi fühlte sich als Herr der Lage – bis er beim Ausziehen bemerkte, dass der Zündschlüssel seines Wagens fehlte. Auch eine wiederholte Nachsuche förderte ihn nicht zutage. Verdammt, ...verdammt! Wie konnte das passieren? Er tröstete sich als erstes mit dem

Ersatzschlüssel. Dann begann er, intensiv nachzudenken. Zunächst einmal würde er, solange er noch im Pfarrhaus war, ab sofort täglich sein Auto kontrollieren. Vielleicht würde er ja den Schlüssel wiederfinden. Vor allem musste er unbedingt vermeiden, dass hier irgendeine behördliche Aktion vor sich gehen würde. Das würde seine Situation schlagartig verschärfen. Andererseits war ihm nun klar, dass er seinen baldigen Abgang planen musste, das Pflaster wurde zusehends heißer, und allein auf die Erpressung von Pfarrer Ludwig konnte er sich nicht dauerhaft stützen. Da er zu niemanden mehr gehen konnte, um unterzutauchen, blieben nur zwei Optionen: entweder in einer unscheinbaren Pension weit genug entfernt überbrückungsmäßig unterzutauchen oder direkt die Grenze in Richtung Italien zu überschreiten. Beide Varianten machten es erforderlich, wieder neue Nummernschilder zu besorgen. Am besten nach bewährter Methode einfach in einem Shop neben einer Zulassungsstelle kaufen. Dort wurde nichts registriert, das wusste er.

Was er nicht wusste, war, dass die behördliche Maschinerie bereits in Gang gekommen war. Inspektor Alois Mayerhofer hatte am Vortag auf dem Waldparkplatz nicht nur den gelben Hinweiszettel mitsamt seiner Unterschrift unter den Scheibenwischer geklemmt, sondern auch die Autonummer aus Ingolstadt abgeschrieben. Er musste ja schließlich den unbekannten Halter ausfindig machen. Denn die 24-Stundenfrist war immerhin abgelaufen und es galt, die weiteren Schritte zügig zu vollziehen. Reine Routine. Hierzu war zuallererst ein Aktenvorgang mit Fall-Nummer anzulegen und einen Durchschlag an die vorgesetzte Polizeistation in Altötting zu schicken. Als Nächstes galt es, die Telefonnummer der Zulassungsstelle in Ingolstadt ausfindig zu machen, um den Halter des Fahrzeuges festzustellen.

„*Das Kennzeichen betrifft einen Borgward Isabella. Das Fahrzeug ist auf Dr. Hermann Schneider in der Lebzeitergasse 15 zugelassen*", sagte die freundliche Stimme der zuständigen Sachbearbeiterin. Ob sie auch eine Telefonnummer vom Dr. Schneider habe, fragte Alois.

„Moment mal, ich schau grad nach... ja, hier ist sie: 0841-5334. Ich hoffe, ich konnte Ihnen helfen"

Der Zahnarzt Dr. Schneider fuhr allerdings Mercedes, ein Auto aus Bremen wäre für ihn nie in Frage gekommen, womit die verheißungsvolle Spur abrupt im Sand verlief. Dafür tauchten neue Fragen auf. Der Blick auf die Uhr zeigte Alois, dass er in einer Viertelstunde Feierabend hatte, es lohnte sich heute nicht mehr, seine Fahndung fortzusetzen. Morgen ist ja wieder ein Tag, das war sein täglicher Gedanke, bevor er die Gendarmerie abschloss. In Gedanken war er schon bei seinen Hasen und Hühnern. Und bei seiner Frau, mit der er schon fast 31 Jahre kinderlos verheiratet war. Was sie wohl heute - hoffentlich pünktlich - als Abendessen servieren würde?

Am nächsten Tag, es war Dienstag, der 22. August 1963, fuhr Inspektor Alois zum Waldparkplatz, er wollte sehen, ob der Opel mit dem falschen Kennzeichen noch da war und dann einen Abschleppauftrag veranlassen. Alois runzelte die Stirn. Verdammt, er war zu spät gekommen. Man konnte noch die Reifenspuren sehen. Sie bogen nach rechts in Richtung Rossmarktl ab und verloren sich unmittelbar auf dem Asphalt der Landstraße. Alois kehrte in die Gendarmerie zurück. Einige Nachfragen im Ort ergaben keine Zeugenhinweise. Einen Opel Rekord hatte man seit Wochen nicht mehr gesehen. Der Gesuchte musste abgehauen sein. Er dachte darüber nach, die Akte zu schließen und diese zur Genehmigung nach Altötting zu schicken.

Gegen zehn Uhr betrat der Förster die Gendarmerie und meldete den neuen Standort des Opels, der den halben Waldweg versperrte. Das Kennzeichen hatte er auch gleich notiert.

„Es ist eine Fälschung. Das habe ich bereits ermittelt",

sagte Alois mit unverkennbarem Stolz in der Stimme. Mir macht so leicht Keiner was vor, wollte er noch hinzufügen, aber er war sich nur zu gut bewusst, dass man ihn hier im Ort doch schon von Kindesbeinen an kannte.

„Ich lasse gleich den Wagen abschleppen und gebe eine Fahndung heraus. Leider weiß ich noch nicht, wen wir suchen sollen"

„Am besten, Du legst Dich solange auf die Lauer, bis der Kerl seine Kiste wieder abholt. Alles nur eine Frage der Zeit. Und davon hast Du doch genug, oder? Servus, Alois, ich hab´s eilig!"

Damit verließ der Förster die Gendarmerie und überließ den Gesetzeshüter sich selbst.

Während dessen spitzte sich die Lage im Pfarrhaus bedrohlich zu, als der Postbote gegen Mittag am Pfarrhaus klingelte. Er hatte einen gepolsterten Wertbrief in der Hand.

„Guten Tag, Frau Sophia",

sagte der Beamte freundlich und tippte mit der rechten Hand grüßend an sein Mützenschild.

„Ich habe da eine merkwürdige Sache. Der Brief",

er hielt den Umschlag in die Höhe,

„ist an einen gewissen Herrn Eduard von Lohnheimer adressiert. Kennen Sie den Herrn oder ist das ein Irrtum?"

„Von Lohnheimer?, hm, ja, der ist Gast beim Herrn Pfarrer"

sagte die verunsicherte Sophia eingedenk des Schweigegebotes durch den Pfarrer. Ihr war einfach nichts anderes eingefallen. Au weia, zum Glück ist der Pfarrer gerade im Schulunterricht, dachte sie. Es galt jetzt, nur nicht die Fassung zu verlieren.

„Aha, interessant. Ist denn der Herr da? Er muss nämlich den Empfang persönlich quittieren"

„Ja, wenn das so ist..., dann rufe ich ihn her"

„Schön, sonst hätte ich morgen nochmal kommen müssen"

Sophia war jetzt sichtbar durcheinander. Wie konnte sich der Herr Edi nur die Post hierher nachschicken lassen, wo doch von seiner Anwesenheit niemand etwas erfahren sollte. Jetzt brachte er auch noch sie in Teufels Küche. Dann holte sie den Gast und verabschiedete sich schnell von dem Postboten. Edi schien sich über den Brief besonders zu freuen und unterschrieb mit zufriedener Miene die Quittung.

„Meinen herzlichsten Dank, mein Herr"
sagte Edi mit einer angedeuteten Verbeugung, stilvoll wie immer. Seine Ingolstädter Cousine hatte perfekt reagiert. Denn vor zwei Tagen hatte Edi in einem unbeobachteten Augenblick seine Cousine angerufen und ihr gesagt, dass jetzt der richtige Zeitpunkt da wäre, dass sie ihm den vorbereiteten Umschlag zusenden würde. Sie musste nur noch die genaue Adresse notieren. Sein Plan, über Österreich nach Italien zu flüchten, war jetzt überfällig, und da brauchte er natürlich noch den Schlüssel, den er sicherheitshalber bei seiner Cousine samt 20 DM für Porto und eine Flasche Sekt zurück gelassen hatte. Der Schlüssel passte zu einem Schließfach in einer Münchner Filiale der Bayerischen Vereinsbank.

Sophia hatte jetzt allerdings unschöne Gewissensbisse gegenüber ihrem Pfarrer. Immerhin hatte sie absolute Diskretion bezüglich des Gastes versprochen. Sie beschloss, ihn nach der Rückkehr von der Schule über das Vorkommnis zu informieren. Ludwig konnte seine Wut über das Gehörte kaum verbergen.

„Dieser verdammte Mistkerl! Die Hölle ist leer, der Satan hockt im Gästezimmer, sakra"
presste er ganz unpastoral in treffender Analogie zu William Shakespeare hervor, während er daran dachte, dem Höllengast ganz einfach den Hals umzudrehen. Sophia war entsetzt über den brachialen Ausbruch ihres Seelsorgers. So hatte sie ihn noch nicht erlebt. Unvermittelt machte Ludwig auf dem Absatz kehrt, um in das Gästezimmer zu stürmen, anklopfen war jetzt überflüssig. Edi schaute erschrocken zur Tür. Noch eben lag er gedankenversunken in voller Montur auf dem Bett, jetzt war er blitzartig aufgesprungen.

„Was woll…",
weiter kam er nicht.

„Sie werden das Haus verlassen, und zwar sofort! Dass Sie das können, haben Sie ja schon in Bad Reichenhall bewiesen. Ich habe Sie und Ihre Unverschämtheiten satt. Haben wir uns verstanden?"
Vielmehr hätte Ludwig gar nicht sagen können, so wütend war er. Sein roter Kopf und das zuckende Augenlid ließen auf einen bedrohlichen Zustand seiner Nerven, aber auch auf akuten Atemmangel schließen. Edi erkannte sofort seinen taktischen Vorteil. Seine Gesichtszüge nahmen einen verständnisvollen Ausdruck an, schauspielerisch durch und durch geschult.

„Bitte, beruhigen Sie sich doch! Es geht Ihnen ja gar nicht gut, Herr Ludwig! Sehen Sie, ich habe ohnehin vor, in Kürze abzureisen. Morgen Abend"

„Für Sie bin ich immer noch `Pfarrer Ludwig´, verstanden? Und ich werde mich erst beruhigen, wenn Sie verschwunden sind. Ich sagte `sofort´. Und Sophia wird ab sofort nichts mehr für Sie tun. Also?"

„Das geht nicht. Ich kann erst morgen Abend weg, und bis dahin habe ich Hunger und Durst. Und Sie sind doch der Hohepriester der Nächstenliebe, nicht wahr? Vergessen Sie aber, lieber Herr Ludwig, bitte nicht, es ist mein bestes Angebot",
sagte Edi freundlich-entschlossen mit unverhohlen drohendem Unterton. Ludwig ging zwei Schritte auf Edi zu. Er stand jetzt unmittelbar vor dem ungeliebten Eindringling und starrte sein Gegenüber mit geballten Fäusten an. Massive, längst vergessen geglaubte Gedankenblitze erinnerten ihn daran, wie man damals in Russland derartige Konfrontationen gelöst hatte. Die Zornesröte in seinem Gesicht glich inzwischen der Farbe des päpstlichen Purpurmantels.

„Sie haben hier überhaupt nichts anzubieten! Ihre Zeit ist abgelaufen. Und wagen Sie nicht, in diesem Haus noch irgendetwas anzufassen oder noch einmal mit Sophia zu reden. Packen Sie Ihre Sachen. Sofort!"

Edi begriff, dass dieser verdammte Schwarzkittel außer Kontrolle geraten war, er schien regelrecht von Sinnen und offenbar sogar fähig, im nächsten Moment zuzuschlagen – Pfarrer hin oder her. Da half nur noch ein heilsamer Schock. Edi griff blitzschnell in seine Jacken-Innentasche und zog eine Pistole hervor. Unvermittelt wich Ludwig einen Schritt zurück. Der Blick in die kleine schwarze Öffnung ließ sein Blut erstarren.

„Angriff oder Flucht"

schrie sein Stammhirn. Aber eine schlagartige Schockstarre verhinderte beide Optionen. Ludwigs Gehirn fühlte sich an, als wäre es drauf und dran, seinen Kopf für immer zu verlassen. Er konnte lediglich den Mund öffnen und die Augen weiten. Zweieinhalb Sekunden machte die Szenerie den Eindruck einer stehen gebliebenen Pantomime.

„Können wir uns jetzt auf morgen Abend einigen? Wir sind doch erwachsene Männer, nicht wahr?"

Edi ergriff die Initiative, ein Musterbeispiel an Beherrschung in brenzligen Situationen. Langsam ließ er die Pistole sinken, trat einen Schritt zurück und lächelte. Es wirkte wie ein teuflisches Lächeln, jederzeit bereit, die Drohung zu wiederholen.

„Und diesen kleinen Zwischenfall, haben wir den nicht schon so gut wie vergessen?"

Edi blieb Herr der Lage. Er hatte alles auf eine Karte gesetzt und gewonnen. Wieder einmal.

Herr im Himmel, lass diese Heimsuchung zu einem friedlichen Ende kommen, flehte der geschundene Pfarrer in seinem Innersten unterdessen, während er feststellen musste, dass er diesem zu allem Entschlossenen momentan einfach nicht beikommen konnte, ohne sich höchstselbst vor Bischof und Gemeinde final zu blamieren. Immerhin gelang es Ludwig, seinen Mund wieder zu schließen.

„Morgen Abend. Dann will ich nie mehr was von Ihnen sehen oder hören. Sonst hol´ Sie endgültig der Teufel! Für mich sind Sie eine kriminelle Schmeißfliege, die nur noch von Scheiße lebt"

Damit machte er auf dem Absatz kehrt und verließ den Raum. Es fühlte sich wie eine saumäßige Niederlage an und es war auch eine. Ludwig kochte vor Wut und Ingrimm. Auf einer Skala von 1 (Höhenflug) bis 10 (beschissen) befand er sich stabil bei 12. Nichts lag ihm momentan ferner als Nächstenliebe und Vergebung. Nur ein doppelter Asbach, und zwar ohne jeglichen Zeitverlust, kam jetzt als Erste Hilfe in Frage; Marie-Luise war ja schließlich nicht greifbar. Rotatio, dachte Ludwig bitter, dass ich nicht lache! Er genoss das leise Gluckern beim Einschenken des Weinbrands. Dann ging er hinüber zum Esszimmerfenster und schaute zur Straße. Mit empathischen Schwingungen ließ er die wertvollen Tropfen im Cognacglas kreisen und erlaubte seiner Nase einen tiefen Zug des unverwechselbaren Aromas. Dann setzte er den Schwenker vorsichtig an und nippte den ersten Schluck. Ludwig hatte das Gefühl, dass sich alle Körperzellen gleichzeitig ihren wohlverdienten Anteil abzweigten. Sofort stellte sich eine erste, wohltuende Entspannung ein. Wie die das wohl schaffen, in jeden einzelnen Tropfen eine derartige Fülle von Geschmack und Aromen hineinzubekommen, sinnierte er und leerte sein Glas mit einem wollüstigen Schluck, nicht ohne den Rest ausgiebig in seinem Mund kreisen zu lassen.

Sein Blick fiel in den Garten gegenüber. Die kleine Josefa, das aufgeweckte Ding, schaukelte nach Herzenslust vor sich hin, sie schien alles um sich herum vergessen zu haben. Ludwig kannte Josefa auch vom Religionsunterricht, sie war in der dritten Klasse. Fast täglich saß Josefa auf ihrer Schaukel, wenn es nicht gerade regnete oder sie mit ihren Freundinnen unterwegs war. Sie hatte, davon war Ludwig überzeugt, eine glückliche Kindheit. Ihre Eltern waren Elisabeth und Xaver Möstner, rechtschaffene, fleißige und gottesfürchtige Menschen. Sie kamen regelmäßig zur Heiligen Messe und zur Beichte. Xaver, der erst sehr spät aus russischer Kriegsgefangenschaft heimgekehrt war, ernährte seine Familie als Gemeindearbeiter und betrieb nach Feierabend eine kleine Landwirtschaft als Nebenerwerb, während sich seine ansehnliche Frau um den großen Bauerngarten kümmerte. Das Fachwerkhaus der Möstners war schon über hundert Jahre alt. Wie bei vielen

Häusern im Ort war das ehemals schmucke Fachwerk im Erdgeschoss zugeputzt und weiß gestrichen worden. Trotzdem ein kleines Familien-Idyll.

„Und so wie allen Anderen mache ich auch diesen Menschen etwas vor",
murmelte Ludwig mit düsterer Miene vor sich hin. Er fühlte eine unendliche Schwere in seinen Armen und Beinen. Lautlos gähnte er mit weit offenem Mund. Die Schaukel ging nach oben und Josefa schien einen Moment im Zenit zu verharren. Sie juchzte vor Glück – es musste Glückseligkeit sein!

In Ludwigs Kopf begann es zu arbeiten. War es schon so lange her, dass er selbst ein glücklicher, (fast) unschuldiger Junge war, dessen Leben damals so vielversprechend vor ihm lag? Und war es nicht bisher ganz passabel gelaufen? Selbst den Scheiß-Krieg hatte er mit Gottes Hilfe überstanden und dabei mancher Menschenseele beistehen können. Und jetzt war dieser Verbrecher aufgetaucht und stieß ihn in nicht gekannte Abgründe, in ein schier unentrinnbares Labyrinth, ohne Energie und Zuversicht, dafür mit Ängsten und zitterndem Augenlid. Das Schlimmste war die Erkenntnis, dass er nicht mehr richtig beten konnte und schon gar nicht vergeben. Ludwig fühlte sich tief erschüttert.

Bei diesem Gedanken traf Ludwig Wertheimer der Blitz. Für einen Sekundenbruchteil sah er sich und seine Welt in bestechender Klarheit. Mit offenem Mund starrte er zu Josefa hinüber. Rauf und runter und wieder rauf schwenkte die Schaukel. Die Glücksschreie des Mädchens drangen durch das halb geöffnete Fenster. Musste es nicht endlich auch für ihn wieder aufwärts gehen, fragte er sich und seinen Herrgott. In diesem Moment schlug es im Glockenturm ein Uhr mittags, und er hörte Josefas Mutter, wie sie zum Essen rief.

Mit einem Mal wusste Ludwig, was er zu tun hatte, um das Blatt zu wenden. Er ging geradewegs zu seinem Schreibtisch und griff zum Telefonhörer. Die Entschlossenheit seiner Bewegungen wurde nur noch durch diejenige seines Blickes übertroffen. Ohne Zweifel, es schien, der Pfarrer war wieder bei sich selbst.

VIII

Von guten Mächten wunderbar geborgen,
erwarten wir getrost, was kommen mag.
Gott ist bei uns am Abend und am Morgen,
und ganz bestimmt an jedem neuen Tag.

Dietrich Bonhoeffer

Irgendwo in der Gemarkung musste der Übeltäter stecken, soviel war für den Polizei-Inspektor Alois sicher. Und er musste ganz offensichtlich gewichtige Gründe haben für so ein Katz-und Maus-Spiel. Glücklicherweise war gestern Abend noch rechtzeitig der Abschleppwagen gekommen und hatte den Opel erst einmal in der Einfahrt der Gendarmerie abgestellt. Da Alois, mal abgesehen von seiner Ausbildungszeit, nie richtig aus Rossmarktl herausgekommen war, fühlte er sich eindeutig im Vorteil: er kannte hier Alles und Jeden, selbstverständlich auch jedes Schlupfloch. Und bei den Schlupflöchern wollte er zuerst ansetzen. Er machte sich eine Liste aller alleinstehenden Scheunen, Maschinenhallen, Unterständen und natürlich aller Gartenhütten. Er kam auf 89 Objekte – allein dafür veranschlagte der Gesetzeshüter glatte zwei Fahndungstage, von den notwendigen Dokumentationen ganz abgesehen. Und ein Aushang am Rathaus musste her. „Dringende Fahndung" schrieb er in großen Druckbuchstaben darüber. Natürlich war die Holler-Dagmar wieder die Erste, die sich um die Verbreitung der brisanten Neuigkeit im Dorf verdient machte. Besonders der Hinweis auf einen gefährlichen Straftäter und dass man sich unbedingt vorsehen soll, waren für die eifrige Radlerin ein gefundenes Fressen. Ja, man musste dem Gendarm Alois jede Unterstützung gewähren und jede Verdächtigkeit melden, aber auch rechtzeitig vor den zu erwartenden Durchsuchungen für saubere Verhältnisse sorgen – in jeder Hinsicht.

Nachdem Alois seine Dienstpistole sorgfältig gereinigt und wieder geladen sowie die Handschellen an seiner Koppel befestigt hatte, verließ er die Gendarmerie, um seine Liste abzuarbeiten. Zuvor meldete er sich vorschriftsmäßig in Altötting zur Außenfahndung ab. So hatten sie es immer wieder bei ihren jährlichen Schulungstreffen eingebläut bekommen. Und wer weiß, vielleicht konnte er beim nächsten Mal endlich auch von einem eigenen Fahndungserfolg berichten. Wie lange hatte er schon darauf gewartet! Alois fühlte sich zwar bestens vorbereitet, verspürte aber plötzlich eine sich ausbreitende innere Unruhe. Vielleicht war der Gesuchte ein Gewaltverbrecher, ein Bankräuber, bewaffnet gar? Sowas hatte es in Rossmarktl noch nicht gegeben. Die Sache würde ordentlich Staub aufwirbeln, soviel war jetzt schon sicher. Und er, der Gendarm Alois Mayerhofer, würde die Ermittlung leiten. Endlich mal was, um sein schwächliches Image - naja, Viele sagten so und Wenige das Gegenteil, es war ihm nicht verborgen geblieben – aufzubessern. Auf der anderen Seite beschlich ihn immer stärker das unangenehme Gefühl, dass plötzlich Jede und Jeder seiner Nachbarn und Mitbürger potentiell als verdächtig zu gelten hatte, und sei es nur als Mitwisser.

Die Praxis war leider eine andere als es die Theorie vermuten ließ. Es war ein schwüler Spätsommertag, dieser 21. August 1963. Alois näherte sich seinem ersten Recherche-Objekt, der Gartenhütte des Messners Bastl. Mit gezogener Pistole rief der Inspektor:
„Aufmachen! Polizei! Kommen Sie mit erhobenen Händen heraus!"
Totenstille. Nichts. Alois wollte die Tür öffnen, aber die war verschlossen. Es half nichts, er musste die Besitzer aller Scheunen und Hütten zuvor aufsuchen und um Einlass bitten. So war das nun mal in einem Rechtsstaat, solange er keinen Durchsuchungs-

befehl in Händen hatte. Wie konnte er das vergessen? Und das galt sogar hier auf dem Land. Mist – doppelter Aufwand! Andererseits aber die beste Methode, um die Fahndung so richtig unter die Leute zu bekommen. Und er war der gesetzesmächtige Anführer der Aktion! Der Gendarm begann zu schwitzen, nicht nur der Temperatur wegen.

Am ersten Abend der Außenfahndung musste Alois an seinen Vorgesetzten in Altötting melden, dass die bisherigen Ermittlungen ergebnislos geblieben waren. Und dass die Sache wohl länger dauern würde als gedacht. Seinem Wunsch nach Verstärkung unter seiner Leitung konnte man allerdings momentan nicht entsprechen, da man alle Hände voll mit der Aufklärung eines Banküberfalles auf eine Filiale der Bayerischen Vereinsbank in der Stadt zu tun hatte.

Die Aktion hatte sich wie erwartet explosionsartig im Ort verbreitet. Besonders die Tatsache, dass der eigentlich als harmlos geltende Gendarm filmreif mit gezogener Pistole in die Liegenschaften eindrang, begeisterte Jung und Alt.
„Obwohl er nicht gedient hat",
hieß es am Stammtisch.
„Wie bei `Fuzzy, der Indianderschreck´",
riefen die Jungen, die mit ihrem originellen und schießfreudigen Idol sonntags mittags vor dem Fernseher den Kampf für die gute Sache mitkämpften. Dass Alois am Vorabend diese Pose ausgiebig vor dem Spiegel eingeübt hatte, nein, das ging Keinen was an. In der Scheune von Toni Holzner am Wildsteig hätte er beinahe sogar abgedrückt. Aber es war nur eine Katze, die erschrocken von einem Strohballen zum nächsten sprang, um ihren Jungen beizustehen. Nur beiläufig war dem eifrigen Mann eine gewisse Unruhe aufgefallen. Denn es fuhren plötzlich mehr Leute als üblich mit Traktoren, Karren und Fahrrädern in der Gegend herum und schauten anscheinend nach ihren Liegenschaften. Alois konnte aber nichts Verdächtiges daran finden. Auch nicht daran, dass

manches frisch auf-, um- oder weggeräumt und auch viel mehr als üblich getuschelt und gestikuliert wurde.

Nachmittags, wieder zuhause angekommen, Alois hatte gerade seine Uniform gegen bequemes Sommerzeug – darunter verstand er eine beige kurze Hose und ein geripptes weißes Unterhemd samt seiner bequemen Sandalen - getauscht, als er aus dem Küchenfenster einen knallroten Fiat 500 mit seinem unverwechselbaren Auspuffsound vorbeifahren sah.
„Immer öfter verirren sich in letzter Zeit auch Fremde hierher. Man sieht ja jetzt überdeutlich, wohin das führt",
murmelte er vor sich hin.
„Nichts als Kriminalität. Aber ich greife jetzt durch – ein- für allemal!"
Dann schenkte er sich eine Maß Bier ein und ging in den Garten, um sich an seinem abendlichen Lieblingsplatz niederzulassen und dem Gesang der Amseln zu lauschen. Manchmal kam sogar ein Eichhörnchen vorbei.

„Guten Abend, Herr Gendarm Alois"
Eine freundliche Begrüßung mischte sich in den Vogelsang. Alfons drehte sich um. Im Garteneingang stand Josefa Möstner aus der Himmelsgasse.
„Ja, wer kommt denn da? Servus Josefa"
Alois genoss die Tatsache, dass ihn jemand besuchte und mit „Herr Gendarm" ansprach.
„Mein Papa hat mich geschickt und ich soll Sie grüßen"
„Willst Du Dich zu mir setzen? Ich hol´ Dir ein Glas Wasser, ja?"
Die kleine Josefa, fand er, war ein braves Mädchen. Als er mit dem gefüllten Wasserglas zurück kam, sagte sie artig „Danke" und kam zur Sache.
„Ich hab´ einen Schlüssel gefunden. Meinst Du, der stammt von einem Einbrecher?"

Alois wusste noch nicht recht, was er von der Sache halten sollte. Vielleicht suchte die Kleine so etwas wie einen Zeitvertreib. Alois sprach mit ruhiger und freundlicher Stimme.

„Aha. Und wo hast Du den gefunden?"

„Auf der Straße bei unserem Haus"

„Kannst Du mir das ein bisschen genauer sagen?"

„Vor dem Pfarrhaus war das, bei uns auf der Straße halt"

„Ja, ...und hast Du den Schlüssel dabei? Ich würde ihn gerne mal anschauen"

Josefa zog einen Zündschlüssel aus ihrer Jackentasche und hielt ihn Alois entgegen.

„Der ist ja von einem Opel!",

rief Alois erstaunt,

„aber dort fährt doch niemand einen Opel"

„Mein Papa hat gesagt, genau deswegen sollen Sie den haben, wo Sie doch einen Verbrecher suchen"

Jetzt hörte man förmlich einen Groschen fallen. Alois war mit einem mal wieder im Dienst. Am liebsten wäre er schnell in´s Haus geeilt und hätte seine Uniform angezogen.

„Wann hast Du den Schlüssel denn gefunden?, Josefa?"

„Das weiß ich nicht mehr. Letzte Woche vielleicht. Ich hatte ihn dann in meiner geheimen Schatzkiste und manchmal im Garten damit gespielt"

Deswegen sieht er so verdreckt aus, dachte Alois messerscharf.

„Das hast Du wirklich gut gemacht, liebe Josefa. Jetzt gehst Du nach Hause und versuchst zusammen mit Deinen Eltern, ob Du Dich nicht genauer an den Tag erinnern kannst, wann Du den Schlüssel gefunden hast. Und morgen zeigst Du mir dann die genaue Stelle"

Damit schickte er das Mädchen wieder nach Hause. Sie solle bloß niemanden etwas von der Sache sagen, hatte er ihr noch eingeschärft.

„Und Grüße an Deine Eltern!"

Alois war jetzt Feuer und Flamme. Knallhart würde er morgen recherchieren und in Rossmarktl wieder für Recht und Ordnung sorgen. Er fühlte sich schon ganz dicht vor dem erfolgreichen Abschluss seiner Ermittlungen und trank sein Bier mit einem Zug aus. „Vor dem Pfarrhaus", hatte Josefa gesagt, sinnierte Alois, der Inspektor. Dann holte er Nachschub für sein leeres Glas.

Sophia war gerade mit ihrer Wäsche-Büglerei fertig geworden, als sich die Türklingel bemerkbar machte.

„Ich geh´ schon",

rief Ludwig und eilte erwartungsvoll zur Tür. Er hatte den roten Flitzer bereits anfahren sehen.

„Wunderbar, dass Sie so schnell kommen konnten. Ich weiß nicht, wie ich Ihnen danken soll",

sagte Ludwig mit gedämpfter Stimme und bat Charly herein. Sogleich verschwanden die beiden im Arbeitszimmer. Es dauerte nicht lange, bis Sophia zwei frisch gebrühte Tassen Kaffee hereinbrachte und Charly ebenfalls freundlich begrüßte. Sie hatte ihn, den Hochzeiter, sofort wieder erkannt. Ludwig bat seine Haushälterin, nochmal zum Metzger Betzenbichler zu gehen und drei ordentliche Scheiben Fleischkäse zu besorgen. Charly würde heute noch länger bleiben, es gäbe noch einiges zu besprechen. Eine unverkennbare Spannung lag im Raum, soviel konnte Sophia spüren. Hoffentlich gab es keine Schwierigkeiten bezüglich der geplanten Heirat. Die Braut war doch so nett gewesen.

Kaum hatte Sophia die Tür des Arbeitszimmers hinter sich verschlossen, setzte Ludwig seinen Gast vollumfänglich in´s Bild. Charly hörte konzentriert zu, nickte von Zeit zu Zeit und hielt mit seinem Erstaunen über das kriminelle Ausmaß des Heiratsschwindlers nicht hinter dem Berg.

„Meine Güte, so ein Scheißkerl, der braucht nun wirklich seine Lektion"

Zum Schluss beschrieb Ludwig mittels einer Skizze noch die Gegebenheiten im Gästezimmer in allen Einzelheiten. Es war jetzt gleich 18.00 Uhr. Charly stand abrupt auf.

„Auf geht's! Wie besprochen!"
Die Männer verließen das Arbeitszimmer und steuerten auf die Tür des Gästezimmers zu. Sophia hatte sich bestimmt wie üblich mit der Metzgerin festgeschwatzt, sie waren allein, abgesehen von Edi natürlich. Während Charly klopfte, postierte sich Ludwig seitlich, sodass Edi ihn nicht gleich sehen konnte.
„Kommen Sie doch herein, Herr Pfarrer",
ertönte die aufgesetzt freundliche Stimme, als ob er sicher war, dass kein Anderer als Ludwig Einlass begehrte.
„… lassen Sie uns in Ruhe noch einmal alles bereden"
Es war einer der seltenen Momente, dass Edi mit geöffnetem Mund und trotzdem sprachlos vor seinem Gegenüber stand. Er hatte Charly natürlich sofort wiedererkannt.
„Hallo Herr von Lohnheimer. Sie hier in einem Pfarrhaus?",
sagte Charly mit seiner gewinnenden Stimme und ging auf Edi mit ausgestreckter Hand zu. Dieser war von seinem Sessel, der sich schräg vor dem Fenster zum Garten befand, aufgesprungen und begrüßte notgedrungen den unverhofften Gast. Kaum, dass sich Edi über Charlys ausgesprochen festen Händedruck wundern geschweige denn beschweren konnte, fühlte er sich blitzschnell herangezogen und zum Gegenstand eines gekonnten Schulterwurfes gemacht. Ein dumpfer Schlag, und Edi landete rücklings auf dem harten Boden des Gästezimmers, das bis dato derartiges noch nicht erlebt hatte. Gleichzeitig rutschte Edi's Pistole aus seiner Hosentasche und schlitterte geräuschvoll gegen den Kleiderschrank. Sicherheitshalber hielt Charly sein Opfer routiniert, aber mit Schraubstockgriff eisern in dessen unbequemer, schlimmer noch: in dessen unwürdiger Lage fest.
„Gratulation, eine saubere Leistung! Es geht ja wirklich nichts über einen schwarzen Gürtel"
Ludwig betrat staunend und außer sich vor Freude den Raum.
„Ich rate Ihnen da unten, die Ruhe zu bewahren, sonst könnten auch noch Ihre Knochen Schaden nehmen"
Charlys Stimme klang gar nicht mehr so gewinnend. Und an Ludwig gewandt deutete er mit dem Kopf in Richtung Pistole.

*„Kümmern Sie sich doch mal um das kleine Schmuckstück da drü-
ben",*

bevor er seine Ansprache an Edi fortsetzte:

„Sie hören mir jetzt ganz genau zu, Freundchen, verstanden?"

Edi hatte noch kein richtiges Wort gesagt, so schockiert wie er
war. Er atmete schwer und versuchte so krampfhaft wie erfolglos,
seine Gedanken zu ordnen. Aber zwei eisern zupackende Hände
nahmen ihm jede Bewegungsmöglichkeit. Sein Schädel brummte
bedrohlich und sein rechter Arm fühlte sich an, als wäre er aus-
gekugelt, von dem stechenden Schmerz im Rücken ganz abgesehen. So einen Überfall hatte er noch nicht erlebt und von diesem
tölpelhaften Pfaffen samt Alkoholpanscher auch nicht im Ansatz
erwartet.

*„Au, verdammt nochmal, sind Sie verrückt geworden? Das ist
Körperverletzung und Freiheitsberaubung. Lassen Sie mich sofort
los!"*

Normalerweise pflegte Edi in misslichen Lagen etwa zu sagen:
„Aber meine Herren, wir sind doch zivilisierte Menschen. Lassen
Sie uns eine gute Lösung finden, die uns alle zufrieden stellt. Am
besten, wir reden in Ruhe über alles". So oder so ähnlich. Aber
diesmal fiel ihm nichts ein. Überhaupt nichts, bei diesen Schmerzen und in dieser beschissenen Bodenlage. Mutmaßlich hätte es
auch nichts genutzt. Stattdessen griff Charly in seine Hosentasche
und holte zwei Kabelbinder hervor. Damit band er Edi's Hände
hinter dem Rücken und anschließend die Füße zusammen und
ließ ihn einfach auf dem Teppich liegen.

„Was, was haben Sie vor?"

Von Edi's Selbstsicherheit war jetzt nichts mehr zu spüren. Seine
Stimme klang unsicher.

*„Herr Pfarrer, versündigen Sie sich nicht an mir, um Gottes Willen!
Sie müssen mich doch beschützen – ich habe doch Asyl bei Ihnen…"*

„Schluss jetzt!",

donnerte Ludwig barsch.

„Als Allererstes will ich meine 600 Mark wiederhaben. Also raus mit der Sprache, wo ist mein Geld?"

Einen kurzen Moment kam bei Edi die Hoffnung auf, dass die Rückgabe des Geldes seine Lage womöglich wenden könnte.

„Im Schrank hinter meiner Wäsche liegt eine braune Umhängetasche. Im inneren Reißverschlussfach finden Sie den Umschlag, den Sie suchen"

Ludwig wurde sogleich fündig und grinste Charly zufrieden an. Dann wandte er sich in barschem Befehlston an den am Boden liegenden Gefangenen. Dessen Hoffnung auf Entspannung der Lage verschwand noch schneller, als sie eben noch aufgekommen war.

„Keinen Ton, bis wir wiederkommen. Sonst ziehen wir noch ganz andere Saiten auf"

Damit verließen die beiden abrupt das kirchliche Gästezimmer und ließen Edi mit offenem Mund zurück. Seine zuckenden Widerstände gegen die festgezogenen Kabelbinder nahmen sie schon nicht mehr zur Kenntnis.

„Selten ein Schaden, der keinen Nutzen dabei hat, sagte meine Oma immer",

meinte Ludwig schmunzelnd und vielsagend. Ohne weitere Worte und fanden sie sich im nächsten Moment im Wohnzimmer wieder, zwei gut gefüllte Asbach-Gläser in den Händen haltend.

„Manchmal trägt die Gerechtigkeit wohl einen schwarzen Gürtel. Halleluja und nochmal: Ganz großes Danke! Wie kann ich das nur wieder gut machen?"

„Ist schon in Ordnung, Herr Pfarrer. Es ist mir eine große Freude, nein, eine große Ehre, Ihnen helfen zu können. Zum Glück hatte ich Ihnen von meinem Judo-Sport erzählt und Sie haben sich rechtzeitig daran erinnert. Und überhaupt: Ihre Bewährungsprobe kommt noch. Vergessen Sie unsere Trauung nicht. Ich soll Sie ganz lieb von Franziska grüßen. Sie ist schon richtig im Hochzeitsfieber, das können Sie mir glauben"

„Aber jetzt erst mal Prost, das haben wir uns verdient!"

„Ja, genau. Glück und Wohlsein, Herr Pfarrer"

Ludwig erinnerte sich schmunzelnd an den Serviersprüch des Barkeepers. Beide genossen den wohlvertrauten Weinbrand.

„Mein lieber Charly, bitte, sagen Sie, ...hm..., ich meine, sage bitte Ludwig zu mir. Du bist seit unserem Abschiedsgespräch in Bad Reichenhall zu einem wertvollen Freund für mich geworden. Du glaubst nicht, wie oft ich an Dich gedacht habe. Und durch Deine Reaktion auf meinen Hilferuf ohne jedes Zögern hast Du bewiesen, was eine richtige Freundschaft ist"

Hilferufe ganz anderer Art unterbrachen jäh das Gespräch.

„Kommen Sie sofort her und befreien Sie mich! Hilfe! Hören Sie? Hilfe, das ist Freiheitsberaubung, ich habe Schmerzen! Hört mich denn Keiner?"

„Oh, wir müssen ihm noch etwas nachhelfen"

„Scheint so",

sagte Ludwig und zog sein Sacktuch heraus. Damit gingen sie in´s Gästezimmer und legten dem wild protestierenden Edi einen passgenauen, wenngleich unsterilen Knebel an.

„Etwas Ruhe können wir jetzt alle vertragen, oder?"

Es war höchste Zeit, denn wenig später kam Sophia von der Metzgerin zurück, in der Hand trug sie ihre kleine Einkaufstasche mit dem Fleischkäse.

„Herr Pfarrer, haben Sie schon das Neueste gehört? Der Gendarm sucht überall im Dorf nach einem Verbrecher, der wer weiß was angestellt hat. Sogar mit vorgehaltener Pistole geht unser Gendarm in die Scheunen und Häuser. Das Auto des Gesuchten hat er auch schon gefunden und zur Gendarmerie abschleppen lassen. Die Frau Betzenbichler macht keinen Schritt mehr vor die Tür, bis der Halunke gefasst ist. Mein Gott, was ist die Welt so schlecht"

„Ja",

sagte Ludwig,

„ich habe das auch schon gehört. Wir müssen alle wachsam sein. Aber sieh´ es doch mal so: Die Menschheit ist sehr schlecht,

schlechter, als wir uns das vorstellen können – aber sie ist gleich-
zeitig auch gut, viel besser, als wir es uns vorstellen können"
„Wie schön Sie das gesagt haben, Herr Pfarrer"
Dann besann sich Sophia auf ihren Einkauf und den Essenswunsch
ihres Hausherrn.
„In einer halben Stunde bin ich soweit",
kündigte sie an. Sie war immer noch aufgeregt ob der Neuigkeiten aus der Metzgerei. Ludwig nickte beruhigend und zufrieden
zugleich. Es galt, den Ball so flach wie möglich zu halten. Sophia
verschwand mit ihren Einkäufen in der Küche. Kurz darauf hörte
man die Pfanne und das Geschirr klappern.

„Was machen wir jetzt mit dem Hochstapler da drinnen? Einer
wie er gibt nicht so leicht auf. Wir können ihn nicht ewig da liegen
lassen"
Es gibt zwei Möglichkeiten für mich",
dozierte Ludwig, um Sachlichkeit bemüht.
„Wir übergeben ihn der Gendarmerie mitsamt allen uns bekann-
ten Informationen und natürlich auch dem geklauten Schmuck,
den er wahrscheinlich dabei hat. Dann wird er angeklagt werden
und mit größter Wahrscheinlichkeit auspacken und ich werde als
Zeuge aufgerufen. Ein klassischer Fall für die Bild-Zeitung und ein
Desaster für die Kirche, mich eingeschlossen"
„Und die zweite?",
fragte Charly gespannt in Erwartung der wirklichen Lösung.
„Nun, wir setzen ihn irgendwo aus. Ein Stück Brot, eine Flasche
Wasser, fertig. Natürlich braucht er eine gewisse Anleitung"
„Eine was?"
„Naja, er wird mindestens darüber nachdenken, wie er sich rä-
chen kann. Wir müssen ihm nachdrücklich klar machen, dass jedes
falsche Wort ihn endgültig zerstört. Und danach müssen wir ihn
dann so schnell wie möglich vergessen"
„Und wie stellst Du Dir das vor?"
„Nun, zunächst einmal sind wir beide verwandt. Du bist mein Lieb-
lingsneffe aus Mainz. Und Du hast mich zu Dir nach Bad Reichen-

hall eingeladen. Die Sache mit dem Autohändler Lorenz aus Neubiberg ist nichts weiter als eine alte Geschichte aus Jugendzeiten, als ich eine Wette verloren habe. Und das Wichtigste: Über die Casinoverwaltung kannst Du doch diskret die betrogene Hasi-Geliebte ausfindig machen. Dann ist er geliefert, sobald er unsere Abmachung vergisst. Das bläuen wir ihm ein! Und nebenbei: die Tasche mit dem Schmuck nehmen wir ihm ab und legen sie anonym vor die Gendarmerie. Was meinst Du?"

„Ich bin sprachlos, was sich ein Gottesmann so alles ausdenken kann. Nicht schlecht. Damit hast Du die beste Chance, der ganzen Sache zu entkommen - Presse, Gemeinde, Bischof und so"
„Das ist meine Hoffnung. Ich will endlich wieder der Alte sein, vor dem Spiegel und vor meiner Gemeinde. Ach ja, bevor ich's vergesse: Willst Du ein Franziskaner?"
„Gute Idee, ich dachte schon, ich muss hier verdursten",
lachte Charly, während Ludwig zum Kühlschrank ging. Sophia belegte gerade den ersten Teller mit dem frisch gebackenen Fleischkäse.

Kurz vor Mitternacht bugsierten die beiden Herren ihren noch immer geknebelten Gefangenen auf die Rückbank des VW-Käfers. Sein Gepäck in Form von zwei Taschen durfte er mitnehmen. Die beiden hatten zuvor alles sorgfältig gefilzt. Ludwig startete den Motor und steuerte den Wagen durch den Ort. Als sie an der Gendarmerie vorbeikamen, stoppte er kurz. Tatsächlich, dort stand der Opel-Rekord, wie von der Metzgerin beschrieben. Edi erkannte seinen Wagen sofort und damit die Aussichtslosigkeit, diesen selbst noch einmal in Bewegung zu setzen. Charly sprang heraus mit Edi's Schmucktasche in der Hand. Flink wie ein Wiesel klemmte er diese mit dem Henkel am Scheibenwischer fest und schlüpfte sofort wieder in den VW. Dann warf er noch den Ersatzschlüssel auf die Straße. Edi verfolgte das Ganze mit versteinerter Miene. Er tröstete sich in diesem Moment mit seinem Schließfach und dem beträchtlichen Nutzen der Diversifizierung. Ludwig gab

Gas in Richtung Landstraße. Sie fuhren bis kurz vor Neuötting. Dort bogen Sie in einen Waldweg ein und erreichten nach wenigen Minuten einen Parkplatz am Inn.

„Aussteigen, wir sind am Ziel",
sagte Ludwig und Edi erstarrte. Er durchlebte gerade einen Albtraum. So eine Szene hatte er schon einmal in einem Kriminalfilm gesehen. Sie endete mit Mord...
„Servus und auf Nimmer-Wiedersehen. Denken Sie an unsere Abmachung"
Charly sprach mit klarer Entschlossenheit, während er den Knebel entfernte und das feuchte Sacktuch mit spitzen Fingern wegwarf.
„Stets zu meinem vollsten Missvergnügen. Leben Sie wohl, aber nie mehr auf anderer Leute Kosten!",
ergänzte Ludwig mit pastoralem Ernst. Sofort legte Edi los:
„Abmachung? Erpressung pur! Und das von der katholischen Kirche. Mir tut jetzt noch alles weh. Soll ich hier etwa verschmachten? Und überhaupt: Gibt es hier Wölfe?"
„Nein, keine Sorge, nur ab und zu kommt ein Bär vorbei. Und übrigens: Für das Lunchpaket brauchen Sie sich nicht zu bedanken"
Ludwig zog sein Taschenmesser heraus und öffnete die Klinge. Damit schnitt er den Kabelbinder, der sich um Edi´s Handgelenk spannte, durch. Derweil zog Charly die mitgebrachte Pistole und fuchtelte theatralisch damit herum, während er den Entsicherungshebel zurück schob. Schließlich deutete der Lauf der Pistole exakt auf die Nasenspitze des Hochstaplers. Ludwig trat zwei Schritte zurück beobachtete den schaurigen Anblick, den der zunehmende Mond passend in´s rechte Licht versetzte, mit allen Fasern seines Herzens, gleichzeitig aber auch mit der Angst, es könne etwas schiefgehen im letzten Augenblick. Edi verfiel unversehens in Schockstarre mit weit aufgerissenen Augen, seine Knie spürte er überhaupt nicht mehr, dafür die untrüglichen Anzeichen seines Reizdarms.

War jetzt das Ende gekommen, hier im Wald am geräuschvollen Inn, wo niemand weder Hilferufe noch Schüsse hören konnte? Keiner sprach mehr ein Wort, lediglich ein Waldkauz in der Nähe rief nach Gesellschaft. Die Dramaturgie für die letzten Momente seines Lebens, an dem er doch so hing, konnte nicht schrecklicher und im wahrsten Sinn Atem-raubend sein. Nach einigen schier endlosen Sekunden unterbrach Charly die Stille:

„Lassen Sie uns zum Ende kommen. Sollen wir Hasi von Ihnen grüßen, Herr von Lohnheimer?",

Seine Ironie traf den Nagel auf den Kopf. Schließlich war die Dame die ultimative Drohung der beiden. Dann trat er mit der Pistole in der Hand einen Schritt auf Edi zu.

„Was - was für ein Ende? D-d-d-as können Sie doch nicht machen, um Gottes Willen! Wir haben doch eine Vereinbarung…"

Edi schrie vor Entsetzen und spürte gar nicht, wie sein Herz zu explodieren drohte. Er sank auf die Knie.

„Bitte, haben Sie doch…"

„Das wollte ich hören",

unterbrach ihn Charly kühl und schleuderte die Pistole mit einem kräftigen Wurf in den dunklen Fluss.

„Und lassen Sie sich bei uns ja nicht mehr blicken!"

Keine Minute später stand Edi am ganzen Körper zitternd mit geschlossenen Augen allein am Flussufer und hörte seinem rasenden Puls und dem schnell fließenden Wasser zu, während seine Atmung wieder langsam in Gang kam. Er hatte gerade einen Filmriss erlitten und war fix und fertig.

„Scheiße, verdammte Scheiße!",

rief er laut in die Nacht und stampfte mit aller Kraft auf den sandigen Parkplatzboden. Zum ersten Mal hatte er richtig verloren, sogar sein Spielfeld.

„Was sind das nur für Drecksäcke!",

schrie er. Es hörte niemand zu. Der Waldkauz war weggeflogen.

„Das war perfekt, mein lieber Freund. Ich bin froh, dass Du Dich nicht hast hinreißen lassen, dem Halunken etwas anzutun. Weißt Du, ich habe schon genug zu beichten"
Ludwig klang mehr als erleichtert, als sie wieder am Auto angekommen waren. Charly boxte ihn am Oberarm an und rüttelte mit der anderen Hand an seiner rechten Hosentasche. Es schepperte metallen.
„Hörst Du das? Das sind die Patronen. Willst Du eine haben, als Andenken vielleicht? Die Pistole war nicht mehr geladen. Du kannst es ja nicht wissen, aber ich gelte im allgemeinen als aggressionsgehemmt"
Ein Teufelskerl, dieser Charly, dachte Ludwig. Dem Kirchenmann war es plötzlich irgendwie katholisch zumute, während er sich im gleichen Moment sagen hörte:
„Aggressionsgehemmt? Ich lach´ mich kaputt. Nein, bloß keine Patronen mehr. Damit hatte ich früher mehr zu tun, als mir lieb war. Aber im Ernst: Ich danke Dir von ganzem Herzen. Der Herr sei mit Dir, mein Sohn. Zum Glück bist Du schon getauft, sonst würde ich Dich allzu gerne selbst untertauchen! Bist Du mit einem Rosenkranz einverstanden? Dann spende ich Dir kraft meines Amtes das Bußsakrament, und Du würdest dem Fegefeuer noch einmal davonkommen"
„Einverstanden, Hochwürden!",
dann fügte Charly lachend hinzu:
„... ich würd´s jederzeit nie wieder tun, und sieh´ es doch mal so wie Mozart: `Gar nichts erlebt ist auch nicht schön!´"

Ludwig startete erleichtert seinen VW und steuerte zurück zur Landstraße.
„Hier haben wir nichts mehr verloren!"
Nach einer kleinen Pause fragte er:
„Sag´ mal, was sagt eigentlich Deine liebe Franziska zu Deinem... sagen wir... Einsatz hier?"
„Ach",
antwortete Charly gedehnt,

„ich habe ihr gesagt, ich müsste noch einmal dringend weg wegen der Hochzeit. Eine Überraschung halt. Mehr könne ich ihr im Moment nicht sagen"

„Aha, also eine Art Lüge! Du sollst nicht falsch Zeugnis reden wider Deinen Nächsten. Das achte Gebot. Und das noch vor der Hochzeit!"

„Eine Notlüge – für einen guten Zweck auf allerhöchsten Wunsch. Ich bitte um Gnade"

„Letztmalig. Es müssen jetzt wieder normale Maßstäbe gelten, verstanden?"

„Verstehe. Der Heilige Vater führen Selbstgespräche..."

In der Dunkelheit des Autos spürte Ludwig Gefühle aufkommen, die er lange schmerzlich vermisst hatte und die er wegen ihrer Vielfalt noch gar nicht richtig beschreiben konnte. „Befreiende Erleichterung" war noch das Geringste unter ihnen.

Sie erreichten das Pfarrhaus ohne Zwischenfall, die Straßen waren leer und der ganze Ort offenbar im Tiefschlaf. Vor dem zu-Bett-gehen würde Ludwig mindestens eine halbe Stunde duschen, abwechselnd heiß und kalt und wieder heiß und kalt. Der zweite Schritt, um den ganzen Mist, der nun hinter ihm lag, loszuwerden. Vorher allerdings – als Schritt 1 sozusagen – vergnügten sich die beiden Herren mit ausgiebigem Zechen, Rauchen und Lachen in Ludwigs Arbeitszimmer.

In dieser Nacht fiel Ludwig in einen traumlosen Schlaf, so erschöpft und besoffen war er. Das Duschen verschob er notgedrungen auf den kommenden Morgen. Sophia kam die Sache mit dem fliegenden Wechsel der Hausgäste zwar spanisch vor, aber offenbar war der Herr Edi tatsächlich kurz entschlossen abgereist, es war ja schon seit Tagen die Rede davon. Hauptsache, sie konnte sich weiter an der schönen Halskette erfreuen. Jetzt musste sie allerdings erst einmal das Arbeitszimmer gründlich lüften, die leeren Gläser und den übervollen Aschenbecher wegräumen.

„Männer",
murmelte Sophia mit einem gewissen Unterton vor sich hin.

Seit seiner Beschlagnahmung geriet der konfiszierte Opel unversehens zur Attraktion im Ort. Jeder hatte eine andere Vermutung, was es wohl mit dem Verbrecherschlitten auf sich haben könnte. Plötzlich waren alle im Zweitberuf Kriminalpolizisten und entsprechend aufgeregt. Das war jedoch nichts im Vergleich zur Aufregung des hauptberuflichen Kriminalisten Alois, als dieser bei Dienstbeginn auf die Tasche aufmerksam wurde, die am Scheibenwischer des Opels hing und mit reichlich Damenschmuck gefüllt war.
„Do schau her, Herrschaftszeiten!",
murmelte er vor sich hin und begutachtete mit großen Augen den Tascheninhalt,
„wenn das alles echt ist – ein Vermögen ist das…"
Dann eilte er an seinen Schreibtisch, um eine genaue Aufstellung anzufertigen. Das machten deutsche Beamte immer so.

Ludwig konnte seine wieder gewonnene Normalität nur langsam fassen. Er war noch ordentlich beeinträchtigt von der nächtlichen Privatparty. Immerhin hatten sie am Ende nicht nur Platten mit amerikanischen und deutschen Schlagern aufgelegt, selbst Hans Albers besang die Zustände auf der Reeperbahn nachts um halb drei. Einmal haben sie sogar zusammen getanzt. Gerhard Wendland sang nämlich gerade *Tanze mit mir in den Morgen*. Nach und nach ließen sich die nächtlichen Erinnerungen nicht länger verdrängen. Ludwig öffnete das Schlafzimmerfenster und nahm einige tiefe Züge frischen Sauerstoffs, während er sich nach Kräften reckte und streckte. Jetzt war erst mal die überfällige Dusche dran. Nach einem ausgiebigen Frühstück mit Speck, Eiern und Aspirin verabschiedete Ludwig überschwänglich seinen Freund Charly, der seinen Restalkohol tapfer unterdrückte.
„Geh´ mit Gottes Segen! Ich freue mich, Dich mit Deiner lieben Franziska bald wieder zu sehen. Und dann zelebrieren wir eine

Hochzeit, die Euch für den Rest Eures Lebens zusammenschweißt. Darauf kannst Du Dich verlassen, Du alter Verbrecher"

*„Selber Verbrecher. Denk´ an **Deine** Beichte, heiliger Ludwigo..."*
Herzhaft lachend umarmten sich die beiden, so ganz im Gefühl von Glück und Seligkeit. Es war, als ob sie ihre Männerfreundschaft nun endgültig besiegelt hatten. Beide hatten das Gefühl, sich schon sehr lange zu kennen. Ludwig winkte dem roten Fiat so lange nach, bis dieser in die Hauptstraße einbog. Dann ging er zurück in sein Arbeitszimmer und zündete sich eine von seinen Handelsgold-Zigarren an. Als erstes musste er jetzt einen Tages- und Wochenplan erstellen.

„Sophia, ich brauche noch eine Kanne Kaffee",
rief Ludwig in Richtung Küche. Es fiel ihm schwer, sich zu konzentrieren. Was er alles in den letzten Tagen und besonders in der letzten Nacht erlebt hatte, das musste erst mal verarbeitet und gewiss auch größtenteils verdrängt werden. Hauptsache, Edi würde in seiner Versenkung bleiben und nicht auf irgendwelche Rache-Gedanken verfallen. Ich werde wieder mit mir im Reinen sein und meine Mitmenschen davon profitieren lassen, war sich der Pfarrer sicher. In diesem Moment kam er sich vor wie ein Adler.

Die Hausklingel unterbrach jäh Ludwigs Gedanken.
„Ja, der Herr Pfarrer ist im Arbeitszimmer. Ich bringe Sie zu ihm",
hörte er Sophia an der Haustür sagen. Einen Augenblick später klopfte es und Ludwig sagte
„Herein".
Vor ihm stand Alois Mayerhofer, der Gendarm. In voller Montur und, wie es schien, in vollem Ernst. Ludwig konnte seine Schrecksekunde nicht verbergen und seine leicht geweiteten Augen auch nicht.
„Seltener Besuch am frühen Morgen, Alois",
versuchte Ludwig zu scherzen, es war schon weit nach elf.
„Was führt Dich zu mir?"

„Meine Ermittlungen, Herr Pfarrer. Sie haben ja bestimmt schon davon gehört"

„Ihre ...Ermittlungen, sagen Sie? Naja, ganz Rossmarktl spricht davon""

Ludwig spürte genau, wie sich seine soeben noch gefühlte Energie gerade wieder abschwächte und blickte vor allem aus eigenem Interesse auf die Stühle. Er sah gerade die Blitzversion eines Filmes ablaufen, Titel: „Letzte Nacht im Pfarrhaus".

„Wollen wir uns setzen?"

Dann berichtete der Gendarm von dem gefundenen Schlüssel, der ausgerechnet vor der Einfahrt des Pfarrhauses lag. Und von seinen bisherigen Ermittlungen, die angeblich mit großem Interesse höheren Ortes verfolgt würden.

„Und wissen Sie",

fragte er mit unverkennbarem Triumph in der Stimme,

„wissen Sie, was an dem Schlüssel das Sensationelle ist? Er passt. Und zwar auf den sichergestellten Opel bei mir in der Gendarmerie!"

„Nein! Sagen Sie nur..."

Ludwig war froh, dass er bereits saß. Alois zog sein Notizbuch samt Kugelschreiber aus seiner Brusttasche, offenbar bereit, eine von seinem Gegenüber erwartete Aussage zu notieren.

Ludwig spürte instinktiv, dass er betonhart bei seiner Linie des Nichtwissens bleiben musste, sonst war alles verloren, obwohl doch schon alles gewonnen schien. Auf diesen kirchenfernen Beamten hatte er keinerlei Einfluss. Ja, er galt im ganzen Ort den Allermeisten als Außenseiter, vermutlich wählte er sogar rot. Erst neulich hatten ihm seine Jukas erzählt, wie sie den ungeliebten Gesetzeshüter hereingelegt hatten. Allzu oft hatte dieser die Jugendlichen mit Hinweisen, Ermahnungen, ja sogar Beschwerden bei ihren Eltern drangsaliert. Es hatte sich irgendwann herumgesprochen, dass der Inspektor an heißen Tagen gerne mal seinen Feierabend etwas flexibilisiert. Dazu ließ er seine Dienstgänge am alten Badweiher unterhalb der Blasinger Alm vorzeitig, also noch während der regulären Dienstzeit, enden. Immer dann, wenn sich Alois allein wähnte, entledigte er sich seiner verschwitzten Uniform und erfrischte sich in dem Naturgewässer, nur noch, in Ermangelung einer Badehose, mit seiner Unterhose bekleidet. Freilich hatte er eine zweite dabei, die er nach dem Bad gegen seine nasse zu tauschen pflegte. Er konnte nicht ahnen, dass sich eines Tages zwei Burschen auf die Lauer gelegt und das Terrain mitsamt dem arglos planschenden Auge des Gesetzes beobachtet hatten. Kurz entschlossen schlich sich einer der beiden, der sich sicherheitshalber mit einer Gesichtsmaske getarnt hatte, an den Kleiderstapel heran und übernahm ungefragt dessen Kontrolle. So gelangten die privaten und staatlichen Klamotten samt Waffe und Munition flugs in ein Leintuch gehüllt in den Vorgarten der Gendarmerie. Dorthin gelangte mit gehöriger Verzögerung auch der inzwischen frierend-durstig-hungrige Alois, allerdings erst nach Einbruch der Dunkelheit. Fluchen konnte er schon lange nicht mehr, es fiel ihm seit Verlassen des Schauplatzes dazu einfach nichts mehr ein. Vielmehr war er froh, dass er wenigstens noch die ehemals nasse Unterhose besaß und er überdies nicht noch wegen Verursachung eines öffentlichen Ärgernisses angezeigt worden war. Leider waren die heimlichen Fotos der Jukas, die Alois´ Heimweg aus einiger Entfernung dokumentieren sollten, wegen der einbrechenden Dunkelheit nichts geworden. Trotzdem genoss der Haupttäter unter Seinesgleichen ab sofort Heldenstatus. Und genaugenommen bei Pfarrer Ludwig auch.

Unterdessen erklärte der unversehens im Verhör befindliche Seelsorger, sichtlich um Konzentration bemüht und insoweit sogar wahrheitsgemäß, dass er sich nicht erklären könne, wie dieser Opel-Schlüssel vor seine Einfahrt gelangen konnte. Vielleicht hätte ihn ja jemand bewusst dorthin gelegt.
„Das sollten Sie bei Ihren Ermittlungen unbedingt berücksichtigen"
Der Inspektor begann mit seinen Notizen. Weit weniger entsprach der Wahrheit, dass Ludwig überhaupt nichts Verdächtiges

beobachtet habe, schon gar nicht in der letzten Zeit. Und wenn doch, dann hätte er das natürlich längst zu Protokoll gegeben.

„Schon im Namen der katholischen Kirche – Sie verstehen"
Dann fügte er schnell mit überraschend fester Stimme hinzu:
„Das gilt selbstverständlich auch für meine Haushälterin"
„Gut, dass Sie das ansprechen. Mit Frau Sophia wollte ich auch noch sprechen"
Alois reagierte erstaunlich ungerührt und machte sich eifrig Notizen. Es entstand eine Pause, die ein unbeteiligter Zuschauer durchaus als „spannungsgeladen" wahrgenommen hätte. Wenn Ludwig auch nur im Entferntesten geahnt hätte, dass dem Ermittler gerade die Hoffnung auf einen Haftbefehls durch den Kopf ging, wäre es um Ludwigs Befindlichkeit abrupt geschehen gewesen. So aber konnte sich diese glücklicherweise wieder etwas normalisieren, und er stand kurzentschlossen auf.
„Ich hole uns ein Glas Wasser"

Damit verließ er eilig das Arbeitszimmer und suchte nach Sophia. Er fand sie im Gästezimmer, als sie gerade dabei war, das Bett des abgereisten Gastes abzuziehen.
„Um Gottes Willen, Sophia",
sagte er so entsetzt wie leise,
„komm´ sofort aus dem Zimmer und schließ´ ab, solange der Gendarm im Haus ist. Er wird Dich nachher noch fragen, ob Du in letzter Zeit Jemanden gesehen oder etwas Verdächtiges bemerkt hast. Und Du darfst ihm unter keinen Umständen etwas von unserem Asylanten sagen, verstehst Du mich? Du hast nichts gesehen und weißt nichts, weil Du Dich ja nur um meinen Haushalt kümmerst. Schaffst Du das?"
Ludwigs Stimme nahm einen geradezu flehentlichen Ton an, das war Sophia nicht entgangen. Also schien es ernst zu sein, alternativlos sozusagen.
„Machen Sie sich keine Sorgen. Ich kümmere mich ausschließlich um Ihren Haushalt. Das weiß doch Jeder"

Es fiel Sophia nicht schwer, eine bestimmte Art von Naivität zu zeigen.

„Gut so! Ich weiß, dass ich mich auf Dich verlassen kann, und Du weißt nicht, wie dankbar ich für Deine Unterstützung bin. Der Spuk ist bald vorbei. Und jetzt bringe uns schnell zwei Gläser Wasser"

Der Gendarm hatte durchaus bemerkt, dass die Sache doch recht lange gedauert hatte und vor allem, dass Sophias Hände beim Abstellen der Gläser leicht zitterten.

„Ach bitte, Frau Sophia, halten Sie sich zu meiner Verfügung. Ich habe ein paar Fragen an Sie. Reine Routine"

Punktuell ist dieser Kerl durchaus zielführend, dachte Ludwig mit zweifelhaftem Respekt. Den Gesamteindruck, den Alois gerade gewonnen hatte, war allerdings „um´s Verrecken" nicht zielführend gewesen, leider. Aber hätte er etwas Anderes erwarten können? Die Kirche mit ihren Pfaffen hatte noch immer am längeren Hebel gesessen. Dieses Fazit musste er auch nach dem Gespräch mit Sophia bekräftigen, sie war doch selbstsicherer, als er zunächst erwartet hätte. Beim Hinausgehen drehte er sich noch einmal um.

„Ach, noch eine Frage. Sie hatten doch gestern Besuch. Wer war das denn?"

Das hatte Alois vorhin von den Nachbarn erfahren. So ein roter Fiat bleibt halt nicht unbemerkt. Sophia schaute reflexhaft auf ihren Chef, und dieser zuerst auf den Boden und dann auf sein Gegenüber. Noch so eine Klippe, durchfuhr es Ludwig, um im gleichen Moment ihre Umschiffung anzugehen.

„Das war ein Hochzeiter, der demnächst hier in unserer Kirche heiraten und anschließend den `Hirschen´ auf den Kopf stellen will. Da gibt es viel vorzubereiten, das wissen Sie doch bestimmt noch selbst"

Alois schmunzelte süß-sauer. Ja, daran konnte er sich noch so lebhaft wie zwiespältig erinnern.

„Ja, Herr Pfarrer, das erinnert mich allerdings auch an meine momentanen Ermittlungen. Die stehen erst am Anfang. Wir bleiben jedenfalls in Kontakt!"

Und zu Sophia gewandt, säuselte er mit aufgesetztem Lächeln:

„Eine schöne Halskette haben Sie da, Frau Sophia"

Damit verließ er das Pfarrhaus mit gemischten Gefühlen. Was mochte hier wohl nicht stimmen?, fragte sich Inspektor Alois Mayerhofer, da muss ich noch viel tiefer graben. Wir sind noch nicht fertig miteinander, Pfarrer hin oder her!

Was wird wohl hier noch auf mich zukommen, fragte sich Ludwig derweil, gleichfalls erfüllt von gemischten Gefühlen. Was, wenn die Betzenbichlerin preisgibt, dass Sophia seit etlichen Tagen unübersehbar für drei Personen eingekauft hatte. Herr im Himmel! In der Nacht hatte Ludwig wieder einen Alptraum. Gold-Hasi trommelte an seine Haustür und verfolgte ihn bis in sein Bett. Sie war noch schlimmer aufgetakelt als sonst. Dann wickelte sie den wehrlosen Pfarrer kurzerhand in sein Bettlaken ein und schleppte ihn huckepack auf die Kirchenkanzel. Die Kirche war bereits bis auf den letzten Platz besetzt, die Gemeinde wartete schon ungeduldig auf die Predigt. Statt seiner ergriff aber Hasi das Wort und hob an, über die Schlechtigkeit der Manns- und Pfarrersleute insbesondere herzuziehen. Gleichzeitig begann Hasi, sich oben herum frei zu machen und ihren Büstenhalter wie ferngesteuert durch das Kirchenschiff fliegen zu lassen. Marie-Luise war als Erste aufgesprungen und stand in doppelter Größe wie eine Statue vor der Kanzel, um Ludwig die Augen zuzuhalten. Die anderen Gläubigen verließen unter Protest flugs die Kirche und verriegelten das Gotteshaus von außen. Im nächsten Moment regnete es Benzin, während Hasi mit diabolischem Gelächter ein Feuerzeug zückte. Der explosionsartige Aufwachvorgang des geschundenen Pfarrers endete schließlich unter eiskaltem Wasser in der Dusche.

Ludwigs sehnlicher Wunsch ging tatsächlich in Erfüllung, ohne, dass er davon etwas mitbekam. Der selbsternannte Adelsmann alias Edi trat nie mehr in Erscheinung. Nicht nur, weil die Abmachung bei seiner Verabschiedung so überzeugend gewesen war. Wenn jemand in Rossmarktl von der Meldung in der Ausgabe von *LA STAMPA* vom 28. September 1963 Notiz genommen hätte, wäre der Grund auch für Außenstehende klar geworden. Die Zeitung berichtete nämlich von einem Baron aus Österreich namens *Ludwig-Götz von Wallenthal*, der nach einer Verfolgungsjagd per Boot auf dem Gardasee verhaftet wurde. Er hatte zuvor die Luxus-Handtasche einer älteren Dame an der Uferpromenade von Garda unter bislang ungeklärten Umständen gezwickt. Unglücklicherweise wurde er bei dieser Aktion beobachtet und konnte gerade noch auf ein knallrotes Sportboot flüchten, das abfahrbereit im Hafen lag. Das laute Röhren der beiden Auspuffrohre schreckte nicht nur die Angler im Hafen auf. Die örtlichen Carabinieri blieben allerdings unbeeindruckt. Sie hatten mit diesem Manöver auf dem Gardasee kein größeres Problem und nahmen den Übeltäter nach kurzer Verfolgung vor Bardolino samt dessen Flitzer in Gewahrsam. Auf dem Boot, das den Namen „Hasi" trug, wurde Bargeld und Schmuck unbekannter Herkunft gefunden. Außerdem ein zweiter Ausweis auf den Namen *Berthold von Zastro-Laim*. Auch die Pistole Walther P1 und ein Päckchen mit 50 Schuss Munition, Kaliber 9x19 Parabellum, keinesfalls geeignet für maritime Notsignale, hatten die Beamten in der Backskiste nicht übersehen. Die mitgeführten Handschellen fanden umgehende Verwendung, das nette Sportboot absolvierte seine vorläufig letzte Fahrt zum abgesperrten Kai der Carabinieri. Die Ermittlungen dauerten noch an, die angeordnete Untersuchungshaft auch, hieß es in der Zeitung.

Das linke Augenlid zuckte immer noch. Untrügliches Zeichen, dass Ludwig noch Zeit brauchte, um die letzten Erlebnisse zu verdauen. Marie-Luise („Meine Sehnsucht") war plötzlich allgegenwärtig. Ein Treffen mit ihr tat wirklich pressieren. Nur so, da war er sich ganz sicher, konnte er wieder zurück in ruhiges Fahrwasser gelangen. Was hatte er - schon wieder! - alles zu erzählen! Er musste so schnell wie möglich ihre vertraute Stimme hören und in ihre liebevollen Augen blicken. Alles in allem: Es galt, das lange darbende mental-hormonelle Gleichgewicht wieder herzustellen.

„Wie lange soll das Theater mit Ihrer sogenannten Fahndung denn noch weitergehen, Mayerhofer?"
Die barsche Stimme gehörte zu Oberkommissar Hubertus Hiesl, mithin der Altöttinger Vorgesetzte von Inspektor Alois.
„Sie erzählen mir seit Tagen, dass noch kein einziger Fahndungserfolg vorliegt. Ja, ist denn Rossmarktl so ein unübersichtlicher Hühnerhaufen? Ich denke, Sie kennen dort alles in- und auswendig. Sobald wir den Bankraub hier aufgeklärt haben, schicke ich Ihnen einen meiner Kommissare. Dann wird aufgeräumt, verstanden?"
Hiesl hatte sich in Rage geredet, so wütend wie er war. Von diesem Alois hatte er noch nie viel gehalten. Und jetzt, wo es drauf ankam – Totalausfall. Unmotiviert und faul, eine Schande für die bayerische Polizei!
„Aber Herr Oberkommissar, ich habe doch sofort den Tatwagen und den ganzen Schmuck beschlagnahmt, und jetzt haben wir sogar den passenden Zündschlüssel",
wandte Alois ein. Er wusste, dass er jetzt nicht Hammer, sondern Amboss war und erwartete die Einschläge.
„Und, was sagt die Spurensicherung? Wann wollen Sie die endlich einschalten? So ein Anfängerfehler, Ermittlungen ohne Spurensicherung, ist das zu glauben?"
Hiesl spürte heute ganz besonders seinen Rheumatismus, der Herbst kündigte sich anscheinend immer früher an. Die stechenden Schmerzen in seiner linken Körperhälfte machten ihn jedes Mal unleidlich. Mit dem Pseudo-Gendarmen wollte er nur noch kurzen Prozess machen. Das Stakkato in seiner Stimme bewies es eindrucksvoll.
„Wissen Sie was, Mayerhofer, ich schicke Ihnen den Kommissar schon morgen. Der Fall muss sofort aufgeklärt werden"

Alois konnte zwar nichts sagen, dafür aber umso besser hören. Er hörte es in der Leitung klicken. Der Alte hatte einfach aufgelegt. *„Sauber! Dieser verdammte Hiesl, wie stehe ich denn jetzt wieder da?"*, fluchte Alois und knallte den Hörer auf die Gabel. Es war doch eigentlich ganz gut gelaufen bisher. Insgeheim fragten sich schon Einige, ob sie ihren Gendarmen Alois nicht doch etwas unterschätzt hätten all die Jahre. Und jetzt soll ein Kommissar von Hiesl´s Gnaden ihm hier die Schau stehlen. Aber was konnte der schon ohne seine jahrzehntelange Detailkenntnis hier vor Ort schon ausrichten? Abwarten, dachte Alois, sich selbst beruhigend.

Er kam und er konnte. Pünktlich um 8.00 Uhr stoppte Kommissar Oskar Obermüller seinen Streifenwagen vor der Gendarmerie. Eigentlich wollte er am ersten Tag seines Einsatzes in diesem Kaff eine halbe Stunde früher da sein und die Gegend diskret etwas erkunden. Aber in der Nacht hatte er wegen einer hartnäckigen Bronchitis seiner Frau im Nachgang zu einer Sommergrippe kein Auge zugetan. Er hatte seit langem schlicht verschlafen. Entsprechend war seine Laune: nullwertig. Es dauerte etwas, bis sich der Mann aus dem dunkelgrünen VW befreien konnte, er war ohne Zweifel zu klein geraten für sein Lebendgewicht.

Wenig später nahm er ohne Umschweife an Alois´ Schreibtisch Platz, als wäre er hier der Hausherr. Das Büro sah noch schlimmer aus als befürchtet, es schien nicht die Absicht vorhanden zu sein, durch Ordnung und Ambiente beeindrucken zu wollen; geschweige denn, die Obrigkeit zu repräsentieren. Hier hatte sich anscheinend seit Kriegsende nicht viel verändert. Nicht mal Vorhänge und Fenster waren mit sich im Reinen, auf der Fensterbank lagen drei tote Fliegen. Und wie zum Beweis stammten Schreib- und Rechenmaschine noch aus Beständen des Dritten Reiches. Unglaublich, und sowas im Freistaat! Obermüller erklärte kurz angebunden, dass er ab sofort die Ermittlung übernehmen würde.

Und in dieser Eigenschaft wünschte er unverzüglich die Akten zu sehen und danach den Bürgermeister zu sprechen. Damit wollte er seiner Fahndung im Ort den nötigen Nachdruck verleihen.

„Ich wiederhole: Sofort!"

Als die ersten Anweisungen Obermüllers erledigt waren, meldete sich Inspektor Mayerhofer zu Wort.

„Herr Kommissar, ich hätte da einen Vorschlag. Der steht auch schon in meinem Vermerk über die Vernehmung des Pfarrers und seiner Haushälterin drin"

„Ich höre!",

bellte Hiesl zurück.

„Ich beantrage die Durchsuchung des Pfarrhauses"

„Was? Was beantragen Sie? Sind Sie verrückt geworden?"

„Ja, ...nein, ich meine natürlich nicht! Sie hätten dabei sein sollen! Und die Sache mit dem Hochzeiter..., alles verdächtig. Die waren kurz vor einem Geständnis. Ein Kreuzverhör und eine Durchsuchung, dann sind wir durch"

Alois steigerte sich in eine Aufgeregtheit hinein in der Hoffnung, den Vertreter seines Vorgesetzten zu einem entscheidenden Schlag überreden zu können.

*„Dann sind **Sie** durch, und zwar unten! Was hätten die beiden denn Ihrer Meinung nach gestanden? Dass sie einen Opel Rekord gestohlen hätten? Ich habe Ihren Vermerk gelesen. Keine Fakten, keine Beweise, woher auch? Noch nicht mal den Namen von dem Hochzeiter haben Sie festgestellt. Egal, eine Rückfrage beim `Hirschen´ hat die Sache bestätigt, so einfach ist das. Nur ihr Gefühl, dass die beiden mehr wissen, als sie zugeben und dass die Haushälterin eine Halskette trägt - das ist gar nichts! Dass ich nicht lache! Glauben Sie wirklich, dass der Oberkommissar, geschwige denn der Präsident, die katholische Kirche durchsuchen lässt, weil Sie Gefühlsblähungen haben? Sowas würde ruckzuck bis zur Staatskanzlei vordringen!"*

Das saß. Damit waren Tages- und Hackordnung messerscharfgeklärt und Alois hatte gründlich fertig. Du Arschloch, elendiges, dachte er und zog grußlos ab.

Die Wellen, die in den letzten Tagen durch Rossmarktl rauschten, schlugen durch die Ankunft des Kriminalkommissars aus Altötting schlagartig noch höher. Alle fragten sich, wo sich das gesuchte Phantom aufhalten könnte oder ob die Person überhaupt noch da sei. Und vor allem war man gespannt, was denn der Kommissar nun genau unternehmen würde. Auch breitete sich ein gewisses Misstrauen aus, ob denn jeder im Ort wirklich die Wahrheit sagte oder was vielleicht sonst noch hinter dieser ominösen Sache stecken könnte. Leichen gab´s doch eigentlich in vielen Kellern, oder?

Kommissar Obermüller setzte seine Hebel in Bewegung, durchstreifte alle Straßen und Winkel, sprach mit Fußgängern, machte Fotos, ließ sich in allen Einzelheiten von den Feststellungen der im Laufe des Tages erfolgten Spurensicherung am Opel und an der Schmucktasche berichten, ließ die Fingerabdrücke mit der Polizeikartei abgleichen und nach gestohlenem Schmuck forschen – im Ergebnis kam er keinen Schritt weiter. Je größer der Heuhaufen, umso schwerer findet man die Magd, resümierte der Kommissar frustriert. Er hatte gedacht, diesen Kleinfall ruckzuck aufklären und ein Exempel statuieren zu können. Offenbar war aber dem Gesuchten der Boden in dem kleinen Ort längst zu heiß geworden. Naheliegend war´s schon. Und ein schlechtes Gewissen schien der Kerl auch zu haben, immerhin war das Diebesgut, ja wieder da. Und der Freistaat Bayern um einen konfiszierten Opel Rekord reicher. Allem Anschein nach war der Gesuchte ein kleiner Fisch. Bis auf eine offenbar gut funktionierende Schwarzbrennerei samt an und für sich erfreulichen Vorratsmengen in der Scheune von Ferdinand Haderbauer war nichts Verwertbares zu finden gewesen. Obermüller beschloss, den Fall abzuschließen. In Altötting würde er dringender gebraucht werden als sich hier noch länger dieser Lappalie zu widmen. Der sogenannte Gendarm, dieser Intelligenz-Allergiker mit Synapsen so groß wie ein Scheunentor, hatte die verdammte Opel-Karre samt Schmuck zur Polizeidirektion zur weiteren Verwertung zu überstellen, der Rest sah ganz offensichtlich nach Schreibtisch-Routine aus. Dafür gab es bei der Polizei genügend Leute; der Chef würde bestimmt seiner Auffassung folgen und ihn alsbald wieder mit richtigen Profis zusammenarbeiten lassen. Profi Obermüller hatte es allerdings versäumt, den Postboten zu befragen. Es war nicht aufgefallen...

Alois war mit dieser Entwicklung mehr als zufrieden, ließ sich aber nichts anmerken. Noch zufriedener war er, als ihm einige Tage später der Natz auf die Schulter klopfte:
„Wenn wir Dich nicht hätten..."
Na also, der Bürgermeister musste es ja wissen. Besonders musste er wissen, wie er das wirklich gemeint hatte und dass diese Art von Belobigung nun für mindestens ein Jahr reichen musste. An eine Beförderung zum Oberinspektor war für Alois nach Lage der Dinge vorläufig sowieso nicht zu denken.

Ludwig fühlte sich von Tag zu Tag besser, er kam sichtlich zur Ruhe, nachdem er von der Einstellung der Fahndung gehört hatte. Seinem Unterbewusstsein konnte er endlich den ersehnten Befreiungsschlag melden. Es stimmte einfach, was seine Mutter ihm immer wieder in schmerzhaften Situationen gesagt hatte: „Jeder Tag nimmt etwas mit"

Das konnte nur das Werk des Heiligen Geistes sein, so unsichtbar wie wirkungsvoll. Schon lange genug war er der Meinung, mehr als genug für sein kleines Freiheits-Abenteuer gebüßt zu haben. Und wiederholen, das hatte er in seinen Gebeten fest versprochen, wiederholen würde er sowas bestimmt nicht noch einmal. Sogar Ludwigs Augenlid hatte aufgehört zu zucken. Langsam wurde es Zeit, an die Vorbereitung der Hochzeit seines Freundes zu gehen. Die Predigt sollte unter dem Motto von 1 Korinther 16,14 stehen:

Alles, was ihr tut, geschehe in Liebe.

IX

> **We shall overcome – some day.**
> **Deep in my heart, I do believe**
> **we shall overcome!**
>
> Hymne der afro-amerikanischen
> Bürgerrechtsbewegung

Fünf Jahre später.

Pfarrer Ludwig hatte sich zu seinem nachmittäglichen „geistlichen Konzentrationsschlaf", wie er es nannte, in seinen Ohrensessel im Arbeitszimmer zurückgezogen. Es war ein Samstag im Mai 1968, der Frühling war wieder in vollem Gange, und Rossmarktl lag unter einem stabilen Hochdruckgebiet. Marie-Luise war eilig damit beschäftigt, die Küche nach dem Mittagessen wieder auf Vordermann zu bringen. Sie wollte so schnell wie möglich hinaus in den Garten kommen und sich um ihre Blumen kümmern, Unkraut gab es um diese Zeit auch mehr als genug. Sie hatte eine ihrer zahlreichen Kittelschürzen an. Darunter trug sie eine adrette Bluse, hinter dem Kragen kam ein dezentes Goldkettchen zum Vorschein, Gut sah sie aus mit ihren 51 Jahren. Die vielen Aktivitäten in *ihrem* Pfarrhaus bei *ihrem* Ludwig hatten ihr wieder den in ihrer Altöttinger Zeit so schmerzlich vermissten Lebenssinn zurück gegeben. Über ein Jahr war das nun schon her. Jeden Tag war sie dankbar für die unverhoffte Wendung ihres Schicksals, und auch die hiesige Gemeinde, allen voran natürlich die Landfrauen, hatten sie wieder ohne Umschweife mit offenen Armen aufgenommen; Ludwig sowieso. Sie kam nicht weiter dazu, ihren Gedanken nachzuhängen, es klingelte Sturm, mindestens dreimal

hintereinander. Marie-Luise eilte zur Haustür, und auch Ludwig stand schon sichtbar irritiert in seiner Arbeitszimmer-Tür.
„Wir erwarten doch niemand…!"
An Schlaf war nicht mehr zu denken.

*„Ja da schau her! Wer bist **Du** denn?"*
fragte Marie-Luise und ließ ihrer Überraschung freien Lauf. Vor ihr stand ein kleines Mädchen mit einem Strohhut, unter dem blonde Locken hervorschauten, nicht älter als vier Jahre. Zuckersüß sah die Kleine aus. Und ziemlich aufgeweckt, genauso wie der Teddy mit den großen Knopfaugen, den sie an ihre Brust drückte.
„Ist… ist Onkel Ludwig da?"
brachte sie schließlich heraus. Marie-Luise musste ungläubig lachen und schaute in Richtung des Arbeitszimmers. Immerhin hatte die Süße nicht „Papa" gesagt. Ludwig hatte sich schon in Bewegung gesetzt. Er beugte sich mit freundlich-interessiertem Blick auf Augenhöhe zu seiner Besucherin hinunter.
„Ich bin Onkel Ludwig, wenn Du mir sagst, wer Du bist"
„Charlene"
Die Kleine blickte verlegen zuerst den Mann im schwarzen Pullover und dann ihren Teddy an. In diesem Moment traten gleichzeitig von rechts und von links Charly und seine Frau Franziska mit lautem Gelächter in die Tür. Franziska nahm ihre Tochter auf den Arm und lobte sie, wie gut sie das gerade gemacht habe.
„Hallo lieber Ludwig!",
sagte Charly, der aus seiner Begeisterung über die gelungene Überraschung keinen Hehl machte. Und, an seine kleine Tochter gewandt:
„Vor diesem Schwarzkittel brauchst Du keine Angst zu haben. Der ist in Ordnung, meistens jedenfalls"
„Dein Papa ist heute ein Böser, Charlene"
„Vielleicht darf ich auch mal was sagen wenn ihr fertig seid",
rückte sich Franziska lachend in den Mittelpunkt.
„Wie schön, dass Sie zuhause sind. Ich habe mich schon lange auf ein Wiedersehen gefreut"

Franziska umarmte ohne Umschweife ihren Traupfarrer. Dieser stellte sodann Marie-Luise vor. Sie wusste sofort aufgrund der Erlebnisse, die Ludwig aus Bad Reichenhall mitgebracht hatte, wer ihr gegenüber stand. Die Kleine auf Franziskas Arm streckte die Hände in Richtung ihres neuen Onkels aus.

„Sie möchte auf Deinen Arm, Ludwig. Kaum zu glauben, bei Fremden nimmt sie sich normalerweise länger Zeit"

Ludwig drückte Charlene vorsichtig an seine Brust und forderte alle auf, endlich einzutreten. Es gab viel zu erzählen.

Ludwig bat Marie-Luise, Kaffee und Gebäck im Wohnzimmer zu servieren –

„...für vier Personen. Und die Kleine natürlich"

Marie-Luise stellte Kaffee auf und vergaß nicht, ihre Kittelschürze auszuziehen und noch schnell einen Blick in den Spiegel zu werfen.

„Jetzt sind wir schon bald 5 Jahre verheiratet. Wie gern denken wir an die unvergessliche Hochzeit in Rossmarktl zurück und die Wahnsinnstrauung. Wissen Sie eigentlich, wie dankbar wir Ihnen sind?",

schwärmte Franziska. Ludwig grinste:

„Ich glaube, liebe Franziska, sie haben es schon einmal beiläufig erwähnt"

Charlys Augen leuchteten. Charlene begann unterdessen, das Wohnzimmer zu erkunden. Sie versuchte gerade, ihrem Teddy die Welt unter dem Sofa zu zeigen.

„Tatsächlich? Da bin ich aber erleichtert. Unsere kleine Tochter ist jetzt fast vier Jahre alt. Und dieser Mann da",

sie deutete auf ihren früheren Verlobten,

„hat alles dafür getan, dass ich noch in diesem Jahr zum zweiten Mal Mutter werde. Sie sind die Ersten, die es erfahren"

„Oh wie wunderbar!",

riefen Marie-Luise und Ludwig wie aus einem Mund.

„Ja, das finden wir auch",

ergänzte Charly mit einem Augenzwinkern und schien doch tatsächlich etwas zu erröten vor Aufregung,
„nach `Charlene´ muss nun noch ein `Charles´ her!"
„Das verstehe ich gut. Dann sind anschließend wohl Franz und Franzi dran, was?"
Franziska holte tief Luft und legte ihre rechte Hand gefühlvoll auf ihren Bauch, dem man die Schwangerschaft allerdings noch nicht recht ansah.
Ludwig stand auf, stellte sich zwischen Franziska und Charly und legte seine Hände auf die Schultern der jungen Mutter.
„Gottes Segen für Euch und Eure Kinder"
Die kleine Charlene blickte fragend unter dem Tisch hervor. Es war unversehens feierlich geworden. Ludwig schaute in die Runde und schlug vor, dass sich jetzt alle vier duzen sollten. Marie-Luise verschlug es die Sprache. Es war noch nie vorgekommen, dass sie so quasi gleichberechtigt einbezogen wurde.
„Bitte, Marie-Luise, hol´ uns mal vier Weingläser, ich schaue nach, ob noch eine Flasche von unserem Riesling kalt ist. Ach, Franziska, wenigstens nur einen kleinen Schluck, damit Charles auch schon mal eine Ahnung vom Leben bekommt, oder? Wir **müssen** *jetzt anstoßen!"*

Es wurde ein langer Nachmittag. Natürlich erinnerte sich Ludwig ebenfalls gerne an die Hochzeit der beiden. Er hatte von der Liebe gesprochen, die ja in der Bibel breiten Raum einnahm. Und von ihrer Bedingungslosigkeit. Unter diesem Wort hatte die Predigt damals gestanden, die sich auf den 1. Korinther-Brief stützte. Darin heißt es:
„Alles was ihr tut, geschehe in Liebe" und *„Für jetzt bleiben Glaube, Hoffnung, Liebe, diese drei. Doch am größten unter ihnen ist die Liebe"*
Ja, es war ein tolles Fest gewesen, sogar mit Kutsche für den kurzen Weg bis zum Hirschen, Salutschüssen der Traditionsschützen, Kinderchor und Tanz bis weit nach Mitternacht. Mit diesen beiden liebenswerten und unkomplizierten Menschen verband ihn

eine regelrechte Seelenverwandtschaft. Die Geschehnisse rund um die Entsorgung von Edi hatten ihr Übriges getan. Allem Anschein nach betrachtete auch der Heilige Geist sie alle mit großer Güte, trotz allem.

*„**Was haben** der Barkeeper in der Bad Reichenhaller Spielbank und der katholische Pfarrer in Rossmarktl gemeinsam?"*
fragte Ludwig, nachdem sie ein weiteres Mal angestoßen hatten.
„Beide verdienen mehr als sie bekommen!",
rief Charly, um im nächsten Moment fortzufahren:
„Und warum tragen Pfarrer schwarz?"
Er blickte in fragende Gesichter.
„Weil weiß die Farbe der Unschuld ist!"
Lautes Gelächter. Charlene quietschte vor Vergnügen mit. Draußen ging das Ehepaar Betzenbichler vorbei und wunderte sich über die geräuschvolle Stimmung im Pfarrhaus.
„Unser Pfarrer sollte sich lieber um seine Predigt für die Frühmesse morgen kümmern",
kommentierte die Metzgerin nicht ohne Neid und schüttelte den Kopf. Drinnen ergriff Ludwig wieder das Wort.
„Das muss unter uns bleiben!"
protestierte Ludwig augenzwinkernd.
„Aber in Bezug auf die Gemeinsamkeiten von Barkeepern und Pfarrern gibt es noch etwas. Diese beiden",
sagte er mit feierlichem Ton, während sich alle Augen gespannt auf Ludwig richteten,
„diese beiden sind die Diskretion in Person. Und weil das so ist…",
es entstand eine Kunstpause, in der Ludwig jedem der Anwesenden kurz in die Augen schaute und sodann seinen rechten Arm in die Richtung von Marie-Luise ausstreckte,
„… sollt ihr mit uns ein Geheimnis teilen: Marie-Luise und ich sind ein Paar!"
In diesem Moment geschahen mehrere Dinge gleichzeitig. Ludwig blickte erneut in die Runde, um die Wirkung seiner Worte in sich aufzunehmen. Marie-Luise saß verblüfft, regungslos, aber mit

plötzlich geöffnetem Mund und großen, auf Ludwig gerichteten Augen auf ihrem Stuhl. Sie fühlte sich unfähig, etwas Vernünftiges zu denken oder irgendwie zu reagieren. Die beiden Gäste sprangen, nachdem die erste Überraschung vorbei war, auf und umarmten nacheinander Marie-Luise und Ludwig. Charlene krähte, sie wolle auch kuscheln.

„Ach wie schön für Euch! Wie mich das freut",
sprudelte es aus Franziska heraus. Charly ergänzte zur Freude des Paares:

„Ganz viel Glück Euch beiden. Ich bin sicher, Ihr habt es verdient. Wir wissen Euer Vertrauen zu schätzen – versprochen!"

Langsam kam Marie-Luise wieder zu sich. Mein Gott, dachte sie, hoffentlich hat sich Ludwig das gut überlegt. Er hatte. Nach all den Jahren fühlte er endlich den Moment gekommen, wenigstens e-i-n-m-a-l aus dem Schatten der Heimlichkeiten heraustreten und mit Stolz seine liebenswerte Marie-Luise präsentieren zu können. Es fühlte sich himmlisch an. Tief beeindruckt und noch immer unfähig, etwas Passendes sagen zu können, stand Marie-Luise auf und umarmte ihren Geliebten. Ein Kuss und ein überglücklicher Blick entspannten die besondere Situation vollends.

„Auf die Liebe!",
befand Charly und erhob sein Glas. Später fragte er den Hausherrn mit Verschwörerblick:

„Gibt es eigentlich noch einen gescheiten Asbach in diesem Hause des Herrn?"
„Wenn Du uns bedienst",
lachte Ludwig und reichte ihm kurzerhand die Flasche und zwei Schwenker. So bewaffnet zogen sich die beiden diskret in Ludwigs Arbeitszimmer zurück.

„Jetzt kommen wir endlich vom power-praying zum cognac-bibling, mein Lieber"
Charly füllte routiniert, aber definitiv großzügiger als in seiner Reichenhaller Bar, die beiden Gläser.

„Halleluja. Dich hat bestimmt der Himmel geschickt! Auf Dein Wohl, lieber Charly"

Charly nickte ihm zu. Beide genossen ihren Weinbrand und dessen geschmacks-explosiven Abgang im Besonderen.

„Sag´ mal, waren eigentlich die ärztlichen Kommilitonen wieder mal bei Dir?"

„Und ob! Der Verein wird immer verrückter, anscheinend auch wohlhabender. Letztes Jahr waren sie wieder da. Es war sogar noch ein weiterer Weißkittel dabei. Das kam wohl so: Karlheinz hatte sich in der berüchtigten 18-Loch-Anlage Matrosen an den Mast geholt, Du weißt schon…"

„Was? Ausgerechnet ein Doktor? Das hatten wir beim Kommiss auch immer wieder. Muss wohl verdammt jucken, ha-ha-ha. Mit Beten war da leider nichts zu machen, sonst wären meine Andachten bestimmt oft genug überfüllt gewesen"

„Du kannst Dir vorstellen, wie dieses Ereignis an meiner Theke ausdiskutiert wurde. Jedenfalls ist jetzt der Urologe, der die Wiederherstellung der betroffenen Männlichkeit bewerkstelligt hatte, mit von der Partie. Und Du wirst es kaum glauben: Der Typ ist noch schlimmer als die Anderen. Es ist ein gewisser Dr. Dr. med. Bernd Bondechs, und sie nennen ihn `MiFi´ als Abkürzung für Mittelfinger; das hat mir der Gerold verraten"

„Da hattest Du ja mächtig Stimmung im Karton",

sagte Ludwig und ließ ein gewisses Bedauern erkennen, dass er das nicht miterleben konnte. Charly nickte.

"Das ist aber noch nicht alles. Ich musste sogar die Bar schließen, stell´ dir vor!"

„Wie bitte?"

„Ja! Der Gerold, Du weißt doch, der sich von seiner Frau trennen wollte - er hat sich tatsächlich scheiden lassen – jedenfalls hat er punkt Mitternacht 55.000 Mark gewonnen. Kannst Du Dir vorstellen, was da los war? Champagner für Alle, tumultartige Szenen, ich bin kaum nachgekommen, die Flaschen zu öffnen. Und am Ende hatte ich keine einzige Flasche mehr. Dann sprach man halt dem Whisky zu. Der Direktor hat zweimal nach dem Rechten gesehen, aber angesichts des enormen Umsatzes nichts unternommen. *Natürlich waren sie vorher aus diesmal wieder in der berüchtigten Anlage, diesmal war es angeblich aber nur eine 12-Loch-Anlage. Völlig ausreichend sei das gewesen, hieß es, weil ja die Lollo und die Felicitas immer noch da und matrosenmäßig unbedenklich gewesen wären. Das hatte MiFi selbst festgestellt, ha-ha. Karlheinz treibt es jetzt mit einer seiner Lernschwestern und so weiter. Ich hab´ mich mal erkundigt, sie scheinen alle in ihrem Beruf tüchtig und erfolgreich zu sein. Man kann sich das kaum vorstellen, solche Kerle im weißen Kittel"*

Beide leerten ihre Gläser und spürten der wohltuenden Wirkung nach. Es entstand ein Moment der Stille, den schließlich Charly mit einer plötzlichen Erinnerung unterbrach.
„Und nach Dir haben sie sich auch erkundigt. Gerhard gab nämlich zum Besten, dass seine Frau den geliebten Porsche geschrottet hatte und er nun dringend was Neues braucht"
„So so, interessant. Porsche hab´ ich jetzt nicht mehr im Programm. Aber einen Rosenkranz könnte ich anbieten"
„Einen derartigen Wunsch habe ich leider nicht vernommen. Aber Du glaubst nicht, wen ich vor einem halben Jahr in der Spielbank getroffen habe!"
„Da bin ich aber gespannt"
„Gold-Hasi war wieder da. Diesmal mit neuem Liebhaber und neuem Schmuck. Was für ein Auftritt!"
„Meine Güte, Gold-Hasi, wie heißt sie noch gleich?"
„Rosemarie. Aber sie ist und bleibt ein Gold-Hasi, kann ich Dir sagen. Nichts als Klunker, Make up und strenges Parfum"
„Und mit schriller Tonlage. Unvergesslich! Wer hält denn sowas aus?"
„Ihr Neuer ist wohl Fabrikant für textile Federn"
„Was soll das denn sein? Federkerne für Matratzen etwa?"
„Ich glaube, das gehört auch dazu. Hauptsächlich sind das allerlei Häkchen und Ösen und vor allem Korsett-Stangen"
„Korsett-Stangen? Du meine Güte",

rief Ludwig überrascht und musste lauthals lachen,

„womit manche Leute ihr Geld verdienen. Ist das zu glauben? Da kann er ja sein Hasi dauerhaft in Form halten"

Er musste sich das schaurig-Schöne bildhaft vorstellen und grinsen. Charly fuhr fort:

„Als der Galan mal draußen war, um neue Chips zu holen, hat sie mich diskret gefragt, ob ich den Herrn von Lohnheimer nochmal gesehen hätte. Ich habe genauso diskret verneint. Du wirst mir doch die Notlüge vergeben, Hochwürden?"

„Hol´ schon mal Deinen Rosenkranz raus, mein Lieber"

„Aber nur, wenn Du die Gläser nochmal füllst. Andernfalls…"

Charly holte tief Luft und schaute Ludwig mit undurchsichtigem Blick an,

„andernfalls rufe ich die Süße an und richte ihr schöne Grüße von Dir aus. Sie hat mir nämlich ihre Telefonnummer gegeben für den Fall, dass Edilein doch noch einmal auftaucht. Es wäre nicht zu meinem Nachteil, hatte sie mich wissen lassen und mir gefühlvoll ihre Hand auf den Unterarm gelegt"

Ludwig verstand vollkommen und nahm die Finte sogleich mit archaischer Begeisterung auf.

„Donnerwetter, was Du noch für Chancen hast, Du ausg´schamter Rotzlöffel! Noch ein Wort, und ich öffne Deiner Franziska ein für allemal die Augen"

„Schon gut, schon gut, Du hast gewonnen!"

Soweit durfte es gewiss nicht kommen, unter besten Freunden schon gar nicht.

Dann kam Ludwig unvermittelt auf Charlys Zukunft zu sprechen.

„Sag´ mal, wie lange willst Du denn noch in der Spielbank arbeiten? Das ist doch nichts für die Zukunft eines Familienvaters, oder?"

„Du alter Fuchs, hast wieder den Nagel auf den Kopf getroffen. Und sollst es als Erster wissen: Ich will mich selbständig machen mit einem kleinen, aber feinen Genießer-Lokal, mit Zigarren-

Lounge, Verkostungen, kleinen privaten Veranstaltungen, Lesungen oder Musikabende. `Whisky-Tempel´ soll es heißen"
„Donnerwetter! Das ist ja eine Wahnsinns-Idee",
schwärmte Ludwig spontan. Um im nächsten Moment zu fragen:
„Hast Du `Tempel´ gesagt? Das soll wohl religiös klingen, wo Du doch so ein Sünder bist…"
„Absicht, mein Lieber, aus voller Überzeugung. Franziska ist auch begeistert. Und weißt Du, was das Beste ist?"
„Lass es raus, Dir traue ich fast alles zu!"
„Man kann damit gutes Geld verdienen. Und Du sollst in meinem Tempel einmal im Monat eine Motto-Predigt bei Kerzenlicht halten!"

Ludwig war auf vieles vorbereitet, auf so etwas nicht.
„Du spinnst wohl. Soll ich etwa für Deine Alkohol-Gelage Verkaufsförderung machen? Wenn das der Dekan erfährt, lässt er mich umgehend exkommunizieren! Schlag´ Dir das einfach wieder aus dem Kopf. Ich lach´ mich kaputt…"
„Tranquillo, hochwürdigster Domherr, vielleicht wirst Du sogar ein leuchtendes Vorbild für Deine Kollegen. Sieh´ es mal so: Du gehst mit Gottes Wort mitten unter das Volk, mit kurzen prägnanten Botschaften aus der Bibel. Entweder mit aktuellem Bezug oder sonstwie passend zu meinem Lokal. Die Kirche muss doch mit der Zeit gehen und die Menschen auf verschiedenen Wegen erreichen. Viele Schafe folgen dem Hirten, aber zu manchen Schäfchen muss er auch hingehen, der Hirte, damit sie nicht verloren gehen. Ist es nicht so?"
Ludwig war beeindruckt von der schlauen, abgebrühten Überzeugungskraft und der Begeisterung, die aus den Worten seines Freundes sprachen.
„So siehst Du das…",
murmelte Ludwig nachdenklich und versuchte sich vorzustellen, was seine Rossmarktler wohl davon halten würden. Ganz zu schweigen vom wöchentlichen Stammtisch.

„Ja, so sehe ich das. Ich habe mir schon genaue Vorstellungen gemacht",
fuhr Charly mit Begeisterung fort.
„Es gibt in Bad Reichenhall einen alten Weinkeller, der neu verpachtet werden soll. Ich kenne den Eigentümer. Bester Ruf, sage ich Dir. Fußläufig zur Spielbank und zum Theater. Es kommen nur erstklassige Produkte in Frage. Whisky aus Schottland und Irland, Cognac aus Frankreich, natürlich auch Asbach Uralt aus Rüdesheim, Aquavit aus Norwegen, Weine aus Premium-Lagen, Zigarren aus Kuba. Alles kann probiert und natürlich gekauft werden. Meine Beratung wird Bände sprechen. Lieferung nach Hause ist kein Problem. In ganz Bad Reichenhall gibt es nichts Vergleichbares, schon gar keinen Tempel, aber viel Geld"

Ludwig fühlte eine gewisse Spannung in sich aufsteigen. Er versuchte, seine Gedanken, die zwischen genialer Bewunderung und Sündenpfuhl hin und her irrten, zu sortieren. Das hatte Charly indessen nicht nötig. Die Vorstellung seiner Geschäftsidee glich einem Wasserfall, und es sprudelte weiter.
„Mein Konzept geht noch weiter. Hast Du mal ein Blatt Papier und einen Kuli, bitte?"
Ludwig tat, wie ihm geheißen. Charly begann, eine Liste mit der Überschrift „Geistliche Drinks" zu schreiben, indem er weiter ausführte:
„Je nach Veranstaltung soll es zum Beispiel spezielle Getränkekarten mit den dazu passenden Getränke-Namen geben. Für Deine Motto-Predigten könnte das so aussehen:
- *Nächstenliebe* - für Asbach Uralt
- *Hochwürden's Versuchung* - für kubanischen Rum
- *Gardinenpredigt, Teufelstropfen* und *Fegefeuer* - für verschiedene Whiskys
- *Domwässerle* - für Aquavit
- *Keuschheitsgürtel* - für Salzbrezel
- *Glückstock* - für Laugenstangen
- *Weihrauch-Stangen* – für kubanische Zigarren

Und so weiter. Das wird der Renner, glaub´ mir´s!"
„Wie wär´s noch mit `Ludwigs Beichtgeheimnis´ oder `Sündenvergebung´? Soll etwa noch ein Sonderbus von Rossmarktl zu Deinem Tempel fahren?",
fragte Ludwig mit ironischem Unterton, erschüttert über diese entgrenzte Phantasie.
„Auf sowas kommen nur abgebrühte Barkeeper"
„Ja genial, für jede Idee bekommst Du 10 Mark von mir, versprochen! Und weil wir gerade über Geld reden: Am Ende Deiner Motto-Predigten kommst Du mit dem Klingelbeutel um die Ecke und ich sammle für Deine guten Sachen. Dein Dekan und die anderen Oberhirten werden begeistert sein, die Schäfchen sowieso. Wenn Du mit dem Geld Rollstühle für Kranke und Klamotten für arme Kinder anschaffst, stell Dir das nur mal vor. Ich sehe schon den Aufmacher im Reichenhaller Tagblatt: `Die Katholische Kirche – endlich angekommen!´ Untertitel: `Der Pontifex trinkt gern auf ex!´"
„Hast Du was genommen?"
„Quatsch! Das ist Marketing, und davon verstehst Du nichts. Aber ich! Und dass ich ein perfekter Gastgeber bin, hast Du ja schon bemerkt. Grandios wird das. Was sagst Du jetzt?"
„Einen Schnaps und eine Zigarre, vorher sage ich gar nichts, außer, dass Keuschheitsgürtel und Glückstock überhaupt nicht in Frage kommen. Die Namen kannst Du bei Deinem Ärzte-Pack verwenden"
„Ich wusste, dass Du begeistert sein wirst",
schoss es aus Charly heraus. Er schien die Zwischentöne erst gar nicht zur Kenntnis zu nehmen, so war er in Fahrt und vollends im Glauben, Eigentümer der Welt zu sein.
„Franziska war sich übrigens todsicher, dass Dir das Konzept gefällt. Sie ist seit unserer Hochzeit komischerweise ein Fan von Dir"
„So so. Was heißt hier `komischerweise´, Du Säugling? Sie fühlt sich…, ich meine, das fühlt sich gut an"
Charly hob die Augenbrauen und drohte mit dem Zeigefinger.

„Pass' nur auf, Du alter Schwerenöter! Sonst besorg ich Dir einen überlangen Rosenkranz mit Widerhaken. A propos: Wo sind eigentlich unsere Frauen geblieben?"

Später beim Abendessen kamen sie auf Sophia zu sprechen, die sie ja bei ihrem ersten Termin im Pfarrhaus kennen gelernt hatten.
„Was ist aus ihr geworden?",
fragte Franziska. Dann erzählte Ludwig in kurzen Worten den Hergang, beginnend mit der bescheuerten Rotations-Idee. Und wie sie im Laufe der Zeit hier aufblühte und sich um die Kirche verdient gemacht hatte. Dann kam die Sache mit ihrer Mutter, um die sie sich immer mehr kümmern musste, die aber vor einem Jahr verstorben war.
„Wir spürten beide, dass sie sich mehr schonen sollte. Als sie bereits 66 Jahre alt war, konnte ich ihr das Angebot für eine Stelle als Senioren-Schwester verschaffen, sogar mit lebenslangem Wohnsitz im Altöttinger Kloster St. Joseph, ein Kloster `Der Englischen Fräulein´. Dadurch wurde der Weg für Marie-Luise frei, wieder hierher zu kommen, Gott sei Dank. Sophia ist ein guter Mensch, sie hatte kein einfaches Leben und ich bin froh, dass jetzt dauerhaft für sie gesorgt ist",
schloss Ludwig seinen Bericht.

Nach einem langen und glücklichen Abend brach die junge Familie in Richtung Hirschen auf, wo sie ihr ehemaliges Hochzeitszimmer reserviert hatten. Marie-Luise und Ludwig begleiteten sie. Als sie die Kirche erreichten, zog Ludwig eine Taschenlampe hervor und bat, kurz an der Kirchentür Halt zu machen. Er leuchtete auf eine blitzblanke Messingtafel, die anscheinend erst unlängst neben der eichenen Tür in die Kirchenmauer eingelassen war. Darauf stand:

Fehlerfreie bleiben draußen

„Jetzt wisst ihr, was aus dem restlichen Gewinn-Geld geworden ist. Ich bin so stolz darauf"
Ludwig bemühte sich, im Dunkeln seine innere Befindlichkeit mitsamt seinen wässrigen Augen zu verbergen. Diese Tafel stand für so viel in seinem Leben, er hätte es nicht mit wenigen Worten beschreiben können. In diesem Moment drückte er Marie-Luises Hand fester als sonst.

Einige Schritte weiter, und sie standen vor dem neuen Maibaum neben dem Dorfbrunnen.
„Den habe ich am ersten Mai gesegnet",
berichtete Ludwig mit zufriedener Stimme, als habe er das Monstrum auch persönlich aus dem Wald geholt.
„Das ist Tradition bei uns"
Gut gelungen war das Werk der Dorfburschen in diesem Jahr. Der makellose Fichtenstamm, mehr als 18 Meter hoch, war nach guter bayerischer Tradition mit einer Spirale von unten nach oben weißblau „geschnürt" (bemalt) als Beweis für den hierzulande besonders weißblauen Himmel. Unterhalb der zwölfgeschnitzten Symbole, die das örtliche Landleben sowie das Handwerk darstellten, war eine etwa ein Meter breite, aber schmale Holztafel angebracht. Sie trug die Inschrift: „Treu dem guten alten Brauch".

Getreu dessen war das Werk selbstredend ausführlich begossen worden. Allerdings noch aus einem zweiten Grund. Im letzten Jahr gab es nämlich nur einen „Stellvertreter-Maibaum", wie der örtliche Volksmund spöttisch zu sagen pflegte. Trotz aller Bemühungen war die Schmach einfach nicht zu vergessen. Der eigentlich vorgesehene Original-Fichtenstamm war nämlich im letzten Moment, also in der Nacht vor dem geplanten Anstrich, unbrauchbar geworden. Zwei gutaussehende Dirndl, bewaffnet mit reichlich Kräuterschnaps, der zuvor nicht unwesentlich mit Schlaftropfen veredelt worden war sowie mit Attributen, die man trotz der Dunkelheit gut erkennen konnte, hatten die zur nächtlichen Bewachung des Baumes abgeordneten zwei Kameraden raffiniert von ihren Verpflichtungen abgelenkt. Daher hatten die auswärtigen Frevler, die im Hintergrund den besten Moment abwarteten, wenig später leichtes Spiel. Drei von ihnen bemalten die obere Hälfte des Stammes mit einem lebhaften intensiv-rosa, während die beiden anderen die untere Hälfte kräftig einharzten, als gelte es, einen übergroßen Fliegenfänger herzustellen. Dann verschwanden die Dirndln mit ihren Burschen so lautlos, wie sie gekommen waren, während die unglückseligen Bewacher besoffen hinter der nahen Friedhofshecke in Ruhe und schlafend ihren Rausch genossen. Dorthin waren sie von den Mädels zuvor doch so viel versprechend zum Stelldichein gelockt worden. Die dörfliche Blamage konnte nur noch durch eine eilig gefällte Tanne, die am Rande eines nahe gelegenen Bauerngartens stand, einigermaßen bemäntelt werden. Statt festlich herausgeputzt, erhielt der Stellvertreter lediglich einen Tannenkranz, der mit bunten Krepp-Girlanden geschmückt worden war. Der allfällige Segen des Herrn musste daher aus gegebenem Anlass nachdrücklich um die Bitte nach Vergebung und Nächstenliebe angereichert werden. Anderntags stand ein Kasten Bier neben dem Stellvertreter. Auf einem Zettel wurde „Herzliches Beileid" versichert. Wieder hatte man nichts gehört, aber es fühlte sich wie eine schallende Ohrfeige an.

„Das ist ja wie im wilden Westen bei Euch",
staunte Franziska. Sie hielt ihre kleine Tochter im Arm. Seit Charlene in ihren Armen eingeschlafen war, schien sie immer schwerer zu werden.
„Ich sage immer: Manchmal schlagen hier die Herzen linksherum",
lachte Marie-Luise. Alle lachten gedämpft, um zu dieser Stunde kein Aufsehen zu erregen. Nur Charly hielt sich nicht lange zurück.
„Ich hab´s!",
rief er plötzlich wie elektrisiert. Er schien einen außerordentlichen Geistesblitz zu haben, und alle Blicke richteten sich im Halb-

dunkel auf sein Gesicht. Wie aus der Pistole geschossen kommentierte Franziska trocken:

„Wir müssen uns jetzt auf alles gefasst machen"

Sie kannte wohl solche Momente ihres Mannes nur zu gut.

„Dein Schild an der Kirche. Das ist der Ober-Brecher! Ich hänge das gleiche Schild am Eingang zu meinem Whisky-Tempel auf. Und Du, lieber Ludwig, darfst es enthüllen!"

„Prost Mahlzeit!"

Ludwigs Stimme zeugte in diesem Moment erstmals von resignierender Kraftlosigkeit.

„Meine Güte, was hast Du da für einen Kerl geheiratet?"

Ludwig ging auf Charly zu, und die beiden Männer umarmten sich wortlos, aber vielsagend.

Alle spürten ein Gefühl der Glückseligkeit.

X

> **Kommt her zu mir,**
> **alle,**
> **die ihr mühselig und beladen seid.**
> **Ich will Euch erquicken.**
>
> Matthäus 11,28

Epilog

Am 21. Dezember 1997 bereiteten sich die Rossmarktler auf Heiligabend vor. Es war Sonntag, ein klarer Wintertag, seit drei Wochen lag Schnee, und die Nächte waren frostig. Aus den Schornsteinen stieg wie immer um diese Jahreszeit der Rauch aus Kachelöfen und Holzheizungen gen Himmel. Die Menschen freuten sich auf den Nachmittagskaffee, sofern der Mittagsschlaf rechtzeitig sein Ende gefunden hatte. Gleich war es drei Uhr, die mittlere Glocke im Kirchturm würde wie immer pünktlich schlagen. Momentgenau.

Einige Kinder und Enkel, die es beruflich oder heiratsbedingt in andere Windrichtungen verschlagen hatte, waren bereits zum gemeinsamen Weihnachtsfest in ihren Rossmarktler Elternhäusern aufgeschlagen. So auch Erich-Günther, der sich von seinen Freunden seit Schultagen *Egü* nennen ließ, mit seiner Frau Heidi und den beiden Kindern Maria und Klaus. Sie waren aus Freiburg angereist. Egü wurde während seines Medizinstudiums an der Albert-Ludwigs-Universität eine Frau aus Südbaden zum Schicksal und hatte seither seinem verschlafenen Heimatdorf den Rücken gekehrt. Man feierte den vierten Advent mit Kerzen, Tannenschmuck und Erinnerungen. Es roch nach massenhaft Plätzchen und Stollen. Und nach Adventskerzen. Man sprach über die familiären Ereignisse seit der letzten Zusammenkunft, aber auch darüber, wie schnell das Jahr sich seinem Ende zuneigte. Deutschland war bereits sieben Jahre wiedervereinigt, in München regierte Edmund Stoiber, in Bonn (immer noch) Helmut Kohl. Es war das Jahr der Berliner Ruck-Rede des Bundespräsidenten Roman Herzog, des Todes von Prinzessin Diana und der Ermordung von Gianni Versace; Alpensteinbock und Buntspecht waren die ansehnlichen Tiere des Jahres.

Trotz der extremen Wetterlagen mit viel Regen im Frühjahr und Sommerhitze konnten die Bauern mit der Ernte durchaus zufrieden sein. Im Januar hatte sich der tüchtige Veterinär Dr. Albrecht endgültig zur Ruhe gesetzt mit der ungewöhnlichen Folge, dass der Allgemeinmediziner im Ort plötzlich noch mehr zu tun bekam. In der Bundesliga war zum großen Ärger der Bayern („Ich habe fertig!") der 1. FC Kaiserslautern Herbstmeister, und das ausgerechnet unter Trainer Otto Rehagel, der erst im Vorjahr in München rausgeflogen war. Ach ja, eine Scheidung hatte es in Rossmarktl auch gegeben. Frauen und Männer hatten also genug zu besprechen. Zu trinken und zu rauchen gab es auch genug. Was wollte man mehr an einem 4. Advent.

„Heidi, Dein Mann ist ein Sonderfall, weißt Du das?",
fragte Erika irgendwann lautstark ihre Schwiegertochter, um die Gespräche wieder in familiäre Bahnen zu lenken. Plötzliche Stille, alle waren gespannt, wie Heidi reagieren würde.
„Und ob. Wenn ich das alles vorher gewusst hätte..."
lachte die junge Frau und wartete auf die fällige empörte Reaktion ihres Gatten, die aber „betont" ausblieb.
„Er hat die ganz seltene Ehre, dass er zweimal hintereinander getauft wurde. Der erste Versuch hätte ihn fast das Leben gekostet"

„Doppelt gewaschen und immer noch nicht sauber, unser roter Teufel, oder: Mit allen Wassern gewaschen, was?"

Papa Sepp, der Senior der Familie, landete damit die Pointe des Tages. Er schaute seine Erika an, die ihm immer noch so jugendlich vorkam wie damals, als sie voller Verzweiflung bei Pfarrer Ludwig vorsprachen, weil es doch so pressierte. War das wirklich schon so lange her?

„Hat jemand was Neues vom Altpfarrer gehört? Beim Kirchkaffee hieß es, er wäre sehr krank"

Aber niemand wusste Genaueres. Derweil begann sich im niedrigen, verrauchten Wohnzimmer des alten Bauernhauses ein feiner, trotzdem aber eindrucksvoller Geruch zu verbreiten. Es roch nach Kloake. Das kleine Kläuschen hatte groß gemacht und bedurfte dringend der mütterlichen Grundreinigung, was die gute Stimmung des Kleinen allerdings in keiner Weise beeinträchtigte. Die der Männer auch nicht.

Die Weihnachtsbäume, von denen nicht wenige kurz vor Einbruch der Dunkelheit aus den umliegenden Waldstücken diskret „privatisiert" wurden, mussten noch zwei Tage auf ihren üppigen Lametta-Schmuck und die dazugehörigen geschnitzten Krippen warten.

Vom Kirchturm schlug es drei.

Zur gleichen Zeit richtete der Heilige Luzifer die Strahlen der Sonne auf das Rosettenfenster oberhalb der Orgelpfeifen der Bad Reichenhaller *Münsterkirche St. Zeno,* und von dort durch das gesamte Kirchenschiff genau auf den Mittelpunkt des Hochaltars. Es war das zumindest bei klarem Wetter jährlich wiederkehrende „Lichtmysterium", das am 21. Dezember begann und bis zu Dreikönig andauerte. Und heute war es klar. Hunderte Gläubige wohnten so aufgeregt wie demutsvoll der Erscheinung bei. Es konnte jetzt Weihnachten werden.

Und genau in diesem Moment lässt Marie-Luise im *Priesterhaus Kollegiatsstift zum Heiligen Rupertus* in Altötting die Hand von ihrem Ludwig los. Dort lebte er seit seiner Pensionierung als 70-Jähriger, nachdem der Passauer Bischof zuvor *nihil obstat* (nichts spricht dagegen) befunden hatte. Kurz vor Mitternacht hatte der Abt persönlich die Krankensalbung, also die letzte Ölung, gespendet. Es war eine schlichte, aber sehr persönliche, ja anrührende Zeremonie. Ludwig war bei vollem Bewusstsein und betete mit geschlossenen Augen sein letztes Vaterunser Wort für Wort mit.

Als der Pater und der Arzt am Vortag den Raum verlassen hatten, war nur noch Marie-Luise da. Sie rückte den Stuhl direkt an das Bett heran und strich dem Sterbenden liebevoll über die Wange. Er versuchte, noch einmal die Augen zu öffnen und zu lächeln. Sie konnte noch bruchstückhaft „Der Herr ist mein Hirte" und „Es ist alles gut, Lissy", verstehen. Dann war er innerhalb von Minuten erschöpft und friedlich eingeschlafen. Er hatte keine Schmerzen mehr, zum Glück wirkten die Spritzen. Mehr konnte die Medizin nicht mehr für den Patienten tun. Eine schwere Grippe – diese wurde nicht rechtzeitig und energisch genug mit Penicillin bekämpft - hatte zu einer Lungenentzündung und schließlich zum Nierenversagen geführt.
„*Das Alter*",
hatte der Arzt gesagt und mit den Schultern gezuckt. Marie-Luise wusste, dass ihr Ludwig schon länger Friede mit seinem nahenden irdischen Ende geschlossen hatte. Essen konnte sie nichts, nur manchmal ein Stück Knäcke, ein Glas Wasser und, wenn es ihr übel wurde vor Angst und Schmerz, dann nahm sie einen Schluck aus dem Flachmann, den sie in ihrer Handtasche verborgen hatte. Dort befanden sich auch die zwei verschlossenen Umschläge, die Ludwig ihr vor zwei Wochen gegeben hatte. Auf dem einen stand „Lissy" und auf dem anderen war „Franziska und Charly" zu lesen. Marie-Luise war jetzt allein im Zimmer. Zwei Tage und die ganze letzte Nacht hatte sie meistens am Krankenbett gesessen, mal mehr, mal weniger wach. Und wie früher so oft hatte sie seine

Hand gehalten. Die Vorhänge waren fast zugezogen, es herrschte Dämmerung im Zimmer. Auf dem Esstisch neben dem Fenster stand nichts weiter als Ludwigs große Marien-Kerze. Sie war weit heruntergebrannt.

Vorbei, jetzt war alles vorbei. Ludwig Wertheimer hatte aufgehört, zu atmen.

„Gute Reise, mein lieber Ludwig, ich danke Dir, dass Du für mich da warst, bis bald..."

Weiter kam sie nicht. Marie-Luise legte den Rosenkranz mit dem kleinen vergoldeten Kruzifix in Ludwigs gefaltete Hände, wobei sie in einen nicht enden wollenden, lautlosen Weinkrampf verfiel.

Eine nie gekannte, überwältigende Stille beherrschte den Raum, von geradezu greifbarer, unwirklicher Schwere, nicht zu beschreiben. Es war ihr, als ob jemand da war, aber sie konnte niemand sehen. Marie-Luise stand langsam auf, zog die Vorhänge zurück und öffnete beide Fensterflügel. Ein eisiger Windzug strömte herein.

„Carpe ventum, gute Reise",
(Nutze den Wind)

wiederholte sie leise. Sehr leise.

Er war einer von uns.

Leitspruch des Requiems
für den Alt-Pfarrer Ludwig Wertheimer
und Inschrift seines
Grabsteins in Rossmarktl

Namensregister

Die Hauptpersonen

Ludwig Wertheimer	Katholischer Pfarrer
Heinrich und Henriette	Ludwigs Eltern
Lorenz Hierzinger	Pseudonym des Pfarrers Ludwig in Bad Reichenhall
Marie-Luise (*Lissy*)	Haushälterin und Geliebte
Sophia (Sophie)	Haushälterin (Nachfolgerin von Marie-Luise)
Laurentius	Dekan, Ludwigs Vorgesetzter in Vertretung des Bischofs Landersdorfer von Passau
Eduard *(Edi)* von Lohnheimer	Heiratsschwindler, Pseudonym von Peter Wiesner
Peter Wiesner	Geburtsname von Edi
Rosemarie *(Hasi)*	Edi´s Geliebte
Eleonore	Edi´s vormalige Geliebte
Karl-Heinz *(Charly)* Widemann	Barkeeper und Ehemann von Franziska
Franziska	Charlys Frau, geb. Vollmer
Charlene	Tochter von Franziska und Charly

Personen aus Rossmarktl und Altötting

Ignatz *(Natz)* Gschwandtner	Bürgermeister von Rossmarktl
Waltraud Ziemer	Geliebte des Bürgermeisters
Gustl Fichtner	Hirschen-Wirt
Max Betzenbichler	Metzgermeister
Martha Betzenbichler	Frau des Metzgers
Josef Betzenbichler	Sohn des Metzgers, Wilderer
Arthur	Metzgergeselle
Dr. Albrecht	Tierarzt
Dr. Berlinger	Hausarzt
Gottfried Scharnagl	Schullehrer
Antonius *(Toni)* Holzner	Hofbesitzer
Theresa Holzner	Frau von Toni Holzner
Gerhard und Florian	Söhne von Toni Holzner
Sebastian *(Bastl)* Brachmeyer	Messner
Xaver, Elisabeth und Josefa Möstner	Nachbarfamilie von Ludwig
Alois Mayerhofer	Inspektor *(Gendarm)*
Hubertus Hiesl	Oberkommissar in Altötting, Chef von Alois
Oskar Obermüller	Kommissar aus Altötting
Alfons Stromberger	Geldbriefträger
Erika und Sepp	Brautleute/Ehepaar
Erich-Günther *(Egü)*	Sohn von Erika und Sepp

Heidi	Frau von Erich-Günther
Maria und Klaus	Kinder von Heidi und Erich-Günther
Dagmar Holler	Neugierige, tratschende Einwohnerin in Rossmarktl
Gustl und Berta Moosleitner	Altbauer mit Frau
Anton und Ida Huber	Altbürgermeister von Rossmarktl mit Frau
Pfarrer Martin	Urlaubsvertreter von Ludwig
Ferdinand Haderbauer	Schwarzbrenner

Personen aus Bad Reichenhall

Franz Hiesmayer	Schäfer
Willibald und Paul-Gerhard	Exerzitien-Brüder von Ludwig
Elfriede *(Elfie)* Leitner	Pensionswirtin
Gerold, Gerhard, Karl-heinz und Bernd *(MiFi)*	Mediziner und Kommilitonen, Besucher der Spielbank